Joy Fielding

Home, sweet home

GOLDMANN
Lesen erleben

Joy Fielding

Home, sweet home

ROMAN

Aus dem amerikanischen Englisch
von Kristian Lutze

GOLDMANN

Die amerikanische Originalausgabe erschien 2021 unter dem Titel
»Cul-de-sac« bei Ballantine Books, New York.

Dieses Buch ist auch als E-Book erhältlich.

MIX
Papier aus verantwortungsvollen Quellen
FSC® C014496

Penguin Random House Verlagsgruppe FSC® N001967

1. Auflage
Deutsche Erstveröffentlichung August 2021

Redaktion: Ulla Mothes
Umschlaggestaltung: UNO Werbeagentur GmbH
Umschlagmotiv: FinePic c/o Zero Werbeagentur GmbH (441994)
CN · Herstellung: Han
Satz: Uhl + Massopust, Aalen
Druck und Bindung: GGP Media GmbH, Pößneck
Printed in Germany
ISBN: 978-3-442-31574-1
www.goldmann-verlag.de

Besuchen Sie den Goldmann Verlag im Netz

Für Hayden und Skylar

PROLOG

Normalerweise ist es eine so ruhige Straße. Klein, unauffällig, solide Mittelschicht. Kein Ort, wie man ihn für gewöhnlich mit den schockierenden Ereignissen jener heißen Julinacht in Verbindung bringen würde. Man kann jeden der Anwohner fragen, und sie werden einhellig erklären, dass keiner ihrer Nachbarn fähig schien, eine derart kaltblütige, abscheuliche Tat zu begehen.

Wie konnte das passieren, werden alle sich fragen, wenn sie am nächsten Morgen zusammenkommen, kopfschüttelnd und trotz der drückenden Hitze zitternd. *Ich bin fassungslos. Ich hatte keine Ahnung. Ich dachte, es wären Fehlzündungen eines Autos. Oder vielleicht übriggebliebene Feuerwerkskörper.*

Die Straße ist eine Sackgasse oder Cul-de-sac, wie sie hierzulande genannt wird. Der Begriff stammt aus dem Französischen, bedeutet wörtlich übersetzt »Boden eines Sacks« und ist vom lateinischen »culus« abgeleitet, was so viel heißt wie »Grund« oder »Boden«. Ursprünglich war es ein anatomischer Ausdruck, der »ein Gefäß oder eine Röhre mit nur einer Öffnung« bezeichnete, aber hier in Palm Beach Gardens, Florida, versteht man darunter eine kurze Sackgasse mit einer Wendeschleife.

Man stelle sich ein Hufeisen vor und fünf praktisch identische Häuser – bescheiden, zweistöckig in zarten Pastelltönen, jedes mit einer Doppelgarage –, die in gleichmäßigen Abständen um dieses Hufeisen verteilt sind, eins an der Rundung, jeweils zwei an jeder Seite. Zwischen den Häusern stehen Palmen, und es gibt keine Bürgersteige, sondern lediglich einen erhöhten Rinnstein, der die asphaltierte Straße von den kleinen Vorgärten trennt. Jeder Vorgarten ist wiederum durch einen kurzen, von Blumen gesäumten Pfad geteilt, der bis zu den zwei Stufen vor der Haustür führt.

Die Straße heißt offiziell und ohne erkennbaren Grund Carlyle Terrace und geht von der Hood Road ab, einer nur mäßig befahrenen Durchgangsstraße, die in ost-westlicher Richtung vom Florida Turnpike zum Military Trail verläuft, etwa zehn Minuten Fahrt vom Ozean und einen Steinwurf entfernt von mehreren privaten, gesicherten Golf-Wohnanlagen, mit denen die Gegend bebaut ist.

Oberflächlich betrachtet wirken die Menschen, die in dieser Straße leben, durchschnittlich, ja langweilig: eine frisch getrennte, alleinerziehende Mutter mit ihren beiden Kindern; ein Arzt mit Gattin, einer Zahnärztin, und ihren beiden Söhnen; ein weiteres Ehepaar mit drei Kindern; eine verwitwete Großmutter; ein junges, kaum ein Jahr verheiratetes Paar. Sie haben das übliche Spektrum von Problemen – Geldsorgen, schwierige Teenager, kleine Eifersüchteleien, die alltäglichen Konflikte einer Ehe. Niemand würde behaupten, alles sei nur Kerzenlicht und leise Musik gewesen. Hin und wieder konnte man eine erhobene Stimme, einen durch ein offenes Fenster dringenden Streit, eine laute Auseinandersetzung, vielleicht sogar eine zuknallende Tür hören.

Gerüchte im Überfluss – dieser könnte eine Affäre haben, jener ein Alkoholproblem, und die denkt wohl, sie sei zu gut für uns. Nachbarn tratschen halt.

Vor allem wenn man ihnen etwas zum Tratschen bietet.

Wer weiß, welches Böse im Herzen der Menschen lauert, zitiert Sean Grant, einer der Bewohner der Carlyle Terrace, gern eine uralte Radiosendung, die seine Eltern immer gehört hatten, als sie Kinder waren. *Der Schatten weiß es,* wird er im nächsten Atemzug antworten und zum Ende des Zitats andeutungsvoll die Stimme senken.

Es gibt jede Menge Schatten in dieser von Bäumen gesäumten Cul-de-sac, dieser hufeisenförmigen Sackgasse, die exakt nirgendwohin führt. Und Schatten sind Orte, wo Geheimnisse im Verborgenen vorzüglich wachsen und blühen können. Bis einige von ihnen zu groß und zu mächtig werden, um sie zu verbergen; bis sie explodieren wie eine achtlos geworfene Handgranate welche die nach außen so sorgfältig präsentierten, stillen Fassaden für immer einreißt und Knochen, Blut und Illusionen verspritzt, so weit das Auge reicht, jenseits von allem, was der Verstand begreifen kann.

Deshalb könnte man zunächst durchaus entschuldbar vermuten, dass die Schüsse, die mitten in jener heißen Julinacht widerhallten, von vom Unabhängigkeitstag übriggebliebenen Feuerwerkskörpern oder Fehlzündungen eines Wagens auf der Hauptstraße und nicht von einer Waffe stammten, die nur Zentimeter vor den Kopf des Opfers gehalten wurde.

Ich kann es nicht glauben. Wie konnte das passieren, werden die Nachbarn immer wieder murmeln. *Dies ist normalerweise so eine friedliche Nachbarschaft. Eine so ruhige Straße.*

KAPITEL EINS

Anfang Mai, einige Monate vor den fatalen Ereignissen jener schwülen Sommernacht, wird Maggie McKay wie jeden Morgen seit Beginn des Schuljahrs um sechs Uhr von ihrem Radiowecker geweckt. Sie streckt die Hand über die leere Hälfte des Doppelbetts zu dem Nachttisch auf der anderen Seite aus und bringt die süßlichen Klänge von *Oh, What a Beautiful Morning* mit einem entschlossenen Klaps zum Verstummen, bevor der Refrain wiederholt wird.

Wahrscheinlich sollte sie den Radiowecker auf ihre Seite des Bettes stellen, damit sie den Arm nicht so weit ausstrecken muss. Zumindest sollte sie ihn neu programmieren, damit er eine andere Melodie spielt. Dieser blöde Song geht ihr mittlerweile nur noch auf die Nerven. Sie braucht keine Erinnerung daran, dass Florida das Land der schönen Vormittage ist. Sie konnte das Lied noch nie ausstehen.

Aber sie stellt weder den Radiowecker um, noch programmiert sie einen neuen Song ein und wird es wahrscheinlich auch nicht tun. In ihrem Leben hat es in letzter Zeit genug Veränderungen gegeben. Zu viele.

Die Musik war Craigs Idee. Eine sanftere Art aufzuwachen als das schrille Piepen, das sie vorher aus dem Schlaf gerissen hatte. Ihre Nerven lägen ohnehin blank, erinnerte er sie unnötigerweise. Was sie bräuchte, sei weniger Stress, sagte er. Was *er* brauchte und *nicht* sagte – vielleicht war es ihm damals selbst noch nicht bewusst –, war weniger Maggie.

Nicht dass sie ihm die Schuld für das Zerbrechen ihrer Ehe gibt, zumindest nicht ausschließlich. Der Umzug nach Palm Beach Gardens war ihre Idee gewesen. Ein Neuanfang, hatte sie ihm erklärt, als sie zum ersten Mal die Idee aufgeworfen hatte, ihre Familie zu entwurzeln, Haus, Freunde und ihr berufliches Umfeld in Los Angeles zurückzulassen und auf die andere Seite des Landes zu ziehen. Es würde ein Neustart werden. Ein neuer Anfang. Besser für alle.

Praktisch dieselben Worte, die Craig benutzt hatte, als er vor drei Monaten seine persönlichen Habseligkeiten gepackt hatte und ausgezogen war. »Es tut mir leid«, hatte er hinzugefügt und es geschafft, so auszusehen, als meinte er es ernst. »Ich kann einfach nicht mehr.«

»Arschloch«, murmelt sie jetzt, so ziemlich das erste Wort, das ihr jeden Morgen über die Lippen kommt, seit er ausgezogen ist. »Beschissener Feigling.« Das Laken fühlt sich kühl an unter ihrem dünnen Baumwollpyjama, als sie sich zurück auf ihre Hälfte des Bettes rollt und die oberste Schublade ihres Nachttischs neben dem Kissen aufzieht. Sie tastet nach der kalten glatten Oberfläche der massiven Glock 19, die sie in einem Chiffon-Wirbel aus bunten Halstüchern versteckt hat. Die 9-Millimeter-Pistole ist wegen ihrer Größe und Verlässlichkeit die beliebteste Handfeuerwaffe in den USA. Hatte zumindest der Verkäufer gesagt, bei dem sie die Pistole noch am selben Nachmittag gekauft hatte, an dem Craig ausgezogen war.

Craig hatte sich hartnäckig dagegen gewehrt, eine Waffe

im Haus zu haben, trotz allem, was geschehen war. Trotz allem, was, Gott behüte, geschehen *könnte* und wahrscheinlich auch geschehen *würde*, sobald sie zu selbstgefällig wurden, hatte sie vergeblich eingewandt. *Wenn du mein Stresslevel wirklich hättest reduzieren wollen*, denkt sie, als sie die relativ leichte Waffe hochhebt, *hätte mich dieses kleine Ding sehr viel effektiver entspannen können als ein blöder Song aus einem alten Broadway-Musical.*

Aber es ist ein Klassiker, kann sie ihn sagen hören.

»Leck mich«, sagt sie, trotzig unempfänglich für seinen Charme, und legt die Waffe wieder in die Schublade. Sie schwingt die Beine aus dem Bett und tappt barfuß über den Laminatboden des schmalen Flurs zu den Zimmern ihrer beiden Kinder. »Erin«, ruft sie und klopft an die Tür ihrer Tochter, bevor sie sie öffnet und den Teenager unter einem Berg von Decken stöhnen hört. »Zeit zum Aufstehen, Schätzchen.«

»Geh weg«, kommt die gedämpfte Antwort.

Maggie zieht sich in den Flur zurück, weil sie weiß, dass jede Diskussion zwecklos ist. Erin wird im Bett liegen bleiben, bis sie den Klang der Ermahnungen ihrer Mutter nicht mehr aushält, und erst dann aufstehen und sich anziehen. Die nächsten zwanzig bis dreißig Minuten wird sie sich im Badezimmer ihrer Frisur und ihrem Make-up widmen. Sie wird es ablehnen, irgendetwas zu frühstücken, und sich allem verweigern, was einer Unterhaltung mit ihrer Mutter oder ihrem jüngeren Bruder ähneln könnte. Sie wird ihr Handy checken, ihr Haar hin und her werfen und öfter die Augen verdrehen, als Maggie zählen kann. Und wenn sie schließlich neben ihrer Mutter in das schwarze SUV gestiegen ist, wird ihr einfallen, dass sie etwas von entscheidender Wichtigkeit vergessen hat – gelegentlich Schulaufgaben, die sie nicht fertig gemacht hat, meistens ihr Handy, das sie bei einer letzten Überprüfung ihrer Erscheinung im Badezimmer hat liegen lassen –, wodurch sie sich weiter verspäten. Vielleicht wird sie daran denken, die Alarmanlage wieder einzuschalten, vielleicht auch nicht, worauf Maggie aus dem Wagen steigen muss, um es selbst zu tun. Dann wird Maggie die Kinder zu ihren jeweiligen Schulen chauffieren, wobei sie zunächst Leo und dann Erin absetzen wird, die aussteigen wird, ohne sich umzusehen, wenn es gerade zur ersten Stunde läutet.

»Das ließe sich alles vermeiden, weißt du«, hört sie Erin sagen. *»Du musst nur …«*

»Du kriegst keinen eigenen Wagen.«

»Warum nicht? Dad könnte mir wahrscheinlich günstig einen besorgen …«

»Du kriegst keinen eigenen Wagen.«

»Wozu hab ich einen Führerschein, wenn du mich nicht fahren lässt? Außerdem müsstest du uns nicht jeden Tag zur Schule bringen und wieder abholen, wenn ich mein eigenes Auto habe. Du könntest dir einen Job suchen, ein Leben …«

»Ich habe ein Leben.«

»Du hattest *ein Leben. Du hast es weggeworfen.«*

»Okay, das reicht.«

»Ich glaube, du genießt es, die Märtyrerin zu spielen …«

»Ich sagte, das reicht.«

Und es reicht wirklich, beschließt Maggie und verdrängt die unangenehmen Gedanken, als sie das Zimmer ihres Sohnes betritt und sanft seine Schulter berührt. »Leo, Schatz. Aufwachen.«

Der schüchterne Achtjährige dreht sich auf den Rücken und öffnet die dunkelblauen Augen, die er von seinem Vater geerbt hat. »Welcher Tag ist heute?«

»Mittwoch. Wieso?«

»Dann essen wir heute mit Dad zu Abend?«

»Genau.«

»Und er holt uns von der Schule ab?«

Maggie nickt. »Falls er nicht da ist, wenn du rauskommst, ruf mich sofort an.«

Ohne weitere Aufforderung schlägt Leo seine Star-Wars-Decke zur Seite, steigt mit seiner Lieblings-Super-Mario-Stoffpuppe in der Hand aus dem Bett und macht sich auf den Weg zu dem Badezimmer, das er sich mit seiner Schwester teilt, weil er aus Erfahrung weiß, dass er es besser nutzt, solange er noch eine Chance hat.

Maggie geht zurück in ihr Schlafzimmer, duscht kurz in ihrem eigenen Bad, streift T-Shirt und Shorts über und bauscht ihr kinnlanges mausbraunes Haar auf, das früher üppig und schulterlang war. *Früher*, seufzt sie innerlich, eingedenk all der Dinge, die sie früher war: berufstätig, selbstbewusst, verheiratet. »Nicht zu vergessen hübsch«, sagt sie laut und starrt die besiegt und geschlagen aussehende Fremde an, die ihr aus dem Ganzkörperspiegel auf der Innenseite ihrer Kleiderschranktür entgegenblickt. »Wer bist du?«, flüstert sie. »Und was hast du mit Maggie McKay gemacht?«

»Erin!«, ruft sie auf dem Weg die Treppe hinunter, während ihr wachsamer Blick nach allem Ausschau hält, was auch nur vage fehl am Platz wirken könnte. »Zeit zum Aufstehen.« Rasch kontrolliert sie die Zimmer im Erdgeschoss –

das Wohn-Esszimmer auf der einen Seite der Treppe, Küche, Gästetoilette und Arbeitszimmer auf der anderen –, bevor sie die Alarmanlage neben der Haustür ausschaltet.

Sie weiß, dass sie albern ist – Craig würde das Wort paranoid verwenden, *hat* es genau genommen bei mehreren Gelegenheiten verwendet –, dass es unnötig ist, jedes Zimmer des Hauses zu kontrollieren, wie sie es seit ihrem Einzug vor achtzehn Monaten jeden Morgen getan hat, weil niemand die topmoderne Alarmanlage überwinden könnte, auf deren Installation sie trotz der geradezu verboten hohen Kosten bestanden hatte, und dass sie, selbst wenn es doch jemand schaffte, garantiert seine Schritte auf der Treppe gehört hätte, auf der sie genau aus diesem Grund keinen Teppich verlegt hat.

Sie öffnet die Haustür und scannt kurz die kleine Sackgasse, während sie sich nach der Zeitung bückt. Ihr Haus steht an der Rundung am Ende der Straße, ein Standort, der ihr freie Sicht auf die Häuser zu beiden Seiten ermöglicht. Vor dem Haus unmittelbar rechts von ihrem parkt schon der gelbe Schulbus, der darauf wartet, Tyler und Ben Wilson zu ihrer schicken Privatschule in North Palm Beach zu bringen. Maggie erwidert das Nicken des Busfahrers mit einem bangen Winken und einem Seufzer der Erleichterung. Es ist derselbe Mann, der sie seit vier Monaten abholt. Kein Grund, in Panik zu geraten, wie es ihr passiert ist, als der letzte Fahrer in den Ruhestand gegangen und unvermittelt dieser sehr viel jüngere aufgetaucht ist. Sie hat sogar bei der Benjamin School angerufen, um sich bestätigen zu lassen, dass jemand Neues angestellt worden war, und dann seine Referenzen hinterfragt.

»Verzeihung, wer sind *Sie*?«, hat die Schulsekretärin gefragt.

»Du bist paranoid«, hat Craig ihr erklärt.

»Okay, dann bin ich eben paranoid«, murmelt Maggie jetzt und kehrt ins Haus zurück. Besser paranoid als tot.

Sie würde ihre Kinder auch gern auf eine Privatschule schicken wie die Wilsons, aber das ist viel zu teuer. Die Wilsons arbeiten beide in gut bezahlten Berufen – er ist ein angesehener Onkologe, sie Zahnärztin –, Maggie hingegen hat ihren Beruf aufgegeben, und auch wenn Craig als Verkäufer von Luxusautos gutes Geld verdient, reicht es nicht annähernd für die Schulgebühren von zwei Kindern, vor allem jetzt, da er zwei Wohnsitze finanzieren muss. Und alle Ersparnisse, die sie einmal hatten, sind in den Umzug geflossen.

»An öffentlichen Schulen gibt es absolut nichts auszusetzen«, erinnert sie sich, weil sie die Bestätigung ihrer laut ausgesprochenen Worte braucht. Sie hat schließlich früher selbst an einer unterrichtet.

Früher, denkt sie, als sie den ovalen weißen Tisch in der Mitte der kleinen Küche deckt. Sie kocht ein Ei für Leo, steckt zwei Scheiben Rosinenbrot in den Toaster und wirft einen Blick auf die deprimierenden Schlagzeilen des Tages, bevor sie zum Kreuzworträtsel weiterblättert, dem einzigen Grund, warum sie die Zeitung überhaupt noch bezieht. »Erin!«, ruft sie, und dann noch einmal: »Erin! Du solltest jetzt langsam wach und auf sein.«

»Ich bin auf!«, ruft Erin zurück. »Entspann dich, Herrgott noch mal!« Im ersten Stock knallt die Badezimmertür zu.

Würde ich, wenn du mich lässt, denkt Maggie, wohlwissend, dass sie ungerecht ist. Ihre halbwüchsige Tochter kann nichts dafür, dass ihr Leben auf den Kopf gestellt worden ist. »Selbst schuld«, sagt Maggie zu sich. „Trotzdem widerlich.«

»Was ist widerlich?«, fragt Leo, als er die Küche betritt.

Beim Klang seiner Stimme fährt sie zusammen. Wieso hat sie ihn nicht kommen hören? »Wo sind deine Schuhe?«

Leo blickt auf seine nackten Füße. »Oh«, sagt er und zeigt auf seinen Rucksack auf dem Boden. »Ich glaub, ich hab sie eingepackt.«

Maggie lächelt. *Mein kleiner Traumtänzer*, denkt sie und überlegt, ob er und Ben Wilson deshalb bestenfalls oberflächlichen Kontakt pflegen. Sie war so aufgeregt gewesen, als sie gehört hatte, dass ihre Nachbarn einen Sohn in Leos Alter haben, und hatte gehofft, dass die beiden sich schnell anfreunden würden, aber so ist es nicht gekommen. Sie hat den Verdacht, dass das mehr mit Dani Wilson als mit ihrem Sohn zu tun hat, die sich laut allgemein vorherrschender Meinung für zu gut für ihre Nachbarschaft hält und lieber in einer schickeren Siedlung leben würde, einer mit einer repräsentativeren Adresse, angemessener für eine Familie mit zwei Ärzten. Vielleicht nimmt sie den Bewohnern der Carlyle Terrace auch die Hochachtung übel, die diese dem Beruf ihres Mannes entgegenbringen, während sie solchen Respekt als bloße Zahnärztin nur selten genießt.

Oder vielleicht ist sie auch einfach nur eine blöde Zicke.

»Ist es eine Spinne?«, fragt Leo.

»Eine Spinne?«

»Was widerlich ist«, greift er seine ursprüngliche Frage wieder auf und sieht sie ängstlich an.

Ich habe ihm diese Angst eingepflanzt, denkt Maggie. »Oh«, sagt sie. »Nein, keine Spinne. Nichts weiter.«

Damit offenbar zufrieden setzt er sich auf einen der vier weißen Plastikstühle, zieht seine Sneakers aus dem Rucksack, schlüpft hinein und müht sich mit den Schnürbändern ab.

»Komm, ich helf dir.« Maggie kniet schon mit ausgestreckten Armen vor ihm.

»Nein, schon okay. Dad sagt, ich muss anfangen, Sachen selber zu machen.«

»Dein Vater…« Maggie beißt sich auf die Zunge, um nichts zu sagen, was sie bereuen wird. Sie bereut ohnehin schon zu viel. Ihr geht langsam der Platz aus. Sie hört, wie der Toaster die beiden Scheiben Brot ausspuckt. »Möchtest du deinen Toast selber bestreichen?«, fragt sie. Mit einem Buttermesser kann er sich doch bestimmt nicht verletzen.

»Nein«, sagt er. »Das kannst du machen.«

»Okay.« Sie unterdrückt den Impuls, sich zu bedanken. »Erin!«, ruft sie, als Leo seine letzten Bissen isst. »Es ist nach sieben. In weniger als einer halben Stunde fängt die Schule an. Wir kommen zu spät.« Warum Schulen so verdammt früh anfangen müssen, hat sie nie begreifen können.

»Ich bin im Bad.«

»Ich weiß, dass du im Bad bist. Es wird Zeit, dass du aus dem Bad *raus*kommst.« Sie geht zur Treppe.

»Gott, kannst du noch nerviger sein?«, murmelt Erin, die die Badezimmertür aufreißt, als Maggie den Treppenabsatz erreicht. Verschwommen huscht eine Gestalt mit hüftlangen hellbraunen Haaren und langen nackten Beinen an ihr vorbei.

»Wahrscheinlich«, sagt Maggie, geht in ihr Schlafzimmer und zieht die oberste Schublade ihres Nachttischs auf. Sie nimmt die Glock 19, wendet sie bewundernd in ihrer Hand und steckt sie in ihre große Stofftasche.

Florida hat Maggie unter anderem deshalb ausgewählt, weil der Staat als »kulant« in Bezug auf Waffen gilt. Das heißt, es ist legal, versteckt eine Waffe zu tragen, und relativ leicht, eine Lizenz dafür zu bekommen. Das hat Maggie veranlasst, sie hat die nötigen Formulare ausgefüllt und mit ihren Fingerabdrücken und einem aktuellen Foto zur Überprüfung nach Tallahassee geschickt und dann fünf Tage auf ihre Lizenz gewartet.

Binnen einer Woche nach Kauf der Waffe hat sie den obligatorischen dreistündigen Kurs in Schusswaffentraining absolviert. Seitdem trägt sie die Pistole immer bei sich.

Nur für den Fall, dass es eines Tages nötig wird, sie zu benutzen.

KAPITEL ZWEI

Dani Wilson blickt aus dem Küchenfenster und sieht den Schulbus, der im Leerlauf in der Straße steht. »Jungs«, ruft sie zu dem Arbeitszimmer auf der Rückseite des Hauses. »Der Bus ist da. Tyler! Ben! Auf geht's! Manuel mag's nicht, wenn man ihn warten lässt, wisst ihr doch.« Sie zählt stumm bis zehn, atmet ein paarmal gegen ihren wachsenden Ärger über die ausbleibende Reaktion an und versucht, es nicht persönlich zu nehmen.

Schließlich ist es nichts Neues. Sie erlebt es täglich bei der Arbeit, wo ihre Patienten auf ihre höflichen Nachfragen – über ihren Tag, ihre Gesundheit, ihr Leben – nur selten mehr als einsilbig antworten. »Gut«, grunzen sie oder: »Okay.« Zugegeben, ihre Münder stehen weit offen und sind mit Watte ausgepolstert, aber wäre es wirklich so schwer zurückzufragen: »Und selbst?«

Die brutale Wahrheit ist, dass es niemanden einen Dreck kümmert, ob Dani Wilson glücklich ist. Niemand interessiert sich für die Probleme einer ehemaligen Südstaaten-Schönheit mit attraktivem Arztgatten, einer florierenden Praxis und einem sechsstelligen Jahreseinkommen. Sie ist sich allzu bewusst, dass die Leute, mit denen sie den Großteil ihrer Zeit verbringt, lieber *irgendwo* sonst auf der Welt wären als bei ihr.

Ist es ein Wunder, dass die Selbstmordrate unter Zahnärzten höher ist als in jedem anderen Berufsstand?

Sie blickt zu der Kücheninsel mit den auf einer Seite aufgereihten vier Barstühlen. »Was ist mit euch, Jungs? Wie geht's?«, fragt sie die beiden Kampffische, einen roten und einen blauen, beide bildhübsch, die in getrennten Gläsern auf dem Marmortresen ziellos vor sich hin schwimmen. Zwei Gläser sind notwendig wegen eines heftigen Territorialinstinkts, der die Fische bis zum Tod kämpfen lässt, wenn man sie mit anderen Fischen einsperrt. Selbst getrennt durch ein Glas müssen sie in angemessenem Abstand voneinander gehalten werden.

»Ich dachte, wir wären uns einig: keine Haustiere«, hatte Nick gesagt, als Dani sie eines Tages nach der Arbeit mitgebracht hatte, ein Spontankauf, den sie bis heute nicht erklären kann.

»Nun, sie waren so hübsch, und ich dachte …«

»Was hast du gedacht?«

»Na ja, es ist kein Hund und keine Katze …«

»Darum geht es nicht.«

»Ich dachte, es wäre gut für die Jungs«, hatte sie gesagt.

»Glaub mir«, hatte Nick erwidert. »Sie werden binnen einer Woche das Interesse verlieren.«

Er hatte natürlich recht. Zumindest was ihren jüngeren Sohn Ben betraf. Nachdem er lautstark darauf bestanden hatte, dass der blaue Kampffisch seiner war, ignorierte er ihn weitgehend. »Er ist langweilig«, erklärte er. Tyler hingegen brachte Stunden damit zu, seine Stirn an das Glas des roten Kampffischs zu drücken und so lange mit dem Fisch zu reden, den er Neptun getauft hatte, dass der Junge inzwischen tatsächlich seine Hand in das Glas stecken und ihn streicheln darf.

Dani findet das erstaunlich. Nick ist unbeeindruckt. »Ich mache mir Sorgen um den Jungen«, pflegt er kopfschüttelnd zu sagen.

»Er ist sensibel.«

Ein weiteres Kopfschütteln. »Wer baut eine Beziehung zu einem Fisch auf?«

Dani seufzt und geht zu dem Raum auf der Rückseite des Hauses. »Jungens! Auf geht's. Der Bus fährt gleich ohne euch los.«

»Nein, fährt er nicht«, widerspricht ihr Mann mit dem Rücken zu ihr. Er steht vor einer Vitrine, die seine imposante Waffensammlung beherbergt, den zehnjährigen Tyler zu seiner Linken, den achtjährigen Ben zu seiner Rechten. »Er ist zu früh. Er kann ein paar Minuten warten. Und es heißt ›auf geht es‹«, fügt er mit Betonung auf der letzten Silbe hinzu. »Nicht ›geht's‹. Man soll das e nicht verschlucken.« Er sieht seine Söhne an. »Korrekte Aussprache ist wichtig«, erklärt er ihnen. »Die Leute beurteilen einen danach, wie man spricht. Merkt euch das.«

Dani nickt. Sie weiß, dass er recht hat. Wie meistens. Aber sie ist in Atlanta geboren und aufgewachsen, und auch wenn sie seit ihrer Hochzeit vor fast fünfzehn Jahren in Florida lebt, wird man einen Südstaatenakzent nicht so leicht los.

Darauf würde Nick ohne Zweifel antworten, dass Florida seines Wissens nach ebenfalls als Teil des Südens gelte, dass die Angewohnheit, ihre Sätze mit abgedroschenen Sinnsprüchen zu würzen, sie klingen ließe wie ein Landei und dass das ständige Verschleifen von Worten nichts mit

Geografie und alles mit grammatikalischer Trägheit zu tun habe.

Und er hätte recht. Weil er immer recht hatte. Obwohl sie sich an eine Zeit erinnert, in der er solche sprachlichen Eigenheiten liebenswert fand. Komisch, dass genau die Dinge, die uns anfangs verzaubert haben, zu denen werden, die uns am meisten ärgern, denkt sie und erinnert sich daran, dass sie sein Selbstbewusstsein – manche würden es vielleicht Arroganz nennen – attraktiv fand. Ihr Vater, ein erfolgreicher Internist, hatte ihre Mutter, eine Hausfrau, mit ähnlich beiläufiger Geringschätzung behandelt. War sie selbst unter anderem nicht auch deshalb so entschlossen gewesen, einen Beruf auszuüben?

Natürlich hatte es nicht geschadet, dass beide Männer groß und gutaussehend waren und nur von ihrem Haar, das nicht dunkel, sondern hell war, davor bewahrt wurden, zum wandelnden Klischee zu werden. Dani ist schon immer davon ausgegangen, dass Arroganz zu dem entsprechenden Status gehört. Und Nick steht als weithin geachteter, ja sogar verehrter Onkologe ziemlich weit oben in der medizinischen Hierarchie. Seine Patienten bewundern ihn ohne Frage. Seine Website quillt über von Lobeshymnen, die sein diagnostisches Genie und seine warmherzige Art preisen.

Sie ist natürlich auch Ärztin, erinnert sie sich. Obwohl ihr Vater einwenden würde, dass ein Zahnarzt eigentlich kein richtiger Arzt im strengen Wortsinn ist.

Und sie muss nicht daran erinnert werden, dass niemand gern zum Zahnarzt geht, ungeachtet von dessen Kompetenz.

Vielleicht wäre es anders, wenn sie jung und hübsch wäre und nicht vierzig, eher klein, mit immer noch knapp fünf

Kilo zu viel auf den Rippen, die sie seit Bens Geburt nicht mehr losgeworden ist.

»Vielleicht wenn du mehr auf deine Ernährung achten und regelmäßig Sport treiben würdest«, hatte Nick einmal gesagt.

»Ich versuch's.«

»Ich versuche es«, verbesserte er sie.

Er hatte natürlich recht. Er hat immer recht. Sie kann ihrem jüngeren Sohn nicht für immer die Schuld für ihr Übergewicht geben. Ben ist acht Jahre alt, Herrgott noch mal. Es wird Zeit, Verantwortung zu übernehmen und selbst aktiv zu werden, Kalorien zu reduzieren, sich bei einem Fitnessstudio anzumelden oder vielleicht sogar einen Personal Trainer zu engagieren.

»Was'n hier los?«, fragt sie jetzt, schon erschöpft von dem bloßen Gedanken an einen Trainer.

»Dad zeigt uns sein neues Gewehr«, antwortet Ben, dreht sich zu ihr um und richtet eine Waffe, die beinahe so lang ist wie er selbst, in Richtung ihres Herzens. »Und es heißt ›was ist‹, nicht ›was'n‹.«

Dani stockt der Atem, und sie weicht einen Schritt zurück, ob wegen der Waffe oder wegen der Zurechtweisung durch ihren Sohn, weiß sie nicht zu sagen.

»Whoa, Partner«, sagt Nick und nimmt seinem Sohn die Waffe eilig aus den Händen. »Was habe ich dir darüber gesagt, nie eine Waffe auf jemanden zu richten?«

»Sie ist nicht geladen«, protestiert Ben.

»Das ist egal.« Sein Vater legt die Waffe an ihren Platz und schließt die Tür des Vitrinenschranks. »Und jetzt hört auf eure Mutter. Abmarsch.«

Die Jungen reagieren unverzüglich, Tyler wirft ihr ein schüchternes Lächeln zu, als er an ihr vorbeihastet.

»Du hast mir nicht erzählt, dass du eine neue Waffe gekauft hast«, sagt Dani, als ihre Söhne außer Hörweite sind.

»Dachte nicht, dass dich das interessiert.«

Sie ist kurz versucht, die Angewohnheit ihres Mannes zu tadeln, häufig das Subjekt auszulassen, denkt dann aber, dass das kleinlich wäre. Vielleicht wäre es Fair Play, die Verhältnisse hin und wieder umzukehren, doch sie hat die Erfahrung gemacht, dass das nur selten zu ihren Gunsten ausgeht.

»Klar interessiert mich das. Wie viele sind das jetzt insgesamt?« Stumm zählt sie die zahlreichen ausgestellten Pistolen und Gewehre.

»Achtzehn.«

»Du meine Güte.« Dani hat die Leidenschaft ihres Mannes für Waffen nie geteilt und begleitet ihn auch nie, wenn er zum Schusstraining zu einer nahe gelegenen Schießanlage fährt.

»Dachte, ich nehm die Jungs an einem Wochenende mal mit zum Schießstand«, sagt er, als könne er ihre Gedanken lesen.

»Was?« Vor ihrem Auge blitzt das irritierende Bild des achtjährigen Ben auf, der eine Waffe auf ihre Brust richtet.

»Es wird Zeit, dass sie schießen lernen.« Er sieht sich in dem Zimmer um. »Wo hast du mein iPad hingelegt?«

»Was?«, fragt sie noch einmal.

»Hab es gestern Abend hier liegen lassen.«

»Ich habe es nicht angerührt.«

»Bist du sicher?«

»Klar bin ich sicher. Du hast es wahrscheinlich im Bad liegen lassen.«

»Ich habe es nicht im Bad liegen lassen, verdammt.«

Dani spannt sich innerlich an, als sie seinen unvermittelt verärgerten Unterton hört, und ist fast dankbar für das Geschrei, das im selben Moment in der Küche ausbricht.

»Hör auf!«

»Lass sie in Ruhe!«

»Mom!«

Sie läuft den Rufen entgegen und sieht ihre Jungen um die Fischgläser ringen, sodass die beiden Kampffische achtlos hin und her geschleudert werden und Wasser auf die Platte der Kücheninsel schwappt. »Meine Güte! Was'n hier los?«

»Ben schiebt immer wieder die beiden Gläser zusammen«, sagt Tyler mit bebender Stimme. »Neptun ist schon ganz aufgeregt.«

»Es ist ein Spaß«, sagt Ben lachend. »Du solltest sie sehen. Sie blasen sich auf und schlagen mit den Flossen gegen das Glas.«

»Sie werden sich verletzen«, entgegnet Tyler.

»Na und? Es sind bloß Fische.«

»Okay, jetzt reicht's.« Dani stellt die Gläser mit reichlich Abstand dazwischen wieder auf den Tresen. »Höchste Zeit. Manuel wartet.«

»Jetzt reicht *es*«, verbessert ihr Mann sie, als er mit seinem iPad in der Hand die Küche betritt. »Ihr habt eure Mutter gehört.«

»Kuss?«, fragt Dani, als sie zur Haustür rennen. Nur Tyler macht kehrt und hält ihr die Wange hin. Ihre Lippen streifen eine Locke seines goldbraunen Haars. »Schönen Tag«, ruft sie, als die Haustür geöffnet wird und wieder zufällt.

»Und worum ging es bei dem Geschrei?«

»Ben hat die Gläser wieder zu nahe nebeneinander geschoben.«

Nick lacht.

»Das ist nicht lustig. Es regt Tyler auf.«

»Der Junge ist zu weich. Er könnte ein bisschen Abhärtung gebrauchen.«

Dani beschließt, nicht zu widersprechen. »Wie ich sehe, hast du dein iPad gefunden.«

Er nickt.

»Wo hast du es gefunden?«

»Im Badezimmer.«

»Dann hatte ich also recht.«

»Sieht so aus. Ist dir das wirklich so wichtig?«

»Ich werd bloß nicht gern beschuldigt...«

»Niemand hat dich beschuldigt. Ich hab dich bloß gefragt, ob du es gesehen hast.«

»Nein, du hast gefragt, wo ich's – ich *es* – hin*gelegt* habe. Das ist ein Unterschied. Und du solltest mich nicht vor den Kindern verbessern.«

Nick schüttelt den Kopf. »Hör zu, ich habe jetzt weder die Zeit noch die Energie, mit dir zu streiten. Ich habe einen vollen Tag vor mir und letzte Nacht nicht besonders gut geschlafen...«

»Wieso hast du nicht gut geschlafen?«

Ein erneutes Kopfschütteln, mehrere Strähnen seines ebenso goldblonden Haars wie Tylers fallen ihm in die Stirn und die Augen. »Ich weiß nicht. Irgendein blöder Vogel hat die ganze Zeit gekreischt. Und...« Er hält inne und streicht sein Haar zurück.

Frag nicht, denkt sie. »Und?«, tut sie es trotzdem.

»Na ja, ich zögere, irgendwas zu sagen, weil du heute Morgen anscheinend ziemlich reizbar bist …«

»Ich bin nicht reizbar …«

»Aber du musst etwas wegen deinem Schnarchen unternehmen«, unterbricht er sie. »Ich weiß, du machst es nicht mit Absicht …«

Dani seufzt. Das hatten sie schon. Es ist sinnlos, ihn daran zu erinnern, dass er ebenfalls schnarcht oder dass er es zumindest mit den Ohrstöpseln versuchen könnte, die sie ihm gekauft hat, als er sich das letzte Mal über ihr Schnarchen beschwert hat.

»Wie dem auch sei«, sagt er, »lassen wir das jetzt. Der vor mir liegende Tag wird auch so hart genug.« Ein drittes Kopfschütteln. »Ich muss einem Mann mitteilen, dass sein Krebs gestreut hat und er austherapiert ist.«

»Das tut mir sehr leid.« Dani hat sofort ein schlechtes Gewissen, dass sie ihm das Leben schwergemacht hat. *Deine Patienten sind immerhin höflich genug zu sterben*, denkt sie und bekommt ein noch schlechteres Gewissen. Wann ist sie so unsensibel gegenüber dem Leiden anderer geworden? *Was ist los mit mir?*

»Mir tut es auch leid«, sagt Nick, schlingt seine Arme um sie und zieht sie in einer festen Umarmung an sich. »Ich *habe* angedeutet, dass du mein iPad verlegt hast. Du hattest völlig recht, sauer zu sein. Und es steht mir auch nicht an, dich vor den Jungen zu verbessern«, fügt er ohne Aufforderung hinzu. »Das war verkehrt. Ich werde versuchen, es nicht noch einmal zu tun.«

»Danke«, flüstert sie, als er sich von ihr löst.

»Ich liebe dich«, sagt er.

»Ich liebe dich auch.«

Er kneift ihr in die Nase. »Aber du musst wirklich etwas gegen dein Schnarchen unternehmen.«

KAPITEL DREI

Von seinem üblichen Platz am Wohnzimmerfenster beobachtet Sean Grant den Schulbus, der vor dem Nachbarhaus losfährt und die privilegierten Sprösslinge des bedeutenden Dr. Wilson mit sich nimmt. Nicht zum ersten Mal fragt er sich, warum eine Familie, in der beide Eltern erfolgreich berufstätig sind, in dieser schlichten Sackgasse wohnt, wenn sie auch in einer der schicken, gesicherten privaten Wohnanlagen in der Nähe leben könnte. Zusammen verfügen die Eltern bestimmt über ein Jahreseinkommen von einer halben Million Dollar, wenn nicht mehr. Verdammt, als einer der führenden Krebsspezialisten in der Gegend verdient Nick Wilson wahrscheinlich allein so viel. Würde Sean so viel Geld machen, würde er auf jeden Fall richtig in Palm Beach wohnen oder sich vielleicht ein Haus im Bear Club kaufen, dem exklusiven Golf- und Country-Club von Jack Nicklaus an der Donald Ross Road. Er war früher mal ein ziemlich guter Golfer. Natürlich ist es schon eine Weile her, dass er zuletzt auf einem Platz gestanden hat, denn Golf ist ein ziemlich teures Hobby.

Eins, das er sich nicht mehr leisten kann.

»Sean!«, ruft seine Frau, und ihre hohen Absätze klackern über die beigefarbenen Keramikfliesen, die im gesamten Erdgeschoss des Hauses verlegt sind. »Wo bist du?«

Widerwillig verlässt er das Fenster und stößt zu seiner Frau in dem kleinen zentralen Flur am Fuß der Treppe, bevor sie noch einmal fragen kann. Er findet den Grundriss des Hauses merkwürdig – das Wohn-Esszimmer rechts der Treppe und praktisch alles andere links davon. Wer hat diese Häuser überhaupt geplant? Sollten Küche und Esszimmer nicht näher beieinanderliegen, fragt er sich stumm, obwohl ihn so etwas nie gestört hat, bevor er zum Chefkoch und obersten Flaschenspüler der Familie geworden ist.

Jetzt stört ihn alles Mögliche, was ihn vorher nie geärgert hat, zu vieles, um darüber nachzugrübeln, wenn er auf dem richtigen Fuß in den Tag starten will. Eins steht direkt vor ihm, wie ihm klar wird, während er versucht, die Verärgerung über seine Frau hinter einem Lächeln zu verbergen. Sie trägt ein perfekt geschnittenes Kostüm, das ihre ebenso perfekte Figur betont, und grinst ihr Katze-die-einen-Kanarienvogel-verschluckt-hat-Grinsen, die vollen Lippen durch den hellkorallenroten Lippenstift betont, den sie benutzt, seit sie wieder angefangen hat zu arbeiten. Ihr langes dunkles Haar ist im Nacken zu einem ordentlichen Dutt gebunden, den sie Chignon nennt. Mit neununddreißig sieht Olivia Grant sogar noch besser aus als die Dreiundzwanzigjährige, die er in den Tagen geheiratet hat, als er noch ein erfolgreicher Marketing-Manager war und sie eine kleine Account-Managerin bei einer Werbeagentur in der Nachbarschaft, mit der er manchmal zusammenarbeitete. Damals hatte sie es nicht als Karriere betrachtet wie heute, sondern als einen Job, den sie nach der Geburt ihrer mittlerweile zwölfjährigen Zwillinge Zane und Quentin bereitwillig aufgegeben hatte. Zwei Jahre später war dann Katie gekommen.

Sean hatte nichts dagegen gehabt, als seine Frau sich entschied, Hausfrau und Mutter zu sein. Er war beruflich überaus erfolgreich und sehr stolz darauf, seine wachsende Familie allein von seinem Einkommen ernähren zu können. Im Laufe der Jahre stieg er in der Hierarchie seines Unternehmens stetig auf, wurde einer von fünf Vizepräsidenten der mittelgroßen Agentur, die ihn beschäftigte, und war zuversichtlich auf dem Weg zum vollständigen Teilhaber.

Und dann hatte man ihm vor zwei Jahren – ironischerweise als sie gerade überlegten, in ein größeres Haus umzuziehen – die Kündigungspapiere überreicht. Die Geschäfte liefen schlecht, sehr schlecht. Die Firma konnte sich den Luxus von fünf Vizepräsidenten nicht mehr leisten, was er selbst schon seit Monaten vermutet hatte, ohne auf den Gedanken gekommen zu sein, dass es ihn betreffen könnte.

Nachdem er den Schock überwunden hatte, seinen Job zu verlieren – der Gedanke, dass er entbehrlich war, traf ihn sogar noch härter als die abrupte Entlassung –, genoss er die freie Zeit, um sich zu entspannen und neu zu überlegen, was er vom Leben wollte. Und er wollte, wie er nach jenen ersten Wochen entschied, mehr. Mehr Geld, mehr Macht, mehr Respekt. Er war überzeugt gewesen, dass ein Mann mit seiner Erfahrung und seinen Referenzen kein Problem haben würde, einen anderen Job zu finden. Außerdem konnte er es sich leisten zu warten. Die Abfindungsvereinbarung war sehr großzügig gewesen und sorgte zusammen mit einer kleinen Erbschaft von seinem Vater dafür, dass er keine Kompromisse eingehen musste. Er konnte auf die perfekte Position warten.

»Alles wird gut«, versicherte er Olivia.

»Ich mache mir nicht die geringsten Sorgen«, sagte sie.

Es dauerte mehrere Monate, bis seine Zuversicht nachließ, ein Jahr, bis sie ganz verschwunden war. Als die Wirtschaft wieder Fahrt aufnahm, wollte offenbar kein Unternehmen einen Mann an der Schwelle zur Fünfzig engagieren, ungeachtet seiner Erfahrung und Referenzen. Nicht wenn jemand halb so Altes für das halbe Gehalt eingestellt werden konnte. Sean senkte seine Ansprüche und bewarb sich um Positionen, die in Betracht zu ziehen er sich anfangs geweigert hatte.

Und er bekam für alle eine Ablehnung.

»Zu qualifiziert«, sagten sie. Zu alt, meinten sie.

Er wurde immer depressiver. Er hörte auf, ordentlich gebügelte Hemden und Seidenkrawatten zu tragen, die er sonst nicht mal an den Wochenenden abgelegt hatte. Er rasierte sich tagelang nicht. Er nahm zu. Welchen Sinn hatte es, seine Erscheinung zu pflegen, wenn es niemanden kümmerte, ob er überhaupt erschien?

Seine Frau – die stets unterstützende, unermüdlich optimistische Olivia – drängte ihn, einen Therapeuten zu konsultieren. Als er einwandte, dass Therapeuten teuer seien, bot sie an, seine Termine mit dem Geld zu bezahlen, das sie gespart hatte, um ein neues Auto zu kaufen, was ihn natürlich noch depressiver machte. Er wollte nicht, dass seine Frau Opfer für ihn brachte. Es war die Pflicht des Mannes, seine Familie zu ernähren, der Versorger zu sein, die »Brötchen zu verdienen«, wie sein Vater immer gesagt hatte.

Sein Vater war voller solcher Redensarten gewesen. »Die Brötchen verdienen« war eine. »Man soll einen Jungen nicht die Arbeit eines Mannes machen lassen« war eine andere.

Jetzt wollten Arbeitgeber anscheinend nur noch Jungen.

Oder Frauen.

Wie anders ließ sich die Leichtigkeit erklären, mit der Olivia einen Job gefunden hatte? Vor acht Monaten war seine Frau, die seit mehr als zehn Jahren nicht mehr gearbeitet hatte, durch die Haustür spaziert und hatte stolz verkündet, dass sie zum Spaß bei Jupiter's vorbeigefahren sei, um ihren alten Chef zu treffen, der sie auf der Stelle eingestellt hätte. Warum sollte sie nicht wieder arbeiten gehen, fragte sie, als er Einwände erhob. Nachdem nun alle drei Kinder zur Schule gingen, würde sie sich zu Hause mit nichts weiter zu tun, als zu waschen und zu kochen, allmählich langweilen. Außerdem hatten sie sowohl seine Erbschaft als auch seine Abfindung fast verbraucht, und sein Arbeitslosengeld würde bald auslaufen. Einfach ausgedrückt brauchten sie das Geld.

Dem konnte er nicht widersprechen.

Aber nun sitzt er den ganzen Tag zu Hause mit nichts weiter zu tun, als zu waschen und zu kochen, während sie in der Welt unterwegs ist, Geld verdient und sich prächtig amüsiert. Sich schick macht, Zehn-Zentimeter-Absätze trägt. Besser aussieht als seit Jahren. Meetings hat. Mit ihren langen Wimpern in Richtung ihrer Vorgesetzten klimpert. Verdammt, sie ist nach kaum sechs Monaten zum Account-Supervisor befördert worden. Wie soll das gehen, ohne ernsthaft zu flirten?

Nicht, dass Sean seiner Frau nicht vertrauen würde. Das tut er. Olivia war immer nur liebevoll, treu und unterstützend. »Du findest etwas anderes«, hatte sie gesagt, als er ihr erzählt hatte, dass er entlassen worden war. »Diesen kriegst du bestimmt«, sagte sie jedes Mal, wenn er zu einem Vorstellungsgespräch ging. »Denk dran, was dein Vater immer gesagt hat: ›Wenn eine Tür zuschlägt, geht eine andere auf.‹«

Aber als eine andere Tür aufging, war sie diejenige, die hindurchging.

Sie versucht es zu verbergen, doch er weiß, dass er ihr ein Dorn im Auge geworden ist. Er sieht die Enttäuschung in ihrem Blick. Das macht es schwer, sie anzusehen.

»Du riechst gut«, erklärt er ihr jetzt und zwingt sich, genau das zu tun. »Ist das ein neues Parfüm?«

»Ja, es heißt *So Pretty*.« Sie lacht. »Gute Nase«, sagt sie und küsst ihn auf die Spitze derselben. Mit den High Heels, die inzwischen zum festen Inventar ihrer Alltagsuniform gehören, ist sie ein Stück größer als er. Eine tägliche Erinnerung daran, dass sich ihre Positionen verkehrt haben. Warum kann sie nicht flache Schuhe tragen wie früher?

Warum kann nicht irgendwas so sein wie früher?

»Und was steht bei dir heute Morgen auf dem Plan?« Sie ist stehen geblieben, um ihn zu fragen, ob er ein Vorstellungsgespräch hat.

Er zuckt mit den Schultern und dreht sich zum Haus um, wo seine drei Kinder sich für den Tag fertig machen. In ein paar Minuten wird Olivia sie auf dem Weg zur Arbeit vor der Schule absetzen. Sein Job ist es, sie bei Schulschluss um halb drei wieder abzuholen. Wie soll er Pläne machen, wenn er am frühen Nachmittag zurück sein muss?

Natürlich hat die alte Mrs Fisher, die schräg gegenüber wohnt, angeboten, auf die Kinder aufzupassen und sie sogar von der Schule abzuholen, aber die Frau ist vierundachtzig, Herrgott noch mal. Er wird das Leben seiner Kinder nicht den Händen einer Frau anvertrauen, der man wahrscheinlich schon vor Jahren den Führerschein hätte abnehmen sollen.

»Mir ist aufgefallen, dass der Kaffee und die Cheerios bald aufgebraucht sind«, sagt Olivia.

Sean spannt sich innerlich an. Seine Frau verlangt nie direkt, dass er Einkäufe erledigt. Ihr »fällt« bloß »auf«, dass diverse Lebensmittel bald aufgebraucht sind. Kann sie nicht geradeheraus sagen, was sie wirklich meint? »Ich kauf später ein«, sagt er.

»Oh, und Zane hat sich zum Abendessen Makkaroni mit Käse gewünscht. Wie findest du das?«

Zum Kotzen, denkt Sean, antwortet jedoch: »Klingt gut.«

»Super. Es könnte heute Abend übrigens ein bisschen später werden«, fügt sie hinzu, fast so, als sei es ihr gerade eingefallen. »Wir haben heute Nachmittag eine Präsentation in Fort Lauderdale, und bei dem Verkehr … na ja, du weißt ja. Wenn ich bis sechs nicht zu Hause bin, fangt schon ohne mich an.«

»Kein Problem.«

»Ich ruf dich an, wenn das Meeting vorbei ist, wenn du also bis halb sechs nichts von mir gehört hast …«

»Weiß ich, dass wir ohne dich anfangen sollen.«

»Okay. Danke. Kinder«, ruft sie, »auf geht's!«

Sofort sind die Kinder an der Haustür, lachend und mit ihren Rucksäcken kämpfend. Sean strengt sich an, in ihren Gesichtern eine Spur von sich zu erkennen, sieht jedoch nur ihre Mutter. Alle drei haben dunkle Haare und dunkelbraune Augen, während seine Augen dieselbe Farbe haben wie sein immer noch volles hellbraunes Haar. *Immerhin etwas*, denkt er.

»Auf Wiedersehen, Schatz«, sagt Olivia und gibt ihm einen Kuss auf die Wange. »Wünsch mir viel Glück für heute Nachmittag.«

»Viel Glück für heute Nachmittag«, antwortet er gehorsam.

»Hab dich lieb«, sagt sie.

»Hab dich auch lieb.« Von seinem gewohnten Platz im Wohnzimmer beobachtet er, wie Olivia ihren Honda Accord rückwärts aus der Einfahrt setzt und Richtung Hauptstraße verschwindet.

Vor seinem inneren Auge sieht er einen Lkw, der aus dem Nichts kommt, frontal in den Wagen kracht und den alten Honda zusammendrückt wie ein Akkordeon. Der Kopf seiner Frau wird ruckartig nach hinten und wieder nach vorn gerissen, während das Lenkrad in ihrer Brust verschwindet. Er sieht zwei uniformierte Beamte, die mit herabgezogenen Mundwinkeln und niedergeschlagenen Blicken den Betonweg zu seiner Haustür hinaufkommen. »Es tut uns furchtbar leid, Ihnen mitteilen zu müssen…«

Mein Gott, was ist los mit mir, fragt er sich und verdrängt die entsetzlichen Bilder. *Ich liebe meine Frau. Woher kommen diese Gedanken?*

Wer weiß, welches Böse in den Herzen der Menschen lauert, flüstert ihm sein Vater ins Ohr, ein weiterer der Sprüche, die er so mochte.

Sean blickt auf seine Uhr und ist nur vage beunruhigt, als er feststellt, dass fast eine Stunde vergangen ist. »Zeit verfliegt, wenn man sich amüsiert, schätze ich«, sagt er lachend und beobachtet einen silbernen Tesla, der in die Sackgasse kommt und in Mrs Fishers Auffahrt biegt. »Oha«, sagt er, als beide Türen nach oben aufklappen und ein Mann und eine Frau gleichzeitig aussteigen. Die Frau zupft an ihrem kurzen engen Rock, als die beiden entschlossen auf die Haustür zumarschieren. »Riecht nach Ärger.«

KAPITEL VIER

Julia Fisher grübelt bei ihrer zweiten Tasse Kaffee über ein Wort mit neun Buchstaben für »verschwenderisch umgehen mit«. Es ist das einzige Wort des heutigen Kreuzworträtsels, das sie noch nicht herausbekommen hat, obwohl sie weiß, dass der erste Buchstabe ein V und der siebte ein E ist. Sie ist so konzentriert, dass sie das Klopfen, das am Rand ihrer bewussten Wahrnehmung schwebt, zunächst gar nicht auf sich bezieht. Erst als das Klopfen auch noch von beharrlichem Klingeln untermalt wird, begreift sie, dass jemand vor der Haustür steht.

Und sie ahnt auch, wer es ist.

»Mist«, sagt sie, obwohl sie den Besuch eigentlich schon erwartet hat. Sie atmet tief ein, drückt sich langsam aus ihrem Stuhl hoch und wirft einen flüchtigen Blick die Treppe hinauf, als sie den winzigen Flur betritt. Mit arthritisgeplagten Fingern tätschelt sie ihre kurzen, eisblond gefärbten Locken, eine Frisur, die sie seit ihren College-Tagen trägt, streckt widerwillig die Hand nach dem Türknauf aus und lässt sie wieder sinken. Wenn sie nicht öffnet, gehen sie vielleicht wieder.

Aber so viel Glück hat sie nicht.

»Mom!«, ruft eine Männerstimme, begleitet von weiterem Klingeln und Klopfen.

Julia atmet erneut tief ein und öffnet Norman und seiner Frau Poppy die Tür. *Wer tauft sein Kind Poppy*, denkt sie, als sie in besorgte Gesichter blickt. »Du meine Güte. Was soll das Theater?«

»Was meinst du, ›was soll das Theater?‹«, wiederholt ihr Sohn. »Hast du eine Ahnung, wie lange wir schon hier draußen stehen?«

»So lang kann es auch nicht gewesen sein …«

»Lange genug. Wir dachten, du wärst gefallen und könntest nicht aufstehen. Oder so was.«

Julia erkennt »oder so was« als den Euphemismus, der es ist. Eigentlich meint Norman, *wir dachten, du könntest tot sein*. Sie macht einen Schritt zurück, um ihren Sohn und seine Frau – seine *vierte*, falls noch jemand mitzählt – eintreten zu lassen. »Mir geht es bestens«, erklärt sie ihnen. »Und ihr müsst euch auch keine Sorgen darüber machen, dass ich stürze. Du hast mir doch diesen roten Notfallknopf an einer Kette gekauft, auf den ich drücken kann …«

»Damit das funktioniert, müsstest du sie auch tragen«, unterbricht Norman sie und blickt auf ihren nackten Hals.

»Ach komm, sei nicht so pingelig«, sagt Julia und hofft auf ein Lächeln, das sie nicht bekommt. War ihr Sohn schon immer so humorlos?

»Das ist nicht komisch«, sagt er, wie um ihren Verdacht zu bestätigen. Sein Blick folgt dem hohen runden Hintern seiner Frau, als jene sich um Julia herumwindet, ins Wohnzimmer wackelt und sich stirnrunzelnd und mit wie üblich herabgezogenen Mundwinkeln auf das chintzbezogene Sofa sinken lässt.

Julia setzt sich auf einen der beiden nicht zueinander passenden Sessel gegenüber der Couch und wartet, dass ihr Sohn ebenfalls Platz nimmt. Aber er bleibt stehen. Wie haben sie und Walter, mehr als fünfzig Jahre lang ihr Ehemann, es geschafft, einen Sohn hervorzubringen, dessen vier Ehen zusammengenommen nicht mal die Hälfte dieser Spanne abdecken? Nicht dass sie ihr einziges Kind nicht liebt. Sie *mag* ihn nur nicht besonders. »Gut siehst du aus«, erklärt sie ihm, wie um solche Gedanken zu vertreiben.

Außerdem stimmt es. Norman und seine junge Frau sind wirklich attraktive Exemplare, beide über einen Meter achtzig groß und dank täglichen Trainings und regelmäßigen Golfens in großartiger Form. Sie betrachtet Normans sonnengebräuntes Gesicht und findet es schwer zu glauben, dass ihr Sohn einundfünfzig Jahre alt ist. Noch schwerer zu glauben ist es, dass sie einen Sohn dieses Alters hat, denn abgesehen von der üblichen Ansammlung von Zipperlein fühlt sie sich selbst nicht viel älter.

Ihr Blick schweift zu Poppy – der schlanken, blonden, gut gebauten, porzellanhäutigen, unbestreitbar hübschen Poppy, mit der Norman seit drei Jahren verheiratet ist. Er hat sie im Fitnessstudio des Gebäudes kennengelernt, in dem die von ihm mitgegründete Hedgefonds-Firma residiert, und für sie prompt Ehefrau Nummer drei ausrangiert.

Julia seufzt. Nicht dass sie über den Verlust von Ehefrau Nummer drei besonders traurig gewesen wäre; sie kann sich kaum noch an ihr reizendes Gesicht erinnern. Tatsache war, dass Norman seine Frauen schon immer ebenso schön wie dumm mochte. *Faltenlos, ahnungslos und harmlos*, denkt sie und seufzt noch einmal.

»Was ist los?«, fragt ihr Sohn jetzt.

»Nichts ist los.«

»Du hast geseufzt.«

»Ach ja?«

»Zwei Mal.«

»Macht dir deine Arthritis Beschwerden?«, fragt Poppy und beugt sich auf dem Sofa vor, sodass ihre künstlich vergrößerten Brüste die Nähte ihres engen pinken Tops spannen.

»Nicht mehr als üblich.« Julia hält zwei deformierte Zeigefinger hoch, deren Spitzen sich beinahe konisch zueinander wenden. »Wie eine Parenthese«, sagt sie lachend. »Eine runde Klammer«, erklärt sie, bevor Poppy fragen kann. »Welchem Anlass verdanke ich das Vergnügen dieses Besuchs?«

»Mehreren Dingen«, sagt Norman. Er geht zum Fenster und starrt auf die Straße. »Hast du Mark gesehen?«

»Mark? Nein. Seit letzter Woche nicht.« Mark ist Normans einundzwanzigjähriger Sohn, ihr einziges Enkelkind, dank Ehefrau Nummer zwei. Sie hat sich fast zehn Jahre lang gehalten, länger als alle anderen von Normans Frauen, wahrscheinlich weil sie bei seinen permanenten Affären einfach weggeschaut hat. Als sie vor zwei Jahren wieder geheiratet hat und nach New York gezogen ist, hat Mark sich entschieden, in Florida zu bleiben und bei seinem Vater einzuziehen, eine unerwartete Entwicklung, die von der vierten Mrs Fisher nicht mit ungeteilter Begeisterung aufgenommen worden ist.

Fairerweise musste man sagen, dass Mark durchaus schwierig sein konnte.

Zum Teufel mit der Fairness, beschließt Julia. »Stimmt irgendwas nicht?«

»Wir haben ihn beim Grasrauchen erwischt … Marihuana«, erklärt Norman.

»Ich weiß, was Gras ist. Ich mag vierundachtzig sein, aber ich bin nicht senil.« *Ganz zu schweigen davon, dass ich es in meiner Jugend selbst ein paarmal probiert habe*, denkt sie, hält es jedoch für klüger, das nicht zu erwähnen.

»Und ich bin mir ziemlich sicher, dass er Geld aus meinem Portemonnaie gestohlen hat«, fährt Poppy fort.

»Du bist dir *ziemlich sicher*?«, wiederholt Julia. »Aber nicht hundertprozentig überzeugt?«

»Ich bin ziemlich überzeugt«, sagt Poppy, als würde das die Angelegenheit klären. »Ich meine, neulich sind ungefähr vierzig Dollar aus meinem Portemonnaie verschwunden, und er ist der Einzige, der sie genommen haben kann.«

»Hast du ihn danach gefragt?«

»Ja. Er hat es bestritten.«

»Vielleicht hat er das Geld nicht genommen.«

»Jedenfalls hatten wir einen Riesenstreit deswegen«, sagt Poppy und wischt die Frage von Marks möglicher Unschuld mit einem Wink ihrer langen manikürten Fingernägel beiseite, »und er hat mich mit dem F-Wort beschimpft …«

»Fotze?«, fragt Julia mit mehr Entzücken als beabsichtigt.

»Mutter, wirklich …«

»Wie kannst du dieses Wort überhaupt aussprechen?«, fragt Poppy und kräuselt die Nase.

Julia zuckt die Schultern. Sie hat den Klang eigentlich immer gemocht.

»Wie dem auch sei, er ist aus dem Haus gestürmt«, sagt Norman. »Wir haben ihn seit zwei Tagen nicht gesehen.«

»Ich meine, bestimmt geht es ihm gut«, sagt Poppy. »Es

ist schließlich nicht das erste Mal, dass er so etwas abzieht.«

»Aber es wird das letzte Mal sein«, beharrt Norman. »Unsere Toleranz hat Grenzen. Er hat das College abgebrochen; und er schafft es nicht, sich länger als ein paar Wochen in einem Job zu halten. Wenn er sich nicht am Riemen reißt, müssen wir ihn rauswerfen.«

Julia will etwas einwenden, doch die Tatsache, dass sie einen Sohn zur Welt gebracht hat, der Sachen sagt wie »sich am Riemen reißen«, macht sie vorübergehend sprachlos.

»Wie dem auch sei, ich weiß, dass ihr beiden eine besondere Beziehung habt«, fährt Norman fort und schafft es, das Wort »besondere« halbwegs anstößig klingen zu lassen. »Wenn er also zufällig vorbeikommen sollte, wäre ich dir sehr verbunden, wenn du uns sofort anrufst. Und was immer du tust, gib ihm kein Geld.«

»Damit er mal sieht, wie es ist, wenn Norman nicht mehr zur Stelle ist, um seine Rechnungen zu bezahlen«, fügt Poppy hinzu.

In ein paar Jahren kannst du bestimmt selbst ein Lied davon singen, denkt Julia und beißt sich auf die Zunge, um den Gedanken nicht laut auszusprechen. »Was noch? Du hast gesagt, es seien mehrere Dinge …«

»Das haben wir alles schon zig Mal beredet«, sagt Norman. »Es geht um dieses Haus.«

»Oje. Nicht schon wieder.«

»Hör zu«, sagt Norman über ihr aufragend. »Ich habe verstanden, dass du dich an dieses Haus geklammert hast, als Dad gestorben ist. Ich meine, alle Experten raten dazu, im ersten Jahr nach dem Tod eines Menschen keine größeren Veränderungen vorzunehmen, aber es ist jetzt fast zwei Jahre her, und du wirst nicht jünger. Du solltest nicht jeden Tag Treppen steigen, du könntest stürzen und dir das Hüftgelenk brechen…«

»Genau genommen«, unterbricht Julia ihn, »bricht man sich zuerst die Hüfte, heißt es…«

»Was?«

»Man bricht sich zuerst die Hüfte«, wiederholt Julia. »Und stürzt deshalb. Nicht umgekehrt.«

»Okay, gut. Was auch immer«, sagt Norman abschätzig. »Tatsache ist, dass es für dich immer beschwerlicher wird, dich um das Haus zu kümmern. Es hat zu viele Stufen, zu viele Zimmer, die geputzt werden müssen. Außerdem ist es gefährlich für eine Frau deines Alters, allein zu leben. Jemand könnte einbrechen…«

»Niemand wird einbrechen.«

»…und du wärst hilflos der Gnade eines Räubers ausgesetzt…«

»Unsinn«, erklärt Julia entschieden, um die Diskussion zu beenden. »Außerdem habe ich eine Waffe.«

»Was? Seit wann hast du eine Waffe?«

»Sie hat deinem Vater gehört.«

»Oh, um Gottes willen. Die Antiquität? Funktioniert das alte Ding überhaupt noch?«

»Warum sollte es nicht funktionieren?« In Wahrheit hat sie keine Ahnung, ob die alte Pistole funktioniert. »Jedenfalls verkaufe ich das Haus nicht, also…«

»Der Markt ist gerade heiß. Wir könnten einen guten Preis erzielen…«

»Wir?«

»Du könntest in eine Wohnung ziehen, von Menschen deines eigenen Alters umgeben sein.«

»Ich will nicht von Menschen meines eigenen Alters umgeben sein.«

»Ich könnte das Geld für dich investieren. Du könntest sehr gut leben …«

»Ich lebe schon sehr gut.«

»Versprichst du, dir Manor Born mir zuliebe wenigstens einmal anzusehen?«

»*Manor Born?* Du willst mich in ein Heim stecken?«

»Es ist kein Heim. Es ist eine erstklassige Residenz für betreutes Wohnen.«

»Es ist mir verdammt egal, wie du es nennst. Ich ziehe nicht dorthin.«

»Du bist uneinsichtig«, erklärt Norman seiner Mutter.

»Du bist ein Arsch«, erklärt Julia ihrem Sohn.

»Er versucht bloß, sich um dich zu kümmern«, meldet sich Poppy zu Wort.

»Wie süß.« Julia stemmt sich aus ihrem Sessel und marschiert, so rüstig sie kann, zur Haustür. »Danke, dass du vorbeigeschaut hast, Schatz. Ich weiß, wie beschäftigt du bist.« Sie öffnet die Tür, als das junge Paar, das vor Kurzem nebenan eingezogen ist, gerade seinen blauen Hyundai aus der Garage fährt.

»Schicke Karre!«, sagt der junge Mann und bleibt in der Auffahrt stehen, um den silbernen Tesla zu bewundern. »Haben Sie den neu gekauft?«

Julia lacht, geschmeichelt, dass er überhaupt auf den Gedanken gekommen ist. »Es ist nicht meiner«, sagt sie, als Norman und Poppy neben ihr auf die Schwelle treten.

»Schicke Karre«, wiederholt der junge Mann, diesmal an Norman gewandt.

Julia weiß nicht mehr, wie er heißt, glaubt jedoch, dass es einer dieser modernen Namen war. Seine Frau – auch an ihren Namen kann Julia sich nicht erinnern, glaubt jedoch, dass es ein überraschend altmodischer ist – winkt ihr zu.

»Wirst du wenigstens darüber nachdenken, was ich gesagt habe?«, fragt Norman seine Mutter.

»Nein, werde ich nicht«, entgegnet Julia.

»Er will sich bloß um dich kümmern«, sagt Poppy noch einmal, folgt ihrem Mann zu ihrem Wagen und tritt einen Schritt zurück, als die Türen nach oben aufklappen.

Wie ein Rieseninsekt vor dem Abheben, denkt Julia. Viel zu einschüchternd. Da ist ihr der schnörkellose Chevrolet viel lieber, den ihr Mann gekauft hatte, ein Jahr bevor man seinen Bauchspeicheldrüsenkrebs diagnostizierte. Sie blickt über die Straße zum Haus von Dr. Nick Wilson, wie immer dankbar für die wunderbare Pflege, die er ihrem Mann in den Monaten vor seinem Tod hat angedeihen lassen. Kann das wirklich schon fast zwei Jahre her sein? Sie atmet einmal tief durch, kehrt ins Haus zurück und schließt die Haustür, bevor der Tesla ganz aus der Ausfahrt verschwunden ist.

»Sind sie weg?«, fragt eine Stimme vom oberen Treppenabsatz.

»Ja.« Julia beobachtet, wie ihr Enkel die Stufen hinunterkommt; zuerst tauchen lange dürre Beine auf, gefolgt von einem langen dünnen Oberkörper und zuletzt einem langen schmalen Gesicht, gerahmt von langem welligem braunem Haar, das bis auf seine knochigen Schultern fällt. »Du musst sie wirklich anrufen, hörst du.«

»Ich weiß. Das mach ich auch. Danke, dass du mich nicht verraten hast. Und dass du meinen guten Ruf verteidigt hast, obwohl …«

»Du hast das Geld genommen?«

»Hab ich«, gibt Mark zu, geht in die Küche und nimmt sich einen von den gekauften mürben Muffins aus dem Brotkorb. »Ich meine, sie hat ihr Portemonnaie auf dem Küchentresen liegen lassen, als ob es eine Art Test wäre.«

»Den du nicht bestanden hast.«

»Oder doch, je nachdem wie man es sieht.«

Julia lächelt. Zumindest hat *irgendjemand* in ihrer Familie Humor.

»Hast du wirklich eine Pistole?«, fragt er.

»Offenbar eine Antiquität.«

Nun ist es an ihrem Enkel zu lächeln. »Wo ist sie?«

»Ich habe keine Ahnung.« Julia vermutet, dass sie in einer der Kisten mit Walters Sachen in der Garage ist, doch das behält sie für sich.

Mark beißt in den Muffin. »Nana …«

»Ja?«

»Ich hab nachgedacht …«

Wer weiß, ob das eine gute Idee ist, denkt Julia und wartet, dass er fortfährt.

»Vielleicht könnte ich eine Weile bei dir einziehen«, überrascht er sie. »Dann müsste ich nicht zurück nach Hause, und du wärst nicht allein. Ich bin sogar ein ziemlich guter Koch.«

»Wirklich? Wann hast du denn kochen gelernt?«

Er zuckt die Schultern. »Keine von Dads Frauen war besonders gut in der Küche, meine Mutter inklusive. Mir ist eigentlich gar nichts anderes übriggeblieben, wenn ich überleben wollte. Außerdem überleg doch mal. Wenn ich bei dir einziehe, würde das die Probleme von allen lösen.«

Julia ist sich nicht sicher, ob sein Einzug nicht einen Haufen neuer schaffen würde, doch Tatsache ist auch, dass sie ihren Enkelsohn seit dem Tag seiner Geburt vergöttert. Und es ist nicht seine Schuld, dass sein Vater ein humorloser Blödmann ist und seine diversen Mütter eine Folge ichbezogener Tussis waren. Sie muss an die Pointe des alten Witzes denken, warum sich Großeltern und ihre Enkel so gut verstehen: *Sie haben einen gemeinsamen Feind.*

Mark nimmt die Zeitung vom Tresen. »›Verjubeln‹«, sagt er und tippt mit seinen feingliedrigen Fingern auf das Kreuzworträtsel.

»Was?«

»Das Wort, das dir noch fehlt. Für ›verschwenderisch umgehen mit‹. Es ist ›verjubeln‹.«

»Du hast recht.« Julia füllt die Felder aus. »Danke.«

Er lacht und nimmt sich noch einen Muffin. »Die sind übrigens ungenießbar«, sagt er und isst trotzdem weiter. »Ich bin mir ziemlich sicher, dass ich die besser hinkriege.«

»Du darfst es auf jeden Fall sehr gern versuchen.«

»Heute Nachmittag gehen wir einkaufen. Du wirst sehen«, sagt er lächelnd. »Es wird dir gefallen, mich um dich zu haben.«

KAPITEL FÜNF

»Das war mal ein Auto«, sagt Aiden, als er mit dem blauen Hyundai in die Hood Road biegt.

»Ein bisschen schlicht«, sagt seine Frau, »bis auf die Türen.«

»Die Türen sind echt speziell.«

»Eine Corvette ist mir trotzdem lieber«, sagt Heidi. Vor ihrer Hochzeit vor mehr als einem Jahr hatte Aiden ihr eine Corvette versprochen. Aber Aidens Mutter Lisa hatte darauf bestanden, dass ein Sportwagen sowohl zu teuer als auch zu unpraktisch sei, und da das Geld, mit dem der Wagen bezahlt wurde, ihres war – ehrlich gesagt wird fast alles von ihrem Geld bezahlt, inklusive der Anzahlung und der Hypothek für das Haus –, hatte Aiden sich ihrer Wahl angeschlossen. Das war nicht ungewöhnlich. Zu Heidis großer und andauernder Verzweiflung schließt Aiden sich fast jeder Entscheidung seiner Mutter an.

Heidi ist die einzige Ausnahme.

Lächelnd klappt sie die Sonnenblende herunter, überprüft ihre Erscheinung in dem kleinen Spiegel und ist zufrieden mit dem, was sie sieht: große braune Augen, hohe Wangenknochen wie ein Model, schulterlange bernsteinfarbene Locken, die sich bei Luftfeuchtigkeit wundersamerweise nicht kräuseln, volle bogenförmige Lippen.

Alle sagen immer, sie und Aiden seien ein hübsches Paar, wie Ken und Barbie zum Leben erweckt. Und der Vergleich stimmt – soweit er trägt. Ihr Mann ist in der Tat schlank und muskulös. Aber in ihm steckt mehr, als sein nichtssagend attraktives Äußeres vermuten lässt; hinter diesen dunkelblauen Augen geht etwas Tiefes, sogar Geheimnisvolles vor.

Ihr Mann, ein dreißigjähriger Exsoldat, der zwei Einsätze in Afghanistan absolviert hat, strahlt die lässige Arroganz aus, die Heidi an Männern schon immer reizvoll fand. Aber er ist auch überraschend gutmütig, was sie am attraktivsten an ihm findet. Diese Gutmütigkeit ist der Hauptgrund, warum sie seinen Heiratsantrag trotz der Warnsignale angenommen hat, die sie am Horizont gesehen hat.

Heidi ist siebenundzwanzig und hat von einem Haus und einer eigenen Familie geträumt, seit sie acht Jahre alt war und ihre Mutter dem Krebs erlag, der sie einen Großteil von Heidis Kindheit ans Bett gefesselt hatte. Ihr Vater hatte schnell wieder geheiratet, eine Frau mit drei eigenen Kindern und wenig Lust, sich um ein viertes zu kümmern.

Heidi wusste, dass Aidens Mutter sie für »prollig« hielt, »poor white trash«, doch sie hatte – vielleicht naiv – gehofft, dass sie sie umstimmen könnte, dass Lisa sie lieben würde, wenn sie erst Gelegenheit hatte, sie wirklich kennenzulernen.

Sie hat sich geirrt.

Und selbst nachdem es schreiend offensichtlich wurde, dass Lisa sie nie akzeptieren würde, war Heidi – vielleicht wieder naiv – zuversichtlich gewesen, dass sie, wenn es zum Showdown kam zwischen der Frau, die Aiden das Leben geschenkt hatte, und der Frau, die ihm Blowjobs gab, siegreich daraus hervorgehen würde.

Noch etwas, worin sie sich geirrt hat.

»Was denkst du?«, fragt Aiden.

Heidi zuckt die Schultern und blickt auf den winzigen Diamantsplitter in der Mitte ihres Verlobungsrings. Der Stein ist so klein, dass sie sich nicht einmal sicher sein kann, dass er echt ist. Soviel sie weiß, könnte er auch aus Glas sein. Tatsache ist jedenfalls, dass nichts so ist, wie sie es sich vorgestellt hatte. »Du hattest gestern Nacht wieder einen Albtraum, oder?«, fragt sie, als Aiden auf den PGA Boulevard biegt und in östlicher Richtung zur Gardens Mall fährt.

»Ja?«

»Du hast gestöhnt, gegrunzt und am Laken gezerrt.«

»Wirklich? Kann mich nicht erinnern.« Er fasst das Lenkrad fester.

Heidi beobachtet, dass seine Fingerknöchel weiß werden, und ist sich sicher, dass er lügt. Sie streckt die Hand aus, tätschelt aufmunternd seine Finger und überlegt, ob die Albträume jemals aufhören werden. Er ist vor fünf Jahren aus der Armee ausgeschieden und hat seit drei Jahren wöchentlich eine Sitzung bei einem Psychiater, bezahlt von seiner Mutter.

Mit der posttraumatischen Belastungsstörung ihres Mannes kann Heidi umgehen. Womit sie nicht zurechtkommt, ist seine Mutter.

An der zweiten von zahlreichen Ein- und Ausfahrten des riesigen noblen Einkaufszentrums setzt Aiden den Blinker und wartet, bis der grüne Pfeil aufleuchtet. Er fährt langsam weiter, sehr langsam. *Als würde er den Wagen durch ein*

Minenfeld steuern, denkt Heidi und tritt auf ein imaginäres Gaspedal auf ihrer Seite. Im Schneckentempo geht es auf die Parkplätze um die zweistöckige überdachte Mall. Aiden parkt wie immer vor dem Eingang von Saks, wo er arbeitet.

Zumindest bis auf Weiteres.

Seit ihrer Hochzeit hatte Aiden verschiedene Jobs. Es fällt ihm schwer, sich zu konzentrieren, was in Kombination mit seinem allgemeinen Autoritätsproblem dazu geführt hat, dass er sich nicht lange in einer Stellung halten kann. Zurzeit arbeitet er in der Schmuckabteilung von Saks, und es läuft anscheinend ganz gut. Heidi arbeitet ebenfalls in dem Einkaufszentrum, bei Lola's Lingerie ganz in der Nähe, wo sie sich auch kennengelernt haben.

Er hatte den Laden betreten, um ein Geburtstagsgeschenk zu kaufen.

»Für Ihre Frau? Ihre Freundin?«, bohrte sie neugierig nach.

»Für meine Mutter«, antwortete er einfältig.

Da hätte ich gleich die Flucht ergreifen sollen, denkt sie jetzt. Stattdessen fand sie seine Ehrlichkeit charmant und seine Verlegenheit noch mehr. »Was hatten Sie sich denn vorgestellt?«

»Ich dachte, vielleicht ein Nachthemd oder ein Morgenmantel.«

Heidi wählte aus, was sie für am besten geeignet hielt, Aiden verließ den Laden mit einem Nachthemd und einem passenden Morgenmantel und kam zwei Tage später zurück. Mit seiner Mutter. Um sie umzutauschen.

»Nicht direkt mein Geschmack«, sagte Lisa und musterte Heidi von oben bis unten. Die Implikation war deutlich.

Als sie den Umtausch verbuchte, steckte Heidi Aiden heimlich ihre Telefonnummer zu, und er rief noch am selben Abend an. Drei Monate später waren sie und Aiden verlobt. Bei ihrer Hochzeit im folgenden Monat gelobte er, sie zu lieben, zu ehren und über alle anderen zu stellen.

Nun, der erste Teil ist vielleicht wahr, denkt Heidi, als sie das klimatisierte Einkaufszentrum betreten, jedenfalls hat sie nicht lange gebraucht, um herauszufinden, wer wirklich an erster Stelle steht.

»Wann hast du Pause?«, fragt er jetzt.

»Weiß noch nicht. Ich schick dir eine Nachricht.«

»Nicht vergessen.«

Heidi lächelt. Er ist wie ein großes Kind, denkt sie. Impulsiv, süß und bedürftig. Schwer zu glauben, dass er zwei Einsätze in Afghanistan hinter sich hat. Das bedeutet, dass er wahrscheinlich Menschen *getötet* hat, obwohl sie das nicht weiß. Er spricht nie darüber.

Sie beobachtet, wie Aiden seinen Posten hinter einem Glastresen mit Männer-Armbanduhren einnimmt, und blickt auf ihre eigene unechte Chanel-Uhr. Es ist fast zehn, gleich öffnet die Mall. Heidi macht sich auf den Weg zu Lola's Lingerie und freut sich schon jetzt auf den Feierabend. Eigentlich würde sie ihren Job gern aufgeben und eine Familie gründen, doch sie hat Angst, das Thema anzusprechen. Nicht weil sie denkt, dass Aiden dagegen wäre, sondern weil sie *weiß*, dass Lisa dagegen ist.

Und was Lisa sagt, gilt.

»Verdammt«, murmelt Heidi, als sie den Laden betritt.

»Was hat deine Schwiegermutter jetzt wieder gemacht?«, fragt ihre Kollegin Shawna, die neben ihr auftaucht.

Heidi lacht. Sie gluckst immer noch vor sich hin, als das Geschäft wenig später seine Türen öffnet und wie durch Zauberhand mehrere Kunden auftauchen.

Eine der Frauen kommt ihr vage bekannt vor. Heidi beobachtet, wie sie durch die Gänge schlendert und halbherzig die gewagten Push-up-BHs und Höschen streift. Sie wirkt scheu und blickt sich immer wieder um, als hätte sie Angst, jemand könnte sie verfolgen. Vielleicht wartet sie auch auf eine Gelegenheit, ein paar Stücke in ihrer großen Stofftasche verschwinden zu lassen.

»Kann ich Ihnen helfen?«, fragt Heidi und tritt vorsichtig näher.

»Ich schau mich nur um«, sagt die Frau.

»Wir haben ein Sonderangebot für BHs. Wenn Sie zwei kaufen, bekommen Sie den dritten umsonst.«

»Danke.«

Heidi will sich gerade abwenden, doch dann stutzt sie. »Verzeihen Sie, aber Sie kommen mir so bekannt vor. Kennen wir uns?«

Die Frau blickt kaum in ihre Richtung. »Ich glaube nicht.«

»Ich weiß!«, ruft Heidi so laut, dass die Frau zusammenzuckt und ihre Stofftasche fallen lässt. »Tut mir sehr leid. Ich wollte Sie nicht erschrecken.« Heidi bückt sich, um die Tasche aufzuheben. »Sie leben in der Carlyle Terrace, stimmt's?«

Der Blick der Frau zuckt zu ihr. »Woher wissen Sie das?«

»Wir sind Nachbarn«, erklärt Heidi ihr. »Wir sind vor ein paar Monaten in das Haus ganz am Anfang der Straße gezogen, das am nächsten bei der Hauptstraße, Nummer 1834. Neben der alten Dame. Sie wohnen an der Rundung, stimmt's?«

»Ja, stimmt.«

»Ich wusste, dass Sie mir irgendwie bekannt vorkamen. Ich bin Heidi Young. Freut mich, Sie endlich kennenzulernen.«

»Maggie McKay«, erwidert die Frau und sieht sich um, als könnte jemand lauschen.

»Hübscher Name. Klingt wie der alte Song von Rod Stewart«, sagt Heidi. »Aber der hieß Maggie May. Eigentlich ein ziemlich alberner Song.« Sie hält inne, als ihr bewusst wird, dass sie plappert. Ihre Schwiegermutter hat ihr einmal vorgeworfen, dass sie an verbalem Durchfall leide. »Sie haben zwei Kinder, richtig?«

Maggie nickt.

»Ja. Wir überlegen auch, eine Familie zu gründen.« Warum hat sie ihr das erzählt? Wenn sie Aiden oder – Gott bewahre – seiner Mutter etwas davon sagt … »Ihre Tochter ist wirklich hübsch«, sagt sie, um ihre Nervosität zu überspielen.

»Danke.« Maggie greift nach den Trägern der Stofftasche, die Heidi immer noch in der Hand hält. »Ich sollte los.«

»Sind Sie sicher, dass ich Ihnen gar nicht helfen kann?«

»Ein anderes Mal. Danke.« Als sie Heidi die Tasche abnimmt, klappt sie auf.

Heidi stockt der Atem, und sie macht unwillkürlich einen Schritt zurück. »O mein Gott. Ist das eine Pistole?«

Maggie wird blass. »Nur ein Spielzeug«, erwidert sie, obwohl ihr Blick etwas anderes sagt. »Sie gehört meinem Sohn. Ich habe sie heute Morgen aus seinem Rucksack genommen. Die Lehrer flippen regelmäßig aus, wenn er sie mit zur Schule nimmt.«

Heidi nickt, obwohl sie erkennt, dass es kein Spielzeug

ist. Sie weiß, wie eine echte Pistole aussieht. Aiden besitzt mehrere.

»Nun, dann sehen wir uns wohl in unserer Straße«, sagt Maggie.

»Einen schönen Tag noch«, wünscht Heidi, sieht ihr nach und zieht ihr Handy aus der Tasche, um ihrem Mann eine Nachricht zu schreiben: *Du glaubst nicht, was gerade passiert ist.*

KAPITEL SECHS

Die nächste Stunde fährt Maggie ziellos durch Palm Beach Gardens, schimpft mit sich selbst und versucht gleichzeitig, sich zu beruhigen. Was um alles in der Welt hat sie geritten, zu der Mall zu fahren? Sie geht sonst praktisch nie dorthin, Herrgott noch mal. Und dann ausgerechnet zu Lola's Lingerie? Was hat sie sich dabei gedacht?

Okay, beruhige dich. Beruhige dich. Das ist kein Weltuntergang. Niemand ist dir gefolgt. Du hast niemand Verdächtiges gesehen.

Bis auf diese junge Frau natürlich. Diese… Was hat sie gesagt, wie war noch ihr Name? Heather? Hilda? Irgendwas mit H… Heidi? Ja, Heidi. Was für eine Rolle spielt es, wie sie heißt? Entscheidend ist, dass sie weiß, wo du wohnst.

Natürlich weiß sie das. Sie ist deine Nachbarin.

Behauptet sie jedenfalls. Wie kannst du dir sicher sein?

Vor Maggies innerem Auge taucht das Bild eines Umzugslasters auf, der in der Auffahrt eines der Häuser geparkt hat, die zur Hood Road hin liegen. Ihr fällt ein, dass sie die beiden Männer, die Kartons und Möbel ins Haus trugen, aufmerksam beobachtet hat. Sie hat auch eine vage Erinnerung an eine Frau, eine Frau, die mehrere Jahrzehnte älter war als diese Heidi-Person, die den Umzugshelfern von der Tür aus Kommandos erteilte. Wie also kann sie sich sicher sein, dass diese junge Frau, der sie bei Lola's Lingerie begegnet ist, wirklich ist, wer sie behauptet?

Ich hätte aufmerksamer sein sollen. Es ist eine Sache, nicht zu vertraulich mit den Nachbarn zu werden, und eine andere, sie so komplett zu ignorieren, dass du sie nicht erkennst.

»Du bist paranoid«, hört sie Craig sagen, begleitet von dem vertrauten traurigen Kopfschütteln. *»Ich dachte, es würde mit dem Umzug besser werden, mit der Zeit, aber tatsächlich wird es schlimmer mit dir. Es tut mir leid, Maggie. Ich glaube nicht, dass ich noch lange so weiterleben kann.«*

»Leck mich«, sagt Maggie laut und hört, wie ihr Handy in der Tasche vibriert. Als sie es herauszieht, streicht sie mit dem Handrücken über den Griff der Glock 19. Sie denkt an Heidis verblüfften Gesichtsausdruck und fragt sich, ob die junge Frau ihr wirklich geglaubt hat, es wäre ein Spielzeug.

Sie blickt aufs Display und sieht, dass der Anruf von Craig ist. »Entschuldige, aber du bist der letzte Mensch, mit dem ich jetzt gerade reden will«, sagt sie, schaltet ihr Handy aus und lenkt ihren Wagen zum Ozean. Ihr Mann nervt seit einiger Zeit damit, dass er vorbeikommen und ein paar Sachen abholen will, die er bei seinem Umzug versehentlich zurückgelassen hat – eine alte Kamera und irgendwelche Manschettenknöpfe, die er praktisch nie trägt. Maggie hat die Gegenstände sofort in einen Karton gestopft, den sie ganz hinten im Kleiderschrank ihres Sohnes versteckt hat, und anschließend behauptet, sie hätte die Sachen nicht gesehen.

Wann bin ich so kleinlich geworden, überlegt sie und

fährt auf den Parkplatz gegenüber dem öffentlichen Strand. »Kleinlich und paranoid, das bin ich.«

Natürlich könnte er auch angerufen haben, weil ihm irgendetwas dazwischengekommen ist, sodass er die Kinder nicht von der Schule abholen und wie geplant mit ihnen essen gehen kann. Sie wird ihn also später zurückrufen müssen.

Aber nicht jetzt.

Sie steigt aus ihrem Wagen, geht über den Parkplatz bis zur Küstenstraße, wo sich vor ihr der überraschend ruhige Ozean majestätisch erstreckt.

Sie fragt sich, ob Craig angerufen hat, weil er einsam ist, weil er sie immer noch liebt, sie vermisst und nach Hause zurückkehren will.

Möglich ist es. Er hat sie vor drei Monaten verlassen, und bisher hat keiner von ihnen einen Anwalt konsultiert. Also sind ihm vielleicht Zweifel gekommen. Würde sie ihn zurücknehmen?

Maggie atmet den berauschenden Duft des Ozeans ein, als sie die Straße überquert und die Holzstufen zum Strand hinuntersteigt. Sie blickt zu den jungen Frauen, die sich im Bikini sonnen, und den jungen Männern, die Frisbees hin und her werfen, zieht ihre Sandalen aus und geht barfuß durch den Sand. An einem öffentlichen Strand würde es bestimmt niemand wagen, sie anzugreifen, denkt sie, blickt sich jedoch trotzdem immer wieder um und ist einigermaßen beruhigt von der Anwesenheit eines Rettungsschwimmers auf seinem Hochsitz und dem Lärm in der Nähe spielender Kleinkinder.

Sie läuft etwa eine halbe Stunde, lässt sich dann auf dem

warmen Sand nieder und beobachtet eine Gruppe von Teenagern, die auf den kleinen, unregelmäßigen Wellen Bodysurfing versuchen. Sie spürt die Sonne auf ihren Beinen, Armen und ihrem Haar, spürt, wie ihre Verkrampfungen sich lösen, und beginnt endlich, sich zu entspannen. Der Ozean ist schon immer eine beruhigende Kraft in ihrem Leben gewesen, egal an welcher Küste sie ist. Er hat sie getröstet, als ihre Eltern gestorben sind, ihr Vater an einem Schlaganfall, als sie dreiunddreißig war, ihre Mutter fünf Jahre später an Krebs.

Immerhin sind ihnen die Ereignisse der letzten paar Jahre erspart geblieben, denkt Maggie und bemerkt zwei stämmig aussehende Männer, die auf sie zukommen. Instinktiv greift sie in ihre Handtasche und tastet nach dem Griff der Waffe. Aber die Männer, beide nur mit einer äußerst knappen Badehose bekleidet, blicken nicht mal in ihre Richtung, als sie vorbeigehen.

Maggie schüttelt den Kopf und rappelt sich auf. Hat sie wirklich gedacht, dass sie Waffen in ihren Speedos verstecken?

Ist das eine Pistole in deiner Hose, oder freust du dich nur, mich zu sehen?

Okay, denkt Maggie, wenn sie anfängt, Mae West zu zitieren, wird es Zeit, nach Hause zu fahren.

Die kleine Sackgasse ist still, als sie mit ihrem SUV in die Auffahrt biegt. Niemand sprengt den Rasen oder beobachtet sie aus einem Fenster; niemand lauert hinter einer stämmigen Palmettopalme. Vor Mrs Fishers Haus parkt eine Luxuskarosse, die sie nicht erkennt, die jedoch wahrscheinlich dem Sohn der alten Dame gehört. Trotzdem wirft sie einen Blick auf das Nummernschild, um sich zu vergewissern, dass es kein Leihwagen ist.

Sie weiß, dass etwas nicht stimmt, sobald sie die Haustür aufgeschlossen hat. Reflexartig streckt sie die Hand aus, um den Dreißig-Sekunden-Warnton zum Verstummen zu bringen, der dem vollen Alarm vorausgeht, als die unheimliche Stille des Hauses in ihre Poren sickert und sie begreift, dass die Alarmanlage ausgeschaltet ist.

Wie kann das sein? Ich habe gesehen, wie Erin sie heute Morgen eingeschaltet hat. Oder nicht?

Sie lässt die Haustür offen, zieht ihre Waffe und das Handy aus ihrer Tasche und lässt den Beutel fallen. *Sei nicht dumm*, sagt sie sich, als sie, das Handy in der einen, die Waffe in der anderen Hand, auf Zehenspitzen zur Treppe geht. *Du bist nicht die Frau in einem billigen Horrorfilm, die genau an den Ort läuft, dem fernzubleiben der gesunde Menschenverstand einem gebieten würde*. Maggie bleibt stehen und will den Notruf wählen, doch der Gedanke, dass sie sich irren könnte, lässt sie zögern. Könnte es sein, dass Erin bei dem hektischen Aufbruch heute Morgen einen falschen Code eingegeben hat? Sie muss sich sicher sein, bevor sie die Truppen alarmiert. Sie kann es sich nicht leisten, als hysterische Frau zu gelten, die bei jeder Lappalie Alarm schlägt.

Maggie geht langsam vorsichtig die Treppe hinauf, die Pistole immer noch in der einen und das Telefon in der anderen Hand, die ersten beiden Ziffern des Notrufs bereits gedrückt. Wenn jemand auf der Lauer gelegen hat, um sie zu überfallen, müsste er allerdings gehört haben, wie sie mit dem Wagen in die Auffahrt gebogen ist, und sie müsste schon tot sein.

Es sei denn, er will ihr direkt gegenübertreten und ihren Gesichtsausdruck sehen, wenn er seine angedeutete Drohung wahrmacht, damit sie weiß, dass er sein stummes Versprechen gehalten hat, dass seine Augen das Letzte sein würden, was ihre Augen sehen, bevor er sie für immer schließt.

Plötzlich hallt ein Geräusch durch den Flur. Maggie fährt herum, lässt ihr Handy fallen und zielt in die Richtung, bereit abzudrücken. »Ich habe eine Waffe«, warnt sie den Eindringling, wie man es ihr beigebracht hat.

»Maggie?«, fragt ihr Mann, der aus dem Schlafzimmer kommt. »Scheiße! Was zum Teufel …« Er sinkt auf die Knie. »Bist du verrückt geworden, Scheiße noch mal?«

»Bist du verrückt geworden?«, brüllt sie. »Ich hätte dich beinahe erschossen, verdammt. Was zum Teufel machst du hier?«

»Du hast eine Scheißwaffe? Verdammte Kacke!«

So schreien sie sich weiter mit Kraftausdrücken an, bis ihnen die Puste ausgeht. Maggie bricht in Tränen aus, während sie sich Craig gegenüber auf den Boden fallen lässt. Erst Minuten später sind beide wieder imstande, einigermaßen zusammenhängende Sätze zu bilden.

»Ich kann es nicht fassen«, sagt Craig schließlich. »Du hast eine Waffe gekauft?!«

»Du bist gegangen. Was sollte ich denn machen?«

»Wie wär's damit, einen Scheißpsychiater zu konsultieren?«

»Ich brauch keinen Psychiater.«

»Wirklich nicht? Du hättest mich um ein Haar erschossen!«

»Du bist in mein Haus eingebrochen!«

»Ich bin nicht eingebrochen«, erklärt Craig ihr. »Ich habe einen Schlüssel. Ich kenne den Code.«

»Wo ist dein Wagen?«

»Ich habe mir einen von unserem Hof geliehen.«

Maggie sieht das unbekannte Auto vor sich, das auf der Straße parkt, und versucht zu begreifen, was gerade passiert ist. Sie hätte beinahe ihren Mann erschossen. *Das* ist passiert. »Was machst du überhaupt hier, verdammt noch mal?«

»Ich wollte meine Sachen holen ...«

»Und ... was? Du rufst nicht an? Bittest nicht um Erlaubnis? Du kreuzt einfach hier auf?«, will Maggie wissen.

»Ich habe versucht, dich anzurufen. Du bist nicht drangegangen. Ich habe eine Nachricht hinterlassen ...«

Maggie blickt zu dem Telefon neben sich auf dem Boden. Scheiße. Deshalb hatte er angerufen. »Dann hättest du warten sollen, bis ich dich zurückrufe. Es sind bloß eine Kamera und ein paar Manschettenknöpfe. Wozu die Eile?«

»Ich brauche die Manschettenknöpfe.«

Maggie erkennt seine Zögerlichkeit, zieht eine Braue hoch und wartet, dass er fortfährt.

»Ich bin am Wochenende zu einer Hochzeit eingeladen«, erklärt er. »Nicht dass ich mich dafür rechtfertigen müsste, meinen persönlichen Besitz abzuholen.«

»Eine Hochzeit?«, fragt Maggie und geht im Kopf ihre gemeinsamen Bekannten auf potenzielle Kandidaten durch. »Wer heiratet denn? Wir kennen niemanden.«

»Es ist jemand von der Arbeit.«

»Jemand von der Arbeit«, wiederholt Maggie, die ahnt, dass er ihr nicht die ganze Geschichte erzählt. Craig war nie besonders gut darin, etwas vor ihr geheim zu halten. Und er ist ein lausiger Lügner. Das war er schon immer. »Wer?«

»Welche Rolle spielt das?«

»Was verschweigst du mir?«, entgegnet sie. »Vergiss nicht – du sprichst mit einer Frau, die eine geladene Waffe in der Hand hält.«

Craig seufzt. »Also gut. Ich erzähle es dir … unter der Bedingung, dass du das verdammte Ding weglegst.«

Maggie legt die Waffe neben sich auf den Boden. »Schieß los«, sagt sie und hofft auf einen Lacher. »Entschuldige«, fügt sie hinzu, als der ausbleibt. »Also, wer heiratet?«

»Ehrlich gesagt kenne ich das Paar auch nicht persönlich.« Craig zögert. »Ich bin sozusagen … die Begleitung.«

Maggie lässt seine Worte einen Moment lang sacken. »Willst du sagen, du bist jemandes Date?«

»Nicht wirklich.« Erneutes Zögern. »Na ja, ich nehme an, man könnte es so nennen.«

»Du hast ein Date«, wiederholt Maggie, bemüht ruhig. »Findest du es nicht ein bisschen früh, dich mit jemand anderem zu treffen? Außer natürlich, du hast dich schon mit ihr getroffen, bevor wir uns getrennt haben …«

»Sei nicht albern. Du weißt, dass ich so was nie tun würde.«

»Ich hätte auch nie gedacht, dass du mich verlässt«, sagt sie, was ihn zum Schweigen bringt. »Ist es was Ernstes?«

»Nein. Nur jemand von der Arbeit.«

»Jemand von der Arbeit.« Maggie geht im Kopf die Kolleginnen ihres Mannes durch. »Wer?«

»Welchen Unterschied …? Eine unserer Vertreterinnen«, sagt er mit einem Gesichtsausdruck, in dem die Einsicht zu lesen steht, dass es nutzlos ist, diese Diskussion weiter in die Länge zu ziehen. »Du kennst sie nicht. Sie ist neu.«

»Na dann«, sagt Maggie, als ihr nichts anderes einfällt. *Das wär's also damit.* Ihr Mann ist nicht einsam. Er liebt sie nicht immer noch, vermisst sie nicht und will nicht nach Hause zurückkehren. Sie stemmt sich vom Boden hoch, steckt die Waffe ein, strafft die Schultern und marschiert in Leos Zimmer. Sie hört, wie Craig sich hinter ihr aufrappelt. »Wohin gehst du?«

Ohne zu antworten, betritt Maggie das Zimmer ihres Sohnes, öffnet den Kleiderschrank, zieht den Karton mit Craigs Sachen heraus, kehrt in den Flur zurück und drückt ihn ihm an die Brust. »Du kannst jetzt gehen.«

»Maggie …«

»Nimm einfach den Scheißkarton und verlasse mein Haus.«

Er rührt sich nicht. »Es muss nicht so sein.«

»Wirklich? Wie hättest du es denn gern?«

»Du weißt, dass mir immer noch viel an dir liegt …«

Die Worte prallen auf Maggies Verstand. Was soll das heißen? Dass er sie noch liebt? Dass er nach Hause zurückkommen will?

»Tust du mir einen Gefallen?«, fragt er.

»Was denn?«

»Entledigst du dich dieser verdammten Waffe?«

»Kommt nicht infrage«, sagt sie. *Leck mich*, denkt sie.

»Herrgott noch mal, Mag. Denk an die Kinder …«

»Ich denke an die Kinder.«

»Was, wenn das gerade nicht ich, sondern Leo gewesen wäre?«

»War es aber nicht.«

»Was, wenn es so gewesen *wäre*?«

Es folgt ein unbehagliches Schweigen. Wenn sie noch englische Literatur unterrichten würde, würde sie ihren Schülern erklären, dass man so etwas als »bedeutungsschwangere Pause« bezeichnen könnte. Aber sie unterrichtet keine englische Literatur mehr. Sie unterrichtet gar nichts mehr. Sie ist nichts mehr von dem, was sie einmal ausgemacht hat – ein selbstbewusstes kalifornisches Mädchen, eine Highschool-Lehrerin, eine liebevolle Ehefrau. An ihrer Stelle steht eine unsichere Hochstaplerin, eine einsame Frau mit Furcht im Herzen und einer Pistole in der Tasche.

»Lass die Kinder nicht warten«, sagt sie, als sie ihre Sprache wiederfindet.

»Maggie, bitte …«

»Du kennst den Weg nach draußen.« Sie geht in ihr Schlafzimmer. »Viel Spaß bei der Hochzeit«, fügt sie hinzu und schließt die Tür hinter sich.

KAPITEL SIEBEN

Gut zwanzig Minuten lang sitzt Maggie auf ihrem Bett, unfähig sich zu rühren, bis sie spürt, wie die Taubheit, die ihren Körper befallen hat, allmählich abklingt. Das leise Summen der Klimaanlage dringt langsam wieder an ihre Ohren; das Gefühl kehrt in ihre Fingerspitzen zurück; sie spürt das Gewicht der Waffe in ihrer Tasche, die gegen ihre Hüfte drückt.

Ich hätte beinahe meinen Mann erschossen, wird ihr klar, als sie die Waffe herauszieht und unter den zahllosen Schals in der obersten Schublade ihres Nachttischs versteckt. *Mein Mann liebt mich nicht*, denkt sie mit dem nächsten Ausatmen.

Er hat ein Date.

Er kommt nicht zurück.

O Gott.

Er schaut nach vorn. Ohne sie.

Wie kann das überhaupt sein?

Trotz allem, was passiert ist, trotz der unglaublichen Belastung, der ihre Ehe in den letzten Jahren ausgesetzt war, ist sie immer davon ausgegangen, dass ihr Bund unzerbrechlich ist. Selbst als Craig ankündigt hat, dass er ausziehen würde, ihr erklärt hat, dass sie »ihr Feuer« verlieren und er es nicht mehr aushalten würde, hat sie gedacht, dass sie mit der Zeit irgendwie wieder zueinanderfinden würden.

Kennengelernt hatten sie sich auf einer Party in ihrem letzten Jahr an der UCLA. Es war der klassische Fall von Gegensätzen, die sich anziehen. Maggie liebte Craigs entspannte Art und seinen lockeren Charme, er ihre Eindringlichkeit und ihre hohen moralischen Prinzipien. Sie heirateten; Maggie fand eine Anstellung als Englischlehrerin an einer Highschool; Craig etablierte sich als Verkäufer von Luxusautos; sie bekamen zwei Kinder.

Sie waren glücklich.

Natürlich hatten sie ihre Auseinandersetzungen. Manchmal beschwerte Craig sich darüber, dass Maggie *zu* eindringlich war, dass ihre moralischen Prinzipien *zu* hoch waren, *zu* anspruchsvoll, während Maggie ihm gelegentlich vorwarf, *zu* nachsichtig und *zu* locker zu sein.

»Manchmal muss man Position beziehen«, erklärte sie ihm.

»Manchmal muss man nachgeben«, entgegnete er.

Trotzdem war er glücklich. Sie war glücklich.

Vielleicht hat sie ihr Feuer verloren, aber sie hat nie gedacht, dass sie ihn verlieren würde.

Sie geht zum Fenster und kontrolliert mit einem Blick, ob in der Sackgasse irgendetwas Ungewöhnliches passiert. Etwas, das die Bilder eindämmt, die ihr Bewusstsein fluten.

Denn Maggie kann sich noch ganz genau an den Tag erinnern, an dem alles anders geworden ist, an den Moment vor zwei Jahren, der ihr Leben für immer verändert hat.

Es war ein Sonntag. Craig war mit den Kindern zum Strand gefahren, und Maggie hatte den Wellnesstag genossen, den er ihr zum vierzigsten Geburtstag geschenkt hatte. Zuerst entspannte sie sich in der Sauna, dann folgten eine noch entspannendere Massage und zuletzt eine herrliche kosmetische Gesichtsbehandlung sowie eine dringend benötigte Maniküre und Pediküre. Sie war erfrischt aus dem Spa des Wilshire Hotel gekommen, bereit, es mit der Welt aufzunehmen.

Die Welt wiederum schickte sich an, Maggie auf den Kopf zu krachen.

Sie hielt an einer roten Ampel und bemerkte einen Aufruhr neben sich. Offenbar hatte eine Lincoln-Limousine ein Motorrad geschnitten, und die beiden Fahrer – der eine ein gut gekleideter Geschäftsmann mittleren Alters, der andere ein rabiat aussehender Biker in Lederweste – hatten ihre Fahrzeuge verlassen und droschen mitten auf der Straße aufeinander ein, während Sonnenstrahlen wie Stroboskoplicht über die Tattoos auf den nackten Armen des Bikers zuckten. Und dann ein weiteres Blitzen – mein Gott, war das ein Messer? –, eine Klinge sauste durch die versmogte Luft und wurde in die Halsschlagader des Autofahrers gestoßen.

»Nein!«, schrie Maggie, während der Motorradfahrer ruhig den Helm aufsetzte, den er kurz zuvor auf den Boden geworfen hatte, sodass sein zotteliges braunes Haar und seine wütenden braunen Augen wieder verborgen waren. Er schüttelte den Kopf in Maggies Richtung, als wollte er eine stumme Warnung aussprechen, stieg auf sein Motorrad und sauste davon.

Die Polizei traf Minuten später ein.

»Ich habe alles gesehen«, erklärte Maggie den Beamten, schilderte die Auseinandersetzung und beschrieb den Biker, so detailliert sie konnte – das ungepflegte Haar, die dunklen, bedrohlichen Augen und das Dickicht von Tätowierungen auf seinen Armen.

»Du hast der Polizei erklärt, du könntest den Mörder identifizieren?«, wollte Craig wissen, als sie ihm die Ereignisse später erzählte.

»Ich habe gesehen, wie ein Mann ermordet wurde«, entgegnete Maggie. »Und ich habe die Person gesehen, die es getan hat. Willst du sagen, ich hätte einfach stumm bleiben sollen?«

»Es gab bestimmt auch noch andere Zeugen.«

»Ich bin die Einzige, die sein Gesicht gesehen hat.«

»Nein, du bist die Einzige, die dumm genug war, es zuzugeben.«

Der Streit setzte sich bis zum Abend fort und ging in den nächsten Tagen und Wochen weiter. Er wurde heftiger, nachdem ein Mann festgenommen wurde, auf den die Beschreibung passte, die Maggie der Polizei gegeben hatte, und sie ihn bei einer Gegenüberstellung identifizierte.

Danach gingen die Einschüchterungen los. Anrufer, die sofort wieder auflegten. Anonyme, andeutungsweise bedrohliche Nachrichten in den sozialen Medien, aufheulende Motorräder vor ihrem Schlafzimmerfenster zu allen möglichen Nachtstunden.

Sie riefen die Polizei, die die U.S.-Marshals benachrichtigte, die sofort vorbeikamen, um ihnen zu erklären, dass sie möglicherweise für ein Zeugenschutzprogramm infrage kämen.

»Und wie funktioniert das?«, fragte Maggie.

Man erklärte ihnen, dass Maggie, Craig und die beiden Kinder neue Identitäten bekommen und an einen geheimen Ort gebracht werden würden, wo man sie mit einem monatlichen Stipendium und Geld zur Überbrückung, einer neuen

Sozialversicherungsnummer, falschen Geburtsurkunden und anderen nötigen Dokumenten ausstatten würde. Aber sie würden nach wie vor für die Schulden verantwortlich sein, die sie vorher gemacht hatten, und nicht in der Lage sein, einen Wagen zu kaufen oder andere größere Anschaffungen zu machen, weil sie in ihrer neuen Identität noch keine Kreditwürdigkeit erworben hatten.

Außerdem bedeutete es, dass sie all ihre Verwandten, Freunde und praktisch ihr gesamtes Leben hinter sich lassen mussten.

Es bedeutete, dass sie alle Menschen über alles anlügen mussten.

»Es kommt mir vor, als wären wir diejenigen, die hier bestraft werden«, bemerkte Maggie. »Nicht der Mörder.«

Die Marshals widersprachen nicht.

»Wir brauchen Zeit, um alles zu bedenken«, erklärte Maggie ihnen, hin und her gerissen zwischen dem Willen, das Richtige zu tun, und den Sorgen um das Wohlbefinden ihrer Familie. Konnte sie Mann und Kindern wirklich zumuten, ihr Zuhause, ihre Freunde, ihre Namen aufzugeben? Sie beruhigte sich, dass derart drastische Maßnahmen nicht erforderlich sein würden. Wenn der Mörder dank ihrer Zeugenaussage erst einmal hinter Gittern saß, würde alles gut, und ihr Leben würde wieder normal werden.

Aber es kam nie zum Prozess.

Die Anklage wurde fallengelassen, weil der Mann, den sie identifiziert hatte, ein Alibi präsentierte, so dubios es auch sein mochte – ein halbes Dutzend Biker-Kumpel, die alle ungefähr gleich aussahen, alle die gleichen Tattoos hatten und alle schworen, dass sie zum Zeitpunkt des Zwischenfalls mit dem

Verdächtigen zusammen gewesen waren. Der stellvertretende Staatsanwalt war der festen Ansicht, dass jeder halbwegs fitte Anwalt Maggies Identifizierung des Verdächtigen in Zweifel ziehen würde. Wie konnte sie sicher sein, dass der Mann, den sie gesehen hatte, sein Mandant gewesen war, wenn sie in der Nebenspur in ihrem Wagen gesessen hatte, mit geschlossenen Fenstern, von der Sonne geblendet, verängstigt, möglicherweise sogar traumatisiert? In Verbindung mit dem Alibi des Bikers würde das wahrscheinlich reichen, um bei den Geschworenen begründeten Zweifel zu säen, der es der Anklage unmöglich machen würde, eine Verurteilung zu erreichen.

»Sieh es positiv«, sagte ihr offensichtlich erleichterter Mann. »Es ist vorbei.«

Aber es war nicht vorbei.

Die Anklage war vielleicht fallengelassen worden, doch die Belästigungen gingen weiter. Ihr Haus wurde mit Eiern beworfen; überall, wohin Maggie ging, tauchten junge Männer auf Motorrädern auf; im Briefkasten fanden sie einen toten Vogel.

Sie riefen die U.S.-Marshals an, die erklärten, dass die Familie, da es nun keinen Prozess mehr gab, in dem Maggie aussagen sollte, auch keinen Anspruch mehr auf Zeugenschutz hatte.

Sechs Monate später zogen sie nach Florida.

Nach einer kurzen Eingewöhnungsphase passten sich nicht nur alle an die neue Umgebung an, sie blühten auf. Craig fand einen Job bei einem lokalen Händler für Luxusautos und stieg binnen weniger Monate zum Top-Verkäufer auf. Erin wurde schnell eins der beliebtesten Mädchen in ihrer Schule; und sogar der stille Leo wirkte glücklich.

Nur Maggie ging es nicht besser. Nur Maggie schaffte es nicht, nach vorn zu schauen.

Sie suchte Hilfe bei einem Therapeuten und machte mit religiösem Eifer die Atem- und Meditationsübungen, die sie beruhigen sollten, hörte jedoch wieder damit auf, als sie dadurch nur noch angespannter wurde.

Sie färbte ihre langen dichten Haare in einem glanzloseren Braun und schnitt sie dann kurz. Sie entschied sich, vorerst nicht zu arbeiten, vorgeblich, damit sie zu Hause für die Kinder da sein konnte, »bis sie sich an alles gewöhnt hatten«. Sie hatte nur flüchtigen Kontakt mit den Nachbarn, wurde zunehmend ungesellig und argwöhnisch gegenüber Fremden.

»Da war so ein Mann«, berichtete Maggie Craig eines Tages. »Ich bin sicher, er ist mir gefolgt ...«

»Da war kein Mann«, sagte Craig.

»Heute Morgen hat jemand angerufen und gleich wieder aufgelegt ...«, sagte sie ein anderes Mal.

»Wahrscheinlich verwählt.«

»In Leos Schule war ein Typ, der mich irgendwie komisch angesehen hat ...«

»Maggie ...«

»Wir müssen eine Pistole kaufen.«

»Wir kaufen keine Pistole.«

»Du bist stur.«

»Du bist paranoid.«

Und so ging es weiter. Bis zu dem Abend des Konzerts, dem Abend, an dem aus »Du verlierst dein Feuer« wurde: »Es tut mir leid, Maggie. Ich kann das einfach nicht mehr.«

In Miami war ein großes Country-Spektakel angekündigt.

Der Besitzer des Autohauses, in dem Craig arbeitete, hatte Craig und Maggie eingeladen, ihn und seine Frau zu dem ausverkauften Konzert zu begleiten. Craig hatte sich geschmeichelt gefühlt und war begeistert, dass er einige seiner Lieblingskünstler live sehen würde. Sogar Maggie hatte sich auf den Abend gefreut. Aber als ihr Gastgeber seinen weißen Jaguar auf den Parkplatz der American Airlines Arena steuerte, sah Maggie eine kleine Truppe von Bikern, die das Gelände umkreisten, und spürte, wie eine große Panikblase sich in ihrem Bauch festsetzte, die größer wurde, als sie die Arena betraten und die Leute begannen, ihre Plätze einzunehmen. Sie dehnte sich sogar noch weiter aus, als das Licht gedimmt wurden und die Show begann, und drohte zu zerplatzen, als Maggie auf der anderen Seite des Gangs zwei Männer mit Bärten und Tattoos sah, die lachten.

»Diese Männer…«, flüsterte sie Craig zu und wies mit dem Kinn in die Richtung.

»Was ist mit ihnen?«, fragte er, obwohl er es schon wusste.

»Wir müssen gehen.«

»Wir können nicht gehen. Beruhige dich einfach. Atme tief ein.«

Das Atmen half nicht. »Ich muss mich übergeben«, sagte Maggie.

»Du musst dich nicht übergeben.«

»Gibt es ein Problem?«, fragte Craigs Chef.

»Nein. Alles in Ordnung«, versicherte Craig ihm.

»Ich kann nicht atmen«, sagte Maggie und sog Luft ein.

»Du kannst nicht jedes Mal in Panik geraten, wenn du einen tätowierten Mann siehst«, murmelte Craig zwischen zusammengebissenen Zähnen.

Aber Maggie war bereits aufgesprungen. »Ich muss hier raus. Wir müssen gehen. Sofort!«

Craig packte ihren Arm und drückte sie zurück auf ihren Sitz. »Wir sind gerade anderthalb Stunden gefahren, um hierherzukommen, und es ist nicht unser Wagen.«

»Dann bleib du. Ich nehm ein Taxi …«

»Nicht so laut, ja? Du blamierst mich …«

»Ist alles in Ordnung?«, fragte Craigs Chef.

Am Ende verließen sie das Konzert nach dem Opening Act, und Craigs Chef raste über die I-95, als ob der Wahnsinn, der Maggie gepackt hatte, ansteckend wäre, während seine Frau so wütend über den ruinierten Abend war, dass sie praktisch kein Wort sagte, bis Maggie hinten aus dem Wagen stieg. »Ich hoffe, Sie fühlen sich besser«, brachte sie noch über die Lippen und warf die Worte über die Schulter wie Salzkörner.

»Ich hoffe, du bist zufrieden«, sagte Craig, sobald er und Maggie im Haus waren. »Und ich hab Glück, wenn ich am Montag noch einen Job habe.«

Der Montag kam, und Craig hatte noch einen Job. Aber Maggie hatte Craig nicht mehr.

»Es tut mir leid, Maggie. Ich kann einfach nicht mehr.«

Das Festnetztelefon auf dem Nachttisch klingelt, und Maggie fährt zusammen. Sie nimmt ab, bevor es ein weiteres Mal klingeln kann. »Hallo?«, sagt sie und wappnet sich gegen die bedrohliche Stimme, die sich melden wird.

Stattdessen vernimmt sie eine Frauenstimme, die mit weichem, melodischem Südstaatenakzent fragt: »Ist dort Maggie McKay?«

»Wer ist da?«

»Hier ist Dani Wilson. Von nebenan.«

»Ja?«, fragt Maggie. Dani Wilson hat seit ihrem Einzug kaum ein Wort mit ihr gewechselt. Im Gegenteil, sie ist betont unfreundlich gewesen. Als Maggie sie einmal gefragt hat, ob ihre Söhne sich vielleicht zum Spielen treffen könnten, hat sie sie kühl abblitzen lassen. Was also wollte Dani Wilson jetzt?

»'tschuldigen Sie die Störung, aber ich sitz ein bisschen in der Patsche und hatte gehofft, dass Sie mir vielleicht helfen können…«

»Was kann ich für Sie tun, Mrs Wilson?«

»Dr. Wilson, genau genommen.«

»Verzeihung.« *Zicke*, denkt Maggie. »Was kann ich für Sie tun, *Dr.* Wilson?«

»Sie haben doch eine Tochter, oder? Erin?«

»Worum geht es denn?«

»Also, ich hab mich gefragt, ob sie diesen Sonntag vielleicht Zeit hat und für uns babysitten kann. Wir sind zum Golfspielen und Abendessen mit Mrs Fishers Sohn und seiner Frau eingeladen. Julia Fisher, wissen Sie? Sie wohnt gegenüber. Mein Mann hat ihren Mann behandelt, bevor der Arme gestorben ist. Daher kennen wir ihren Sohn… Jedenfalls haben sie uns für Sonntag zum Golfspielen und zum Abendessen eingeladen, und die Babysitterin, die sonst kommt, kann nicht, deshalb hat Nick vorgeschlagen, Erin zu fragen, ob sie an dem Nachmittag und Abend auf unsere Jungs aufpassen kann. Glauben Sie, das wär' okay? Könnt' sie vielleicht einspringen?«

»Nun, da müsste ich sie fragen.«

»Natürlich. Könnt' sie uns vielleicht später anrufen?«

Maggie notiert die Telefonnummer der Wilsons.

Das Gespräch wird beendet.

»Ja, vielen herzlichen Dank auch«, imitiert Maggie Dr. Dani Wilsons seltsam gebremsten Südstaatensingsang. »War mir ein Vergnügen, mit Ihnen zu sprechen.« Sie legt auf und denkt, dass dies die längste Unterhaltung war, die sie mit der Frau geführt hat, seit sie eingezogen sind. Schon seltsam, dass sie, nachdem sie monatelang kaum etwas mit den Nachbarn zu tun hatte, mit gleich zweien an einem Tag Kontakt haben sollte.

Du bist paranoid, hört sie Craig sagen.

»Leck mich«, sagt Maggie, während sie irgendwo draußen das vertraute Aufheulen eines Motorrads hört. Das Geräusch vibriert durch ihren Körper wie ein Bohrer. Maggie kriecht unter die Decke ihres ungemachten Bettes und bleibt dort bis zum Anbruch der Dunkelheit liegen.

KAPITEL ACHT

Erin klingelt bei den Wilsons und wartet, dass jemand die Haustür öffnet. Von drinnen hört sie laute wütende Stimmen, die jedoch verstummen, als sich Schritte der Tür nähern. *Wahrscheinlich der Fernseher*, denkt Erin, als die Tür geöffnet wird.

»Erin«, begrüßt sie Nick Wilson lächelnd und äußerlich entspannt. »Danke, dass du das für uns machst. Komm rein. Meine Frau macht sich gerade noch fertig. Wie läuft's so?«

Sie betritt das Haus. »Gut.«

»Macht die Schule Spaß?«

»Es ist okay.«

»Na ja, in ein paar Wochen sind Sommerferien.«

Erin nickt und lässt den Blick weiter ins Haus schweifen, überrascht, wie anders es sich anfühlt als ihr eigenes, obwohl der Grundriss der Häuser praktisch identisch ist. *Erstaunlich, was man mit ein wenig Überlegung und teuren Möbeln erreichen kann*, denkt sie und vergleicht die offensichtliche Liebe der Wilsons zum Detail mit dem eher schludrigen Ansatz ihrer Mutter in, nun ja, fast allem.

Wenn ihre Mutter sich mehr Mühe gegeben hätte, ihr Haus zu einem richtigen Zuhause zu machen, würde ihr Vater vielleicht noch dort wohnen.

»Wo sind die Jungen?«

»Ben ist in seinem Zimmer und spielt Videospiele. Tyler ist mit seinem Fisch beschäftigt. Sie sollten keine Probleme machen. Und es wird auch nicht spät werden. Golf und ein frühes Abendessen. Ich schätze, wir sind vor neun zurück.«

»Keine Eile.«

»Vorausgesetzt, wir kommen je hier weg.« Dr. Wilson blickt zur Treppe. »Dani, Schatz«, ruft er. »Was ist denn jetzt noch?«

»Immer mit der Ruhe. Ich komm ja.«

»Weihnachten auch.« Er zuckt die Schultern, um anzudeuten: *Was will man machen?*

»Bin in zwei Minuten unten.«

»Wahrscheinlich eher zwanzig«, sagt Nick. »Da können wir uns auch noch kurz ins Arbeitszimmer setzen.« Er zeigt auf den hinteren Teil des Hauses. »Du hast Tyler schon mal getroffen, oder?«, fragt er, als sie in die Küche kommen.

»Ist schon eine Weile her«, sagt Erin. »Hi, Tyler. Das sind aber schöne Fische, die du da hast. Haben sie auch Namen?«

Die Nachfrage wird mit einem breiten Lächeln beantwortet, das sich von den vollen Lippen des Jungen bis zu seinen dunkelblauen Augen spannt. »Meiner schon. Neptun. Er ist der rote. Willst du sehen, wie er durch einen Reifen springt?«

»Jetzt nicht, Goldlöckchen«, sagt sein Vater und streicht durch das dunkelblonde Haar des Jungen. »Du kannst es ihr zeigen, wenn wir gegangen sind. Er glaubt, jeder ist so fasziniert von seinem Fisch wie er«, flüstert Nick, als er sie ins Arbeitszimmer führt, wo er auf ein grünes Ledersofa weist, das im rechten Winkel zu einem großen Eichenschreibtisch steht, direkt gegenüber einem Großbildfernseher und einer Vitrine voller Waffen.

Erin setzt sich auf die Ledercouch und spürt, wie das Leder an der Rückseite ihrer nackten Schenkel klebt. Sie nimmt sich vor, beim nächsten Mal zum Babysitten eine lange Hose anzuziehen. »Das ist ja eine tolle Sammlung«, sagt sie.

»Du magst Waffen?«

»Eigentlich nicht. Sie machen mir irgendwie Angst.«

»Es gibt nichts, wovor man Angst haben müsste.« Nick nimmt einen Schlüssel aus der obersten Schublade des Schreibtischs und schließt die Vitrine auf. »Komm her.«

Erin drückt sich von dem Platz hoch, auf dem sie gesessen hat, und hört das leise Schmatzen des Leders, als es widerwillig ihre Haut loslässt.

»Das hier ist eine Springfield Armory 9 Millimeter XD«, erklärt er ihr. »Die wäre perfekt für dich. Es ist nicht nur eine fantastische erste eigene Waffe, es macht auch großen Spaß, damit zu schießen. Hier. Nimm mal.«

»Oh, Dr. Wilson, ich glaube nicht …«

»Nimm sie.« Er lässt die Waffe in ihre offene Hand fallen. »Überraschend anschmiegsam, oder nicht? Und bitte, lassen wir die Förmlichkeiten, okay? Nenn mich Nick. Wie gefällt dir das?«

Erin ist sich kurz nicht sicher, ob er die Waffe oder seine Aufforderung meint, ihn mit dem Vornamen anzureden. »Irgendwie seltsam«, antwortet sie, was in beiden Fällen stimmt. »Sie ist schwerer, als ich gedacht hätte.«

»Na ja, es ist kein Spielzeug.«

Sie gibt ihm die Pistole zurück und zeigt auf die größeren Waffen. »Sind das Gewehre?«

»Einige sind Gewehre, andere Flinten.«

»Es gibt einen Unterschied?«

»Der besteht vor allem in dem Lauf.« Nick nimmt ein Gewehr von den Haken. »Dieses Gewehr hat einen langen dickwandigen Lauf, um dem hohen Druck standzuhalten, und diese kleinen spiralförmigen Nuten sind die sogenannten ›Züge‹, was aber nichts mit dem Abzug zu tun hat«, sagt er lachend und seine Rolle als Lehrer sichtlich genießend. »Sie geben der Kugel einen Drall, um die Reichweite und Treffsicherheit zu verbessern. Mit Gewehren schießt man normalerweise auf nicht bewegliche Ziele«, fährt er fort, legt die Waffe an ihren Platz zurück und nimmt eine andere heraus, »wohingegen Flinten wie diese in der Regel benutzt werden, um auf bewegliche Ziele in der Luft zu schießen. Sie haben ebenfalls einen langen Lauf, sind allerdings dünner als Gewehre, und ihr Lauf hat eine glatte Innenwand.«

»Und apropos langer Lauf«, sagt Nicks Frau, die in diesem Moment das Arbeitszimmer betritt und den Eindruck macht, als würde sie sich in ihren unvorteilhaften knielangen Shorts und dem weiten Golfhemd dezidiert unbehaglich fühlen. »Ich bin sicher, Erin hat für einen Tag bestimmt genug über Reichweite, Reibung und dergleichen gehört.«

Nick legt die Flinte zurück in die Vitrine, schließt ab und deponiert den Schlüssel wieder in der obersten Schreibtischschublade. »Du hast vollkommen recht. Offenbar bin ich genauso schlimm wie Tyler mit seinem verdammten Fisch.« Er lächelt. »Ich habe Geld neben das Telefon in der Küche gelegt, damit ihr euch Pizza zum Abendessen bestellen könnt, wenn das okay für dich ist.«

»Klar«, sagt Erin.

»Gut. Dann sind wir, glaube ich, alle so weit. Sollen wir uns auf den Weg machen?«

»Vielen, vielen Dank, dass du das für uns machst«, erklärt Dani Erin. »'s wirklich sehr nett von dir.«

»Immer gerne.« Erin folgt den beiden aus dem Zimmer.

»Wiedersehen, Schätzchen«, sagt Dani zu ihrem älteren Sohn, der immer noch auf seinen Fisch konzentriert ist. »Sei ein braver Junge und mach Erin keinen Ärger. Hast du gehört?«

»Ja.«

»Wie gesagt«, erklärt Nick Erin schon an der Tür, »es sollte nicht allzu spät werden.«

»Auf Wiedersehen, Ben«, ruft Dani die Treppe hoch.

»Wiedersehen«, ruft Ben zurück, während Tyler aus der Küche gelaufen kommt, um seine Mutter zu umarmen.

»Okay, Goldlöckchen, wie wär's, wenn du nach oben gehst und eine Weile Videospiele mit deinem Bruder spielst?«, schlägt Nick vor.

»Ich mag keine Videospiele«, sagt Tyler.

»Na, dann versuch wenigstens, Erin nicht zu sehr mit dem verdammten Fisch anzuöden. Offenbar habe ich sie schon genug gelangweilt.« Er lächelt seine Frau an. »Wir wollen doch, dass Erin noch mal wiederkommt.«

»Viel Spaß beim Golfen«, ruft Erin und beobachtet, wie die Wilsons in Nicks großen schwarzen Mercedes steigen und rückwärts aus der Auffahrt setzen. Sie schließt die Tür und stellt überrascht fest, dass Tyler immer noch neben ihr steht.

»Willst du jetzt sehen, wie Neptun durch seinen Reifen springt?«, fragt er eifrig.

Erin lächelt. »Klar.« Sie gehen zusammen zu dem Fischglas, und sie sieht staunend zu, wie Tyler den kleinen roten Fisch mit dem Zeigefinger erst um einen neongelben Reifen herum und dann hindurch dirigiert. »Wow«, sagt sie beeindruckt. »Hast du ihm das beigebracht?«

»Ja. Aber er ist wirklich klug. Er lernt schnell.«

»Also, klug *und* schön.«

»Er ist der Beste«, sagt Tyler.

»Was ist mit dem Blauen?«, fragt Erin. »Was für Tricks kann er?«

»Das ist Bens Fisch. Er macht gar nichts.«

»Wieso hat er keinen Namen?«

»Ben will ihm keinen geben.« Er beugt sich vor und senkt die Stimme. »Er hat gesagt, das wäre sinnlos. Also nenne ich ihn einfach Blue.«

»Das ist ein perfekter Name.«

»Willst du zugucken, wie ich Neptun füttere? Er frisst mir direkt aus der Hand.« Ohne eine Antwort abzuwarten, legt Tyler vorsichtig ein Kügelchen Fischfutter auf die Spitze seines Zeigefingers und taucht ihn ins Wasser. Sofort schwimmt der Fisch heran, schnappt das Kügelchen und schluckt es herunter. »Er kriegt drei am Tag«, erklärt Tyler und gibt ihm ein weiteres Kügelchen. »Man muss darauf achten, sie nicht zu überfüttern, weil sie sehr empfindliche Mägen haben. Ist dir langweilig?«, fragt er im nächsten Atemzug.

»Überhaupt nicht«, antwortet Erin wahrheitsgemäß. Sie findet die Unterhaltung über den Fisch viel interessanter als Nicks Vortrag über Waffen. »Warum magst du keine Videospiele?«

»Zu viel Gewalt«, sagt Tyler. »Es geht bloß immer darum, Leute zu erschießen oder ihnen den Kopf abzuschlagen.«

»Du möchtest niemandem den Kopf abschlagen?«

»Da spiele ich lieber mit Neptun. Möchtest du versuchen, ihn zu füttern?«

»Würde er mich lassen?«

Tyler lächelt. »Du darfst bloß keine plötzlichen Bewegungen machen.« Er legt ein Kügelchen auf ihre Fingerspitze und tunkt sie in das Glas. »Warte auf ihn«, sagt er, als der Fisch heranschwimmt, das Kügelchen mit dem Maul packt und zum Grund des Glases taucht. »Du hast es geschafft!«

Erin merkt, dass sie unerwartet stolz ist.

»Er mag dich.«

»Nun, ich mag ihn.« Sie blickt zu dem anderen Glas. »Aber Blue tut mir irgendwie leid.«

»Ja, ich weiß. Mir auch. Aber Mom füttert ihn jeden Tag, und ich spiele ein bisschen mit ihm, wenn Ben nicht da ist.«

»Du bist ein guter Junge«, erklärt Erin ihm.

Tyler wirkt skeptisch. »Das findet Dad nicht.«

»Doch, bestimmt.«

»Nein. Er sagt, ich muss härter werden, und nennt mich Goldlöckchen. Das ist ein Mädchenname.«

»Ich glaube, er meint nur dein Haar«, schlägt Erin vor. »Es ist ein … wie heißt das? Ein ›Kosename‹.«

»Ich weiß nicht.« Tyler zögert und wählt seine Worte mit Bedacht. »Manchmal sagt er Sachen, die sich gut an*hören*, aber nicht gut an*fühlen*.«

»Wow«, sagt Erin. »Das ist ziemlich tiefschürfend für

einen Zehnjährigen.« Sie lächelt und unterdrückt den Impuls, ihm das Haar zu zerzausen wie sein Vater eben. »Ich glaube, du bist vielleicht fast genauso klug wie dein Fisch.«

KAPITEL NEUN

»Du stehst in meiner Sichtlinie, Schatz«, sagt Nick Wilson und blickt über die Schulter zu seiner Frau, die etwa zwanzig Meter entfernt am Rand des Putting Green steht.

Dani macht eilig einen Schritt nach rechts.

»Sorry, Schatz, ich kann dich immer noch sehen.«

Dani hastet zu dem großen Sandbunker auf der anderen Seite des Green. »Zum Kuckuck. Wie ist das?«

»Perfekt. Danke, Schatz.«

Dani lächelt, während ihr Mann von Neuem mit seiner Routine beginnt: Er hebt den Putter, um die korrekte Flugbahn des Balles zu bestimmen, richtet die Füße parallel zu dieser Linie aus, hält den Kopf gesenkt und die Augen auf dem Ball, wackelt ein paarmal mit dem Schläger, macht einige Übungsschläge über dem Ball und hält nach jedem Durchschwung die Finish-Position. Dani atmet tief ein, als der Ball schließlich von Nicks Schläger in Richtung Loch rollt, und versucht, ihn durch schiere Willenskraft hineinzulenken.

Aber der Schlag war zu hart, Nick hat das Break falsch gelesen, sodass der Ball statt im oder auch nur in der Nähe des Lochs zu landen, gut anderthalb Meter rechts davon entlangtrudelt, ein leichtes Gefälle hinunterrollt und nur Zentimeter vor Danis Füßen liegen bleibt.

Verdammt, denkt sie und wünscht, der Nachmittag wäre schon vorbei. Seit mehr als vier Stunden sind sie auf dem makellos gepflegten Privatplatz. Vier Stunden, die sich anfühlen wie vierzig. Es ist heiß. Sie ist müde. Sie weiß immer noch nicht genau, was sie hier machen. Sie kennen Norman Fisher und seine Vorzeigegattin kaum, eine nette, aber hohle junge Frau, mit der sie absolut nichts gemeinsam hat.

»Sieht so aus, als wäre Ihr Vorsprung geschrumpft«, sagt Norman mit nur notdürftig kaschiertem Entzücken in der Stimme. Zwischen den beiden Männern läuft ein »freundschaftlicher« Wettkampf, und wenn Nick seinen nächsten Put verfehlt, haben beide nach siebzehn Löchern exakt gleich viele Schläge.

Nur noch ein Loch, denkt Dani, als Nick erneut mit seiner peniblen Vorbereitung beginnt. *Lahm wie eine Schnecke*, denkt sie und erkennt an, dass ihn das wahrscheinlich zu einem so guten Arzt macht, seine Aufmerksamkeit fürs Detail, seine Gründlichkeit in jedem Stadium des Prozesses, sein Wunsch – sein *Bedürfnis* – nach Perfektion.

Trotzdem ist Perfektionismus im Zusammenleben kein leichter Charakterzug, denkt sie, während sie beobachtet, wie der Ball Richtung Loch rollt. *Geh rein. Geh rein.* Fast den gesamten Lauf des Balles sieht es so aus, als würde Nick ihn im Loch versenken. Doch dann trifft der Ball auf einen Hubbel im Boden und kullert einmal um das Loch herum, bleibt jedoch störrisch außerhalb liegen.

»Oh, so knapp«, sagt Norman. »Sieht so aus, als hätten wir absoluten Gleichstand, Doc.«

»Auf zum achtzehnten«, zwitschert Poppy Fisher.

Dani beobachtet, wie Poppy gratulierend einen Arm um

die Schultern ihres Mannes legt und seine Hand beiläufig zu ihrem Hintern wandert. Lächelnd geht sie zu ihrem Cart und versucht, sich nicht mit der jüngeren Frau zu vergleichen. Nicht dass es irgendeinen Vergleich gäbe. Poppy ist eine eins achtzig große umwerfende Schönheit in kurzem schwarzem, gerüschtem Golfrock und enganliegendem neongelbem Top, während Dani mit knapp eins fünfundsechzig Durchschnitt ist, gekleidet in ein schlichtes weißes Polohemd und lange braune Shorts, die bis zu ihren von Sommersprossen übersäten Knien reichen. Dass beide Frauen blond sind, unterstreicht die Unterschiede zwischen ihnen nur. Während Poppys Haar wundersamerweise glatt und glänzend unter ihrem modischen Mützenschirm hängt, schießen Danis widerspenstige Locken explosionsartig in alle Richtungen unter ihrer Baseballkappe hervor. *Ich sehe aus wie ein Zirkusclown*, denkt sie, als sie beim Einsteigen in das Golfcart ihr Bild im Rückspiegel sieht.

Hinter sich hört sie, wie Nick seinen Putter wütend in die Schlägertasche stopft.

»Du musst darauf achten, wo du stehst«, sagt er, als er sich mit zusammengebissenen Zähnen hinters Steuer setzt, ohne sie anzusehen.

»Es tut mir leid. Ich hab es versucht…«

»Streng dich mehr an.«

»Du hast gesagt, da wo ich gestanden habe, wäre perfekt.«

»Was sollte ich denn sonst sagen, ohne mich anzuhören wie eine Primadonna? Ich meine, wie oft muss ich dich bitten? Versuchst du absichtlich, mich schlecht aussehen zu lassen?«

»Was? Nein. Natürlich nicht.«

»Ich hätte diesen Put setzen müssen. Du hast mich ein Loch gekostet.«

»Tut mir leid«, sagt Dani noch einmal, und es tut ihr leid, obwohl sie nicht ganz genau weiß, warum. »Vielleicht nimmst du den Wettbewerb ein bisschen zu ernst?«, wagt sie zu bemerken.

»Vielleicht könntest du die elementare Golf-Etikette lernen.«

»Tut mir leid«, sagt sie ein drittes Mal. »Jetzt gibt's gleich ein bisschen Golf-Etikette.«

»Gibt *es*«, verbessert er sie, ohne sich besänftigen zu lassen, und hält hinter Normans Golfcart. »Sieht so aus, als hätten Sie die Ehre«, sagt er ohne jede Spur von Wut oder Ungeduld zu Norman.

Während ihre Männer sich zum Abschlag begeben, schlendert Poppy zu Danis Seite des Carts. »Amüsieren Sie sich?«

»Und wie«, lügt Dani. »Der Platz ist wunderschön.«

»Ja, ich liebe es, hier zu wohnen. Es gibt alles – Golf, Tennis, ein fantastisches Fitness-Studio. Der Doc würde es lieben.«

Dani nickt. Ihr Mann *würde* es absolut lieben. Sie hingegen würde es hassen. Sie findet alles an diesen tadellos gepflegten, geschlossenen Wohnanlagen einschüchternd. Bis jetzt hat sie Nick noch davon überzeugen können, dass ihre Jungen niemanden haben würden, mit dem sie spielen könnten, da die überwältigende Mehrheit dieser Anlagen auf die Bedürfnisse von Erwachsenen ausgerichtet ist. Aber ihre Söhne werden schnell größer, und Nick langweilt sich allmählich in der gemütlichen kleinen Sackgasse, in der sie sich immer sicher gefühlt hat. »Ja, er …«

»Meine Damen, darf ich um Ruhe bitten«, ruft Nick vom Tee und hebt beide Arme, als wollte er eine Menschenmenge beruhigen, so wie Dani es von Golfturnieren im Fernsehen kennt. »Der Kollege will abschlagen.«

»Ihr Mann ist so witzig«, sagt Poppy, während Norman hinter den Ball tritt und ihn mit einem satten Schlag das Fairway hinuntersegeln lässt. »Wow-ii!«, kreischt Poppy. »Super Schlag, Babe.«

Norman würdigt die Begeisterung seiner Frau mit einem Zwinkern und tritt zur Seite, als Nick sein Tee in den Boden steckt. Dani sieht sich um und hofft, dass sie nicht in seiner Sichtlinie steht, während er den Ball sorgfältig auf dem Tee platziert und seine Folge von Hüftwacklern und Probeschlägen zelebriert.

»Der Doc ist ein sehr gutaussehender Mann«, sagt Poppy.

»Ja, das ist er.«

»Wie haben Sie es geschafft, ihn sich zu angeln?«

Die Frage trifft Dani wie ein Faustschlag auf den Solarplexus. Nicht, dass sie sie zum ersten Mal hören würde. Die Variationen sind ihr vertraut, seit sie verheiratet ist – *Mädchen, was hast du für ein Glück! Was hast du getan, um diesen Hauptgewinn abzuräumen? Erzähl mir dein Geheimnis, Mädchen.* Trotzdem ist sie jedes Mal aufs Neue geschockt. »Verzeihung?«

Nick hält inne und lässt seinen Schläger sinken. »Alles in Ordnung da drüben?«

»Ja, alles bestens. Sorry.«

»Könntest du für mich bitte zugucken?«

»Ich guck'.«

»Ich guck' auch«, bestätigt Poppy lachend, als Nick mit

seiner Routine von vorn beginnt. »Und wir gucken und warten«, fügt sie spitz hinzu.

Dani kichert unwillkürlich.

»Ladys«, sagt Norman. »Ein klein wenig Dekorum, bitte.«

»Ach, Süßer«, sagt Poppy, »so klein ist dein Dekorum nicht.«

Norman lacht. »Bitte entschuldigen Sie meine Frau«, sagt er sichtlich liebevoll.

»Aber wofür denn?«, erwidert Nick lächelnd. Er kürzt seine Vorbereitung ab und trifft den Ball nicht richtig, der in den Büschen zu seiner Linken landet.

»Nehmen Sie einen Mulligan. Wiederholen Sie den Schlag einfach«, bietet Norman an. »Sie waren abgelenkt.«

Nick nickt und legt einen weiteren Ball auf das Tee, nur um den Schwung mit dem gleichen Ergebnis zu wiederholen. »Das war's für mich«, sagt er achselzuckend. »Ich steige bei diesem Loch aus.«

»Nein«, sagt Norman. »Legen Sie Ihren Ball einfach dorthin, wo meiner gelandet ist, und wir einigen uns auf ein Unentschieden.«

»Kommt nicht infrage. Sie haben fair und regelgemäß gewonnen. Ich schulde Ihnen zwanzig Dollar.«

»Und … was möchten alle trinken?«, fragt Norman, als sie nach Beendigung ihrer Runde den holzgetäfelten Barbereich des Privatclubs betreten.

Dani setzt sich neben ihren Mann an einen niedrigen runden Tisch mit Blick auf das letzte Loch eines anderen der drei Golfplätze des Clubs. Seit sie das Grün des achtzehnten Lochs verlassen haben, hat Nick sie kaum angesehen.

»Gin-Tonic«, sagt Poppy.

»Klingt gut«, stimmt Dani ein.

»Ich bin dabei«, sagt Nick.

»Vier Gin-Tonic«, bestellt Norman bei dem Kellner und sieht auf die Uhr. »Wir müssen schnell trinken. In zwanzig Minuten ist unser Tisch für das Abendessen reserviert.«

»Entschuldigen Sie, dass ich ein bisschen langsam war«, entschuldigt Nick sich. »›Lahmer als eine Schnecke‹, wie Dani sagen würde.« Er tätschelt ihre Hand. »Komplett meine Schuld. Ich komme dieser Tage nicht halb so oft zum Spielen, wie ich gern würde.«

»Ihre Praxis nimmt Sie sicher sehr in Beschlag«, sagt Poppy. »Es ist bestimmt befriedigend, mit einem so wichtigen Mann verheiratet zu sein«, fährt sie an Dani gewandt fort.

»Oh, meine Frau hängt nicht bloß zu Hause rum«, sagt Nick, bevor Dani eine passende Antwort einfällt. »Wenn Sie je eine Top-Zahnärztin brauchen, ist sie diejenige, die Sie anrufen sollten.«

»Nicht für mich. Ich hasse es, zum Zahnarzt zu gehen«, erwidert Poppy.

»Das erzählt sie mir jetzt«, sagt Norman. »Nachdem ich ein kleines Vermögen für diesen Mund voller Veneers ausgegeben habe.«

Poppy präsentiert mit einem strahlenden Lächeln ihre perfekten Zähne. »Nur das Beste für meinen Mann.«

»Und hattest du Spaß?«, fragt Dani ihren Mann nach dem Essen auf der Heimfahrt. Nick hält den Blick auf die Straße gerichtet und sagt nichts.

»Irgendwie sind sie ein seltsames Paar«, fährt Dani fort. »Ich meine, sie sind schon nett, aber …«

»Ich kann mich nicht erinnern, dass irgendjemand dich nach deiner Meinung gefragt hat«, sagt ihr Mann.

Dani stockt der Atem. »Du bist immer noch wütend«, stellt sie fest.

»Warum um alles in der Welt sollte ich wütend sein?«

»Sag du es mir.«

»Vielleicht weil du absichtlich in meiner Sichtlinie gestanden hast?«

»Es war keine Absicht …«

»Weil du dich über mein lahmes Spiel lustig gemacht hast …«

»Das war Poppy, und sie hat sich genauso über meinen Akzent lustig gemacht wie über sonst irgendwas …«

»Hast du etwa nicht gelacht?«

»Na ja, es war irgendwie komisch.«

»Freut mich, dass du es lustig fandest.«

»Okay, es tut mir leid.« Dani wartet, dass Nick ihre Entschuldigung annimmt. »Es tut mir wirklich leid«, sagt sie, als er das nicht tut. Und dann: »Alles gut zwischen uns?«

Nick sagt nichts. Der Rest der Fahrt verläuft schweigend.

Dani geht nach oben, um nach den Jungen zu sehen, während Nick die Babysitterin bezahlt.

»Oh, das ist viel zu viel«, hört sie Erin sagen. »Wirklich, Sie müssen nicht …«

»Doch, ich bestehe darauf. Bitte, ich bin gekränkt, wenn du es nicht annimmst.«

»Das ist wirklich sehr freundlich. Vielen herzlichen Dank.«

»War mir ein Vergnügen.«

Dani hört, wie die Haustür geschlossen wird, und beobachtet aus dem Schlafzimmerfenster, wie Erin im Nachbarhaus verschwindet. »Wie viel hast du ihr gegeben?«, fragt sie ihren Mann, als er den Raum betritt und die Schlafzimmertür hinter sich schließt.

Aber die Worte sind kaum über ihre Lippen, als seine flache Hand krachend auf ihre Wange prallt.

Sie bricht auf dem Boden zusammen.

»Jetzt ist alles gut zwischen uns«, sagt er.

KAPITEL ZEHN

»Auf Wiedersehen, Kinder. Ich wünsch euch einen schönen Tag«, ruft Sean Grant aus der Tür, als Olivia rückwärts aus der Einfahrt setzt, bremst und das Fenster herunterlässt.

»Viel Glück heute, Schatz«, sagt sie und wirft ihm eine Kusshand zu.

»Danke.«

»Diesmal hab ich ein gutes Gefühl.«

»Drück mir die Daumen«, sagt er und sieht, wie seine Frau beide Hände hochhält und genau das tut. »Fahr vorsichtig.«

»Immer.«

Sean sieht ihren Wagen in Richtung Hauptstraße verschwinden und will gerade wieder reingehen, als die Haustür der Wilsons aufgeht und der attraktive Arzt persönlich heraustritt. »Hi, Doc«, sagt Sean und winkt.

»Hey, Sean«, antwortet Nick. »Wie geht's?«

»Super. Ich habe heute Vormittag ein Vorstellungsgespräch.« Er reibt über seine Bartstoppeln und lacht gezwungen. »Ich muss mich wohl noch rasieren.«

Nick steigt in seinen schwarzen Mercedes. »Sieht so aus, als würden Sie es sich im Moment ziemlich gut gehen lassen. Sicher, dass Sie zurück in die tägliche Mühle wollen?«

Sean zuckt die Schultern. Das will er mehr als alles andere.

»Nun, dann viel Glück.«

»Einen schönen Tag«, ruft Sean ihm nach und sieht auf die Uhr. Der Doktor bricht heute ziemlich früh zur Arbeit auf. Bestimmt hat er einen vollen Tag vor sich. *An solche Tage kann ich mich auch erinnern*, denkt er. »Und sie werden wiederkommen«, sagt er laut, um sich am Klang seiner eigenen Stimme aufzurichten.

Nur Sekunden später geht das Garagentor der Wilsons auf, und Dani Wilson fährt ihren Wagen rückwärts heraus, ebenfalls ein schwarzer Mercedes, aber kleiner als der ihres Mannes. *Noch ein geschäftiger Tag*, denkt Sean und fragt sich, ob sie ihre Wagen bei Craig McKay gekauft haben und ob er ihnen irgendeinen Deal für den Kauf von zwei Fahrzeugen angeboten hat. Er weiß, dass Craig vor etwa drei Monaten ausgezogen ist, und ist neugierig über die Gründe, aber noch neugieriger, was er letzte Woche wieder hier gemacht hat. Er sah auf jeden Fall verschreckt aus, als er gegangen ist. Sean beschließt, dass der Mann einer der Ersten sein wird, die er anruft, wenn er diesen Job bekommt. Keine Hondas mehr für die Grants. No, Sir. Nur noch zueinander passende Mercedes.

Er winkt, als Dani Wilson rückwärts auf die Straße fährt, doch sie winkt nicht zurück, sondern senkt den Kopf und tut so, als hätte sie ihn nicht gesehen. Das überrascht ihn nicht. Kalt wie ein Fisch, das ist sie, hält sich wahrscheinlich für was Besseres. Im Gegensatz zu ihrem umgänglichen Mann bleibt sie nie stehen, um zu plaudern oder nach dem Leben ihrer Nachbarn zu fragen. Worauf bildet sie sich eigentlich etwas ein? Sean schüttelt den Kopf und fragt sich, was der gutaussehende Arzt in ihr sieht. Sie ist durchaus attraktiv, aber nichts Besonderes. *Wahrscheinlich super im Bett*, denkt er und kehrt ins Haus zurück.

Er geht in die Küche und gießt sich noch eine Tasse Kaffee ein.

»Mir ist aufgefallen, dass die Kondensmilch fast aufgebraucht ist«, hat Olivia beim Frühstück gesagt.

»Nein«, sagt er jetzt und bückt sich zum Gefrierschrank. »Kondensmilch ist nicht das Richtige.« Er zieht eine halbleere Wodkaflasche heraus, gießt sich einen guten Schuss in seinen Kaffee und legt die Flasche an ihren Platz zurück. Er nippt an seiner Tasse und geht, das Getränk in der Hand, zur Treppe, um sich oben für das Vorstellungsgespräch zu rasieren und anzukleiden. Als er im Bad ankommt, ist die Tasse leer.

»Vielen Dank, dass Sie vorbeigekommen sind, Sean«, sagt die übereifrige Frau aus der Personalabteilung, steht auf, streckt die Hand über ihren unordentlichen Schreibtisch und signalisiert damit, dass das Gespräch beendet ist. »Wie Sie wissen, gibt es mehrere Interviews, aber wir werden uns so bald wie möglich bei Ihnen melden. Es war wirklich reizend, Sie kennenzulernen.«

»Ganz meinerseits. Ich finde, wir passen gut zusammen.«

»Nochmals vielen Dank, dass Sie gekommen sind.«

Sean kommt aus dem kanariengelben Gebäude an der Ecke Royal Palm Way und South County Road und schirmt die Augen gegen die Sonne ab, als er auf die Straße tritt. Er wird diesen Job nicht bekommen, das weiß er. Sobald er Carrie Pierces Büro betreten hat, war ihm klar, dass er schon verloren hatte. Das *Ms* auf ihrem Namensschild war das erste Anzeichen für Ärger. Und dann die Art, wie sie ihn angesehen hat, ein falsches Lächeln auf den dünnen Lippen, das nicht ganz bis zu den Augen reichte.

Wie alt mag sie sein – ganze fünfundzwanzig? Und sie ist diejenige, die das Sagen hat, die entscheidet, ob er das nächste Level erreicht, diejenige, die er beeindrucken soll? Die er beeindrucken *muss*.

Aber sie war nicht beeindruckt, und das weiß er auch. Sie hat seinem Lebenslauf nur flüchtige Aufmerksamkeit gewidmet, war sichtlich gelangweilt, als er eine Liste seiner Errungenschaften aufgezählt hat, und hat auch seiner jahrelangen Erfahrung wenig Wert beigemessen. »Wir sind eine junge Agentur«, hat sie ihm in dem zwanzigminütigen Vorstellungsgespräch gleich mehrmals erklärt. Eigentlich wollte sie sagen, dass er zu alt war.

»Fick dich«, murmelt er lauter als beabsichtigt und erregt die Aufmerksamkeit von zwei Frauen, die plaudernd an der Ecke stehen. Sie blicken kurz in seine Richtung und gehen dann auf die andere Straßenseite.

Er lacht und erblickt sein Spiegelbild in einem Fenster. Nicht ganz die flotte Gestalt, als die er sich gesehen hat, als er das Haus verlassen hat. Er müsste mal wieder zum Friseur, und die Pfunde, die er im letzten Jahr zugelegt hat, lassen seinen vormals eleganten Anzug altmodisch und schlecht geschnitten wirken. *Nun denn, zu spät, um etwas daran zu ändern.*

Er zieht seine Krawatte ab und wirft sie in einen Mülleimer und rechnet nach, dass er noch vier Stunden Zeit hat, bis er die Kinder von der Schule abholen muss. Es ist fast Mittag, und er hat Hunger. Vor allem aber hat er Durst, und ein Glas Wein ist genau das, was er braucht, um den schlechten Geschmack loszuwerden, den das demoralisierende Vorstellungsgespräch in seinem Mund hinterlassen hat. Er kommt dieser Tage nicht mehr häufig ins Zentrum von Palm Beach, und es ist noch länger her, seit er zum letzten Mal die Worth Avenue heruntergeschlendert ist, die vornehmste Adresse des County, gesäumt von teuren Designerläden und Nobelrestaurants. Er kann es genauso gut genießen, zumal ungewiss ist, wann er das nächste Mal hierherkommen wird.

Er starrt auf ein absurd teures Leinenjackett im Schaufenster von Ferragamo – *dreitausend Dollar für ein Stück importierter Baumwolle, das garantiert knittert wie blöde? Meinen die das ernst?* –, als er spürt, wie sein Handy in seiner Tasche vibriert. Olivia, wie er weiß, bevor er aufs Display blickt.

»Wie ist es gelaufen?«, fragt sie sofort.

Als Sean die Hoffnung in der Stimme seiner Frau hört, spannt er sich innerlich an. »Super.«

»Oh, ich bin so froh. Erzähl mir alles.«

»Was kann ich sagen? Es ist gut gelaufen. Wirklich gut. Ich glaube, ich habe eine ziemlich gute Chance diesmal.«

»Das ist wundervoll. Ich freue mich so für dich.«

»Na ja, es ist noch nicht spruchreif«, schränkt Sean ein, weil er denkt, dass er vielleicht zu weit gegangen ist. »Ich muss noch den Leiter des Marketings und wahrscheinlich den Chef der Agentur treffen und wer weiß, wen sonst noch. Du weißt ja, wie das ist. Es könnte noch eine Weile dauern.«

»Und wann passiert all das?«

»Ich weiß nicht genau. Wahrscheinlich kommende Woche.«

»Das ist eine wundervolle Nachricht. Bist du aufgeregt?«

»Bin ich. Ich will mir bloß keine zu großen Hoffnungen machen. Es gibt noch andere Bewerber, mit denen sie sprechen wollen.«

»Oh.«

Sean hört den Zweifel in diesem kleinen Wort mitschwingen und hasst ihn. »Aber Carrie Pierce, die Frau von der Personalabteilung, mit der ich gesprochen habe, war extrem positiv. Sie hat mir sehr viel Mut gemacht.«

»Das ist wundervoll«, sagt Olivia noch einmal, allerdings weniger enthusiastisch als beim ersten Mal. »Oh, ich hab einen Anruf auf der anderen Leitung. Ich muss Schluss machen.«

»Natürlich. Die Pflicht ruft.«

»Hab dich lieb.«

»Ich dich auch.« Er steckt das Handy wieder ein, steht vollkommen still, atmet ein paarmal ruhig durch und stößt dann die schwere Glastür des Designer-Ladens auf.

Sofort kommt ein Verkäufer auf ihn zu. »Kann ich Ihnen helfen, Sir?«

Sean lächelt. »Ich würde gern das Leinenjackett aus dem Schaufenster sehen.«

Sean sitzt an einem Tisch an dem großen offenen Fenster im vorderen Bereich des Ta-boo, eines der ältesten und bekanntesten Restaurants in Palm Beach. Die Tasche mit seiner neuen Jacke steht neben seinen Füßen. Er isst die letzten Happen seines Hummersalats, genießt sein zweites Glas Pinot Grigio und überlegt, ein drittes zu bestellen. Draußen schlendert eine Parade elegant gekleideter Frauen mit unnatürlich angespannten Gesichtszügen vorbei. Gesprächsfetzen vom Nebentisch dringen träge an sein Ohr.

(»Hast du schon gehört? Marsha muss ihre Brustimplantate ersetzen lassen. Offenbar gibt es irgendein Problem mit dem Hersteller.«

»Ihre Titten sind zurückgerufen worden?«)

Er lacht. Titten und Trinken. Was ist sonst schon wichtig?

Die Kellnerin kommt. »Sind Sie fertig?«, fragt sie und, als er nickt: »Möchten Sie die Dessertkarte sehen?«

Sean blickt auf die Uhr. Es ist fast zwei, in vierzig Minuten muss er die Kinder abholen. Zum Glück ist die Urlaubssaison vorbei, sodass nicht allzu viel Verkehr herrschen sollte, aber es wird trotzdem eng werden. Er sollte wirklich gehen. »Nur die Rechnung bitte.«

Eine Minute später liegt die Rechnung auf seinem Tisch. Er wirft einen Blick darauf und schluckt seinen Schock hinunter, als er den Betrag liest. Sechzig Dollar für zwei Gläser Hauswein! Insgesamt mehr als hundert Dollar, und er hatte nicht einmal einen Nachtisch! Trinkgeld ist auch nicht inklusive. *Scheiße*. Olivia wird einen Anfall bekommen. Nee, denkt er, das wird passieren, wenn sie sieht, was er für das Jackett bezahlt hat.

Es sei denn, er bekommt den Job. Dann wird er ein neues Jackett brauchen. Vielleicht sogar mehrere.

Es ist nicht vollkommen ausgeschlossen, denkt er. Vielleicht ist das Vorstellungsgespräch doch nicht so schlecht gelaufen, wie er zunächst gedacht hat. Wahrscheinlich war er zu streng mit sich.

Er gibt der Kellnerin seine Kreditkarte, als das Telefon in seiner Tasche erneut vibriert. Auf dem Display erscheint der Name der Jobvermittlungsagentur, mit der er arbeitet. »Hey, Fiona«, imitiert er Nick Wilsons fröhlichen Ton. »Wie geht's?« Vielleicht hat Fiona ein weiteres Vorstellungsgespräch für ihn vereinbart. »Ich glaube, der Termin ist gut gelaufen«, fährt er unaufgefordert fort. »Natürlich führen sie noch weitere Gespräche ...«

»Deswegen rufe ich eigentlich an«, unterbricht sie ihn. »Ich habe gerade mit Ms Pierce telefoniert.«

»Und?«

»Und ich fürchte, es wird nichts.«

»Das haben sie schon entschieden.«

»Sie hat gesagt, auch wenn sie sehr beeindruckt von Ihren Referenzen sei, würde sie nicht glauben, dass Sie genau ihren Vorstellungen entsprechen, dass man sich eher als Avantgarde sieht, während Sie, nun ... mehr Old School sind.«

Old School heißt alt, übersetzt Sean stumm.

»Versuchen Sie, es nicht persönlich zu nehmen, Sean. Und lassen Sie sich nicht entmutigen. Sie wissen ja, wie so was läuft.«

»Natürlich«, sagt Sean.

»Wir versuchen es weiter.«

»Natürlich«, sagt er noch einmal, steckt sein Handy ein, nimmt seine Kreditkarte von der Kellnerin entgegen und verlässt das Restaurant, bevor er in Tränen ausbrechen kann.

Er ist schon ein Stück die Straße hinunter, als jemand hinter ihm seinen Namen ruft. Er dreht sich um und sieht die Kellnerin aus dem Ta-boo, die ihm hinterherrennt.

»Mr Grant! Mr Grant!«

Gütiger Gott, hat es ein Problem mit der Kreditkarte gegeben?

Als sie näher kommt, streckt die Kellnerin den Arm aus. »Ich bin so froh, dass ich Sie noch erwischt habe«, sagt sie und überreicht ihm die Ferragamo-Tüte. »Die möchten Sie doch bestimmt nicht vergessen.«

KAPITEL ELF

Mark steht in der Tür zum Schlafzimmer seiner Großmutter und sieht ihr beim Schlafen zu. Es ist schon nach zehn am Vormittag, und er ist zum ersten Mal vor ihr auf. Kurz macht er sich Sorgen, dass sie im Schlaf gestorben sein könnte. Wo er dann stehen würde? Dann würde sein Vater das Haus garantiert zum Verkauf anbieten, und er würde unzeremoniell auf die Straße gesetzt werden. Es sei denn, Julia hat ihm das Haus in ihrem Testament hinterlassen, doch dann würde man wahrscheinlich vermuten, dass er etwas mit ihrem Tod zu tun gehabt hatte.

Er wäre so oder so am Arsch.

Deshalb hofft er, dass sie ihm nicht wegstirbt. Noch nicht jedenfalls. Nicht, bevor er alles überlegt hat.

Sofort durchströmt ihn brennende Scham wie ein Stromstoß. Was ist los mit ihm? Seine Großmutter liebt ihn bedingungslos. Sie ist die einzige Konstante in seinem Leben gewesen, wahrscheinlich seine einzige Freundin auf der Welt. Und er liebt sie. Er wäre am Boden zerstört, wenn ihr irgendetwas zustoßen würde.

»Mark?«

Die körperlose Stimme erwischt ihn unvorbereitet, und er zuckt zusammen.

»Was machst du hier?«

»Nana! Du hast mir einen Schrecken eingejagt.«

Julia Fisher richtet sich im Bett auf, die weiße Decke rutscht in ihren Schoß und entblößt die faltige Haut über dem Rundhalsausschnitt ihres rosafarbenen Nachthemds und die vagen Umrisse ihrer hängenden Brüste. »Ist alles in Ordnung?«

»Ich habe mir Sorgen um dich gemacht«, sagt er, betritt das Zimmer und setzt sich ans Fußende ihres Doppelbetts. »Normalerweise schläfst du nicht so lange.«

Julia blickt auf den Wecker neben dem Bett. »Meine Güte. Ist es wirklich schon nach zehn?«

»Geht es dir gut?«

»Ich konnte nicht schlafen, deswegen habe ich gegen zwei eine Schlaftablette genommen«, sagt sie, ohne seine Frage direkt zu beantworten. »Wahrscheinlich keine so tolle Idee.«

»Mir kommt es vor, als würdest du eine Menge Tabletten nehmen«, sagt Mark. »Wie viele sind es genau?«

»Tja, lass mich überlegen.« Julia hebt beide Hände, um die verschiedenen Medikamente an ihren knorrigen Fingern abzuzählen. »Eine für das Cholesterol, eine für den Blutdruck, eine für meine Schilddrüse, mehrere für meine Arthritis, eine für meine Knochen, ein halbes Dutzend Vitamine, hin und wieder eine Tylenol und eine Schlaftablette nach Bedarf.« Sie zuckt die Schultern. »Ah, die Freuden des Älterwerdens. Es stimmt, was man sagt, weißt du … alt werden ist nichts für Memmen.«

»Du bist keine Memme, so viel ist sicher.«

»Danke, Schatz. Ist das Kaffee, den ich rieche?«

Mark lächelt. »Ist es. Und ich habe überlegt, ein Rezept

für Limetten-Ricotta-Pfannkuchen auszuprobieren, das ich im Fernsehen gesehen habe. Wie hört sich das an?«

»Klingt himmlisch. Ich dusche rasch und kleide mich an und bin in circa einer Viertelstunde unten.«

Mark tritt schnell an ihre Seite. »Soll ich dir helfen?«

»Untersteh dich«, warnt Julia. »Ich bin durchaus noch in der Lage, allein aus dem Bett aufzustehen. Los. Ab mit dir. Mach dich an die Arbeit mit diesen Pfannkuchen.«

Mark geht in den Flur, wo er stehen bleibt und wartet, bis er hört, wie die Badezimmertür geschlossen und die Dusche angedreht wird. Aber anstatt nach unten zu gehen, kehrt er ins Schlafzimmer zurück und schleicht auf Zehenspitzen zu der Kommode gegenüber dem Bett. Er blickt sich wiederholt um, während er beginnt, die drei Schubladen auf der Suche nach irgendetwas Wertvollem zu durchwühlen, etwas, das nicht vermisst werden würde, wenn er es versetzt. Den größten Teil des Geldes, das er aus Poppys Portemonnaie gestohlen hat, hat er schon ausgegeben. Zum Glück ist Mathe nicht ihre größte Stärke, sonst hätte sie vielleicht gemerkt, dass die vierzig Dollar, die er vor Kurzem geklaut hat, der kleinste Teil dessen waren, was er in den vergangenen sechs Monaten genommen hat. Aber diese Bank hat jetzt dichtgemacht, und er braucht Geld, um seinen Dealer zu bezahlen. Wie lautet das alte Sprichwort – ein Tag ohne Orangensaft ist wie ein Tag ohne Sonnenschein? Eher ein Tag ohne Gras.

Und sein Vorrat ist bedrohlich geschrumpft.

Schade, dass zu Julias täglicher Tablettenkur keine Opioide gehörten. Schmerzmittel wie Percodan oder Oxy wären auf dem Schwarzmarkt eine Menge wert, doch er bezweifelt, dass er für Schilddrüsentabletten und Medikamente zur Senkung des Blutdrucks viel bekommen würde. Die Schlaftabletten könnten vielleicht etwas einbringen, und etwas ist besser als nichts. Er kann bestimmt ein paar aus dem Fläschchen nehmen, ohne dass seine Großmutter es bemerkt. Wahrscheinlich ist sie ohne sowieso besser dran.

Aber sie bewahrt die Tabletten nicht in ihrer Kommode auf, wie er feststellt, als er in den beiden oberen Schubladen nur Kleidung findet. »Aber was haben wir hier?«, murmelt er, als seine Hand in einem Gewirr von Unterwäsche auf etwas Hartes stößt. Er schiebt die BHs und Slips beiseite und legt einen Schuhkarton frei.

Darin findet er einen Packen Papiere und Dokumente, darunter den Totenschein seines Großvaters, seinen Führerschein und seinen Sozialversicherungsausweis. Die könnte er vielleicht versetzen. Soweit er weiß, ist Identitätsdiebstahl dieser Tage ein großes Geschäft. Aber dann könnte jemand, der die Identität seines Großvaters benutzt, ihnen das Haus vielleicht einfach abnehmen. Also keine praktikable Lösung, entscheidet Mark, legt die Papiere wieder in den Karton und setzt den Deckel darauf.

»Aber was ist das?«, flüstert er, als er die unterste Schublade aufzieht und ein weiteres Kästchen entdeckt, größer als der Schuhkarton und aus Leder. In der Hocke auf den Fußballen balancierend öffnet er das Kästchen und kippt auf dem fadenscheinigen Teppich erschrocken nach hinten, als der bewegende Chor von Beethovens »Ode an die Freude« den Raum erfüllt. »Scheiße!«, flucht er und klappt die Kiste wieder zu. Sie verstummt sofort. Eine verdammte Spieldose. »Mist!«

Sein Blick zuckt zum Badezimmer. Die Dusche läuft

immer noch, sodass Julia seinen Ausbruch also wohl kaum gehört haben wird. »Verdammt!« Er muss vorsichtiger sein. Wenn Julia ihn dabei erwischt, wie er ihre Sachen durchwühlt, verliert er auch die letzte Verbündete, die er noch hat.

Trotzdem hat er in dem Bruchteil der Sekunde zwischen dem Aufklappen und dem Zuschlagen des Kästchens etwas gesehen. Was?

Etwas Goldenes, da ist er fast sicher. Ein Armband? Vielleicht eine Uhr? Jedenfalls irgendein Schmuckstück. Das ließe sich bestimmt versetzen. Der einzige Schmuck, den seine Großmutter sichtbar trägt, sind ihre kleinen goldenen Ohrringe und der breite goldene Ehering, den sie nie abnimmt, wahrscheinlich weil er sich so tief in ihr Fleisch gegraben hat, dass sie ihn gar nicht abziehen könnte, selbst wenn sie es versuchte. Würde ihr überhaupt auffallen, dass etwas fehlt?

Er starrt zu der geschlossenen Badezimmertür. Die Dusche läuft immer noch. Kann er es wagen, die verdammte Kiste noch einmal zu öffnen, um zu sehen, was sie enthält? Und wie lange läuft diese bescheuerte Musik?

Er balanciert das Kästchen auf den Knien, drückt es an die Brust und schlingt die Arme darum, um den Klang zu dämpfen. Dann schließt er die Augen, spricht ein stummes Gebet, klappt den Deckel auf, und die Musik vibriert an seinem schwarzen Baumwollhemd. *Scheiße, Scheiße*, denkt er, öffnet die Augen und starrt auf ein zierliches Armband aus Gold und Diamanten in einem Gewirr aus dünnen Goldketten. Er nimmt die Schmuckstücke in die Hand und erkennt, dass es Stunden dauern wird, sie zu entwirren. Stunden, die er nicht hat.

Das heißt, alles oder nichts.

Seine Großmutter trägt offensichtlich keins dieser Stücke. Aber das heißt nicht, dass sie sie nicht gelegentlich betrachtet oder dass es ihr nicht auffallen würde, wenn sie fehlen. Vielleicht würde er damit durchkommen, eine Goldkette zu nehmen, vielleicht auch zwei. Aber nicht den ganzen Plunder. Er muss ihn entwirren, und dafür braucht er Zeit, in der seine Großmutter sich nicht im Haus aufhält, was nicht häufig vorkommt. Seit er eingezogen ist, ist sie vielleicht ein halbes Dutzend Mal ohne ihn ausgegangen.

»Es ist so nett, jemanden zu haben, mit dem man die Einkäufe erledigen kann«, hat sie erst gestern bei Publix zu ihm gesagt. »Dein Großvater hat sich immer geweigert.«

Worauf er erwidert hat: »Es ist mir ein Vergnügen.«

Und das war es zu seiner eigenen Überraschung auch.

Und was macht er dann hier auf dem Boden im Schlafzimmer ihre Sachen durchwühlend auf der Suche nach etwas, das er stehlen kann? »Ein toller Enkelsohn«, murmelt er, als ihm auffällt, dass nicht nur die Musik verstummt ist, sondern auch die Dusche nicht mehr läuft.

»Scheiße!« Er stopft die Spieldose zurück in die Schublade, stößt sie zu und rappelt sich gerade noch auf, bevor die Badezimmertür aufgeht.

»Mark!«, sagt seine Großmutter, sichtlich erstaunt über seiner Anwesenheit. Sie ist in ein Handtuch gewickelt und von Dampf eingehüllt, was ihr eine leicht geisterhafte Aura verleiht. »Was ist los? Irgendwas nicht in Ordnung?«

»Nein. Alles gut. Als ich nach unten gegangen bin, hab ich gemerkt, dass mir mein Handy aus der Tasche gerutscht ist.« Er zieht es aus einer Tasche seiner Skinny-Jeans und hält es hoch. »Ich hab es hier auf dem Boden gefunden.«

»Ihr Kinder und eure Telefone«, sagt Julia kopfschüttelnd. »Gut, dass ich mich in ein Handtuch gewickelt habe, sonst hättest du eine hässliche Überraschung erlebt.«

Gut, dass ich ein so guter Lügner bin, denkt Mark.

»Ich habe einmal eine Geburtstagskarte gesehen«, fährt sie im nächsten Atemzug fort. »Darauf stand: *Happy Birthday! Du hast den Körper einer Dreißigjährigen.* Und wenn man sie aufgeklappt hat, stand da: *Gib ihn zurück. Du verknitterst ihn!*« Sie lacht.

»Ich mag deine Falten«, erklärt er ihr, eins der wenigen ehrlichen Dinge, die er bisher an diesem Vormittag gesagt hat.

»Danke, mein Schatz.«

Das Telefon klingelt.

Julia geht zum Nachttisch und nimmt den Hörer ab. »Hallo?« Ihr Gesichtsausdruck schlägt rasch von Neugier in Furcht um. »Was? Wer ist da? Was sagen Sie?«

»Wer ist da?«, fragt Mark.

Julia drückt den Hörer an die Brust, ihre Miene voller Sorge. »Irgendein Mann. Er sagt, er sei von der Steuerbehörde, und ich wäre alle möglichen Beträge schuldig, und wenn ich nicht sofort bezahle, werde ich verhaftet.«

»Gib mal her.« Mark packt sich den Hörer. »Hör zu, Arschloch …« Er hält abrupt inne und knallt den Hörer auf die Gabel.

»Du liebes bisschen! War das klug?«

»Es ist eine Betrugsmasche, Nana.«

»Eine Betrugsmasche?«

»Und es war eine Stimme vom Band. Hast du das nicht gehört?«

»Eine Stimme vom Band? Nein. Ich habe nur eine wütende Stimme gehört und es mit der Angst zu tun bekommen. Bist du sicher, dass es ein Betrüger war?«

»Absolut. Die Steuerbehörde hinterlässt keine aufgenommenen Nachrichten.«

»Ach je. Er hat mir so einen Schrecken eingejagt.« Sie starrt zum Telefon. »Arschloch!« schreit sie es an.

Mark lacht. »Zeig es ihnen, Nana.«

Sie geht zu ihrem Enkelsohn und schmiegt sich an ihn. Er legt automatisch einen Arm um ihre nackte Schulter und spürt die Feuchtigkeit ihrer Haut durch sein T-Shirt. »Was ist mit diesen Pfannkuchen?«, fragt sie.

Er drückt sie fester an sich. »Kommen sofort.«

KAPITEL ZWÖLF

Heidi biegt in ihre Einfahrt und stellt den Motor ab, erfüllt von einem anschwellenden Summen der Erwartung. Wie lautet die alte Redewendung – *heute ist der erste Tag vom Rest deines Lebens*? Nun, jetzt ist heute. Und ab heute werden die Dinge im Haus der Youngs sehr anders laufen.

Sie hat den ganzen Nachmittag darüber nachgedacht. Im Laden war es außergewöhnlich ruhig, sodass sie die meiste Zeit Ausstellungstische aufgeräumt und herumgestanden hat, bemüht, einen beschäftigten Eindruck zu machen. Dadurch hatte sie viel Zeit zum Nachdenken. Und der Plan begann in ihrem Kopf Gestalt anzunehmen.

Es gibt Dinge, die sie kontrollieren kann, und Dinge, die sie nicht kontrollieren kann, hat sie entschieden. Und sie kann sich nicht bloß immer weiter über ihre Schwiegermutter beschweren und hoffen, dass sich etwas ändert. So funktioniert das nicht. Nein, wenn sie eine andere Beziehung zu Lisa will, wird sie – wie hieß das Wort noch? – *proaktiv* werden müssen. Man kann nicht die anderen ändern, erinnert sie sich bei der *Dr.-Phil*-Talkshow gehört zu haben; man kann sich nur selbst ändern.

Also wird sie sich ändern. Vom heutigen Tag an wird sie Lisas Traumschwiegertochter sein. Sie wird ihr beweisen, wie sehr sie ihren Sohn liebt, dass sie ganz die Ehefrau ist, die sich ein Mann – und seine Mutter – nur wünschen können. Sie wird zuhören, wenn Lisa spricht, sie wird nicht widersprechen, wenn sie anderer Meinung ist, sie wird jede Hilfe und jeden Rat, die ihre Schwiegermutter anbietet, schätzen und sich zu Herzen nehmen.

Durch neuerliche Entschlossenheit und schiere Willenskraft wird sie Lisa dazu bewegen, sie zu lieben.

Selbst wenn es sie umbringt.

Den ersten Schritt hat sie bereits gemacht, indem sie Lisa von der Arbeit aus angerufen und heute Abend zum Essen eingeladen hat, zu einem Gourmet-Dinner, das sie ganz allein zuzubereiten plant. Sie ist zwar keine große Köchin, und ihre Spezialität war bisher eher Hotdogs mit Baked Beans, aber was soll's? So schwierig kann es nicht sein.

Aidens Schicht ist erst um sieben zu Ende, und nachdem Lisa Heidis spontane Einladung großzügig angenommen hat, hat sie angeboten, ihren Sohn von der Arbeit abzuholen, damit er kein Uber-Taxi nehmen muss. »Das ist wirklich aufmerksam von dir«, hat Heidi sich bedankt, fast ein wenig überschwänglich, dass ihr Plan offenbar schon funktionierte.

Sie steigt aus dem Wagen, öffnet die hintere Tür und nimmt die beiden Tüten mit Einkäufen heraus, die sie auf dem Weg von der Arbeit bei Whole Foods mitgenommen hat. Hähnchen, Obst, jede Menge gesundes frisches Gemüse. Es ist bestimmt kein Problem, online ein passendes Rezept zu finden.

»Kann ich helfen?«, hört sie jemanden fragen.

Sie fährt herum und sieht einen schlanken jungen Mann, der auf sie zukommt. Ein bisschen ungepflegt, denkt sie, aber auf eine *Ist-mir-doch-scheißegal*-Art sexy. Anfang zwanzig schätzt sie. Nicht so viel jünger als sie selbst. Sehr enge Jeans, die ein Stück zu tief sitzt, das Haar ein bisschen verlottert und ein bisschen zu lang. Sie hat ihn in den letzten Wochen ein paarmal zusammen mit der alten Dame gesehen, die nebenan wohnt, und angenommen, dass er ein Verwandter oder ein Gehilfe ist, den sie engagiert hat, damit er ihr im Haus zur Hand geht.

»Hi«, sagt er jetzt und geht um den Hyundai herum, um sich vorzustellen. »Mark Fisher, Julias Enkelsohn.«

»Freut mich, dich kennenzulernen. Ich bin Heidi. Heidi Young.«

»Die frisch Verheirateten«, sagt er grinsend. »Meine Großmutter hat mir einen kurzen Abriss der Nachbarschaft gegeben.«

»Ja? Was hat sie gesagt?«

»Das war so ziemlich alles.« Er zuckt die Schultern, und sein Lächeln wird breiter. »Sie hat vergessen zu erwähnen, wie hübsch du bist.«

Heidi lacht, obwohl der Spruch nicht besonders originell ist. »Tja, nun.« Sie lacht noch einmal, diesmal ein eher mädchenhaftes Kichern. »Ich sollte lieber die Lebensmittel reinbringen.«

»Warte«, sagt er und nimmt ihr die beiden Tüten aus der Hand, bevor sie widersprechen kann. »Ich helf dir.«

Heidi fischt den Schlüssel aus ihrer Handtasche, öffnet die Haustür und führt den jungen Mann durch den Flur in die Küche.

»Wow«, sagt Mark. »Sieht genau aus wie das Haus meiner Nana.«

»Du nennst deine Großmutter Nana?«

»Ja. Wieso? Wie nennst du denn deine?«

»Gar nicht. Sie sind beide tot.«

»Das ist traurig«, sagt Mark und stellt die Tüten auf dem Küchentresen ab.

Heidi zuckt mit den Schultern. Es hat keinen Sinn, Gefühle für etwas zu verschwenden, was sie nicht ändern kann. Stattdessen sollte sie sich auf das konzentrieren, was sie ändern kann. Noch etwas, was sie aus der *Dr.-Phil*-Show gelernt hat.

»Da plant aber jemand ein Festessen«, sagt Mark, als er in die Tüten blickt.

»Ich weiß nicht«, gesteht Heidi, angesichts ihrer Einkäufe nicht mehr ganz so selbstsicher. »Ich habe meine Schwiegermutter zum Abendessen eingeladen und den Mund vielleicht ein bisschen voll genommen. Sozusagen.« Sie lacht und ist dankbar, als Mark einstimmt.

»Was wolltest du denn kochen?«

»Ich weiß nicht«, sagt Heidi noch einmal und zieht ein Paket Hähnchenschenkel ohne Knochen aus der Tüte. »Hähnchen, dachte ich.«

»Klingt vielversprechend.«

»Ich hab bloß keine Ahnung, wie das geht.«

»Unsinn. Wenn du lesen kannst, kannst du auch kochen. Wo sind deine Kochbücher?«

»Ich hab keine. Normalerweise holen wir einfach irgendwas Fertiges und stellen es in die Mikrowelle.«

»Dann kann ich vielleicht behilflich sein. Lass mal sehen, was du hier hast.« Mark reiht die Lebensmittel auf dem Tresen auf. »Du hast ein paar feine Sachen gekauft. Daraus sollte man ohne allzu große Mühe irgendwas zaubern können. Ich nehme an, du hast eine Bratpfanne und einen Topf.«

»Hier.« Heidi öffnet rasch einen Schrank.

»Okay. Was hältst du von Knoblauch-Hähnchen mit Honig und Rosmarin auf einem Bett von gedämpftem Reis?«

»Im Ernst?«

»Ja, im Ernst.«

»Hört sich kompliziert an.«

»Ist es nicht. Komm, ich erklär es dir.«

»Im Ernst?«, fragt Heidi noch einmal.

»Ich schwöre, es ist nichts dabei. Du hast alle Zutaten hier. Und wie ich sehe, hast du auch Blaubeeren gekauft. Wie wär's, wenn wir als Dessert Serviettenknödel mit Blaubeeren machen? Hast du einen Tag altes Brot?«

»Gibt es auch anderes?«, fragt Heidi, froh, dass Mark auf ihre Frage mit einem weiteren Lachen reagiert.

»Sollen wir anfangen? Und ja«, sagt er, bevor sie etwas sagen kann, »im Ernst.«

Die Serviettenknödel mit Blaubeeren sind im Ofen, das Knoblauchhähnchen ist gebräunt und mit Honig und Zitronensaft glasiert und wartet darauf, für noch einmal fünf Minuten in den Backofen geschoben und dann mit Rosmarin dekoriert serviert zu werden.

»Ich weiß nicht, wie ich dir danken soll«, sagt Heidi zum gefühlt zehnten Mal in ebenso vielen Minuten. »Ich kann nicht glauben, dass du all diese Sachen auswendig aus dem Kopf kannst.«

»Na ja, sonst ist da oben nicht viel«, wehrt Mark ab. »Wann kommt deine Schwiegermutter?«

Heidi sieht auf die Uhr. »Sie holt meinen Mann in gut einer Stunde von der Arbeit ab.«

»Was hältst du dann davon, wenn wir uns ein bisschen was gönnen, was dir hilft runterzukommen?«

»Wie meinst du das?«

Mark öffnet seine rechte Hand und präsentiert einen dicken, selbstgedrehten Joint.

»Im Ernst?«

»Nur ein bisschen was, um die Situation ein wenig unangespannter zu machen«, sagt Mark.

Heidi blickt nervös zur Haustür, dann auf ihre Uhr und schließlich wieder auf den Joint in Marks Hand. »Ich bin dabei«, sagt sie, führt ihn ins Arbeitszimmer und lässt sich auf die kleine dunkelblaue Couchgarnitur plumpsen.

Er zündet den Joint sofort an, nimmt einen tiefen Zug und gibt ihn weiter.

Heidi nimmt den Joint zwischen die Lippen, inhaliert und spürt, wie Rauch ihre Lunge und beinahe sofort auch eine willkommene Ruhe ihren Kopf erfüllt. *Genau das, was der Arzt verschrieben hat*, denkt sie und bläst den Rauch aus.

»Genau das, was der Arzt verschrieben hat«, sagt Mark laut.

Sie lächelt, nimmt noch einen Zug und schiebt den Joint zurück zwischen seine wartenden Finger. »Ich kann dir wirklich nicht genug danken. Du hast mir das Leben gerettet.«

»Jederzeit.«

»Wo hast du das überhaupt alles gelernt?«

»Das meiste aus dem Fernsehen. Der Kochkanal.« Er zuckt die Schultern. »Was soll ich sagen? Es entspannt mich.«

»Na, jedenfalls wirst du irgendwann für irgendeine glückliche Frau ein wundervoller Ehemann sein.«

»Nee, ich heirate bestimmt nicht.«

»Klar machst du das.«

»Nein. Mein Dad hat oft genug für uns beide geheiratet.«

»Ist dein Dad der mit dem Tesla?«, fragt Heidi.

»Der Unvergleichliche.«

»Hört sich an, als würdet ihr zwei euch nicht gut verstehen.«

»Sagen wir einfach, wir sind beide nicht der größte Fan des anderen.«

»Also, ich finde es sehr nett von dir, dass du deine Großmutter besuchst.«

»Sie ist die Beste. Und ich wohne jetzt mehr oder weniger hier«, stellt er richtig. »Zumindest erst mal. Bis ich meinen Shit sortiert habe, was eine Weile dauern könnte.«

»Wo wir von Shit reden, dieser *Shit* ist ziemlich verdammt fantastisch.«

»Stimmt.«

Sie reichen sich den Joint schweigend hin und her, bis er fast aufgeraucht ist.

»O nein, verlass uns nicht«, sagt Heidi, als sie spürt, wie der Stummel ihre Fingerspitzen verbrennt.

»Alle guten Dinge müssen enden«, sagt Mark.

Und in diesem Moment hören beide, wie die Haustür geöffnet wird.

»Heidi?«, ruft eine Frauenstimme.

Heidi ist sofort aufgesprungen und dreht sich ziellos um die eigene Achse wie ein Kreisel, der umzufallen droht. »Scheiße, Scheiße, Scheiße, Scheiße!«

»Wer ist das?«

»Meine Schwiegermutter. Scheiße, Scheiße, Scheiße, *Scheiße*!« Heidi sieht auf die Uhr. Aidan hat erst um sieben Arbeitsschluss, und es ist gerade mal kurz nach halb. Was macht Lisa schon hier?

»Heidi? Wo bist du?«

Heidi fächert mit beiden Händen die dicken Schwaden in der Luft, als sie Lisas Schritte nahen hört. »Ich bin gleich da«, ruft sie.

Aber es ist schon zu spät. Lisa steht bereits in der Tür, makellos gekleidet in einer weißen Hose und einer Chanel-Bluse mit Blumenmuster, jedes ihrer dunklen Haare perfekt gelegt.

»Gütiger Gott! Was ist denn das für ein furchtbarer Gestank?«, fragt sie, und ihr Blick wandert von Heidi zu Mark. »Und wer sind Sie?«

»Das ist Mark Fisher«, sagt Heidi. »Seine Großmutter wohnt nebenan.«

»Und Sie sind hier, weil …?«

Heidis neue Entschlossenheit ringt mit dem Nebel in ihrem Kopf, doch sie schafft es, die Antwort herunterzuschlucken: »Und das geht dich etwas an, weil …?« Stattdessen sagt sie: »Mark war so freundlich, mir bei der Zubereitung des Abendessens zu helfen.«

»Wirklich«, stellt Lisa fest. »Und ist das Abendessen auch für diesen widerlich süßlichen Geruch verantwortlich?«

»Ich fürchte, das ist meine Schuld«, springt Mark Heidi bei. »Ich hab ein bisschen was geraucht, bevor ich vorbeigekommen bin, und vermutlich riechen meine Kleider noch danach.«

»Reizend«, sagt Heidi.

»Ist Aidan da?«, fragt Heidi und versucht, an Lisas imposanten Schultern vorbeizublicken.

»Dein *Mann*«, sagt Lisa betont, »ist noch bei der Arbeit. Ich hab bloß kurz Halt gemacht, um zu fragen, ob ich Wein zum Abendessen mitbringen soll.«

»Das ist wirklich aufmerksam«, sagt Heidi wie zuvor, als Lisa angeboten hat, Aidan von der Arbeit abzuholen. *Du hättest auch einfach anrufen können*, denkt sie.

»Ich sollte gehen«, sagt Mark.

»Ja, das sollten Sie«, erklärt Lisa ihm. »Ehrlich, Heidi«, sagt sie zu ihrer Schwiegertochter, als er weg ist, »hältst du es wirklich für eine gute Idee, junge Männer zu empfangen, wenn dein Ehemann nicht zu Hause ist?«

Heidi setzt zu einer Erklärung an, lässt es dann aber. »Weißwein wäre wunderbar«, sagt sie, ohne auf den Köder anzubeißen. »Es gibt Knoblauch-Hähnchen mit Honig und Rosmarin auf einem Bett von Dampfreis.«

Schweigen.

»Du weißt, dass ich keinen Knoblauch esse«, sagt Lisa schließlich.

Wusste sie das? »Nicht?« *Seit wann?*

»Ist okay. Wir können etwas bestellen.«

»Aber es ist schon zubereitet. Und es ist auch nur ein bisschen Knoblauch. Möchtest du es nicht wenigstens probieren?«

»Und riskieren, dass ich die ganze Nacht Sodbrennen habe? Ich glaube nicht.«

»Es tut mir sehr leid. Ich hab wirklich nicht gedacht …«

»Offensichtlich. Aber es ist meine Schuld«, fügt Lisa

wenig überzeugend hinzu. »Ich hätte dich daran erinnern sollen.«

»Nun, zumindest gibt es zum Nachtisch köstliche Serviettenknödel mit Blaubeeren«, sagt Heidi und spürt, wie ihr Tränen in die Augen schießen. »Da ist kein Knoblauch drin.«

»Kein Knoblauch, aber trotzdem wohl kaum all die Kalorien wert. Ich verzichte, wenn du nichts dagegen hast.«

Heidi wendet sich ab, als die Tränen in ihren Augen zu brennen beginnen. Erst nachdem Lisa den Raum verlassen, die Haustür geöffnet und wieder geschlossen hat, bricht Heidi auf dem Sofa zusammen und lässt ihnen freien Lauf.

KAPITEL DREIZEHN

Sean Grant steht am Wohnzimmerfenster und starrt auf die Straße. Es ist fast elf, und Olivia ist schon im Bett. Hoch am Himmel steht ein großer gelber Viertelmond. Klar, gestochen scharf und unsagbar schön. Wie mit Photoshop bearbeitet, denkt er. Wie aus dem Bilderbuch.

Im Gegensatz zu allem anderen in seinem Leben.

Er wirft einen prüfenden Blick auf die Nachbarhäuser. Es ist so still jetzt. Nicht dass es je besonders laut wäre, was interessant ist, wenn man bedenkt, wie viele Kinder in der kleinen Enklave leben: die beiden Wilson-Jungen, die beiden McKay-Kids, seine eigenen drei. Und jetzt auch noch Julia Fishers Enkel, der offenbar dauerhaft eingezogen ist, obwohl der genau genommen eher ein junger Erwachsener ist.

Der Junge kommt Sean vor wie ein Typ, der Ärger sucht. Was etwa wollte er am Nachmittag mit der scharfen Kleinen von gegenüber? Sean hat am Fenster gesessen und beobachtet, wie sie sich miteinander bekanntgemacht haben und der Junge ihre Einkaufstüten genommen und ins Haus getragen hat. Sean hat gewartet, dass er wieder herauskam, doch nach einer Stunde war der Junge immer noch nicht wieder aufgetaucht. Und dann ist Olivia von der Arbeit nach Hause gekommen, voller Fragen über seine letzte Runde von Vorstellungsgesprächen, sodass Sean gezwungen war, seine Wacht aufzugeben.

Der Junge spielt definitiv mit dem Feuer, denkt er jetzt, während er Schwärme hirnloser Insekten beobachtet, die um die Laternen schwirren. Nicht das Schlauste, was man anstellen kann, etwas mit der Frau eines Armeeveteranen anzufangen. Wenn der Junge nicht aufpasst, wird er noch erschossen.

In der Einfahrt der Youngs parkt ein weißer Lexus, was bedeutet, dass Lisa – er ist sich ziemlich sicher, dass die Frau so heißt – zu Besuch ist. Wieder. Sie ist so oft da, dass sie auch gleich einziehen könnte. *Schön, dass sie sich so gut mit ihrer Schwiegertochter versteht*, denkt er, geht in die Küche, nimmt die Wodkaflasche aus dem Gefrierschrank, gießt sich ein Glas ein und leert es in einem langen befriedigenden Zug.

Er muss alles an diesem elenden Tag vergessen, die Folge fiktiver Vorstellungsgespräche mit den Obermackern der Agentur, die er angeblich geführt hat, seine Lügen gegenüber Olivia, in denen er es so dargestellt hat, als hätte er den Job bei Advert-X praktisch in der Tasche.

Wer mit dem Feuer spielt! Was zum Teufel macht er?

Er hofft auf ein Wunder, das macht er; er hat darauf spekuliert, dass er mittlerweile einen anderen Job klargemacht haben würde. Oder zumindest irgendeine Perspektive. Etwas Greifbares. Etwas Reales. *Irgendwas.*

»Sieht so aus, als hätte das mit dem Job bei Advert-X doch nicht geklappt«, könnte er seiner Frau dann erklären. »Aber hey, dafür hat sich etwas anderes ergeben …«

All die Lügen zwingen ihn immerhin dazu, mehr auf sich zu achten, sich wieder täglich zu rasieren und frische Kleidung anzuziehen. Wenigstens etwas, sagt er sich und versucht, nicht an das alberne Leinenjackett zu denken, das im Kofferraum seines Wagens verknittert, weil er es auf keinen Fall riskieren kann, es ins Haus zu bringen.

»Auf mich«, sagt er und hebt sein Glas zu einem spöttischen Prosit. Wie lange glaubt er, das noch durchhalten zu können? Wann werden seine Lügen ihn einholen, wie lange noch, bis Olivia seine Täuschung durchschaut?

Was wird sie dann machen? Weinen? Bestimmt. Ihm wohlverdiente Beschimpfungen an den Kopf werfen? Wahrscheinlich. Sich die Kinder schnappen und gehen? Was würde er dann tun?

Er stellt sich den ungläubigen Ausdruck auf ihrem hübschen Gesicht vor, und wie er sich in Wut verwandelt und dann, schlimmer noch – oh, so viel schlimmer – in Mitleid.

Lieber wäre ich tot, als diesen Ausdruck zu sehen, denkt er.

Der Gedanke löst ein alarmierendes Zucken durch seinen ganzen Körper aus. Aber wenn Sean ehrlich ist, muss er zugeben, dass ihm solche Gedanken nicht zum ersten Mal durch den Kopf schießen. Welchen Sinn hat schließlich alles? Welchem Zweck soll er dienen, nachdem es nun nicht so aussieht, als würde er in absehbarer Zeit »die Brötchen verdienen«? Olivia braucht ihn jedenfalls bestimmt nicht. Das hat sie bewiesen. Er kann nicht mehr für sie sorgen. Und die Kinder brauchen ihn auch nur, um von der Schule abgeholt zu werden. Verdammt, die Versicherungssumme, die sie bei seinem Tod kassieren würden, würde dicke reichen, um einen Chauffeur zu bezahlen.

Deckt seine Versicherung auch einen Tod durch Selbstmord ab, fragt er sich und erwärmt sich allmählich für den

Gedanken, während er ein weiteres Glas Wodka herunterstürzt. Wenn nicht, müsste er einfach einen Weg finden, den besagten Selbstmord wie einen Unfall aussehen zu lassen. Er legt die Flasche zurück in den Gefrierschrank, bevor der Wunsch zu stark wird, noch ein Glas zu trinken. Die Flasche ist beinahe leer. »Mir ist aufgefallen, dass der Wodka fast aufgebraucht ist«, kann er Olivia sagen hören und lacht, doch es ist ein freudloses Lachen, ein hohles Bellen, das an der Luft kratzt wie die Klauen einer Katze.

Er nimmt seinen Laptop, der auf dem Küchentresen lädt, klappt ihn auf und gibt ein: *Methoden, sich umzubringen, die nicht wie Selbstmord aussehen.* Sofort füllt der Bildschirm sich mit Informationen und Vorschlägen, einige ziemlich konkret, andere weit hergeholt. Die praktikableren Varianten sind unter anderem Ertrinken, was nicht so schwierig zu bewerkstelligen sein sollte, zumal er in Florida lebt und der Ozean nur ein paar Minuten entfernt ist. Die Tatsache, dass er ein versierter Schwimmer ist, hat relativ wenig zu bedeuten, denn der Ozean ist mächtig und unberechenbar. Trotzdem ist er sich nicht sicher, dass sein Überlebensinstinkt sich nicht in letzter Sekunde melden würde. Er stellt sich vor, dass es gar nicht so leicht ist, mit Absicht zu ertrinken.

Man könnte sich auch von Schlangen oder Spinnen beißen oder von einem Alligator fressen lassen, wobei keine dieser Methoden einen besonders sanften Abgang verspricht. Er hat Angst vor Schlangen, könnte eine giftige Spinne nicht von ihren harmlosen Verwandten unterscheiden und nimmt an, dass es eher unwahrscheinlich ist, von einem Alligator gefressen zu werden, wenn man sich nicht in die Everglades stürzt.

Des Weiteren werden giftige Pflanzen vorgeschlagen. Aber Sean weiß praktisch nichts über Pflanzen, und obwohl eine Vielzahl von Rezepten für die Zubereitung tödlicher Suppen und Salate angegeben werden, hat er in den Monaten der erzwungenen Arbeitslosigkeit eine Aversion gegen das Kochen im Allgemeinen entwickelt. Außerdem legen Vergiftungen heftige Bauchschmerzen nahe, und es gibt keine Garantie dafür, dass er sich vor seinem Tod nicht noch stundenlang übergeben würde, eine Vorstellung, die schlimmer ist als zu sterben.

Überdies gibt es Anleitungen, wie man aus Toilettenreiniger und Pestiziden tödlichen Schwefelwasserstoff herstellen kann, Rezepte für Zyanid und Vorschläge, einen tödlichen Cocktail aus Rizinus und Kastoröl zu mixen, was alles unnötig zeitaufwendig und kompliziert klingt. Aber Moment… es gibt ein Buch, das die Suche erleichtert: *Selbstmord für Dummies*.

Perfekt, denkt Sean und klappt den Laptop lachend zu. *Wahrscheinlich wäre es einfacher, einen Profikiller zu engagieren, der mich umbringt*, entscheidet er und lacht noch einmal, wohlwissend, dass er kein Geld hat, einen Profikiller zu engagieren. Vielleicht würde der potenzielle Mörder stattdessen auch ein Designer-Jackett nehmen?

Dabei fällt ihm eine wilde Geschichte ein, die er vor ein paar Jahren im Internet gelesen hat. Ein Mann wurde hier in Palm Beach Gardens eines Morgens gegen sechs Uhr am Rand des PGA-Boulevards tot aufgefunden, eine Kugel in der Brust. Er war unterwegs zu einem Freund gewesen, mit dem er morgens regelmäßig einen Kaffee trank, und als er dort nicht eintraf, wurde die Polizei alarmiert und die Leiche rasch gefunden. Seine Brieftasche fehlte, was auf einen Raubmord hindeutete.

Aber irgendwann kam ans Licht, dass der Mann in Wahrheit Selbstmord begangen hatte, indem er eine Pistole an einen mit Helium gefüllten Ballon gebunden und sich ins Herz geschossen hatte, worauf der Ballon die Waffe davongetragen hatte, als der Mann leblos zu Boden gesunken war. Offenbar hatte er die Idee aus einer alten Folge von *CSI: Miami.*

Genial, denkt Sean, obwohl sich wahrscheinlich niemand zweimal davon täuschen lassen würde. *Verdammt*, die Methode hatte nicht mal beim ersten Versuch jemanden getäuscht.

Außerdem besitzt er keine Waffe.

Nicht dass es schwer wäre, sich eine zu besorgen. Er würde die Sicherheitsprüfung problemlos bestehen, da er weder vorbestraft ist noch psychische Vorerkrankungen hat. Und sie sind schließlich in Florida, wo Waffen so zugänglich sind wie Gummibärchen. Er klappt den Computer wieder auf, gibt *Waffen* ein und bekommt sofort eine Flut von Websites vorgeschlagen. »Boah«, sagt er, unfähig, die vielen Optionen zu verarbeiten.

Nicht dass er sich die meisten der angezeigten Waffen leisten könnte. Scheiße – er hatte keine Ahnung, wie viel einige von den Dingern kosten.

Obwohl die meisten beträchtlich günstiger sind als das blöde Jackett, das er gekauft hat, denkt er und lacht beinahe.

»Sean«, ruft Olivia vom oberen Treppenabsatz. »Kommst du nicht ins Bett?«

Verdammt. Er hat gehofft, dass sie mittlerweile schlafen würde. »Ich bin sofort oben«, ruft er zurück.

»Was machst du?«

»Ich recherchier noch ein bisschen über Advert-X. Ich bin gleich da.«

Er atmet tief durch, drückt sich vom Tisch hoch und spürt eine überwältigende Welle der Erschöpfung, als er ein Pfefferminzbonbon aus der Tasche fischt, in den Mund steckt und hofft, dass es den verräterischen Hauch von Alkohol in seinem Atem überdeckt.

Als er die Stufen hochsteigt, fühlt sich jeder Schritt an, als würde er durch frisch gegossenen Zement stapfen. Er sieht kurz nach den Kindern, Zane und Quentin nebeneinander in ihren Betten, Zadie in ihrem Prinzessinnen-Himmelbett in dem kleineren Zimmer neben dem der Jungen. Sie sind noch so süß, so vertrauensvoll, so unschuldig. Will er sie wirklich mit dem Stigma seines Selbstmords belasten? Würden sie aufwachsen und sich selbst die Schuld geben, oder würden sie, schlimmer noch, die Erinnerung an ihn hassen?

Vielleicht wäre es für alle Beteiligten besser, wenn er sie mit sich nehmen würde.

»Was zum Teufel ist mit dir los?«, flüstert er, ehrlich erschrocken über die Gedanken, die durch seinen benebelten Kopf gehen. Er hofft, dass nur der Alkohol dafür verantwortlich ist.

Wer weiß, welches Böse in den Herzen der Menschen lauert, hört er seinen Vater flüstern.

»Der Schatten …«, murmelt Sean, und das Wort gefriert ihm auf den Lippen, als er das Schlafzimmer betritt und seine Frau sieht.

Sie steht neben dem Bett, geschminkt, in einer pinken Seidencorsage mit schwarzer Spitze und einem Tanga, ebenfalls aus schwarzer Spitze. Dazu trägt sie einen Strapsgürtel und schwarze Seidenstrümpfe, ihre wohlgeformten Beine enden in einem Paar hochhackiger silberner Pumps mit offenen Zehen. Ihr dichtes braunes Haar fällt auf ihre Schultern, und an ihren Ohren baumeln lange Strassohrringe.

»Was ist das?«, fragt er, obwohl die Antwort klar ist.

»Gefällt es dir?«

Er spürt eine willkommene Regung in seiner Hose. »Ja.«

»Ich dachte, weil dein Vorstellungsgespräch heute so gut gelaufen ist, hast du eine Belohnung verdient.«

Seine Erektion verschwindet augenblicklich.

Zwar gibt Olivia sich alle Mühe, sie wiederzubeleben, macht all die Sachen, von denen sie weiß, dass sie ihm gefallen, Sachen, die früher immer geholfen haben, sowie ein paar neue, bei denen er sich fragt, wo sie sie gelernt hat. Hat sie eine Affäre, denkt er unwillkürlich, während sie weiter versucht, ihn zu erregen. Nichts hilft. Nicht ihre Finger, nicht ihr Mund und auch ihre Zunge nicht.

»Ich glaube nicht, dass es passiert«, sagt er schließlich und löst sich aus ihrer Umarmung. »Tut mir leid, Schatz.«

»Du musst dich nicht entschuldigen«, sagt sie mit zitternder Stimme. »Es kommt vor.«

»Ich bin einfach so müde. Ich schätze, mir war nicht klar, wie viel Kraft mich diese Gespräche heute gekostet haben.«

Sie lächelt trotz der Tränen, die in ihren Augen schimmern. »Kein Problem. Das verstehe ich.«

»Wir versuchen es ein anderes Mal wieder.«

»Unbedingt.«

Sie zieht sich in das angrenzende Badezimmer zurück, und als sie ein paar Minuten später wieder herauskommt, ist ihr Gesicht frisch gewaschen, und sie trägt ein formloses Nachthemd aus Baumwolle. Sie steigt neben ihm ins Bett, gibt ihm einen kurzen Kuss auf die Wange und dreht sich dann auf ihre Seite. Er hört sie unter der Decke leise schniefen, während sie vorgibt, dass alles in Ordnung und das Ganze keine große Sache ist. Zu höflich, um zu sagen, was sie wirklich denkt: dass er sie wieder enttäuscht hat, dass sie sein Versagen im Bett einfach auf die stetig wachsende Liste seiner Unzulänglichkeiten setzen wird.

Er wartet, bis sie eingeschlafen ist, bevor er wieder aufsteht, nach unten geht und sich noch einen Drink eingießt. Er überlegt erneut, wie lange er seine Frau weiter anlügen kann und wie Olivia reagieren wird, wenn sie die Wahrheit herausfindet. Wie verständnisvoll wird sie dann sein?

Aber ist sie nicht zumindest mitverantwortlich für seine Lügen?

Wenn sie ihn mehr gedrängt und ihm früher erklärt hätte, dass er seinen Kopf aus seinem Arsch ziehen und sich der Realität stellen sollte, wenn sie darauf bestanden hätte, dass er jeden Scheißjob annimmt, den er kriegen kann, wären all diese Lügen vielleicht gar nicht notwendig. Stattdessen hatte sie ihn ermutigt, sich Zeit zu lassen, groß zu träumen und sich nicht mit weniger zufriedenzugeben. Und sie hat so hoffnungsvoll ausgesehen, als er das erste Vorstellungsgespräch bei Advert-X bekommen hatte. Wie konnte er sie enttäuschen?

Aber genau das hat er getan, wie er weiß, als er sie vor seinem inneren Auge in einem Outfit neben dem Bett stehen sieht, das ihn früher wild gemacht hätte.

Er nimmt seinen Laptop vom Tresen, loggt sich bei seiner

Lieblingspornoseite ein, findet eine vollbusige junge Frau, die ein wenig seiner jungen Nachbarin ähnelt, und bringt sich rasch zum Orgasmus. Erfüllt von einer neuen Welle der Selbstverachtung klappt er den Laptop zu, legt die Wodkaflasche zurück in den Gefrierschrank und geht wieder nach oben.

Er legt sich neben Olivia, schlingt einen Arm um ihre Hüfte, zieht sie an sich und atmet einen Hauch des Parfüms ein, den sie nicht abwaschen konnte. »Verzeih mir«, murmelt er an ihrem Nacken. »Es gibt keinen Job. Ich bin ein Lügner und Betrüger.«

»Hmmm?«, murmelt Olivia schlaftrunken. »Hast du was gesagt?«

Es folgt ein weiteres Schweigen.

»Nur dass ich dich liebe«, erklärt er ihr.

Er spürt ihr Lächeln. »Ich liebe dich auch.«

KAPITEL VIERZEHN

Sie träumt, dass sie mit mehreren unbekannten Frauen in einem Fahrstuhl stecken bleibt. Sie sprechen eine Sprache, die sie weder erkennt noch versteht, und bemerken scheinbar gar nicht, dass der Aufzug sich nicht bewegt. »Verzeihung«, sagt sie und drängt zur Tür. Eine der Frauen wendet sich ihr zu. »Sie tragen ein sehr aufdringliches Parfüm«, tadelt sie in perfektem Englisch. »Ich fürchte, Sie müssen die Kabine verlassen.« Die Tür der Fahrstuhlkabine geht plötzlich auf, und die Frau stößt Heidi in einen schwarzen Schacht voller Kabel.

Heidi richtet sich kerzengerade im Bett auf. »Heilige Scheiße«, sagt sie, als sie ihre Stimme wiedergefunden hat. Sie atmet ein paarmal tief durch, spürt, wie ihr Albtraum sich in Pixel auflöst, bis nur noch das Loch übrigbleibt, in das sie gefallen ist. »Aiden?«, flüstert sie, späht suchend in das Dunkel und sehnt sich nach seinen starken, beruhigenden Armen.

Aber er ist nicht da.

Heidi schaltet die Lampe auf dem Nachttisch an. Sie sieht aus wie ein rechteckiger Eisklotz mit einem länglichen schwarzen Schirm. Heidi hat sie nie gemocht. Für ihren Geschmack ist sie zu modern und spendet wegen des schwarzen Schirms nur sehr wenig Licht. »Sie ist auf jeden Fall hell genug«, beharrte Lisa, als sie sie statt der Porzellanlampe mit dem Blumenmuster und dem weißen Schirm aussuchte, die Heidi bevorzugt hätte. »Es ist ein Schlafzimmer. Da braucht man nicht so viel Licht.«

»Was, wenn ich im Bett lesen will?«, erinnert Heidi sich, eingewandt zu haben.

Lisa würdigte sie keiner Antwort. Ihre skeptisch hochgezogene Braue sagte alles.

»Aiden?«, fragt Heidi noch einmal und blickt zum Bad. Aber die Tür steht offen, und Aiden ist offensichtlich nicht drinnen. Wahrscheinlich guckt er unten Fernsehen wie so oft, wenn seine Albträume ihn am Schlafen hindern. Aber es ist fast vier Uhr. Wenn er nicht bald ins Bett zurückkehrt, kommt er am Morgen nur schwer hoch und womöglich zu spät zur Arbeit, womit er einen weiteren Job aufs Spiel setzen würde.

Und was würde Lisa dazu sagen, die in dem Schlafzimmer am Ende des Flurs schläft, nachdem sie zum Abendessen zu viel getrunken hat? Was immer sie sagen würde, Heidi ist sicher, am Ende würde Lisa ihrer Schwiegertochter die Schuld geben.

Sie legt sich wieder hin und versucht, alle Gedanken an ihre Schwiegermutter aus ihrem Kopf zu verdrängen. Aber Lisa ist in der Vorstellung genauso stur wie in Fleisch und Blut und lässt sich nicht so leicht beiseiteschieben.

Schlussendlich hatten sie zum Abendessen Spareribs bestellt.

»Bitte sei nicht sauer«, hat Aiden seiner Frau außer Hörweite seiner Mutter zugeflüstert. »Wir essen das, was du gekocht hast, morgen. Es sieht wirklich gut aus.«

Heidi hat zugesehen, wie Lisa ihre komplette Bestellung

von Spareribs vertilgt hat, wobei die Tatsache, dass die voller Knoblauch waren, sie offenbar nicht im Geringsten gestört hat. Dann hat sie die Flasche Wein mit ins Wohnzimmer genommen, sich vor den Fernseher gepflanzt und darauf bestanden, dass sie eine langweilige Dokumentation über den Zweiten Weltkrieg guckten, und war dann mittendrin eingeschlafen.

Als Heidi in der Hoffnung umschalten wollte, zumindest einen Teil des Abends zu retten und noch die zweite Hälfte von *The Real Housewifes* zu erwischen, erwachte Lisa plötzlich zum Leben. »Was machst du?«, wollte sie wissen. »Ich gucke das.«

»Du hast geschlafen.«

»Ich habe nur meine Augen ausgeruht. Man kann auch mit geschlossenen Augen zuhören, weißt du.«

Man kann sich auch verpissen, dachte Heidi und biss sich auf die Zunge, um es nicht laut auszusprechen, als ihr ihr Vorsatz wieder einfiel, Lisa für sich zu gewinnen.

»Möchtest du lieber etwas anderes gucken?«, fragte Lisa ihren Sohn.

»Nein«, sagte Aiden, das Flehen in Heidis Blick vorsätzlich ignorierend. »Das ist okay.«

»Es würde dir nicht schaden, ein wenig über Geschichte zu lernen«, erklärte Lisa Heidi. »War es nicht Winston Churchill, der gesagt hat: ›Wer die Geschichte ignoriert, ist verurteilt, sie zu wiederholen.‹«

»Ja, ich glaube schon«, sagte Heidi, obwohl sie in Wahrheit keine Ahnung hat, was er gesagt hatte. Sie weiß nicht mal genau, wer dieser Winston Churchill ist.

Als die Sendung um elf Uhr zu Ende war, erklärte Lisa natürlich, dass sie zu müde und zu betrunken sei, um noch nach Hause zu fahren, und die Nacht in einem ihrer freien Zimmer verbringen würde. »Ich kann mich genauso gut schon mal daran gewöhnen«, sagte sie auf dem Weg zur Treppe.

»Was hat deine Mutter gemeint, als sie gesagt hat, sie könnte sich schon mal daran gewöhnen?«, fragte Heidi, sobald sie mit Aiden allein in ihrem Schlafzimmer war.

»Du weißt schon«, sagte er, ohne sie anzusehen.

»Ich weiß es nicht.«

»Sie zieht für ein paar Wochen bei uns ein.«

»Was?«

»Das hab ich dir erzählt.«

»Nein, davon hast du nie was gesagt.«

Aiden blickte zu der geschlossenen Schlafzimmertür, als hätte er Angst, seine Mutter könnte im Flur lauschen. »Nun reg dich nicht auf. Es ist nur für ein paar Wochen, solange ihre Küche renoviert wird.«

»Scheiße!«, rief Heidi. »Wann soll das passieren?«

»Frühestens in einem Monat. Wahrscheinlich im Juli.«

»Im Juli«, wiederholte Heidi.

»Es ist nur für ein paar Wochen.«

»Renovierungen dauern immer länger als angekündigt. Wahrscheinlich bleibt sie den ganzen Sommer hier.«

»Was soll ich denn machen?«, fragte Aiden hilflos. »Sie ist meine Mutter, und sie hat dieses Haus bezahlt. Auf dem Papier gehört es ihr. Soll ich ihr sagen, dass sie nicht willkommen ist?«

Genau das sollst du ihr sagen, dachte Heidi, wohlwissend, dass ihr Mann das nie fertigbrächte. »Okay«, sagte sie. »Wir finden einen Weg, dass es funktioniert.«

»Du bist die Beste«, erwiderte Aiden und schmiegte sich im Bett an sie.

Heidi drehte sich zu ihm um und streckte die Hand aus, um ihn zu streicheln. Es gab keinen Grund, dass der Abend total verschwendet sein sollte. Und das Marihuana hatte sie geil gemacht.

»Ich glaube, das ist keine so gute Idee«, sagte er und hielt ihre Hand fest.

»Wieso?«

»Du weißt schon …« Wieder blickte er zum Flur. »Sie könnte uns hören …«

Heidi drehte sich wieder auf ihre Seite. *Ich kann mich genauso gut schon mal daran gewöhnen*, dachte sie, und beim Einschlafen hallten Lisas Worte in ihrem Kopf wider.

Kein Wunder, dass ich einen Albtraum hatte, denkt Heidi jetzt, blickt zu dem Wecker auf dem Nachttisch und sieht, dass eine weitere halbe Stunde vergangen ist und Aiden immer noch nicht neben ihr liegt. Sie steigt aus dem Bett, streift einen kurzen Bademantel über ihren nackten Körper, tappt in den Flur, bleibt an der Treppe stehen und lauscht auf den leisen Ton des Fernsehers. Doch sie hört nichts. »Aiden?«, flüstert sie, als sie den unteren Treppenabsatz erreicht und ins Wohnzimmer geht.

Aber das Zimmer ist dunkel, der Fernseher aus. »Aiden?«, ruft sie noch einmal und geht in die Küche. Aber dort ist er auch nicht. Kann es sein, dass er aus dem Haus gegangen ist?

Sie öffnet die Haustür und sieht sich um, warme Luft legt sich um ihre Schultern wie ein Tuch. Am Himmel steht ein prächtiger gelber Viertelmond, der die stille Nachbarschaft wie ein Scheinwerfer beleuchtet. *Natürlich ist es still*, denkt sie. *Es ist halb fünf Uhr morgens. Alle schlafen.*

Bis auf Aiden.

Wo zum Teufel ist er?

Lisas Wagen parkt noch in der Einfahrt, das heißt, der Hyundai steht in der Garage. Falls Aiden also nicht in Unterwäsche auf der Straße herumirrt, muss er irgendwo im Haus sein.

Vielleicht sogar schon wieder im Bett, denkt sie, als sie die Treppe hinaufgeht. Aber ein kurzer Blick in ihr Schlafzimmer verrät ihr, dass er dort nicht ist. Sie geht zu dem kleineren der beiden anderen Schlafzimmer, doch das Doppelbett in der Mitte des Raumes ist unberührt und bis auf ein Dutzend dekorativer Wurfkissen auf einer bauschigen weißen Tagesdecke leer.

Langsam geht sie zu dem letzten Schlafzimmer. Sie zögert, die Tür zu öffnen, weil sie ihre Schwiegermutter nicht wecken will. Lisa wird garantiert ihr die Schuld für Aidens Verschwinden geben. Aber was soll sie sonst machen?

Behutsam öffnet Heidi die Tür.

Sie sieht ihn sofort.

Er steht am Fußende des Doppelbetts und starrt auf die Frau, die auf der Seite liegend unter der Decke schläft und nichts von seiner Anwesenheit ahnt.

»Aiden?«, flüstert Heidi und schleicht auf Zehenspitzen zu ihm.

Er rührt sich nicht, sondern hält den Blick starr auf das Gesicht seiner Mutter gerichtet.

»Aiden, Liebster. Was machst du?« Sie tritt neben ihn und erkennt an seinem ausdruckslosen Blick, dass er in einer Art

Trance ist und wahrscheinlich keine Ahnung hat, was geschieht und wo er sich befindet. Wahrscheinlich wieder in Afghanistan oder an einem anderen gottverlassenen Ort. »Komm, wir gehen wieder ins Bett«, sagt sie, tritt hinter ihn und versucht, ihn aus dem Zimmer zu führen. Dabei greift sie nach seiner Hand.

Und ertastet die Waffe.

O Gott. Was passiert hier?

Was zum Teufel macht er? Und noch wichtiger, was verdammt noch mal soll sie jetzt machen?

Sie überlegt, einfach abzuhauen und Aiden mit seiner Mutter und welchen verrückten Gedanken auch immer im Kopf allein zu lassen. *Überlegt er wirklich, sie zu erschießen?* Sie beschließt, dass alles noch ein Teil ihres Albtraums sein muss und nichts davon wirklich passiert.

Aber es *passiert* wirklich, und das weiß sie auch. Vielleicht ist es ein Albtraum, aber real. Genau wie die Waffe in Aidens Hand. Und so reizvoll die Vorstellung einer Welt ohne Lisa auch sein mag, der Gedanke, dass ihr Mann den Rest seines Lebens im Gefängnis verbringt, ist es nicht.

»Aiden, Schatz«, sagt sie, so besänftigend sie es in ihrer Panik vermag. »Gib mir die Waffe, Liebster. Hier bist du sicher. Die brauchst du nicht.«

Ein paar quälende Sekunden verstreichen, bevor er seinen Griff löst und sich die Waffe aus der Hand nehmen lässt. Er lächelt sie an, während sie die Waffe in die Tasche ihres Bademantels gleiten lässt und ihn aus dem Zimmer führt.

»Was ist los?«, fragt er, als sie ihn in ihrem Bett zudeckt.

»Du hast schlecht geträumt«, erklärt sie ihm.

»Wirklich?«

»Du bist schlafgewandelt. Erinnerst du dich nicht?«

Er schüttelt den Kopf. »An gar nichts.«

Heidi zieht die Waffe aus der Tasche und verstaut sie in dem Kästchen in der untersten Schublade ihrer Kommode. Sie steigt neben ihrem Mann ins Bett und schlingt ihre warmen Arme um ihn. »Schlaf noch ein bisschen«, sagt sie.

KAPITEL FÜNFZEHN

Nick Wilson fährt auf den Parkplatz von Straight Shooters in West Palm Beach in der Nähe der Kreuzung von Dixie Highway und 45th Street. »Okay. Alle aussteigen.«

Ben klettert sofort von der Rückbank und rennt zur Eingangstür des gedrungenen schmutzig weißen Gebäudes.

»Meinst du wirklich, dass das eine so gute Idee ist?«, fragt Dani ihren Mann. Obwohl er es schon seit Wochen angedroht hat, hat sie gehofft, er würde es sich noch anders überlegen. Sie dreht sich zu Tyler um. Der Junge ist sitzen geblieben, in seinem Blick spiegelt sich ihre eigene Beklommenheit. Genau genommen sieht er entsetzt aus.

»Ich dachte, das hätten wir heute Morgen ein für alle Mal geklärt«, sagt Nick überdrüssig.

»Ich weiß, aber… Ich finde, sie sind noch so jung, und Ben ist noch ein so kleiner Fisch im Teich…«

»Er ist groß genug, und man ist nie zu jung, um zu lernen, wie man sich selbst verteidigt. Was ist dahinten los, Goldlöckchen? Warum bist du noch im Wagen?«

Tyler zögert. »Ich krieg den Sicherheitsgurt nicht auf.«

»Wirklich?« Nick beugt sich nach hinten und klickt den Gurt auf. »War das so schwer?«

»Nick, Schatz«, flüstert seine Frau, als Tyler die Tür hinter sich schließt, »du weißt, dass er es nicht mag, wenn du ihn Goldlöckchen nennst.«

»Willst du mir vorschreiben, wie ich mit meinem Sohn rede?«

»Nein, ich sag ja bloß …«

»Lass es. Halt einfach die Klappe und steig aus.«

Dani schießen Tränen in die Augen. Sie wollte ihn ganz bestimmt nicht aufs Neue verärgern. Ihre Wange brennt immer noch von der Ohrfeige, die er ihr heute Morgen verpasst hat, als sie vorgeschlagen hat, dass sie vielleicht auch an den Strand fahren könnten, einer so heftigen Ohrfeige, dass ihr Ohr immer noch klingelt.

»Was ist mit deinem Gesicht passiert?«, hat Tyler sie gefragt, als sie das Frühstück zubereitet hat.

Sie hat versucht, es mit einem Achselzucken abzutun. »Ich bin gegen die Badezimmertür gerannt. Du kennst mich doch, ich bin so ein Tollpatsch.«

»Du bist kein Tollpatsch«, antwortete Tyler.

»Los, kommt, alle«, ruft Ben jetzt vom Eingang des Waffenladens.

»Stell meine Entscheidung nie wieder vor den Kindern infrage«, warnt Nick, als er auf die Beifahrerseite kommt, Danis Arm packt und sie aus dem Wagen zerrt.

Was ist los mit mir? Warum provoziere ich ihn noch absichtlich?, fragt Dani sich, als er die Tür hinter ihr zuschlägt und dann plötzlich stehen bleibt.

»Scheiße«, sagt er.

»Was?«

»Der Reifen hat ein bisschen wenig Luft.«

»Wirklich? Ich finde, er sieht ganz okay …« Sie hält

inne, als ihr bewusst wird, dass Nick schon weitergegangen ist.

Auf einem Schild an der Tür steht: *Keine geladenen Schusswaffen bitte*, eine Ironie, die Dani trotz ihres Unbehagens ein kleines Lächeln entlockt, das an ihrer geschwollenen Wange zerrt.

Als sie den großen quadratischen Raum betritt, sieht sie als Erstes einen riesigen ausgestopften Grizzlybär mit einem Schild, das Besucher warnt, ihn nicht zu berühren. *Wieso*, überlegt sie. *Beißt er sonst?* Sie bemerkt, dass überall ausgestopfte tote Tiere ausgestellt sind: An der Wand hängen Dutzende von Antilopenköpfen, auf dem Betonboden stehen gleichmäßig verteilt Rotluchse, Steinböcke und Wölfe.

Dazwischen Waffen. Schusswaffen jeder Form und Größe. Überall Waffen: an den Wänden, in Regalen und in zahllosen Vitrinen im ganzen Raum. Dani kommt die Melodie von *Old MacDonald Had a Farm* in den Sinn.

Hier ein Peng, da ein Peng, überall Peng, Peng.

»Beeindruckend, oder?«, unterbricht Nick ihren stummen Refrain und geht auf einen langen kreisrunden Tresen in der Mitte des Raumes zu. Dahinter stehen zwei Männer, die auf beiden Seiten Kunden bedienen.

Dani staunt, dass der Laden um kurz nach zehn an einem heißen und schwülen Samstagmorgen schon so voll ist.

»Hallo, Doc«, begrüßt der ältere der beiden Verkäufer Nick. Auf dem Namensschild an seiner orangefarbenen Weste steht *Wes*. Er ist um die fünfzig, trägt einen ultrakurzen Bürstenhaarschnitt und einen Diamantstecker im linken Ohr. »Wie ich sehe, haben Sie heute die ganze Familie mitgebracht.«

»Hatte ich schon lange vor«, erklärt Nick und zeigt auf Ben. »Hab nur darauf gewartet, dass der hier groß genug wird, um übers Geländer zu blicken. Ben, komm mal her. Sag Wes Hallo.«

»Hi«, sagt Ben. »Das ist ein echt cooler Laden.«

»Danke, mein Junge. Willst du schießen lernen wie dein Dad?«

»Yep«, sagt Ben stolz.

»Und das sind meine Frau Dani und mein älterer Sohn Tyler.«

»Freut mich sehr, Sie kennenzulernen«, sagt Wes. »Und wir wollen heute alle auf die Schießanlage?«

»Das ist der Plan.« Nick gibt Wes seine Mitgliedskarte. »Wir brauchen vier Pistolen für eine Stunde. Zwei Schießstände sollten reichen.«

Wes blickt zu der Schießanlage hinter der Glaswand gegenüber dem Tresen. »Ich denke, das kriegen wir hin.«

»Wie viel bin ich Ihnen schuldig?«

»Ich nehme an, die Kinder sind beide noch keine zwölf?«

Nick bestätigt das mit einem Nicken.

»Dann macht es sieben Dollar fünfzig für jeden«, sagt Wes. »Fünfzehn für die Lady. Sie sollten montags kommen«, wendet er sich an Dani. »Montags schießen die Ladys umsonst.«

»Das merke ich mir.«

»Ich denke, mit diesen 22.er Handfeuerwaffen sollten Ihre Frau und die Kinder am besten klarkommen«, sagt Wes zu Nick und legt die drei Pistolen zusammen mit der passenden Munition auf den Glastresen. »Sie sind nicht schwer und haben wenig Rückstoß. Sie sollten sich relativ leicht schießen lassen. Man muss nur das Ziel anvisieren«, sagt er und beugt sich über die Theke, um Dani und den Jungen zu demonstrieren, wie es gemacht werden sollte, »und dann Feuer frei. Aber Vorsicht«, warnt er, »die Geschosshülsen fliegen in alle Richtungen.«

Ben lacht. »Und dann Feuer frei«, wiederholt er.

»Und für Sie habe ich Ihre Lieblings-38er rausgelegt, Doc.«

»Freundlichsten Dank, wie meine Frau sagen würde.« Nick legt einen Arm um Danis Hüfte und zieht sie an sich. »Stimmt's, mein Schatz?«

»Stimmt«, echot sie.

»Sie haben einen wirklich guten Mann«, erklärt Wes Dani. »Nicht jeder sorgt sich so um das Wohl seiner Familie wie der Doc hier.«

Dani nickt. Er hat schließlich recht. Ihr Mann ist ein wirklich guter Mensch. Das sagt jeder.

»Sind die Tiere echt?«, fragt Ben.

»Na ja, sie waren echt«, erklärt Wes. »Bis sie jemand erschossen und ausgestopft hat.«

»Cool«, sagt Ben. »Hey, ich hab eine Idee. Wir sollten unsere Fische ausstopfen.«

»Halt den Mund, Ben«, sagt Tyler, die ersten Worte, die er seit dem Betreten des Ladens äußert. »Das ist nicht witzig.«

»Ist es doch«, sagt Ben und dreht sich einmal um die eigene Achse, um die Anlage zu betrachten.

Dani folgt dem Blick ihres Sohnes. Zwischen den zahllosen ausgestellten Schusswaffen gibt es Vitrinen mit Messern in jeder Form und Größe. Ein regelrechtes Füllhorn des Todes, denkt sie, während Wes vier Kopfhörer auf den Tresen legt.

»Wozu sind die?«, fragt Ben.

»Die sind dazu da, eure Ohren zu schützen«, erklärt Wes, der sichtlich Gefallen an seiner Rolle als Lehrer findet. »Pistolen sind wirklich laut, und wir haben nach hinten raus zehn Schießstände, die alle besetzt sind. Wir wollen ja nicht, dass ihr taub werdet und uns verklagt. Also setzt die auf«, sagt er, »und wenn ihr die Schießanlage betretet, drückt ihr auf diesen Knopf hier an der Seite. Nach einem Piepen könnt ihr hören, was gesprochen wird, aber nicht die Schüsse. Haben Sie Brillen? Brillen braucht man auch, zum Schutz der Augen. Wenn Sie keine haben, hab ich welche hier.«

»Wir brauchen drei«, sagt Nick. »Ich habe eine eigene gekauft.«

Wes legt die Schutzbrillen neben die Kopfhörer und die Pistolen auf die Theke. »Okay, ich geh mal davon aus, dass keiner von euch raucht, denn Rauchen ist strengstens verboten. Die Glimmstängel bringen einen garantiert sicherer um als alles, was wir hier verkaufen. Stimmt's, Doc?«

»Kein Widerspruch von meiner Seite«, pflichtet Nick ihm bei.

»Eine wirklich hässliche Angewohnheit. Und jenseits dieser Türen auch kein Kaugummi mehr.« Er zeigt auf den Eingang zu den Schießständen. »Wollt ihr wissen, warum?«, richtet er sich an Tyler und Ben.

»Warum?«, fragt Ben ihm zu Gefallen.

»Wegen dem Blei in der Munition. Man will nicht zu oft den Mund auf- und wieder zumachen und so das ganze giftige Blei reinlassen. Man kann schon reden. Versucht nur, den Mund nicht zu weit aufzusperren.«

»Das ist kein Problem«, erklärt Ben ihm. »Wir dürfen sowieso kein Kaugummi kauen.«

»Meine Frau ist Zahnärztin«, erklärt Nick.

»Tatsächlich? Nun, das ist schön für Sie«, sagt Wes, als hätte Dani gerade eine Eins in einem Diktat bekommen.

»Und eine verdammt gute«, sagt Nick. »Wenn Sie je irgendwas machen lassen müssen, sollten Sie sich an sie wenden. Hast du eine Visitenkarte, die du dem Mann geben kannst, Schatz?«

Im Ernst?, fragt Dani sich und denkt, dass dieser Vormittag immer surrealer wird. »Nein, ich habe keine dabei.«

»Du solltest immer welche in der Tasche haben. Für alle Fälle. Das habe ich dir doch gesagt.«

»Ich weiß. Ich hab's bloß wieder mal vergessen. *Habe es* bloß wieder mal vergessen«, verbessert sie sich.

»Ich bin ehrlich gesagt eh kein großer Fan von Zahnärzten«, sagt Wes und zwinkert Dani zu. »Aber es ist schön zu sehen, dass ein Mann so stolz auf seine Frau ist.«

Dani ringt sich ein mattes Lächeln ab.

»Können wir jetzt schießen gehen?«, quengelt Ben und zieht an Nicks Arm.

»Immer langsam«, mahnt Wes. »Erst müsst ihr aussuchen, auf welches Ziel ihr schießen wollt. Ihr habt zwei Möglichkeiten. Entweder das ...« Er hält ein glänzendes laminiertes Rechteck mit einer schwarzen Zielscheibe vor hellgrünem Hintergrund und einem hell orangefarbenen Mittelpunkt hoch. »... oder das.« Er präsentiert ein größeres Plakat mit den Umrissen eines männlichen Oberkörpers und Kopfes vor weißem Hintergrund.

»Das will ich«, sagt Ben.

Nick lacht. »Sie haben den Mann gehört. Wir nehmen zwei.«

»Dann sind Sie startklar«, sagt Wes. Alle greifen ihre Kopfhörer und Schutzbrillen, Nick sammelt die Waffen ein. »Denkt bloß dran, euch hinterher mit der Spezialseife in den Toiletten wirklich gründlich die Hände zu waschen«, ermahnt Wes sie, »man will schließlich nicht, dass etwas von dem Blei durch die Haut eindringt.«

Erkennt sonst niemand die Ironie?, fragt Dani sich.

»Stand sieben und acht«, sagt Wes. »Und jetzt rein mit euch und dann …«

»Feuer frei«, sagt Ben und rennt zur Tür der Schießanlage.

»Müssen wir?«, flüstert Tyler Dani zu.

»Gibt es ein Problem?«, fragt Nick.

»Nein, kein Problem.« Dani schiebt ihren älteren Sohn sanft vorwärts. »Lass uns das einfach zack-zack hinter uns bringen«, flüstert sie, während Nick die erste der beiden Türen öffnet, die zu der Schießanlage führen. Sie warten in der kleinen Glasschleuse, bis die erste Tür richtig geschlossen ist, bevor sich die zweite öffnet.

Die Schießstände sind vor allem aus Beton und überwiegend in Grau und Schwarz gehalten. Eine lange graue Gummiwand am anderen Ende dient als Puffer, von der die Geschosse abprallen können. Die gesamte Anlage ist gut gelüftet und klimatisiert und schalldicht gegenüber der Außenwelt.

Auf einem rotgelben Schild an der Wand steht: *!!Warnung!! Leuchtspurmunition und andere entflammbare Geschosse sind nicht erlaubt!* Ein anderes mahnt: *Zu Ihrer eigenen und anderer Personen Sicherheit: Keine Leuchtspur-*

munition, keine Reload-Munition, keine Panzergranaten, keine Ausnahmen!

Drinnen ist der Lärm der abgefeuerten Waffen ohrenbetäubend. »Schnell, die Kopfhörer auf«, sagt Dani, setzt ihren eigenen auf und denkt daran, auf den Knopf an der Seite zu drücken, damit sie sich unterhalten können. Sie weichen einer Explosion leerer Geschosshülsen aus und hasten zu den Schießständen sieben und acht. Der Schmauchspurgeruch dringt so tief in Danis Nase, dass sie gegen einen Würgereiz ankämpfen muss.

»Du und Goldlöckchen, ihr nehmt die Acht«, weist Nick seine Frau an. »Ich helf Ben beim Anfang und komm dann zu euch.«

Tyler sieht Dani flehentlich an, worauf sie mit einem eigenen stummen Flehen antwortet. *Mach einfach mit*, sagen ihre Augen. *Du weißt, wenn es nach mir ginge, wären wir überall, nur nicht hier.*

»Ich brauch keine Hilfe«, verkündet Ben. »Ich weiß schon, was ich machen muss.«

»Sachte, Cowboy«, sagt Nick, klemmt ihre Zielscheiben an die Drähte und stellt die Entfernung ein. »Das sollte reichen. Okay, Sportsfreund«, sagt er hörbar stolz zu Ben. »Dann zeig mal, was du draufhast.«

KAPITEL SECHZEHN

Maggie läuft durch die Gänge von Publix und hofft, etwas zu entdecken, was sie daran erinnert, weshalb sie hier ist und was sie einkaufen wollte. Verdammt. Warum hat sie sich keine Liste geschrieben?

Sie hasst Lebensmitteleinkäufe. Schon immer. Aber vor allem seit Craig nicht mehr da ist, um sie zu begleiten. »Wirklich, Maggie«, hatte er gesagt, als sie nach Palm Beach Gardens gezogen waren. »Du musst anfangen, diese Dinge wieder allein zu erledigen.«

Wollte er sie schon damals darauf vorbereiten, dass er sie verlassen würde?

»Milch, Joghurt, Salat, Tomaten, Rosinenbrot, Cap'n Crunch«, zählt sie laut den Inhalt ihres Einkaufswagens auf und ahnt, dass sie ein paar notwendige Dinge vergessen hat. »Toilettenpapier!«, ruft sie so laut, dass sie die Aufmerksamkeit einer anderen Kundin erregt.

»Ich glaube, das Toilettenpapier ist zwei Gänge weiter«, sagt sie hilfsbereit.

In den nächsten fünf Minuten versucht Maggie zu entscheiden, welche Marke Toilettenpapier sie kaufen soll. Craigs Lieblingssorte war immer Charmin, also nimmt sie stattdessen Cotonelle, denkt dann, dass das kleinlich ist, legt die Packung zurück ins Regal und packt stattdessen eine Riesenpackung Charmin ein. »Du überkompensierst«, murmelt sie und geht weiter in einen Gang mit Keksen und Süßigkeiten. »Viel besser«, sagt sie, als sie die schwindelerregende Auswahl betrachtet.

Die schiere Menge der unterschiedlichen angebotenen M&M-Sorten ist verlockend, noch faszinierender die Jujuben und Lakritze in diversen Geschmacksrichtungen. »Was soll's. Etwas Süßes könnte ich ungefähr jetzt ziemlich gut gebrauchen«, beschließt sie. »Süß und klebrig.« Sie nimmt eine Schachtel Karamell, öffnet sie und stopft sich eins der Buttertoffees in den Mund, das sofort an ihren Backenzähnen kleben bleibt. »Verdammt«, murmelt sie und versucht, es mit der Zunge zu lösen. Sie fürchtet schon, dass sie die Finger nehmen muss, als das Bonbon sich schließlich löst. »Wahrscheinlich hat es eine verdammte Plombe gezogen«, jammert sie und bemerkt eine weitere Kundin, die sie anstarrt.

Warnung an alle Kunden. Verrückte Frau in Gang fünf.

Maggie dreht eine weitere Runde durch den großen Laden, bis sie das Gefühl hat, alles Benötigte eingepackt zu haben, dazu einen Haufen Dinge, die sie nicht braucht. Aber je mehr sie jetzt besorgt, desto seltener muss sie hierher zurückkommen.

Sie nähert sich den vollen Kassen und stellt sich hinter einer Frau an, deren Einkäufe bereits in Tüten gepackt sind. Maggie erkennt sie als eine ihrer Nachbarinnen. Olivia Soundso, die mit dem Mann verheiratet ist, der immer aus dem Wohnzimmerfenster auf die Straße starrt.

Das ist jetzt schon das zweite Mal, dass sie eine Nachbarin außerhalb ihrer Straße trifft, denkt sie und wundert sich über den Zufall.

»Es ist kein Zufall«, hört sie Craig mahnen. *»Es ist Samstag. Es ist der nächste Publix. Natürlich kauft sie hier ein.«*

»Du bist paranoid«, fügt er noch hinzu.

Leck mich, denkt Maggie, gibt vor, die Zeitschriften in dem Ständer neben der Kasse zu studieren, und hofft, dass Olivia zu beschäftigt ist, um sie zu bemerken.

»Verzeihung, aber ich glaube, mit dem Gerät stimmt irgendwas nicht«, sagt Olivia zu dem Kassierer.

»Ach ja?«

»Es lehnt meine Karte immer ab.«

Der Kassierer zuckt die Schultern. »Vor fünf Minuten hat es noch funktioniert. Haben Sie vielleicht eine andere Karte?«

Olivia schüttelt den Kopf und sieht sich hilflos um. »Entschuldigen Sie«, sagt sie zu Maggie. »Oh, ich kenne Sie. Maggie, richtig?«

Maggie lächelt. »Probleme?«

»Das Gerät akzeptiert meine Kreditkarte nicht.«

»Haben Sie eine Bankomatkarte?«, fragt der Kassierer, um die Sache zu beschleunigen, weil sich hinter Maggie bereits eine Schlange gebildet hat.

»Ja«, sagt Olivia und schiebt sie in das Kartenlesegerät. »Normalerweise erledige nicht ich den Einkauf … Abgelehnt«, sagt sie im nächsten Moment. »Ich habe Ihnen ja gesagt, dass mit dem Gerät etwas nicht stimmt.«

»Was ist mit Bargeld?«, schlägt der Kassierer vor.

»Mehr als zweihundert Dollar? Wer trägt heutzutage so viel Bargeld bei sich?«

»Lassen Sie mich die Kundin hinter Ihnen vorziehen und sehen, ob ihre Karte funktioniert«, bietet der Kassierer an.

»Das wird sie nicht«, beharrt Olivia, während der Kassierer Maggies Einkäufe einscannt. Sie beobachtet, wie Maggie ihre Karte einschiebt, und wartet darauf, dass sie ebenfalls abgelehnt wird. Als die Transaktion problemlos durchgeführt wird, macht Olivia bestürzt einen Schritt zurück. »Das verstehe ich nicht. Ich bin nicht mal annähernd an meinem Limit und sollte noch mehr als genug Geld auf dem Konto haben.«

»Ich bin sicher, es gibt eine seriöse Erklärung«, sagt Maggie. »Wahrscheinlich irgendein Fehler bei der Bank.«

»Das ist mir so peinlich.«

»Das muss es nicht. Rechnen Sie ihre Einkäufe über meine Karte ab«, fordert Maggie den Kassierer auf.

»Was? Nein«, protestiert Olivia. »Das kann ich nicht zulassen.«

»Ich bestehe darauf. Ich bin sicher, Sie sind kreditwürdig.« Sie lächelt. »Außerdem weiß ich, wo Sie wohnen.«

Olivia schafft es, das Lächeln matt zu erwidern.

Der Kassierer zögert. »Dann buche ich es also auf Ihre Karte?«

Maggie nickt.

»Ich weiß nicht, was ich sagen soll, außer Ihnen zu danken«, stammelt Olivia, als die beiden Frauen ihre Einkaufswagen zu dem Parkplatz vor der langen Mall schieben. »Ich geh gleich Montagfrüh zur Bank und kläre das. Montagabend haben Sie Ihr Geld zurück. Versprochen.«

»Ich mache mir keine Sorgen«, erwidert Maggie aufrichtig.

»Und lassen Sie sich von mir auf eine Tasse Kaffee einladen. Ich schwöre, dass ich dafür noch genug Geld habe.«

»Das ist wirklich nicht nötig.«

»Diesmal bestehe ich darauf. Bitte.«

»Okay. Klar. Warum nicht?« *Und warum in der Tat nicht*, denkt Maggie und entscheidet, dass eine Weigerung unhöflich wäre und es vielleicht sogar ganz nett werden könnte. Olivia stellt offensichtlich keine Bedrohung dar. Und wozu soll sie sich beeilen, nach Hause zu kommen? Erin und Leo sind über das Wochenende bei ihrem Vater, und die Lebensmittel halten sich.

»Ein paar Türen weiter gibt es eine nette kleine Konditorei.«

Kurz darauf sitzen sie an einem Zweiertisch in der Ecke des kleinen hell erleuchteten Raumes, eine Tasse dampfenden Kaffee vor sich.

»Wollen Sie wirklich keins der köstlich aussehenden Törtchen probieren?«, fragt Olivia.

»Ja, ehrlich nicht. Vielen Dank.«

Beide schweigen einen Moment lang. Es ist lange her, seit Maggie zum letzten Mal eine richtige Unterhaltung mit einer anderen Frau geführt hat. Ihr wird klar, wie sehr sie es vermisst hat.

»Soweit ich weiß«, sagt Olivia, »kommen Sie ursprünglich aus Kalifornien.«

»Ja, stimmt.«

»Wie gefällt es Ihnen in Florida?«

»Man muss sich erst daran gewöhnen«, sagt Maggie. »Es ist ganz anders als L.A.«

»Weshalb sind Sie hierhergekommen?«

»Das ist eine lange Geschichte«, antwortet Maggie, die entscheidet, dass es für derlei Vertraulichkeiten noch zu früh ist. »Sie haben drei Kinder, oder?«

»Zwei Jungen, Zwillinge, und ein Mädchen. Zwölf und zehn.«

»Die halten Sie bestimmt auf Trab.«

»Allerdings. Aber den Juli verbringen sie bei meinen Eltern in Nantucket, dann haben wir eine kleine Pause.«

»Klingt super.«

»Ja. Ich glaube, mein Mann könnte sie wirklich brauchen. Er war den größten Teil dieses Jahres derjenige, der zu Hause auf sie aufgepasst hat, und das kann ganz schön viel werden.«

»Was machen *Sie*?«

»Ich bin in der Werbung«, sagt Olivia, und ihre Miene leuchtet auf. »Jahrelang war ich nur Mutter und Hausfrau. Aber als mein Mann dann entlassen wurde, habe ich beschlossen, wieder arbeiten zu gehen. Und ich muss gestehen, dass ich es wunderbar finde. Es hat schon was, sein eigenes Geld zu verdienen …« Sie bricht ab und kehrt in Gedanken offenbar zu dem Zwischenfall an der Kasse bei Publix zurück. »Und Sie?«

»Ich war Lehrerin. Jetzt mache ich ein … ein Sabbatjahr, könnte man sagen.«

»Und Ihr Mann?«

»Er verkauft Luxusfahrzeuge. Aber … na ja, es ist vermutlich kein Geheimnis … wir leben getrennt.«

»Oh, das tut mir leid. Das wusste ich nicht.«

»Na ja, noch ist nichts entschieden. Es gibt immer noch die Möglichkeit …« Wieder zu früh für solche Vertraulichkeiten. »Wie lange sind Sie schon verheiratet?«

»Fast sechzehn Jahre.«

»Was ist Ihr Geheimnis?«, fragt Maggie locker und bemüht, von sich abzulenken.

»Mein Geheimnis?«

»Für eine glückliche Ehe.«

»Wer hat gesagt, dass ich glücklich bin?« Olivia lacht. »Nein, war nur ein Scherz. Wir sind glücklich. Meistens«, fährt sie fort, und die Worte sprudeln aus ihr heraus, als wäre ein Hahn aufgedreht worden und würde jetzt klemmen. »Ich meine, manche Jahre sind besser als andere. Na ja, das muss ich Ihnen nicht sagen. Das letzte war schwieriger als die meisten, mit Seans Arbeitslosigkeit und allem.«

Und allem, wiederholt Maggie stumm. Mit *und allem* kennt sie sich bestens aus.

»Nicht dass es ihm nicht gefallen hätte, als Vollzeit-Dad zu Hause zu bleiben. Aber wir beide wissen, dass es ein ziemlich undankbarer Job ist, und ich glaube, es hat ihm mehr zugesetzt, als er eingestehen würde. Sein Ego ist schwer angeknackst.« Sie seufzt. »Aber wie dem auch sei, das ändert sich ja demnächst. Es sieht nämlich so aus, als hätte er endlich etwas gefunden. Bei Advert-X in Palm Beach. Kennen Sie Advert-X?«

»Nein, leider nicht.«

»Es ist eine relativ neue Agentur in der South Country Road. Topmodern und erfolgreich.« Sie trinkt einen Schluck Kaffee und fährt unaufgefordert fort: »Als Sean mir erzählt hat, dass er dort ein Vorstellungsgespräch hat, habe ich gedacht, dass sie ihn nie im Leben engagieren. Nicht, weil er nicht kompetent genug wäre oder so. Aber Sean ist ziemlich konservativ, der penible Brooks-Brothers-Typ, das gibt er selbst zu. Und Typen, die Agenturen wie Advert-X heutzutage engagieren, sind jung und superhip. Sie kennen die Sorte, knöchellange enge Hosen, schmale einfarbige Krawatten. So ist Sean definitiv nicht.«

Maggie sieht Sean vor sich, wie er am Wohnzimmerfenster steht und manchmal stundenlang auf die Straße starrt. *Eher Topfpflanze als topmodern*, denkt sie unwillkürlich.

»Das würde ich ihm natürlich nie sagen«, redet Olivia weiter. »Und Gott sei Dank habe ich es nicht getan, denn wie sich herausgestellt hat, lag ich total falsch. Vielleicht ein Fall von Gegensätzen, die sich anziehen, ich weiß nicht, doch sie mögen ihn offenbar wirklich. Ich habe den Überblick darüber verloren, wie viele Vorstellungsgespräche er in den vergangenen Wochen hatte, am Mittwoch sogar eins nach dem anderen. Er hat sich mit dem Leiter des Kreativteams, dem Leiter des Marketings und sogar dem Chef der Agentur getroffen. Dann musste er sich beeilen, um die Kinder noch rechtzeitig von der Schule abzuholen. Der Arme war völlig erschöpft, als er nach Hause kam.«

Maggie denkt an den letzten Mittwoch zurück. Von ihrem Haus am Ende der Sackgasse hat sie klare Sicht auf alles, was in der Straße passiert, und sie weiß, dass Seans Wagen, außer um die Kinder in der Schule abzuholen, nur selten die Einfahrt verlässt. Soweit Maggie sich erinnert, gilt das auch für den vergangenen Mittwoch. Auf keinen Fall ist der Wagen den ganzen Vormittag lang auch nur in der Nähe der South Country Road gewesen.

Und was genau heißt das?

Dass Sean seine Frau angelogen hat?

Dass Olivias Jahr noch sehr viel schwieriger werden wird?

Sollte sie etwas sagen?

»Misch dich nicht ein«, hört sie Craig warnen. *»Was bei ihnen los ist, geht dich nichts an.«*

»In dieser Woche sollten wir etwas Definitives hören«, sagt ihre Nachbarin, drückt beide Daumen und hält die Hände hoch. »Daumen drücken«, fügt sie noch extra hinzu.

»Daumen drücken«, wiederholt Maggie, trinkt ihren Kaffee aus und steht auf, weil sie das Treffen auf keinen Fall weiter in die Länge ziehen will. »Ich sollte wirklich meine Einkäufe in den Kühlschrank packen«, sagt sie und beschließt, dass Craig recht hat und sie sich lieber nicht einmischen sollte. Hat sie aus den letzten anderthalb Jahren denn gar nichts gelernt?

Außerdem mag sie Olivia. Die Frau ist freundlich, offen und vertrauensvoll und hat offensichtlich schon genug um die Ohren. Wenn Maggie ihren Verdacht äußert, würde das Olivia wahrscheinlich nur unnötig aufregen und eine sprießende Freundschaft beenden, bevor sie sich wirklich entwickeln konnte. Und vielleicht irrt Maggie sich ja auch. Vielleicht gibt es eine vollkommen logische Erklärung.

Aber die gibt es nicht, und sie irrt sich nicht.

Trotzdem ist es nicht ihr Problem. Olivia wird die Wahrheit früher oder später bestimmt selbst herausfinden. Dafür braucht sie Maggies Rat und Hilfe nicht.

Und wie war das noch mit dem Überbringer der schlechten Nachricht, der geköpft wird?

KAPITEL SIEBZEHN

Danis Hände zittern, ihre Finger zucken noch von den Schüssen, die sie auf dem Schießstand abgefeuert hat, als sie über die Interstate 95 nach Hause fahren.

»Alles okay?«, fragt Nick.

»Mir geht es gut.« *Besser als gut*, denkt sie, während sich in ihrem Kopf alles dreht. Tatsächlich ist sie regelrecht beschwingt.

Beschwingt und verwirrt.

»Hat mehr Spaß gemacht, als du dachtest«, sagt ihr Mann, ohne sich zu bemühen, den Unterton von »Hab ich dir doch gesagt« zu unterdrücken.

»Ja, schon.« Dani ist darauf gefasst gewesen, sie hat förmlich erwartet, alles an diesem vormittäglichen Ausflug zu hassen. Und sie hat es gehasst – bis zu dem Moment, in dem sie die verdammte Waffe in der Hand hielt und abdrückte.

Tatsächlich ist es Dani fast peinlich, wie sehr sie es genossen hat, vor allem nachdem sie den Bogen raushatte, wie man das Ziel anvisieren, die Waffe ruhig in beiden Händen balancieren und beim Abdrücken ausatmen musste. Die Kraft der austretenden Geschosse hat sie zunächst überrascht, aber wirklich verblüfft war sie über den Gefallen, den sie daran gefunden hat, über das erhabene Gefühl der Befreiung, das das verdammte Ding ihr bereitet hat.

Als sie das Zielplakat zum ersten Mal tatsächlich traf, wenn auch nur dessen weißen Rand, durchströmte Stolz ihren Körper. Als sie den ersten Treffer innerhalb der Umrisse des Oberkörpers landete, hätte der Adrenalinkick sie beinahe umgehauen. Und als die folgenden Kugeln Herz und Kopf der Silhouette durchlöcherten, empfand sie eine intensive, beinahe sexuelle Befriedigung.

Als würde Nick ihre Gefühle instinktiv verstehen, streckt er jetzt die Hand aus und streichelt die Innenseite ihres Oberschenkels. Seine Finger verschwinden zwischen ihren Beinen und tasten sich immer höher. Dani windet sich, wirft rasch einen Blick auf die Rückbank, um sich zu vergewissern, dass ihre Söhne sie nicht beobachten. Aber Tyler ist mit seiner Super-Mario-Stoffpuppe beschäftigt, und Ben starrt abwesend aus dem Fenster. Sie spreizt die Beine ein wenig weiter, um Nicks bohrenden Fingern entgegenzukommen.

Was für ein Tag es geworden ist, denkt sie und gibt seinen überraschend sanften Berührungen nach. *Vielleicht ist der heutige Vormittag der Beginn eines Neuanfangs*, sagt sie sich. So bizarr es klingt, so bizarr es *ist*, vielleicht bringt diese Aktivität sie enger zusammen. Als Paar. Als Familie.

Die Familie, die gemeinsam schießt …

Die Bemühungen der Jungen sind weniger erfolgreich gewesen. Ben hatte trotz allen Eifers und seiner Großspurigkeit Probleme, die Waffe in den Händen zu balancieren, und noch größere, das Ziel anzuvisieren. Tyler schaffte es besser, das Visier auszurichten, geriet jedoch jedes Mal aus dem

Gleichgewicht, wenn er abdrückte, sodass die Kugeln in alle Richtungen flogen, außer der richtigen natürlich.

Am meisten hat sie an diesem Vormittag jedoch überrascht, wie geduldig Nick mit ihnen allen gewesen ist. Er ist kein einziges Mal wütend geworden, hat keine einzige abschätzige Bemerkung gemacht. Stattdessen hieß es immer nur: »Guter Versuch« und »Mach dir nichts draus. Probier es weiter. Beim nächsten Mal kriegt du es besser hin.«

Beim nächsten Mal, denkt Dani unwillkürlich, als sie den Highway am PGA-Boulevard verlassen und in westlicher Richtung über den Military Trail fahren. Für sie kann das nächste Mal nicht bald genug kommen. Das Schießen mit dieser Waffe hat ihr ein Gefühl von Macht verliehen, wie sie es seit Jahren nicht empfunden hat.

Sie kann es nicht erwarten, es wieder zu tun.

Zehn Minuten später erreichen sie die Hood Road und kurz darauf die kleine Sackgasse mit Namen Carlyle Terrace. »Jungs, seht zu, dass ihr euch eine Weile beschäftigt«, befiehlt Nick, fasst Danis Hand und führt sie zur Treppe.

»Wohin geht ihr?«, fragt Tyler.

»Deine Mutter und ich müssen uns um etwas kümmern«, erklärt Nick ihm, ohne stehen zu bleiben.

»Um was denn?«

Dani öffnet den Mund, um zu widersprechen, doch der Laut, der über ihre Lippen dringt, ist eher ein erwartungsvolles Stöhnen als Protest.

»Ich hab Hunger«, sagt Ben.

»Trink ein Glas Milch«, ruft Nick vom oberen Treppenabsatz.

»Aber …«

»Du hast mich gehört.« Nick führt Dani ins Schlafzimmer und schließt die Tür ab.

Dani kann sich nicht erinnern, wann sie zum letzten Mal so erregt war. Ihr ganzer Körper kribbelt. Nickt stößt sie auf das Bett, streift mit einer geübten Bewegung ihre Shorts und den Slip herunter, vergräbt seinen Kopf zwischen ihren Beinen und beendet mit der Zunge, was er im Wagen mit den Fingern begonnen hat. Sie schreit auf, als sie zum Höhepunkt kommt, ein so gutturaler Laut, dass sie kaum glauben kann, ihn selbst ausgestoßen zu haben.

Kurz darauf dringt er in sie ein, überschüttet sie mit Zärtlichkeit, bis sie vor Lust beinahe weint.

Und dann wird plötzlich alles anders.

»Jetzt bin ich dran«, sagt er, zieht seinen Schwanz aus ihr heraus und dreht sie auf den Bauch.

»Was machst …?«

»Halt still.« Er drückt ihre Pobacken auseinander und besteigt sie von hinten.

Nick hat in den vergangenen Jahren mehrmals erwähnt, dass er gern Analsex ausprobieren würde, doch Dani konnte ihn jedes Mal davon abbringen oder zumindest ablenken.

»Warte. Ich weiß nicht …«

Doch er stößt bereits in sie, und aus ihrer Lust wird ein so intensiver Schmerz, dass sie das Gefühl hat, es könnte sie zerreißen.

Sie versucht, ihren Körper taub zu machen, schließt die Augen und stellt sich vor, sie wäre wieder auf dem Schießstand und würde Kugel um Kugel in ihr Ziel feuern.

Doch diesmal hat ihr Ziel ein Gesicht.

Sie stöhnt, während die imaginären Kugeln Nicks Schädel zertrümmern, seine attraktiven Gesichtszüge ausradieren und Fleischfetzen und Knochensplitter spritzen lassen wie Geschosshülsen.

Sie drückt im Rhythmus seiner Stöße ab, erschießt ihn wieder und wieder, bis von ihrem Mann nur noch ein leerer, durchlöcherter Umriss übrig ist.

Der Umriss sackt auf den Boden so wie Nick jetzt neben ihr aufs Bett, schweißgebadet. »Puuuh«, murmelt er und lacht. »Das war intensiv.«

»Mom … Dad …«, hört Dani Ben von unten rufen. »Wie lange braucht ihr noch? Ich bin am Verhungern.«

»Ich komm gleich, Sportsfreund«, ruft Nick zurück. »Ich glaube, du blutest vielleicht ein bisschen, Babe«, sagt er und stemmt sich vom Bett hoch. »Nichts, worüber man sich Sorgen machen müsste. Das verheilt. Beim nächsten Mal wird es besser, versprochen.«

Guter Versuch. Mach dir nichts draus. Probier es weiter. Beim nächsten Mal kriegt du es besser hin.

Dani bleibt reglos auf dem Bauch liegen. Wenn sie sich bewegt, wird sie auseinanderbrechen.

»Mom!«, ruft Ben noch einmal.

»Komm, Babe«, sagt Nick und gibt Dani einen verspielten Klaps auf den Hintern, der neue krampfartige Schmerzen in ihrem Körper auslöst. »Beweg dich.«

Sie beobachtet, wie Nick sich wieder anzieht, die Tür öffnet und die Treppe hinunter verschwindet.

Erst danach findet sie die Kraft, sich zu bewegen. Ihre Beine geben fast nach, als sie versucht aufzustehen. Ihre Hände zittern, nicht wie eben noch vor Erregung, sondern vor Empörung und Scham.

»Hat hier jemand gesagt, er hätte Hunger?«, hört sie Nick fragen.

»Ich!«, ruft Ben.

»Wo ist Mommy?«, fragt Tyler.

»Sie kommt gleich«, erklärt Nick, selbstsicher wie immer.

Und auch *ihrer* so sicher wie immer.

Dani bleibt dicht an der Bettkannte für den Fall, dass sie umkippt, als sie behutsam einen Fuß vor den anderen setzt und ins Bad schlurft. Sie schließt die Tür ab, betritt die Dusche, dreht warmes Wasser an und lässt es über ihre wunde Haut strömen. Sie sieht, wie Blut von ihren Schenkeln tropft, um den Abfluss kreiselt und verschwindet, und wünscht sich, sie könnte das Gleiche tun. Sie nimmt die Seife aus der Ablage und reibt damit über ihre Brüste und Schenkel und zwischen ihren Beinen und Pobacken, härter als beim Händewaschen auf dem Schießstand, um jede Spur des Giftes abzuschrubben, das ihr Mann ist. Sie hört erst auf, als sie wieder anfängt zu bluten.

Sie wendet ihr Gesicht zu dem Duschkopf, öffnet den Mund und lässt das Wasser in ihre Kehle laufen, bis sie würgen muss. Sie krümmt sich, als sie den Geschmack von Nicks Fingern, den Geruch seiner Haut, den obszönen Rhythmus seiner Stöße ausspuckt. Erst danach dreht sie das Wasser ab und steigt aus der Kabine. Dort bleibt sie nackt stehen und starrt auf den Dunst, der den Spiegel über dem Waschbecken beschlägt und ihr Spiegelbild verdeckt. »Ich weiß, dass du da irgendwo bist«, flüstert sie und rührt sich nicht, bis es an der Badezimmertür klopft.

»Dani«, ruft Nick von draußen. »Ich bin mit den Jungs vor dem Haus.«

Sie nickt, sagt jedoch nichts.

»Ich hab dir ein Sandwich gemacht«, sagt er.

Erwartet er, dass sie sich bedankt?

»Es liegt auf dem Küchentresen«, fügt er hinzu, als sie das nicht tut.

Sie wartet, bis die Haustür geschlossen wird, ehe sie das Bad verlässt, das Schlafzimmerfenster öffnet und von außen nicht sichtbar auf die Straße starrt, dankbar für die frische Luft, die ihre Lunge füllt. Sie sieht, wie Nick Ben einen Baseball zuwirft und wie ihr Sohn hochspringt und ihn fängt. Ben wirft den Ball sofort weiter zu Tyler, der ihn verpasst. Beide Jungen beobachten hilflos, wie der Ball in die blühenden Büsche rollt, die den Weg zu Julia Fishers Haustür säumen.

Wie aufs Stichwort treten die alte Frau und ihr Enkel aus dem Haus. Der junge Mann hebt den Ball auf und wirft ihn zurück zu Tyler. »Fang ihn«, flüstert Dani und beugt sich vor, bis ihre Stirn die Scheibe berührt. »Bitte fang ihn.« Aber ihr süßer Sohn erwischt ihn erneut nicht. »Verdammt«, murmelt Dani, während der Ball in die Auffahrt der McKays rollt.

»Mark, nicht wahr?«, hört sie Nick den jungen Mann fragen. »Lust mitzumachen?«

Mark lächelt. »Klar. Gerne.«

Eine weitere Tür geht auf, Sean Grant tritt heraus, und seine Zwillinge drängen an ihm vorbei, um sich dem spontanen Spiel anzuschließen, während seine Tochter lieber ein Stück abseits bleibt. Kurz darauf öffnet auch Aiden Young seine Haustür, wo er trotz der Aufforderungen mitzuspielen verharrt.

»Hey, du da oben«, ruft ihr Mann plötzlich, als er Dani am Fenster entdeckt, und winkt sie nach unten. »Beweg deinen knackigen Arsch hier runter.«

Alle Köpfe wenden sich in ihre Richtung, während Ben in brüllendes Gelächter ausbricht. »Du hast ›Arsch‹ gesagt!«

Dani sagt nichts.

Was soll sie auch sagen?

Ihr Mann hat ihr die Stimme geraubt.

Alle Macht, die sie vorher gespürt hat, ist verschwunden.

KAPITEL ACHTZEHN

»Was ist los?«, fragt Heidi, die hinter ihren Mann tritt und den Kopf durch seine Armbeuge steckt. »Oh, Spaß!«, ruft sie und beobachtet, wie die Nachbarn sich vor ihrem Haus auf der Straße verteilen. »Kann ich mitspielen?«

»Jeder ist willkommen«, sagt Nick. »Sie auch, Julia.« Er winkt der alten Frau zu.

Julia hält lachend beide Hände hoch. »Mit den Fingern? Nein, danke. Ich glaube, Sie haben mehr Spaß, wenn ich nur zugucke.«

»Hi«, ruft Mark Heidi zu. »Wie war das Abendessen neulich?«

»Wer ist das?«, fragt Aiden seine Frau.

»Der Junge, von dem ich dir erzählt habe«, erklärt Heidi leise. »Der Enkel der alten Dame. Der mir geholfen hat, das Hähnchen zuzubereiten, das deine Mutter verschmäht hat.« Das Essen ist für Heidi noch immer ein wunder Punkt. Sie hat das Hähnchen am nächsten Abend in der Mikrowelle aufgewärmt, doch dabei ist es ausgetrocknet, und die Serviettenknödel hatten, auch wenn sie nach wie vor schmackhaft waren, eine gummiartige Konsistenz. »Sehr lecker«, lügt sie und beobachtet, wie er mühelos hochspringt und den Ball mit einer Hand fängt.

Und dann prompt ihr zuwirft.

Heidi juchzt entzückt auf, als sie ihn fängt, und rennt auf die Straße zu den anderen. Sie wirft den Ball einem der Zwillinge zu, der ihn zu seiner Schwester wirft, die ihn zu Nick wirft, der ihn zu Ben wirft, der ihn zurück zu Mark wirft, der ihn wieder zu Heidi wirft.

Heidi wendet sich ihrem Mann zu. »Komm, Aiden, Schatz. Spiel mit uns.« Sie wirft ihm den Ball zu.

Er fängt ihn und lässt sich auf die Straße locken, wo er den Ball zu Nick wirft, der ihn unter der Hand zu Tyler passt, der ihn erneut nicht zu fassen kriegt.

»Komm schon, Kumpel«, sagt Nick, als der Ball im Schatten einer Palme in Seans Garten ausrollt. »Du musst aufpassen. Die Augen auf den Ball. Schon vergessen?«

»Tut mir leid«, sagt Tyler und läuft dem Ball nach.

In diesem Moment biegt Maggie von der Hood Road in die Sackgasse.

»Okay, Leute«, weist Nick alle an. »Runter von der Straße.«

Alle machen Platz, damit Maggies Wagen durchfahren kann.

»Was ist denn hier los?«, fragt sie, als sie in ihre Auffahrt biegt, während das Spiel fortgesetzt wird. Sie steigt aus und betrachtet die Szene.

»Ein Nachbarschaftsspiel«, erklärt Nick. »Sie sind herzlich eingeladen mitzumachen.«

Maggie schließt den Kofferraum auf und nimmt die Tüten voller Lebensmittel heraus. »Vielleicht wenn ich die ausgepackt habe«, sagt sie. Offensichtlich haben die Schicksalsgottheiten beschlossen, dass es höchste Zeit wird, dass sie ihre Nachbarn kennenlernt.

Ein junger Mann rempelt sie beinahe um, als er hochspringt, um den Ball zu fangen. »Oh, entschuldigen Sie.«

Maggie macht einen Schritt zurück. »Wer sind Sie?«

»Das ist mein Enkelsohn Mark«, ruft Julia von der Schwelle des Nachbarhauses.

Maggie nickt. »Freut mich, Sie kennenzulernen, Mark«, sagt sie zu dem jungen Mann und ist froh, dass ihre Tochter nicht da ist. Dieser Junge mit den langen Haaren, dem schlanken Oberkörper und seiner Bad-Boy-Ausstrahlung ist genau die Sorte junger Mann, die Erin wahrscheinlich attraktiv finden würde. Und sei es nur, um sie zu ärgern.

Maggie ist erstaunt, als jemand praktisch im selben Moment den Namen ihrer Tochter laut ausspricht. »Verzeihung?« Sie blickt nach unten und sieht Tyler Wilson vor sich stehen.

»Ist Erin zu Hause?«, wiederholt er. »Kann sie rauskommen und mitspielen?«

»O nein, Schätzchen. Sie und Leo sind dieses Wochenende leider bei ihrem Vater.«

»Oh.«

»Aber du und Leo, ihr solltet mal miteinander spielen, wenn er wieder da ist. Vielleicht irgendwann diese Woche.«

Maggie blickt sich um, damit sie vielleicht etwas mit Tylers Mutter verabreden kann, doch Dr. Dani Wilson ist wenig überraschend nirgends zu sehen. »Mag Leo Fische?«, fragt Tyler.

»Nun, was das Essen angeht, ist er ziemlich pingelig …« Maggie sieht das Entsetzen in der Miene des Jungen. »Oh, du meinst solche Fische! Tut mir leid. Ja, Erin hat mir alles von deinem tollen Fisch erzählt. Ein kleiner Kampffisch, stimmt's?«

»Er kann Tricks…«

»Tyler«, ermahnt sein Vater ihn. »Lass Mrs McKay ihre Einkäufe reinbringen.«

»Da kommt noch ein Auto«, ruft jemand, als Olivias Wagen sich von der Hauptstraße nähert.

Wieder machen alle Platz, damit Olivia in die kleine Sackgasse biegen kann. Sie fährt in ihre Auffahrt, öffnet mit der Fernbedienung die Garage und parkt neben dem Wagen ihres Mannes. »Mir ist gerade etwas total Ärgerliches passiert«, flüstert sie Sean zu, der ihr beim Reintragen der Einkäufe hilft. »Bei Publix wurden sowohl meine Kreditkarte als auch meine Bankomatkarte abgelehnt. Wenn Maggie nicht gewesen wäre…«

»Maggie?«

»Unsere Nachbarin«, sagt Olivia und winkt Maggie zu, die gerade in ihrem Haus verschwindet. »Sie war zufällig da und hat angeboten, unsere Lebensmittel auf ihre Karte zu buchen. Du hast nicht zufällig zweihundert Dollar in der Tasche, oder, damit ich es ihr zurückzahlen kann?«

»Soll das ein Witz sein?«

Olivia bemerkt, dass ihr Mann blass geworden ist. »Mach dir deswegen keine Sorgen. Ich bin sicher, es ist ein Irrtum. Ich kläre das am Montag mit der Bank. Hey«, wendet sie sich an die kleine Gruppe ihrer Nachbarn. »Wie wär's, wenn ich uns ein bisschen Limonade mache?«

Die Kinder reagieren mit Jubel und »Super«-Rufen.

»Limonade klingt fantastisch«, sagt Heidi.

»Und ich habe noch ein paar von den wundervollen Chocolate-Chip-Keksen, die mein Enkel erst heute Morgen gebacken hat«, erklärt Julia ihnen. »Ich geh sie holen.«

»Ich glaube, ich bin vielleicht gerade gestorben und in den Himmel gekommen«, sagt Nick. »Tyler, geh nach oben und sieh nach, was deine Mutter aufhält. Das hier will sie auf keinen Fall verpassen.«

Tyler rennt sofort los.

»Lass den Ball hier«, weist sein Vater ihn an.

»Tut mir leid«, sagt Tyler und lässt den Ball fallen.

Ben rennt, hebt ihn auf und wirft ihn Mark zu, der ihn ein weiteres Mal zu Heidi passt.

»Sieht so aus, als hättest du einen Verehrer«, sagt Aiden zu seiner Frau und streckt den Arm vor ihr aus, um den Ball zu fangen.

»Was? Nein. Sei nicht albern«, erwidert Heidi lachend.

Aiden schleudert den Ball zurück zu Mark, der Ball saust knapp an dessen Kopf vorbei und landet in Julias kleinem Vorgarten.

»Sachte, Großer«, sagt Mark. »Sonst geht noch ein Fenster zu Bruch.«

»Alles okay?«, fragt Heidi ihren Mann und legt schützend eine Hand auf seinen Arm. Es ist heiß und schwül, beides kann Aiden nicht gut ab.

»Ja, bestens.«

Hinter ihr streiten die Zwillinge sich laut um den Ball.

Heidi sieht, wie Aiden das Gesicht verzieht. Laute Stimmen kann er auch nicht gut ab.

»Echt heiß geworden«, sagt Mark und kommt herüber, um sich vorzustellen. »Mark Fisher, Julias Enkelsohn.«

»Ich habe gehört, du hast meiner Frau Gras gegeben«, sagt Aiden mit flacher ausdrucksloser Stimme.

»O Gott«, ruft Heidi. Sie hatte keine Ahnung, dass Aiden

davon weiß. Was hat seine Mum ihm erzählt? »Aiden, ich …«

Als Aiden sich umdreht, um ins Haus zurückzukehren, trifft der durch die Luft trudelnde Ball seinen Rücken. Mit geballten Fäusten und wütendem Blick fährt er herum.

»Entschuldigung«, ruft einer der Zwillinge, als Aiden bedrohlich auf ihn zukommt, »das war keine Absicht. Ich wollte Sie nicht treffen.«

»Aiden«, sagt seine Frau und läuft ihm nach.

»Hey, Mann«, sagt Sean. »Mein Sohn hat sich entschuldigt. Es war ein Versehen.«

»Locker bleiben«, sagt Nick und macht vorsichtig einen Schritt nach vorn.

»Aiden«, ruft Heidi noch einmal, holt ihn ein, dreht ihn um und starrt ihm in die Augen. Aber wenn er sie sieht, zeigt er keine Reaktion. »Was ist los, Babe?«, fragt sie.

Sein Blick wird unvermittelt wieder fokussiert. »Tut mir leid«, flüstert er und wiederholt dann noch einmal lauter: »Tut mir leid, Leute.« Er dreht sich um und geht forsch zurück zu seinem Haus. Direkt vor Mark bleibt er kurz stehen. »Halt dich von meiner Frau fern«, warnt er ihn leise.

»Tut mir echt leid«, entschuldigt auch Heidi sich noch einmal erst bei Mark, dann bei allen anderen, bevor sie ihrem Mann ins Haus folgt und die Tür schließt.

»Wer ist bereit für die besten Chocolate-Chip-Kekse, die ihr je probieren werdet?«, ruft Julia, die mit einem großen Teller voller Kekse aus ihrem Haus kommt, als die Tür von Heidis gerade zufällt.

»Perfektes Timing«, sagt Nick, erleichtert, dass das unerwartete Drama sich entspannt hat. »Los, kommt, haut rein.«

Er blickt zu seinem Haus und sieht Tyler, der Dani an der Hand herausführt. »Wurde auch Zeit, dass ihr kommt.«

Dani ringt sich ein mattes Lächeln ab.

Wie aufs Stichwort tritt Maggie aus ihrem Haus. »Habe ich gerade was von Chocolate-Chip-Keksen gehört?«

»Ganz zu schweigen von köstlicher selbstgemachter Limonade«, sagt Olivia und stellt einen großen Krug und einen Stapel Plastikbecher auf die Stufen vor ihrer Haustür.

Maggie geht zu Dani Wilson, während Olivia beginnt, das Getränk auszuschenken. Vielleicht ist Dani bloß schüchtern… »Ich habe eben mit Tyler gesprochen«, beginnt sie. »Ich habe vorgeschlagen, dass er und mein Sohn Leo sich vielleicht irgendwann diese Woche mal nachmittags nach der Schule treffen könnten.«

»Die Jungen sind in der Ganztagsbetreuung, bis ich nach Hause komme«, sagt Dani, ohne Maggie anzusehen.

»Na ja, die Schule geht ja nur noch eine Woche. Vielleicht danach…«

»Vielleicht«, sagt Dani. »Wenn Sie mich entschuldigen, ich fühle mich nicht besonders…«

»Alles in Ordnung, Schatz?«, fragt Nick, als sie davonhastet. Seine Stimme strahlt Sorge aus. »Ich komme in ein paar Minuten nach«, ruft er ihr hinterher. »Ich rede später mit ihr«, sagt er zu Maggie. »Wir können bestimmt irgendwas verabreden.«

Maggie lächelt, bezweifelt jedoch, dass etwas daraus wird. Sie fragt sich, wie ein so netter Mann mit einem kalten Fisch wie ihr geschlagen sein kann.

»Soweit ich weiß, haben Sie meine Frau eben gerettet«, sagt Sean, der plötzlich neben Maggie auftaucht.

»Ich hab gerne ausgeholfen«, erwidert Maggie.

»Hat zufällig irgendjemand eine Reifenpumpe?«, fragt Nick. »Mir ist heute Morgen aufgefallen, dass einer meiner Reifen ein bisschen platt aussieht.«

»Wir«, sagt Olivia, geht ins Haus, kehrt kurz darauf mit einem Autoschlüssel zurück und steuert die Garage an. »Ich bin sicher, du hast eine im Wagen«, sagt sie zu ihrem Mann, öffnet den Kofferraum und greift nach der Pumpe, ehe er kapiert, was passiert. »Was ist das?«, fragt sie und hält die Tüte von Ferragamo hoch. »Sean«, sagt sie und blickt hinein. »Was ist das?«

KAPITEL NEUNZEHN

»Okay, beruhige dich«, sagt Sean, während Olivia wütend vor ihm auf und ab läuft.

Sie sind in ihrem Wohnzimmer, nachdem Sean seine Frau beim ersten Anschwellen ihrer Stimme nach drinnen geführt hat. Die spontane Versammlung draußen hat sich aufgelöst, die Erwachsenen haben sich in ihre jeweiligen Domizile zurückgezogen, nur die Kinder und Mark spielen weiter auf der Straße Ball.

»Sag mir nicht, dass ich mich beruhigen soll«, entgegnet Olivia über das Kinderlachen von draußen hinweg. »Was ist das, verdammt noch mal?« Sie zeigt auf die Tüte zu ihren Füßen. »Ein Jackett von Ferragamo?«, beantwortet sie ihre eigene Frage, während sie die Jacke aus der Tüte zerrt und aufs Sofa wirft. »Für mehr als dreitausend beschissene Dollar?«

»Wenn du mir Gelegenheit geben würdest, das zu erklären …«

»Unbedingt«, sagt Olivia, lässt sich auf den nächsten Sessel plumpsen und wedelt mit der Quittung. »Nur zu. Erkläre.«

»Okay«, sagt Sean. »Okay.« Sein Mund ist so trocken, dass er kaum zwei Worte hintereinander herausbringt. Gott, er könnte einen Drink vertragen.

»Und?«

Er atmet tief ein. »Ich habe das Jackett gekauft.«

»Ohne Scheiß, Sherlock«, faucht Olivia. »Deine Unterschrift steht auf dem verdammten Kreditkartenbeleg.«

»Okay.«

»Nein, nicht okay. Was hast du sonst noch gekauft?«

»Nichts. Ich schwöre. Hör zu, ich sehe, dass du wütend bist, aber ich hatte einen guten Grund…«

»Oh, bitte, teile ihn mir mit. Ich bin ganz versessen darauf, ihn zu hören.«

»Meinst du, du könntest den Sarkasmus einen Moment lang lassen?«

»Meinst du, du könntest das Ganze ein bisschen beschleunigen?«

»Vielleicht wenn du aufhören würdest, mich zu unterbrechen…«

»Vielleicht wenn du aufhören würdest, mich hinzuhalten…«

Sie hat recht, gesteht Sean sich stumm ein, atmet erneut tief ein und hofft, so sein wie wild pochendes Herz zu beruhigen. Er *hat* sie hingehalten, hat versucht, einen plausiblen Grund zu ersinnen, einen Grund, der es rechtfertigen würde, mehr als dreitausend Dollar für ein Jackett auszugeben, während er arbeitslos ist und sie kaum über die Runden kommen. »Erinnerst du dich an das erste Vorstellungsgespräch, das ich letzten Monat bei Advert-X hatte?«

»Natürlich erinnere ich mich daran.«

»Nun, ich war zu früh dran«, fährt er fort und erwärmt sich allmählich für die Geschichte, die er erfindet. »Und da habe ich all diese Typen rumlaufen sehen, jung und hip und gut angezogen. Und ich meine, *wirklich* gut angezogen. Europäische Sportjacketts zu Designer-Jeans. Scheiße, die Jeans waren sogar gebügelt. Man erkennt auf einen Blick, dass alles, was sie tragen, schweineteuer ist. Und ich stand da mit meiner schwarzen Dockers-Hose und einem Jackett von Joseph A. Banks, und ich wusste, ich *wusste*, dass ich diesen Job im Leben nicht kriegen würde. Nicht so, wie ich aussah.« Er macht eine Pause, versucht zu entscheiden, ob sie ihm die Geschichte abkauft, und sieht ein kurzes Aufflackern von Verständnis in ihrem Blick.

»Also habe ich mich kurz entschuldigt«, fährt er fort. »Ich war wie gesagt früh dran. Und Ms Pierce, die Personalerin, hatte sich verspätet, ich hatte also ungefähr vierzig Minuten. Ich bin rüber zur Worth Avenue, um zu sehen, was ich finden konnte. Als Erstes bin ich zu Brooks Brothers gegangen, weil ich deren Sachen immer gemocht habe, weißt du, aber ich habe sofort erkannt, dass ich mit den Klamotten nichts reißen würde. Und dann hab ich dieses Jackett im Schaufenster von Ferragamo gesehen, und es war perfekt. Ich meine absolut scheißperfekt. Also bin ich rein, habe es anprobiert, und das verdammte Ding passte, als wäre es für mich gemacht – ich meine, wie oft passiert das –, und ich sagte, super, ich nehme es, ohne eine Sekunde lang zu denken, dass es irgendwas wie dreitausend Dollar kosten würde. Ich meine, ich dachte, vielleicht achthundert. Maximal tausend. Ich hab erst auf den Preis geguckt, als ich den verdammten Beleg eingesteckt habe, und da war es natürlich schon zu spät.«

»Du hättest es ihnen sagen …«

»Es war zu spät«, wiederholt er. »Und um ehrlich zu

sein«, fährt er fort, obwohl er alles andere ist, »war es mir peinlich. Dann dachte ich, ich nehm das verdammte Ding einfach, verberge das Preisschild, trage es zu dem Bewerbungsgespräch und gebe es hinterher zurück.«

»Was du offensichtlich nicht getan hast.«

»Ich habe es versucht. Aber sie tauschen es nur gegen andere Ware ein. Das Beste, was sie mir anbieten konnten, war ein Gutschein. Also war ich am Arsch.« Er hält inne und sieht, dass es ihr schwerfällt, ihm zu glauben. »Aber die gute Nachricht ist, und ich weiß, dass das meine Dummheit nicht wieder wettmacht, die Jacke hat ihren Zweck erfüllt.«

Es dauert eine halbe Minute, bis sie antwortet. »Aber warum hast du mir das alles nicht früher erzählt?«

»Weil ich wusste, wie wütend du sein würdest, und ich mir vorgekommen bin wie ein verdammter Idiot.«

Olivia senkt den Kopf. Als sie wieder aufblickt, erkennt er, dass er zu ihr vorgedrungen ist.

»Was noch?«, fragt sie.

»Was meinst du, was noch?«

»Nicht nur meine Kreditkarte wurde abgelehnt, Sean, sondern auch meine Bankomatkarte. Das bedeutet, das Geld, von dem ich dachte, es würde auf unserem Konto liegen – mehr als fünfhundert Dollar –, ist weg.«

»Ich habe ein paar Rechnungen bezahlt und hatte noch ein paar andere Ausgaben für Sachen, die zu besorgen du mir aufgetragen hast.«

»Das ist alles?«

»Es gab keine anderen Käufe, falls du das meinst.«

»Wenn ich also jetzt die Kreditkartenfirma anrufe und

nach der Rechnung vom vergangenen Monat frage«, sagt sie und zieht ihr Handy aus der Seitentasche ihres Rocks, »werde ich keine weiteren hässlichen Überraschungen erleben?«

Sean schluckt das winzige bisschen Speichel, das sich in seinem Mund gebildet hat, herunter. »Wirfst du mir vor, dass ich lüge?«

»Ich werfe dir gar nichts vor. Ich frage.«

»Klingt aber verdammt genauso.«

»Ich denke, du hast das Recht auf Empörung verwirkt«, erwidert Olivia.

»Tut mir leid«, entschuldigt Sean sich sofort. »Du hast recht. Es tut nur weh, dass du mir nicht vertraust.«

»Mir tut es noch mehr weh, das kannst du mir glauben.«

»Du *kennst* mich, Olivia.«

»Das dachte ich auch.«

»*Wirklich*. Ich verspreche.«

»Du versprichst, dass es keine weiteren Abbuchungen von der Karte gibt?«, fragt sie.

Er zögert und versucht abzuschätzen, was riskanter ist, eine weitere Lüge oder die Wahrheit.

»Sean?«

»Da war noch ein Mittagessen im Ta-Boo«, entscheidet er sich für die Wahrheit. Er muss beinahe lachen. Er hat so lange gelogen, dass die Wahrheit sich verkehrt anhört.

»Ein Mittagessen im Ta-Boo?«, wiederholt Olivia flach und ohne jede Betonung.

»Nach dem Job-Interview. Ich war am Verhungern, weil ich vorher zu nervös war, um irgendwas zu frühstücken, und ich war so zufrieden mit dem Verlauf des Gesprächs, dass ich mir ein nettes Mittagessen gegönnt habe. Es war egoistisch, ein Fehler, und es tut mir mehr leid, als du ahnst.«

Olivia schüttelt den Kopf. »Du gönnst dir ein Mittagessen im Ta-Boo, und ich muss mir Geld von einer Frau leihen, die ich kaum kenne, um die Lebensmittel zu bezahlen.«

Er sinkt vor ihr auf die Knie. »Es tut mir so leid. Bitte verzeih mir. Ich tue alles, um es wiedergutzumachen.«

Eine gefühlte Ewigkeit sagt Olivia gar nichts. »Gibt es sonst noch was, *irgendetwas*, egal für wie klein oder belanglos du es auch halten magst, was du mir nicht erzählst?«

Sean durchwühlt sein Hirn auf der Suche nach etwas, was er sagen könnte, um diese schreckliche Mischung aus Mitleid und Enttäuschung auszuradieren, die er im Gesicht seiner Frau sieht.

»Es *gibt* etwas«, sagt er schließlich.

»O Gott«, sagt sie und wappnet sich. »Was?«

Sean bricht unvermittelt in ein breites Grinsen aus wie ein Kind mit einem Geheimnis, das zu groß ist, um es länger für sich zu behalten. »Ich hab den Job.«

»Was?!«

»Ich hab den Job.«

»Den Job bei Advert-X?«

»Natürlich den Job bei Advert-X«, sagt er so überzeugt, dass er es beinahe selbst glaubt.

»Du hast den Job?«

»Ich hab den Job.«

»Das verstehe ich nicht. Wann hast du es erfahren?«

»Die Headhunterin hat angerufen, als du einkaufen warst. Sie hat gesagt, normalerweise würden die Agenturen bis Montag warten, bis sie sich melden, aber sie haben sich entschieden und wollten es mich unverzüglich wissen lassen.«

»Ehrlich?«

»Ehrlich.«

»Du schwörst?«

»Ich schwöre.«

»Ich kann es nicht glauben. Das ist wundervoll! Aber warum hast du es mir nicht gleich erzählt? Warum hast du mich die ganze Zeit weiter über diese blöde Jacke reden lassen?«

»Weil du jedes Recht hattest, wütend zu sein. Ich habe etwas sehr Dummes getan und hatte es verdient, in die Mangel genommen zu werden.«

»Ich kann es nicht glauben.«

»Glaub es.«

»Wie viel zahlen sie dir?«

»Das ist alles noch nicht endgültig. Nächste Woche weiß ich mehr. Aber was immer es ist, ich glaube, eine Zeitlang müssen wir uns keine Sorgen mehr über die Preise von Jacketts machen.«

»O Gott. Ich bin so froh für dich. Für uns«, erklärt Olivia ihm und fasst sein Gesicht mit beiden Händen. »Wann fängst du an?«

»Ende des Monats«, sagt er. Bis dahin sollte er es doch geschafft haben, eine andere Position zu finden. Dann kann er Olivia erklären, dass er und Advert-X sich in einer Reihe entscheidender Punkte nicht einigen konnten. Was auch immer. Ihm wird auf jeden Fall etwas einfallen. Das ist nicht wichtig.

Wichtig ist, dass er ein wenig Zeit gewonnen hat. Wichtig ist, dass Hoffnung und Bewunderung diesen Ausdruck von Mitleid und Enttäuschung im Gesicht seiner Frau ersetzt haben. Zumindest bis auf Weiteres.

Lieber wäre er tot, als diesen Ausdruck noch einmal zu sehen.

Oder sie.

KAPITEL ZWANZIG

Maggie weiß, dass der Mann da ist, noch bevor sie ihn sieht. Sie spürt, wie er auf das Bett zugeht; die Luft um ihn teilt sich wie ein Vorhang, als er näher kommt. Sein Blick durchbohrt die Dunkelheit, als er etliche Sekunden vor ihr steht, als würde er darauf warten, dass sie aufwacht. Die Befriedigung wird sie ihm nicht gönnen, denkt sie und hält die Augen fest geschlossen, selbst als er die Decke zurückschlägt und neben ihr ins Bett steigt. Sie spürt seinen warmen Atem an ihrem Hals, als seine Lippen ihre Mundwinkel und seine Finger ihre Brüste durch das Seidennachthemd streifen.

Ihr Körper regt sich, obwohl sie die Augen geschlossen hält, selbst dann noch, als die Hand des Mannes unter den Saum ihres Nachthemds gleitet, um sie zu streicheln. Er weiß genau, wie viel Druck seine Finger ausüben müssen, und kennt auch den genauen Punkt, wo sie ihn ausüben müssen. »O Gott«, ruft sie, als ihr Körper dem Höhepunkt entgegenstrebt.

Das ist der Moment, in dem sie aufwacht, die Augen aufschlägt, sich auf den Bauch dreht, und die Finger des gesichtslosen Mannes aus ihrem Traum durch ihre eigenen ersetzt werden, als ihr Verstand den kurzen Sprung von der Fantasie in die Realität macht. *Fürwahr der Mann meiner*

Träume, denkt sie lachend, nachdem sie mit bebendem Körper zum Orgasmus gekommen ist. »Danke«, flüstert sie in ihr Kissen. »Das hab ich gebraucht.«

»Was hast du gebraucht?«, fragt eine Stimme.

Maggie zuckt zusammen, und ein Schrei dringt über ihre Lippen, während sie sich auf den Nachttisch stürzt.

»Mom?«, fragt ihr Sohn, bevor sie die oberste Schublade aufziehen und nach ihrer Waffe greifen kann. »Was ist los? Was machst du?«

»O mein Gott, Leo! Du hast mir einen Schrecken eingejagt, Schätzchen.« Zitternd breitet Maggie die Arme aus, um ihn an sich zu drücken. »Du darfst Mommy nicht solche Angst machen.«

»Das wollte ich nicht«, sagt er und kämpft mit den Tränen.

»Ich weiß. Ich bin diejenige, die sich entschuldigen sollte.« Sie küsst ihn so oft auf den Kopf, wie er es zulässt, bevor er sich ihrer Umarmung entwindet. *Mein Gott*, denkt sie, *Craig hatte recht. Wenn ich mich nicht zusammenreiße, erschieße ich am Ende noch meinen eigenen Sohn.* Wieder bebt ihr ganzer Körper, diesmal nicht vor Lust, sondern vor Entsetzen. »Wie spät ist es?«

»Schon nach acht.«

»Was?!« *Nach acht! In weniger als einer Stunde beginnt das Tages-Sommercamp. Und es ist sein erster Tag. Was für einen Eindruck wird es machen, wenn sie zu spät kommen?* »Mist. Ich hab vergessen, den Wecker zu stellen.«

»Schon okay«, erklärt Leo ihr ruhig, jedoch nicht restlos überzeugt. »Wir haben noch Zeit. Ich hab schon gefrühstückt. Und ich bin fertig angezogen.«

Maggie sieht, dass ihr Sohn seine neue Camp-Uniform trägt – schwarze Shorts und ein gelbes T-Shirt mit dem Logo des Silver Palm Day Camps –, dazu weiße Socken und Sneakers. »Du hast schon gefrühstückt?«, fragt sie mit Tränen des Stolzes in den Augen.

»Nur Müsli. Ich hab Milch auf den Tisch gekleckert.«

»O Gott. Du bist so süß. Ich liebe dich so. Das weißt du, oder?«

Er lächelt. »Was brauchst du?«, fragt er.

»Was ich brauche?«, wiederholt Maggie.

»Kurz bevor du angefangen hast zu schreien, hast du gesagt, dass du irgendwas brauchst.«

Maggie spürt, wie sie rot wird, als sie an ihren erotischen Traum denkt, und versucht sowohl die Röte als auch den Traum mit einem Kopfschütteln loszuwerden. »Ich hab wohl geträumt.«

»War es ein Albtraum?«

»Ich kann mich nicht erinnern.«

Plötzlich steht Erin in der Tür, blinzelnd, schlaftrunken und mit einem Gähnen, das ihre Unterlippe bis zum Kinn zieht. »Was zum Teufel ist hier los?«

»Hallo, Liebes«, sagt Maggie. »Du bist aber früh wach.«

»Als ob ihr mir eine Wahl gelassen hättet. Bei dem ganzen Lärm.«

»Mommy hatte einen Albtraum«, erklärt Leo. »Ich hab mich alleine angezogen und mir Frühstück gemacht.«

»Juppididu.«

»Erin …«, warnt Maggie und steigt aus dem Bett.

Erin verdreht die Augen. »Ich geh wieder schlafen.«

»Ich dachte, du wolltest heute Morgen damit anfangen,

dir einen Job zu suchen.« Maggie bereut die Worte schon, bevor sie über ihre Lippen sind.

»Nun, da hast du falsch gedacht«, sagt Erin. »Ich hab dir doch gesagt, dass ich mir eine Weile freinehme.«

»Die Ferien haben vor einer Woche angefangen. In ein paar Wochen ist es schon Ende Juni. Du kannst nicht den ganzen Tag rumsitzen und nichts tun.«

»Wieso nicht? Machst du doch auch.«

Die Worte treffen Maggie wie eine Ohrfeige. »Erin …«

»Und wie soll ich mich außerdem um einen Job kümmern, wenn ich kein Auto habe.«

»Mom«, unterbricht Leo. »Wir kommen zu spät.«

»Du hast recht. Ich hab jetzt keine Zeit dafür. Wir reden später«, sagt sie zu dem mittlerweile leeren Türrahmen. Den Flur hinunter knallt Erins Zimmertür zu.

»Ich warte unten«, sagt Leo.

»Ich beeil mich«, versichert Maggie ihm.

Warum renne ich immer wieder mit dem Kopf gegen die Wand, fragt sie sich, während sie sich wäscht und anzieht. Erin wird machen, was Erin machen wird, und fertig. Maggie muss lernen zu entscheiden, auf welche Schlachten sie sich einlassen will. Wird einem das nicht in allen Erziehungsratgebern empfohlen?

Aber welchen Rat geben sie, wenn *alles* ein Kampf ist?

Gott sei Dank für Leo, denkt Maggie, geht nach unten, schiebt ihren Sohn aus der Tür und zum Auto und vergewissert sich, dass sein Sicherheitsgurt korrekt angelegt ist. Der süße, sanfte, gütige Leo, nach wie vor in der glücklichen Lebensphase, in der er seine Mutter liebt.

Wie lange das wohl noch dauert, überlegt sie, als sie auf

die Hauptstraße biegen. Wie lange noch, bevor seine Persönlichkeit gegen die behütende Umgebung aufbegehrt, bevor ihre Bedürftigkeit zur Belastung für ihn wird und er die Vertraulichkeit, nach der sie sich sehnt, peinlich findet? Wie viel Zeit hat sie noch, bevor die spontanen Umarmungen und unerwarteten Vertraulichkeiten durch mürrisches Schweigen ersetzt werden?

»Ich mag es nicht, wenn die Leute sich in Filmen küssen«, hat er ihr erst neulich erklärt. »Davon kribbelt mein Penis.«

»O Gott«, stöhnt sie, als sie an einer roten Ampel hält und den Kopf aufs Lenkrad legt. »Es geht schon los.«

»Was geht schon los?«, fragt Leo von der Rückbank.

»Was?«

»Du hast gesagt, es geht schon los.«

»Hab ich das?« *Scheiße. Was ist los mit mir? Kann ich nicht mehr unterscheiden, wann ich Selbstgespräche führe und wann ich laut rede?* »Ich meinte, wir sind schon halb da.« *Es liegt an diesem verdammten Traum. Er hat mich komplett aus dem Gleichgewicht gebracht. Ich bin frustriert, das ist alles. Ich hatte seit… Moment… vier Monaten?… keinen Sex mehr. Ich wette, mein Mann sitzt nicht keusch zu Hause rum. Er ist unterwegs und amüsiert sich prächtig, schwer gefragt als Begleiter zu Hochzeiten…*

Hinter ihr hupt ein Auto.

»Was ist dein Problem?«, faucht Maggie und blickt wütend in den Rückspiegel.

»Es ist grün«, sagt Leo leise.

»Oh.«

»Ist alles in Ordnung mit dir, Mom?«

»Ja, klar, Schätzchen. Ich bin heute Morgen nur ein bisschen abgelenkt.«

»Vielleicht sollte ich lieber zu Hause bleiben.«

»Was? Nein! Warum?«

»Um dir Gesellschaft zu leisten, damit du nicht so … abgelenkt bist.«

Gütiger Gott, was tue ich meinem Sohn an, fragt sie sich. *Erst erschrecke ich ihn halb zu Tode, dann beunruhige ich ihn mit meinem seltsamen Benehmen so sehr, dass er sich für mein Wohlbefinden verantwortlich fühlt. Er ist ein Kind, und ich bin eine Frau. Wie kommt es, dass ich diejenige bin, die erwachsen werden muss?* »O nein, Schätzchen. Es ist alles bestens, versprochen.«

Leo nickt, obwohl seine Miene alles andere als beruhigt wirkt, und der Rest der Fahrt verläuft schweigend.

Auf der Heimfahrt hält sie bei einem Starbucks in einer kleinen Mall am Military Trail. Das Café ist voll, sodass sie sich in einer Schlange anstellen muss, was sie normalerweise meidet wie die Pest. Aber der heutige Vormittag war eine Art Weckruf. Ihre Paranoia hat sie schon ihre Ehe gekostet. Nun fängt sie an, sich auch auf ihren Sohn auszuwirken.

Außerdem hat sie es nicht eilig, nach Hause zu kommen. Erin wird entweder noch schlafen oder unfreundlich sein, offenbar die beiden einzigen Alternativen, die sie dieser Tage im Repertoire hat. »Einen Tall Skinny Latte«, bestellt Maggie, als sie an der Reihe ist. »Und einen Muffin.«

»Welche Sorte?«

»Cranberry-Walnuss.«

»Name?«, fragt die Barrista und gibt ihr einen großen Muffin.

Maggie nimmt ihn entgegen, nennt der jungen Frau ihren Namen, bezahlt an der Kasse und sieht sich nach einem freien Platz um. Aber das halbe Dutzend Hocker am Fenster ist besetzt, und es gibt nur wenige Tische, die ebenfalls alle belegt sind. »Hier ist heute Morgen aber viel los«, stellt sie beiläufig fest und macht Platz, damit der Mann hinter ihr seine Bestellung aufgeben kann. Sie bemerkt, dass er jung und sehr attraktiv ist, und versucht sich vorzustellen, wie er wohl ohne Hemd und Krawatte aussehen würde. *Woher zum Teufel ist der Gedanke jetzt gekommen*, überlegt sie. *Was ist los mit mir?* »Stellen Sie Aushilfskräfte an?«, fragt sie die junge Frau hinter dem Tresen, um solche Gedanken zu übertönen. »Meine Tochter sucht einen Ferienjob.«

Die Frau hinter dem Tresen zuckt die Schultern und dreht sich zu ihren Kolleginnen um. »Stellen wir Aushilfen an?«

Weiteres Achselzucken.

»Man kann online ein Bewerbungsformular ausfüllen«, schlägt eine der Angestellten vor.

Wohl kaum, denkt Maggie und bemerkt, dass der Tisch an der Tür in dem Moment frei wird, als ihr Name ausgerufen wird. Sie zögert, unschlüssig, ob sie ihren Latte in Empfang nehmen oder so schnell wie möglich den Tisch belegen soll.

»Sichern Sie den Tisch«, sagt der Mann hinter ihr. »Ich bring Ihren Kaffee mit.«

»Was?«

»Sie sind doch Maggie, oder?«

Sie spannt sich an. »Woher wissen Sie das?«

»Die Frau hat Sie gerade ausgerufen.« Er lächelt. Weiße

Zähne blitzen. Grübchen. »Und Ihr Name steht auf dem Becher.«

»Ach ja.« *Ich bin eine Idiotin*, denkt Maggie, als sie zu dem mittlerweile leeren Tisch an der gegenüberliegenden Wand geht. Ihre Handtasche im Schoß nimmt sie auf einem der beiden Stühle Platz. Der Mann folgt ihr und überreicht ihr ihren Kaffee. »Haben Sie etwas dagegen, wenn ich mich zu Ihnen setze? ... Es ist der einzige freie Platz«, sagt er, als sie nicht reagiert.

»Rick!«, ruft jemand.

»Ich bin gleich wieder da.« Er ist weg, bevor Maggie widersprechen kann.

Nimm deinen Kaffee und deinen Muffin und hau ab, denkt sie. Aber der Mann ist zurück, bevor sie die notwendige Entschlossenheit mobilisieren kann.

»Entschuldigen Sie. Ich wollte Sie nicht in Verlegenheit bringen«, sagt er und nimmt Platz. »Ich werde einfach hier sitzen und meinen Kaffee trinken. Wir müssen uns nicht unterhalten.«

»Nein, das ist schon in Ordnung«, sagt Maggie und tut so, als würde sie an ihrem Kaffee nippen, während sie in Wirklichkeit das attraktive Gesicht des Mannes betrachtet. Er ist auf jeden Fall jünger als sie, um wie viel, lässt sich nur schwer schätzen. Blaue Augen, braunes Haar, tiefe Grübchen. Gut gekleidet. Keine sichtbaren Tätowierungen. Er sieht nicht aus wie ein Profikiller. »Entschuldigen *Sie*. Ich wollte nicht unhöflich sein.«

»Das waren Sie nicht. Wie ist der Muffin?«

»Nicht besonders. Ein bisschen mürbe, und die Walnüsse sind steinhart.«

»Gut zu wissen.«

Maggie trinkt einen Schluck Kaffee und weiß nicht, was sie sagen soll. Es ist so lange her, seit sie zuletzt Smalltalk gemacht hat. Und sie war nie besonders gut darin. Sie beißt noch einmal in ihren Muffin und spürt, wie ein Walnusssplitter sich in derselben Füllung verklemmt, die sich vor ein paar Wochen bei Publix gelockert hat.

»Ihre Tochter sucht also einen Ferienjob, ja?«

Sie atmet scharf ein. »Woher wissen Sie das?«

»Sie haben es mehr oder weniger verkündet.« Wieder ein Lächeln. Wieder die Grübchen.

Maggie versucht, sein Lächeln zu erwidern, aber es ist eher ein Zucken der Mundwinkel. »Suchen Sie … jemanden?«

»Ich? Nein. Aber ich weiß, dass der Friseur neben meinem Büro jemanden für den Empfang sucht.«

»Wo ist Ihr Büro?«

»Ein paar Häuser die Straße runter.«

»Und was machen Sie?«

»Ich bin Steuerberater.« Er greift in seine Tasche.

Maggie tastet nach ihrer Waffe.

»Hier«, sagt er, zieht eine Handvoll weiße Visitenkarten heraus und gibt ihr die oberste. *Richard Atwood, geprüfter Steuerberater* steht in schwarzer Blockschrift darauf.

Also ein Steuerberater, denkt Maggie, *kein Profikiller*. Als sie die Karte entgegennimmt, streifen seine Fingerspitzen ihre und lösen ein unerwünschtes Prickeln in ihrem Unterarm aus. Sie steckt die Karte in ihre Handtasche, kippt ihren Latte herunter, springt auf und schafft es endlich, mit der Zunge den störrischen Walnusssplitter zu lösen. »Ich sollte wirklich los.«

Er nickt. »Nun, es hat mich gefreut, Sie kennenzulernen, Maggie.«

»Ganz meinerseits.«

»Viel Glück.«

»Viel Glück?«

»Bei der Jobsuche für Ihre Tochter.«

»Oh, stimmt ja. Das werde ich brauchen.« Auf dem Weg nach draußen wirft Maggie den Rest ihres Muffins in einen Mülleimer. Sie sieht sich nicht um.

KAPITEL EINUNDZWANZIG

Nadine's liegt vier Häuser die Straße hinunter zwischen den Büros eines Immobilienmaklers und denen eines halben Dutzend Steuerberater. Richard Atwoods Name steht ganz oben in der in das Glas gravierten alphabetischen Liste. Im Schaufenster des Friseursalons hängt ein handgeschriebener Zettel: *Mitarbeiterin für den Empfang gesucht. Bewerbung im Salon.* »Tu das nicht. Geh weiter«, sagt Maggie sich noch, während sie schon die schwere Glastür aufzieht und den kühlen klimatisierten Raum betritt. Sofort steigen ihr intensive Gerüche von Fruchtshampoos und Haarfärbemittel in die Nase.

Es ist ein angenehmer Raum – Holzboden, blassrosa Wände, weiße Emaillebecken, jede Menge Spiegel, bequem aussehende schwarze Lederstühle, sechs an einer Wand, drei weitere an der gegenüberliegenden, vier davon bereits besetzt. Eine Kundin bekommt ihr Haar gewaschen, eine andere wird geföhnt, während eine dritte durch die jüngste Ausgabe der *Vogue* blättert und darauf wartet, dass sie an der Reihe ist. Die vierte Frau, deren Kopf mit Streifen von Aluminiumfolie bedeckt ist, scrollt konzentriert durch ihr Handy, während ein Stylist ihre Haarwurzeln begutachtet, um zu sehen, wie die Färbung wirkt.

»Ich bin sofort bei Ihnen«, flötet eine vogelartige Frau mittleren Alters mit rotem Haar und asymmetrischer Frisur in Maggies Richtung, als das Telefon auf dem Ladentresen klingelt. Eilig verlässt sie ihre Kundin, um abzunehmen. »Nadine's«, meldet sie sich. »Hier spricht Nadine. Was kann ich für Sie tun?«

Maggie beobachtet, wie Nadine wie ein Wirbelwind zum Computer geht und die Informationen der Anruferin eingibt. »Natürlich, Mrs Peters. Tönen und Schneiden kann ich Ihnen am Donnerstag um zwei bei Jerome anbieten. Perfekt. Bis Donnerstag.« Sie legt auf, atmet tief durch, geht um den Tresen und unterzieht Maggies Haar einer kurzen Musterung. »Schätzchen, Sie sind hier genau richtig«, verkündet sie und zupft an Maggies Haar. »So viel Spliss. Wann haben Sie sich zum letzten Mal die Haare stylen lassen? Und haben Sie mal über Blond nachgedacht? Blond würde perfekt zu Ihrem Teint passen. Schau sich einer diese Wangenknochen an«, sagt sie, während sie Maggies Kinn fasst und den Kopf dreht. »Sie haben einen wundervollen Knochenbau, aber glauben Sie mir, so wie Sie Ihr Haar jetzt tragen, tun Sie sich keinen Gefallen.«

Heilige Scheiße, denkt Maggie und macht einen Schritt zurück. »Eigentlich bin ich wegen des Jobs als Aushilfe am Empfang hier …«

»Sie sind engagiert«, sagt Nadine.

»Was?«

»Meine Empfangsdame ist vor einer Woche durchgebrannt und hat mich auf dem Trockenen sitzenlassen. Ich dachte, ich würde über den Sommer ohne klarkommen, aber Sie sehen ja, was hier los ist. Wenn man gut ist, spricht sich das rum. Sie sehen intelligent aus. Bitte sagen Sie mir, dass Sie zumindest ein bisschen Erfahrung haben.«

»Ja, aber das ist lange her«, wendet Maggie ein, nicht ganz sicher, was gerade passiert, »als ich an der Uni war, und es war auch nur Teilzeit und …«

»Kennen Sie sich mit Computern aus?«

»Ja, aber …«

»Dann haben Sie das alles bestimmt schnell drauf. Es ist ja keine Raketenwissenschaft. Ich zahle Ihnen zwölf Dollar die Stunde. Wann können Sie anfangen?«

»Ähm … ich brauche einen Tag oder zwei, um mich zu organisieren …«

»Gut. Dann am Mittwoch. Vorher müssen wir natürlich etwas wegen Ihrer Haare machen. Ich kann nicht zulassen, dass das …« Sie deutet vage auf Maggies Kopf, »… das Erste ist, was die Kundinnen sehen, wenn sie hereinkommen. Jerome, kannst du einmal Schneiden und Tönen für unsere neue Empfangsdame einschieben?«

Jerome weist auf einen leeren Stuhl. »Setzen Sie sich, Süße«, erklärt er Maggie und klopft auf die Lehne eines leeren Stuhls.

Fast drei Stunden später biegt Maggie in die Caryle Terrace. Auf der gesamten Rückfahrt hat sie immer wieder flüchtig in den Rückspiegel geblickt, abwechselnd entsetzt und begeistert von dem, was sie sieht. »O mein Gott«, hat Jerome ausgerufen, als er mit Färben, Schneiden und Stylen fertig war, und theatralisch ein paar Schritte zurück gemacht, um sein Werk zu bewundern. »Michelle Pfeiffers jüngere Schwester!« Alle in dem Salon waren in Applaus ausgebrochen.

Maggie ist immer noch so abgelenkt von den unerwarteten Ereignissen des Vormittags, dass sie nicht sofort kapiert, dass das Mädchen im Schlafanzug, das sich im Vorgarten des Nachbarhauses mit einem schlanken jungen Mann unterhält, in der Tat ihre Tochter ist. »Scheiße«, sagt sie, biegt in die Auffahrt, stellt den Motor ab und ertastet die Kontur der Waffe in ihrer Handtasche, als sie aussteigt. »Erin, was machst du im Schlafanzug draußen?«

»Heilige Kacke!«, ruft Erin, ohne die Frage ihrer Mutter zu beantworten, und kommt auf sie zu. »Was ist denn mit *dir* passiert?«

Maggie lässt sowohl ihre Empörung als auch die Waffe fahren und tätschelt ihr Haar. »Gefällt es dir?«

Erin dreht mehrere Kreise um ihre Mutter. »Es ist fantastisch. Du siehst ungefähr zehn Jahre jünger aus.«

»Findest du wirklich? Ich meine, es ist *sehr* blond.«

»Es ist sehr … alles. Wow.«

»Wow?«

»Wow«, sagt der junge Mann und schlendert zu ihnen herüber. »Sie sehen toll aus. Mark Fisher«, stellt er sich noch einmal vor und streicht eine Strähne seines langen zotteligen Haars hinters Ohr. »Julias Enkel.«

»Ja, ich erinnere mich. Es ist wirklich nett, dass Sie Ihre Großmutter so oft besuchen.«

»Eigentlich wohnt Mark eine Weile bei ihr«, erklärt Erin.

»Oh? Sind Sie von außerhalb?« Maggie hofft, dass er nicht zu lange bleibt.

»Nein, ich häng bloß eine Weile hier ab.«

»Geht es Ihrer Großmutter gut?«

»O ja. Ihr geht es bestens. Super.«

Super, wiederholt Maggie stumm, während ihre Zunge zu ihrem Backenzahn wandert. Die Füllung ist definitiv locker.

»Und wie ist es dazu gekommen?«, fragt Erin und zeigt auf Maggies Kopf.

»Ich weiß nicht genau«, sagt Maggie, die es selbst immer noch nicht ganz begriffen hat. »Ich bin in einen Friseursalon gegangen, um nach einem Job für dich zu fragen …«

»Du hast nach einem Job für *mich* gefragt?«

»Ja, aber …«

»Ich arbeite nicht in einem bescheuerten Friseursalon!«

»Nein, tust du nicht«, bestätigt Maggie und atmet ruhig aus. »Aber *ich*.«

»Was?«

»Die Besitzerin des Salons hat mir den Job angeboten, und … ich glaube, ich hab ihn angenommen.«

»Was?«, fragt Erin noch einmal.

Maggie weiß nicht, was sie sonst noch sagen soll. Seit drei Stunden fragt sie sich das Gleiche. »Ich weiß, es klingt bizarr.«

»Ohne Scheiß!«

»Erin …«

»Was ist mit Leo? Wer bringt ihn zum Camp und holt ihn ab? Bedeutet das, ich kriege einen Wagen?«

»Nein, bedeutet es nicht. Ich kann ihn trotzdem noch bringen und abholen. Die Arbeitszeiten sind ziemlich flexibel.«

»Das verstehe ich nicht. Du bist *Lehrerin*«, sagt Erin.

»Ich war Lehrerin.«

»Und jetzt bist du … was? *Friseurin?*«

»Ich bin Empfangsdame. Bis auf Weiteres. Du hattest

recht ... ich kann nicht den ganzen Tag hier rumsitzen und nichts machen. Damit tue ich keinem einen Gefallen ...«, borgt sie sich Nadines Redewendung.

»Moment mal«, unterbricht Erin sie. »Willst du sagen, ich hatte in irgendwas recht? Wer sind Sie, und was haben Sie mit meiner Mutter gemacht?«

Maggie lächelt. Sie hat auf beides keine Antwort. »Es ist fast eins«, sagt sie stattdessen mit einem Blick auf ihre Uhr. »Du solltest dir was anziehen und nicht im Schlafanzug hier draußen herumlungern.«

Erin verdreht die Augen. »Und da ist sie wieder.«

Maggie wendet sich zum Haus. »War nett, Sie wiederzutreffen, Mark.«

»Gleichfalls«, sagt er. »Und Sie sehen wirklich toll aus.«

»Danke.« Maggie geht zur Haustür. »Erin?«, fragt sie und bleibt stehen, als sie merkt, dass ihre Tochter ihr nicht folgt.

»Ich komm gleich.«

»Jetzt«, sagt Maggie.

»Hat deine Großmutter noch Platz für eine weitere Person?«, murmelt Erin laut genug, dass Maggie es hört.

Mark lacht. »Bis später.«

»Wirklich, Mom?«, will Erin wissen, als sie das Haus betreten. »Musst du so ein Arschloch sein?«

»Verzeihung?«

»Du hast mich verstanden.«

Das Nächste, was Maggie hört, ist das vertraute Geräusch der zuknallenden Zimmertür ihrer Tochter.

KAPITEL ZWEIUNDZWANZIG

»Ich suche ein Geburtstagsgeschenk für meinen Mann«, verkündet die gut gekleidete Matrone Aiden Young und lässt den Blick über die Armbanduhren schweifen, die in der Glasvitrine ausgestellt sind. »Nicht zu teuer.«

»Nun, ich bin sicher, er würde sich sehr über jede von diesen hier freuen«, sagt Aiden, obwohl er sich dessen keineswegs sicher ist. Eigentlich ist er sich dieser Tage gar nichts mehr sicher. Weder seiner Frau noch seiner Ehe noch seiner geistigen Gesundheit. Ihn schaudert, wenn er sich an seine Reaktion erinnert, als der Ball bei dem spontanen Spiel mit den Nachbarn gegen seinen Rücken geprallt ist, an die beinahe fatale Mischung aus Panik und Wut, die ihn gepackt hat.

Er war kurz davor, komplett auszurasten.

Wie also kann er mit Sicherheit sagen, ob einem Mann, den er nie getroffen hat, Ehegatte einer Frau, der er zum ersten Mal begegnet, eine der Uhren gefallen wird, die er ihr zeigen kann. »Sehen Sie irgendwas, an dem Sie Geschmack finden?« *Geschmack finden?! Wo zum Teufel ist der Ausdruck hergekommen?*

Die Frau zeigt auf eine Uhr mit mitternachtsblauem Zifferblatt und einem schweren silbernen Armband. »Die sieht interessant aus.«

»Gute Wahl«, stimmt Aiden ihr zu, während ihm einfällt, wo er den Ausdruck zum letzten Mal gehört hat. Von seiner Mutter! Sie hat ihn gestern verwendet, als sie mit einer Reihe von Stoffmustern für den Sessel vorbeigekommen ist, den sie für ihn und Heidi kauft.

»Siehst du irgendwas, an dem du Geschmack findest?«, hat sie gefragt, bevor sie auf den Stoff gezeigt hat, den sie bevorzugt und eigentlich auch schon bestellt hat. »Ich kann natürlich im Laden anrufen und die Bestellung ändern, wenn du willst«, hat sie angeboten. »Ich dachte, der hier würde am besten passen. Aber es ist natürlich ganz allein eure Entscheidung. Was meinst du, Aiden?«

Aiden erinnert sich an das Lächeln seiner Mutter und das Stirnrunzeln seiner Frau und weiß, dass er nicht gewinnen kann. Er nimmt die Uhr heraus und hält sie der Frau hin. »Eins meiner Lieblingsmodelle«, fügt er hinzu, obwohl das nicht stimmt. Er mag lieber sportlichere Uhren mit Lederarmband und einem überdimensionierten Zifferblatt. Die hier ist viel zu spießig für seinen Geschmack. »Sie ist sehr elegant.« Elegant, aber nutzlos. Das Zifferblatt ist so vollgestopft mit Symbolen, dass man nur mit Mühe die Zahlen lesen kann.

»Ist sie wasserdicht?«

»Wasserfest«, schränkt Aiden ein. »Ich würde sie nicht zum Tauchen oder so tragen.«

»Ich glaube, das wird kein Problem sein«, erwidert die Frau. »Mein Mann wird neunundsiebzig. Ich denke, seine Tage als Taucher sind vorüber. Was ist mit der da?« Sie zeigt auf eine Roségold-Uhr mit rundem braunem Zifferblatt, auf dem die Stunden und Minuten statt von Zahlen von einer Reihe von Strichen angezeigt werden.

Aiden nimmt sie aus der Auslage und denkt, dass er mit der Uhr nie wissen würde, wie spät es ist. Und das würde ihn verrückt machen.

Es könnte natürlich durchaus sein, dass er schon verrückt ist, gesteht er sich ein, als er an den verstörenden Traum von vergangener Nacht denkt. In dem Traum ist er über eine verlassene Landstraße gelaufen, verfolgt von einem wütenden Mob. Hände berührten seinen Rücken, zerrissen sein Hemd. Er drehte sich um, um seinen Peinigern entgegenzutreten, nur um festzustellen, dass der Mob von einem einzelnen Mann ersetzt worden war, einem Jungen eigentlich, nicht älter als zwölf.

Der Junge hatte keinen Kopf.

»Was kostet die?«, fragt die Frau.

»Verzeihung. Was?«

»Ich fragte…«

Aidens Handy vibriert in der Tasche. Er ignoriert es. Es gibt nur zwei Menschen, die ihn auf der Arbeit anrufen, seine Mutter und Heidi. Beiden fühlt er sich im Moment nicht gewachsen. Das Handy verstummt zum Glück wieder, während er im Computer nachschaut. »Dreitausendvierhundert Dollar plus Mehrwertsteuer.«

»Du meine Güte, nein. Ich habe gesagt, nicht zu teuer.«

»Vielleicht könnten Sie mir eine Vorstellung davon geben, an welchen Rahmen Sie gedacht haben«, sagt Aiden bemüht hilfsbereit. »Tausend Dollar? Fünfhundert?«

»Höchstens fünfhundert.«

Aiden führt sie zu der entsprechenden Reihe von Uhren.

»Von denen gefällt mir keine«, sagt die Frau, und die Falten um ihren Mund werden tiefer, als sie verärgert die Lippen schürzt, was Aiden an den Gesichtsausdruck seiner Mutter erinnert, jedes Mal wenn sie Heidi ansieht.

»Wie wäre es mit der hier?« Er bückt sich, um seine Lieblingsuhr hervorzuziehen, die mit dem runden weißen Zifferblatt und dem braunen Lederarmband. »Sie ist schick und sportlich und mit den großen schwarzen Ziffern leicht zu …«

Aber die Frau ist nicht mehr da.

Offensichtlich hat er seinen Schlag bei Frauen verloren.

Nicht, dass er je wirklich einen gehabt hätte. Sein gutes Aussehen und sein athletischer Körper waren immer ausreichend, um das andere Geschlecht anzuziehen. Zum Glück, denn er ist eigentlich nicht besonders charmant. Kein lockerer Plauderer. Nicht mal übermäßig intelligent. Aber Mädchen und später Frauen haben diese Defizite immer als Schüchternheit gedeutet und verborgene Tiefe vermutet, wo es keine gibt.

Am Ende enttäuscht er sie natürlich immer.

Sein ganzes Leben lang hat er Frauen enttäuscht.

Sein Handy vibriert erneut. Er gibt vor, etwas in einer unteren Schublade nachzusehen, zieht es aus der Tasche und geht dran, ohne aufs Display zu blicken. »Hi«, sagt er und presst das Telefon dicht ans Ohr, während sein Magen sich verkrampft.

»Du musst etwas unternehmen«, sagt Heidi statt Hallo. »Ich hasse diesen blöden Sessel.«

Er seufzt. »Ich weiß.«

»Gefällt er *dir* etwa?«

»Nicht besonders.«

»Okay, super. Sag *ihr* das.« Sie muss nicht klarstellen, wen sie meint.

»Was soll ich denn sagen?«

»Wie wäre es damit, ihr zu erklären, dass wir ihre Großzügigkeit wirklich zu schätzen wissen, aber nicht noch einen Sessel brauchen. Sag ihr, er ist zu groß für den Raum. Er ist hässlich, auch ohne den abscheulichen Bezug, den sie ausgesucht hat«, redet sie sich langsam in Rage.

Er lacht. »Komm schon. *So* schlimm ist er auch nicht.«

»Doch, *so* schlimm ist er.«

»Es ist bloß ein Sessel. Wir können uns daran gewöhnen.«

»Ich *will* mich nicht daran gewöhnen. Ich will ihn nicht in unserem Haus.«

»Nun, streng genommen ist es *ihr* Haus.«

Kurzes Schweigen. »Hör zu, warum sagen wir ihr nicht einfach, sie soll das verdammte Haus verkaufen? Wir können uns eine Wohnung suchen …«

»Wir können uns keine Wohnung leisten.«

»Es muss doch irgendwas geben.«

»Was denn? Wohin wollen wir gehen?«, fragt er und hört die Frustration in seiner eigenen Stimme. Er blickt sich um und ist dankbar, dass der Laden relativ leer ist. Heidi arbeitet heute nicht und ist deshalb zu Hause. Er fragt sich, ob sie allein ist, und schüttelt den unangenehmen Gedanken ab. »Hör mal, ich weiß, dass es schwer ist …«

»Es ist nicht schwer«, entgegnet sie. »Es ist *unmöglich*. Und ich habe es versucht. Ich habe es wieder und wieder und wieder versucht. Das weißt du.«

»Ja, ich weiß.«

»Nichts, was ich mache, ist gut genug.«

»Ich weiß, dass es sich so anfühlt …«

»Es *ist* so. Deine Mutter hasst mich, Aiden. Sie hasst mich.«

»Sie hasst dich nicht.« Er hört sie schniefen. »Ah, Babe. Bitte wein nicht.«

»Ich fühl mich bloß so allein.«

»Du bist nicht allein. Du hast mich.«

»Wirklich? Ich bin deine Frau, Aiden. Du solltest für mich einstehen. Du solltest auf meiner Seite sein.«

»Warum muss es Seiten geben?«

»Weil deine Mutter so funktioniert.«

»Du verstehst das nicht«, verteidigt Aiden seine Mutter wie jedes Mal. »Sie meint es gut.«

»Sie meint es nur gut? *Sie meint es nur gut?*«, wiederholt Heidi mit anschwellender Stimme. »Hat sie dir deswegen erzählt, dass sie mich mit Julias Enkel angetroffen hat, und so getan, als hätte sie uns bei irgendwas überrascht?«

»Du hast kein Gras geraucht?«

»Doch, wir haben ein bisschen Gras geraucht. Das hab ich dir erzählt.«

»Aber erst, nachdem sie es mir erzählt hatte.«

»Ja, und ich habe mich zig Mal entschuldigt«, sagt Heidi.

»Du verstehst doch, wie es für sie ausgesehen haben muss«, erwidert Aiden. »Sie kommt rein, trifft dich mit irgendeinem fremden Typen an …«

»Julias *Enkel.*«

»Es ist mir egal, wer er ist. Ich will nicht, dass er noch mal in mein Haus kommt.«

»*Ihr* Haus, meinst du, oder?«, wirft Heidi ihm seine eigenen Worte an den Kopf. »Du weißt, dass deine Mutter erst glücklich ist, wenn sie uns auseinandergebracht hat.«

»Das ist doch verrückt! Sie kümmert sich bloß um mich. Ich bin ihr einziges Kind …«

»Du bist kein Kind! Du bist dreißig Jahre alt.«

»Darum geht es nicht«, sagt er. »Verstehst du das nicht? Ich bin alles, was sie hat. Sie musste Mutter und Vater für mich sein, nachdem mein Vater uns verlassen hatte.«

»Das musste sie überhaupt nicht«, faucht Heidi zurück, die es leid ist, sich um Verständnis zu bemühen. »Das war ihre Entscheidung. Sie hat den armen Mann vertrieben, ihm den Umgang mit dir verboten und dich gegen ihn gewendet …«

»Okay, lass uns das nicht weiter vertiefen«, unterbricht Aiden sie. Sein Kopf pocht, sein Magen verkrampft sich so sehr, dass es brennt. »Du weißt nicht, wie es war. Du weißt nicht, was sie durchgemacht hat, als er gegangen ist.«

»Ich kenne deine Mutter! Ich weiß, dass sie alles und jeden kontrollieren muss.«

»Es fällt ihr nur schwer loszulassen.«

»Bist du sicher, dass es deine Mutter ist, der es schwerfällt loszulassen?«

Schweigen.

Aiden sieht sich wieder auf der verlassenen Landstraße, spürt den Mob in seinem Rücken, die Hände, die an seinem Hemd reißen. Sein Atem geht stoßweise und schmerzt.

»Ich weiß bloß nicht, wie lange ich das noch ertrage«, sagt Heidi.

»Was soll das heißen?«

»Es soll heißen, dass ich es leid bin, immer die Zweite zu sein. Es heißt, dass du dich irgendwann entscheiden musst. Deine Mutter oder ich, Aiden. Wer soll es sein?«

Aiden fährt sich verzweifelt durchs Haar, blickt sich um und sieht, dass sein Vorgesetzter hinter dem anderen Tresen steht und ihn beobachtet. »Hör zu. Ich muss Schluss machen. Kannst du noch ein bisschen durchhalten? Ich mache es wieder gut, ich verspreche es dir.«

Sie schweigt.

»Heidi?«

»Sicher«, sagt sie.

»Was?«

»Ich halt noch ein bisschen durch.«

KAPITEL DREIUNDZWANZIG

Dani betrachtet ihr Gesicht in dem kleinen runden Spiegel ihrer Puderdose und begutachtet den Zustand des Blutergusses unter ihrem linken Auge, als die Gegensprechanlage summt. »Mrs McKay ist hier«, verkündet die Sprechstundenhilfe.

»Lassen Sie sie im Wartezimmer Platz nehmen. Ich bin in ein paar Minuten bei ihr.« Dani trägt noch ein wenig Concealer auf, um die dunkelgelb-blau marmorierte Tönung zu überdecken, und tupft ein wenig Puder darüber.

Sie kann den Bluterguss immer noch sehen.

Nicht dass es eine Rolle spielen würde. Bisher hat keiner ihrer Patienten etwas bemerkt, weil alle die Augen schließen, sobald sie den Behandlungsstuhl nach hinten kippt, zu vertieft in eigene Probleme, um sich wegen ihrer zu sorgen. Vermutlich wird es bei Maggie McKay nicht anders sein.

Sie hätte sich niemals darauf einlassen dürfen, den Termin einzuschieben. Aber was hätte sie machen sollen? Die Frau hat sie heute früh zu Hause angerufen, panisch, weil ihr beim Zähneputzen eine Füllung herausgefallen und der Zahn womöglich zersplittert war. Sie würde morgen einen neuen Job antreten, sie habe keinen Zahnarzt, und könnte Dani sie vielleicht irgendwann einschieben, nachdem sie ihren Sohn zum Camp gebracht hatte und bevor sie ihn wieder abholen musste? Sie wüsste, dass es eine Zumutung sei, doch sie sei verzweifelt und bla, bla, bla.

Wie also hätte Dani Nein sagen können? Vor allem, wenn sie will, dass Erin noch mal zum Babysitten kommt. »Führen Sie Mrs McKay in Raum drei«, weist sie die Sprechstundenhilfe an, wirft einen letzten Blick auf ihr Auge und steckt die Puderdose wieder in ihre Handtasche. Sie schließt die Tür ihres kleinen Büros und geht durch den gewundenen Flur der Gemeinschaftspraxis, die sie sich mit zwei anderen Zahnärzten teilt, zum Behandlungszimmer drei.

Sie stutzt, als sie die hübsche Blondine auf dem Behandlungsstuhl sieht, überlegt, ob sie sich im Zimmer vertan hat, und blickt auf die Ziffer an der Tür. »Maggie?«

»Vielen Dank, dass Sie mich empfangen«, erklärt Maggie ihr. »Ich wusste nicht, wen ich sonst anrufen sollte.«

»Ich helf gern aus«, lügt Dani und geht auf Maggie zu, die mit ihrer großen Tasche im Schoß auf dem Behandlungsstuhl liegt. »Sie sehen so anders aus.«

»Gefällt es Ihnen?«

»Es ist wunderschön. *Sie sind* wunderschön.«

»Erstaunlich, was eine Tönung bewirkt«, sagt Maggie.

»Es ist wirklich hinreißend.«

»Danke.«

»Sie ha'm … *haben* … etwas davon gesagt, dass Sie eine Füllung verloren haben«, sagt Dani, sorgfältig auf die korrekte Aussprache bedacht. »Sollen wir Ihre Tasche nicht lieber da drüben hinstellen, damit sie uns nicht im Weg ist?«

»Nein, das ist schon okay«, erklärt Maggie ihr. »Ich kann sie festhalten.«

»Ich brauche ein bisschen Platz. Ich stell sie gleich da drüben auf den Tresen. Da ist sie absolut sicher. Versprochen«, sagt Dani und nimmt die Tasche aus Maggies Schoß. »Mein Gott, was haben Sie denn da drinnen? Die ist ja schwer wie eine Beutelratte.«

Maggie lacht, auch wenn es eher nervös als belustigt klingt.

Dani kippt den Behandlungsstuhl weiter nach hinten, bis sie mit dem Winkel zufrieden ist. »Dann machen Sie doch bitte den Mund auf und lassen mich mal sehen.«

»Es ist schon eine Weile her, seit ich zum letzten Mal beim Zahnarzt war.«

»Das sehe ich«, sagt Dani, als sie den kleinen Spiegel in Maggies Mund schiebt. »Sie könnten auf jeden Fall eine gründliche Zahnsteinentfernung vertragen, das ist mal sicher. Machen Sie am Empfang einen Termin für eine professionelle Zahnreinigung, bevor Sie gehen.«

»Es ist der Backenzahn …«

»Ja, ich sehe das Problem. Ich fürchte, Sie brauchen eine Krone.«

»Was? Können Sie keine neue Füllung machen?«

»Nein, kann ich nicht. Es ist kaum genug Zahn übrig für eine Füllung. Das Ganze würde zusammenbrechen.«

»Aber wie viele Termine bedeutet das? Ich meine, Sie müssen einen Abdruck nehmen, eine provisorische Krone einsetzen …«

»O gütiger Gott. Es ist wirklich eine Weile her, seit Sie zuletzt beim Zahnarzt waren. Nein, das machen wir schon seit Jahren nicht mehr. Das wird heutzutage alles per Computer erledigt.«

»Per Computer?«

»Ein Computer macht eine komplette Aufnahme Ihres Mundes, misst alles, den Abstand zwischen den Zähnen und den ganzen Kram und erstellt dann eine Krone, ganz allein. Ich setze sie bloß ein und passe sie, wenn nötig, ein wenig an. Keine große Sache. In ein paar Stunden sind Sie wieder hier raus.«

»Machen Sie so was oft?«

»Den ganzen Tag, jeden Tag«, antwortet Dani.

»Wow«, sagt Maggie. »Sie sind so professionell.«

»Nun, es ist mein Beruf.«

»Tut mir leid. Ich wollte nicht …«

»Was genau haben Sie denn erwartet?«, fragt Dani.

»Ich weiß nicht. Sie wirken nur so anders als … wenn ich sonst mit Ihnen gesprochen habe.«

Dani zuckt die Schultern, unsicher, was sie darauf antworten soll. »Wollen wir anfangen?«

»Und wie fühlt es sich an?«, fragt Dani, als sie fertig ist.

»Gut«, erklärt Maggie ihr. »Ich kann nicht glauben, dass es so leicht war.«

»Die Wunder der modernen Technik. Alles erledigt. Sie können gehen.«

»Was ist mit Ihrem Auge passiert?«, fragt Maggie.

»Was?« Danis Atem stockt. Ihre Hand zuckt nervös zu ihrem Gesicht.

»Das ist ein ordentlicher Bluterguss, den Sie da haben.«

Dani stößt ein gezwungenes Lachen aus. »Würden Sie mir glauben, wenn ich Ihnen sage, dass ich gegen eine Tür gerannt bin?«

»War das so?«

Dani beißt sich auf die Unterlippe und unterdrückt den Impuls, Maggie die Wahrheit zu erzählen, dass sie nämlich nicht mit einer Wand oder Tür, sondern mit der Faust ihres Mannes kollidiert ist. »Mehr oder weniger.« Glaubt Maggie ihr? Schwer zu sagen. »Ich bin mitten in der Nacht zur Toilette gegangen«, fährt sie fort, »es war dunkel, ich hatte die Augen halb geschlossen, hab' mich verschätzt und bin frontal gegen die Tür gerannt. Der arme Nick«, fügt sie sicherheitshalber hinzu. »Ich habe so laut geschrien, dass er beinahe einen Herzinfarkt hatte.«

»Und an Ihrem Handgelenk?«, fragt Maggie leise mit bohrendem Blick.

Danis Blick zuckt zu ihrer rechten Hand, wo sie den großen violetten Bluterguss entdeckt, der unter dem Ärmel ihres Laborkittels hervorlugt. »Meine Güte. Den hab ich noch gar nicht bemerkt.« Sie macht einen Schritt zurück. »Sie können am Empfang bezahlen, und vergessen Sie nicht, einen Termin für die Zahnreinigung zu machen. Sie müssen Ihre Zähne pflegen, wenn Sie sie behalten wollen.«

»Das mache ich«, sagt Maggie, steht auf und geht zur Tür. »Und nochmals vielen Dank.«

»Jederzeit«, sagt Dani und nimmt Maggies Handtasche vom Tresen. »Vergessen Sie Ihre Tasche nicht.«

»O mein Gott, nein.« Maggie nimmt Dani die Tasche ab und drückt sie an ihre Brust. »Hören Sie«, sagt sie und bleibt auf der Schwelle stehen, »ich bin da ... Ich meine, ich wohne gleich nebenan ... wenn Sie ... über irgendwas ... reden wollen.«

»Natürlich«, sagt Dani betont locker. »Wenn Sie mich jetzt entschuldigen, im Nebenzimmer wartet der nächste

Patient auf mich.« Sie geht, bevor Maggie noch etwas sagen kann.

Dani läuft in ihr Büro, schließt die Tür ab, bricht auf dem Stuhl hinter dem Schreibtisch zusammen und vergräbt das Gesicht in den Händen. Was ist los mit ihr? Bei der Arbeit ist sie eine so starke, selbstbewusste Frau. Selbst Maggie, eine Nachbarin, mit der sie höchstens ein halbes Dutzend Mal gesprochen hat, hat bemerkt, wie anders sie ist. Was also passiert, wenn sie die Praxis verlässt und nach Hause fährt?

Nick passiert, gesteht sie sich ein und unterdrückt ein Schluchzen.

Sie fragt sich, ob sie Maggie täuschen konnte, und dann, wie lange sie sich eigentlich selbst noch etwas vormachen kann. Wie lange will sie sich einreden, dass ihr Mann trotz seines Jähzorns ein guter Mensch ist?

Das erste Mal hat Nick sie geschlagen, als sie ihm erzählt hat, dass sie mit Tyler schwanger sei. Hinterher hat er sich ausgiebig entschuldigt und um Vergebung gebettelt. Er stünde unter enormem Druck, erklärte er ihr tränenreich und versicherte ihr, dass es nie wieder vorkommen würde. Sie hat ihm geglaubt. Nick liebte sie; sie liebte ihn. Nie zuvor hatte er die Hand gegen sie erhoben. Er würde es nie wieder tun.

Aber er tat es natürlich doch.

Anfangs hat sie versucht, sich zu verteidigen, doch das schien ihn nur noch wütender zu machen. Aus der flachen Hand wurde die Faust, und er platzierte seine Schläge sorgfältig so, dass die Blutergüsse nicht zu sehen waren. Irgendwann hörte er auf zu weinen, um Verzeihung zu bitten und

Versprechungen zu machen, und übertrug ihr die Tränen, Entschuldigungen und guten Vorsätze. Es kümmerte ihn nicht mehr, wo seine Schläge sie trafen. Sie fing an, ihn zu rechtfertigen, sich zu fügen und wie auf rohen Eiern zu laufen, ängstlich, etwas zu sagen, was seinen Zorn auslöste.

Schlimmer noch, sie begann, die Schuld anzunehmen. Es lag an ihr, wenn er sich getrieben fühlte, um sich zu schlagen.

Auf Phasen der Wut folgten Wochen, sogar Monate, in denen Nick so war, wie der Rest der Welt ihn sah, liebevoll, mitfühlend, gütig. In diesen Zeiten machte Dani sich vor, dass das Schlimmste hinter ihnen läge, dass ihr Mann sich geändert hätte, dass die Schläge aufhören würden. Schließlich liebte er sie; sie liebte ihn. Ihre Liebe hatte zwei wunderschöne Jungen erschaffen.

Und dann begann der Kreislauf von vorn.

Erst kam die Kritik: Nichts konnte sie richtig machen. Sie war entweder eine nachlässige Mutter, weil sie wenige Monate nach der Geburt ihrer Kinder schon wieder arbeiten gegangen war, oder verhätschelte ihre Söhne und machte sie so zu Weichlingen; sie war entweder zu unterwürfig oder zu eigensinnig, eine Pfennigfuchserin oder eine Verschwenderin, zu ehrgeizig oder zu faul, schlauer, als gut für sie war, oder zu dumm, um zu leben, zu freundlich oder zu unnahbar. Was immer sie war, es war entweder zu viel oder nicht genug.

Dann folgten die Ausreden: Er war erschöpft. Emotional ausgelaugt. Alles, was er brauchte, wenn er nach Hause kam, war ein wenig Ruhe und Frieden. War das wirklich zu viel verlangt?

Dann kamen die Vorwürfe: Nie war sie zufrieden. Nie

konnte sie etwas auf sich beruhen lassen. Immer musste sie recht behalten. Ständig beschwerte sie sich wegen irgendwas, widersprach ihm vor seinen Söhnen, stellte sein Urteil infrage, unterminierte seine Autorität, provozierte ihn.

Dann folgte die Wut.

Und zuletzt die Fäuste.

Zu spät hat Dani begriffen, dass Nick sich nie ändern wird. Wenn überhaupt sind die Schläge häufiger und immer brutaler geworden. Aus der Liebe, die sie einmal empfunden hat, ist Angst geworden. Sie sollte ihn verlassen, doch dafür hat sie nicht mehr die Kraft. Sie ist so nutzlos, wie er behauptet.

Sie weiß, dass es nur eine Frage der Zeit ist, bis er sie umbringt.

KAPITEL VIERUNDZWANZIG

Mark sitzt im Schlafzimmer seiner Großmutter auf dem Boden, vor sich ihr offenes Schmuckkästchen, in den Händen die dünnen Goldketten, die er hektisch zu entwirren versucht, bevor Julia wieder ins Haus kommt. Seit einer guten halben Stunde werkelt sie in dem winzigen Garten hinterm Haus herum, und er bezweifelt, dass sie die Kondition hat, sich noch viel länger draußen aufzuhalten. Gärtnern ist harte Arbeit, wie er gestern entdeckt hat, als sie ihn beschwatzt hat, ihr zu helfen.

Begleitet von ihrer unablässigen Anfeuerung hat er den Rasen gemäht, eine Menge überraschend starker und störrischer Unkräuter gejätet und ihr beim Pflanzen mehrerer Reihen hellroten Springkrauts entlang der hüfthohen schwarzen Eisenzäune assistiert, die ihr Grundstück von den Gärten der Nachbarhäuser auf beiden Seiten trennen.

»Wunderschön«, verkündete seine Großmutter voller Befriedigung, als er fertig war. »Das sieht so viel besser aus! Gut gemacht, mein Lieber.«

Eine Woge des Stolzes packte ihn, unmittelbar gefolgt von einer noch größeren Woge der Scham, als sie ihm für seine Bemühungen zwei Zwanzig-Dollar-Scheine in die Hand drückte. »Nein, Nana«, protestierte er, nachdem er früher am Tag schon einmal dieselbe Summe aus ihrem Portemonnaie genommen hatte.

»Unsinn«, beharrte sie. »Du hast hart gearbeitet. Du hast es verdient.«

Natürlich hat er von dem Geld Gras gekauft.

Kopfschüttelnd erinnert er sich an den drohenden Unterton in der Stimme seines Dealers, seine ziemlich unverhohlene Warnung, Mark solle entweder bald mit dem Geld rüberkommen, das er noch schuldete, oder müsse mit Konsequenzen rechnen.

Welche Wahl bleibt ihm also? Seine Großmutter wird ein paar mickrige Goldkettchen, die sie nie trägt, nicht vermissen. Verdammt, sie wird nicht mal merken, dass sie weg sind. Er zerrt an den Ketten und erkennt zu spät, dass er es damit nur schlimmer gemacht hat. »Verdammt«, flüstert er.

»Was machst du da?«, fragt eine Stimme von der Tür.

Scheiße. Mark spürt, wie er sich anspannt. Er schließt die Augen und hofft, unsichtbar zu werden, überlegt dann, aufzuspringen und sich aus dem Fenster zu stürzen. Alles, damit er sich nicht umdrehen und der Mischung aus Verwirrung und Enttäuschung stellen muss, die er im Gesicht seiner Nana sehen wird. Wie konnte er so dumm sein? Genauer gesagt, wie konnte er es nicht gehört haben, dass sie zurück ins Haus gekommen ist?

»Nana«, sagt er, setzt ein gezwungenes Lächeln auf und dreht sich jetzt doch um, während er die Ketten zurück in das Schmuckkästchen fallen lässt. »Ich schwöre, es ist nicht so, wie es aussieht.« *Gott, konnte er noch weniger überzeugend klingen?*

»Wie sieht es denn aus?«

»Als ob ich versuchen würde, etwas zu stehlen ... Das tue ich *nicht.*« *Sie wird es mir nicht leicht machen*, denkt er und hofft verzweifelt, dass ihm eine halbwegs plausible Erklärung dafür einfällt, was er in ihrem Schlafzimmer macht, die Hand in der erwachsenen Entsprechung der sprichwörtlichen Keksdose. »Eigentlich«, sagt er, als ihm eine Idee kommt, die vielleicht funktionieren könnte, »wollte ich dich überraschen.«

»Das ist dir gelungen«, sagt Julia und wartet, dass er fortfährt.

»Mir ist bloß aufgefallen, dass sie total verheddert waren, und ich dachte mir, ich entknote sie für dich, weil du das mit deiner Arthritis und allem wahrscheinlich nicht kannst.«

»Das ist so aufmerksam von dir, Schatz.« Sie lächelt jetzt.

Er erwidert ihr Lächeln. »Also, ich ...«

»Wann ist dir das denn aufgefallen?«

Scheiße. Das ist eine durchaus vernünftige Frage. Verdammt. Das ist das Problem beim Lügen. Man muss immer eine schnelle Folgelüge parat haben. »Neulich. Als du deine Brille nicht gefunden hast«, improvisiert er, dankbar, dass ihm etwas eingefallen ist, »bin ich auf der Suche hier reingekommen. Ich dachte, du hättest sie beim Anziehen vielleicht in eine Schublade gelegt, also hab ich sie aufgezogen und die Spieldose entdeckt. Und ich hatte schon immer ein Faible für Spieldosen ...« *Wirklich? Musste ich das noch hinzufügen? Konnte ich nicht aufhören, als ich vorn lag?* Das ist ein weiteres Problem beim Lügen, begreift er. Das Bedürfnis auszuschmücken. Nicht zu wissen, wann man aufhören sollte.

Sie lächelt, und Mark entspannt sich erleichtert. *Sie kauft es mir ab.* »Jedenfalls hab ich sie aufgemacht, und da habe ich gesehen, dass die Ketten praktisch alle zusammenkleben. Und ich dachte, wenn ich die Gelegenheit finde, überrasche ich dich damit, sie für dich zu entwirren.«

Julia sieht geknickt aus. »Und ich hab dir deine Überraschung ruiniert.«

Ich bin echt ein Arschloch, denkt Mark. »Nein, es tut mir bloß so leid, wie es ausgesehen haben muss…«

Das Telefon klingelt. Niemand rührt sich.

»Willst du nicht drangehen?«, fragt er. »Es könnte die Steuerbehörde sein.« Er versucht zu lachen, doch das Geräusch kratzt nur an seinem Hals und stirbt in seiner Brust.

Julia geht zu dem Telefon neben dem Bett und nimmt ab. »Hallo? Oh, hallo, Lieber. Es ist dein Vater«, flüstert sie Mark zu. »Ja, mir geht es sehr gut, danke der Nachfrage. Und dir? Das ist gut. Und… Poopsy?« Sie grinst, Mark unterdrückt ein Lachen. »Ja, tut mir leid, mein Junge. Ich weiß. Ich sollte mich nicht lustig machen. Ja, Mark ist noch hier. Und ja, ich weiß, ich hätte es nicht vor euch geheim halten sollen. Ich habe mich entschuldigt. Aber er ist mir eine große Hilfe. Nein, überhaupt keine Probleme. Wusstest du, dass er ein wundervoller Koch ist? Nun, das ist er. Er steht gleich neben mir. Möchtest du ihn sprechen? Was?«, fragt sie und deutet in Marks Richtung ein Kopfschütteln an, um das mangelnde Interesse seines Vaters zu kommunizieren. »Am Freitag um zwölf? Ja, das sollte passen. Soll ich Mark einladen, sich uns anzuschließen? Oh. Okay, gut. Dann sehen wir uns am Freitag.«

»Was passiert Freitagmittag?«, fragt Mark, nachdem Julia den Hörer aufgelegt hat.

»Lunch im The Breakers.«

»Wow. Schickobello. Ich nehme an, ich bin nicht eingeladen.«

»Tut mir leid, mein Schatz. Dein Vater kann manchmal ein ziemlicher Arsch sein.«

»Wie ist das überhaupt passiert?«, fragt Mark.

»Wie ist *was* passiert?«

»Du bist so anders als mein Dad. Es ist schwer zu glauben, dass er dein Sohn ist.«

»Ich weiß.« Julia nickt. »So geht es mir auch manchmal.«

Mark lächelt, steht auf und stellt das Schmuckkästchen zurück in die Schublade. »Ich versuch später noch mal, sie zu entwirren«, sagt er. »Im Augenblick könnte ich, glaube ich, ein bisschen frische Luft vertragen.«

Mark schlingt seine langen dünnen Arme um seine Großmutter und küsst sie auf ihr sprödes blondes Haar. Sie ist so gut zu ihm gewesen, denkt er, als er die Treppe hinunterläuft – hat ihn bis mittags schlafen lassen, ihm keinen Druck gemacht, sich einen Job zu suchen, hat nie ein kritisches Wort gesagt, ihm vertraut und seine lächerlichen Lügen geglaubt. Und wie zahlt er es ihr zurück? Indem er Geld aus ihrem Portemonnaie nimmt. Indem er versucht, ihren Schmuck zu stehlen. Indem er ein noch größerer Arsch ist als sein Vater.

Er öffnet die Haustür, tritt hinaus und tastet nach dem Joint in seiner Tasche. Er sieht sich kurz um und zieht sich in den Schatten zurück.

Fast eine Stunde später schwebt er wieder hinein. »Nana?«

»Ich bin im Esszimmer.«

Sie sitzt an dem Tisch, dessen gläserne Platte mit losen Blättern bedeckt ist. »Hallo, Schatz«, sagt sie und blickt lächelnd zu ihm auf. »Guck mal, was ich gefunden habe.«

Er tritt näher und sieht, dass die meisten Blätter Kinderbilder sind, einige mit Buntstiften gezeichnet, andere mit schwarzem Filzstift. Er nimmt mehrere zusammengetackerte Blätter hoch.

»Mark geht ins Schwimmbad«, liest er laut. Die Worte scheinen praktisch von der Seite zu hüpfen und tanzen vor seinen Augen. *»Von Mark Fisher.«* Er lacht. »Das ist nicht dein Ernst.« Auf der unteren Hälfte der Seite ist die Zeichnung eines Jungen mit einem breiten Lächeln und dunklen lockigen Haaren, der zu einem winzigen Rechteck geht, auf dem *Schwimmbad* steht.

Mark blättert um und liest das schiefe Gekritzel. *»An einem Tag ging ein Junge namens Mark ins Schwimmbad und hatte viel Spaß, aber… er konnte die Umkleide nicht finden.«*

Ein leeres Kästchen mit der Aufschrift *Umkleide* füllt das nächste Blatt, daneben zeigt ein kleineres Kästchen die Zeit an: *1:30*.

»Aber am Ende fand er sie doch!«, liest Mark weiter und lacht jetzt laut. *»Er zog sich um und ging ins Schwimmbecken.«* Auf der letzten Zeichnung sieht man den Jungen in Badehose, wie er in einem großen Becken voll blauem Wasser herumspritzt. *»Ich war glücklich wie ein Schmetterling!«* Mark ist selbst überrascht, als ihm Tränen in die Augen schießen.

»Was ist los, Schatz?«

»Stell dir vor, glücklich zu sein wie ein Schmetterling«, sagt er leise.

Julia streicht ihm lächelnd über den Arm.

»Ich kann nicht glauben, dass du das alles aufbewahrt hast.«

»Natürlich habe ich es aufbewahrt. Ich habe alles aufbewahrt, was du gemacht hast. Siehst du.« Sie zeigt auf die anderen auf dem Tisch verstreuten Blätter. »Du warst immer ein so interessanter kleiner Junge. Voller Widersprüche. In einer Minute *glücklich wie ein Schmetterling*, in der nächsten panisch, weil du *die Umkleide nicht finden* konntest. Metaphorisch gesprochen natürlich«, sagt sie zwinkernd.

»Ich glaube, selbst wenn ich nicht total bekifft wäre«, sagt Mark langsam, »hätte ich trotzdem keinen Schimmer, was das bedeuten soll.«

Julia lacht. »Es bedeutet, dass ich dich liebe, süßer Junge.«

»Ich liebe dich auch.« Er wirft die Geschichte zurück auf den Tisch und lässt sich auf den Stuhl neben ihr fallen. »Ich hab eben nicht versucht, die Goldketten zu entwirren, um dir eine Überraschung zu bereiten«, gesteht er. »Ich hab versucht, sie zu entwirren, damit ich eine klauen kann.«

Julia nickt, sagt jedoch nichts.

»Und ich habe Geld aus deinem Portemonnaie genommen«, sagt er.

»Ich weiß.«

Es entsteht eine lange Pause. »Wenn du es weißt, warum hast du dann nichts gemacht?«

»Was hätte ich denn machen sollen?«

»Du hättest mich rausschmeißen können.«

»Warum? Ich mag es, dich um mich zu haben.«

»Auch wenn ich ein Dieb bin?«

»Das ist ein kleiner Preis«, sagt sie. »Du hast nie viel genommen. Außerdem esse ich besser als seit Jahren.«

»Darum geht es aber eigentlich nicht.«

»Ich weiß.« Sie lacht. »Ich hätte dir das Geld gegeben, wenn du gefragt hättest, weißt du.«

»Ich weiß. Das macht es ja noch schlimmer. Ich bin einfach ein nutzloses Stück Scheiße.«

»Du bist *kein* nutzloses Stück Scheiße. Du bist bloß … ein bisschen verloren, das ist alles.« Sie zeigt auf die Bildergeschichte. »Du hast die Umkleide noch nicht gefunden.«

Er lehnt seinen Kopf an ihre Schulter. »Ich hab immer noch keine Ahnung, was das bedeutet.«

»Keine Sorge, Schatz«, sagt Julia und küsst ihn auf die Stirn. »Ich glaube an dich. Du wirst es schon rauskriegen.«

KAPITEL FÜNFUNDZWANZIG

Maggie sitzt hinter dem Empfangstresen von Nadine's, beobachtet die drei Stylisten bei der Arbeit und bewundert ihre unterschiedlichen Techniken. Nadine ist wie ein Buschfeuer, schnell und stürmisch, und redet beinahe so flink, wie ihre Hände sich bewegen. Jerome ist eher ein Schwelbrand, kontrolliert und präzise in allem, unablässig um Perfektion bemüht. Im Gegensatz zu Nadine sagt er kaum etwas, abgesehen von den Ahs und Ohs, mit denen er sein Werk regelmäßig kommentiert. Rita, die nur drei Tage die Woche arbeitet, liegt irgendwo in der Mitte zwischen den beiden. Sie ist langsamer als Nadine und spontaner als Jerome. Ihre Technik hat etwas scheinbar Nachlässiges, das über ihr wahres Können hinwegtäuscht.

Kein Wunder, dass der kleine, unauffällige Salon immer voll ist, denkt Maggie. In der kurzen Zeit, in der sie hier arbeitet, hat sie noch keinen schlechten Haarschnitt und keine unzufriedene Kundin gesehen.

»Sie sehen entzückend aus«, erklärt sie Sandi Marcus wahrheitsgemäß, als die Frau ihre Rechnung bezahlt. Sandi Marcus geht auf die neunzig zu, sieht jedoch zwanzig Jahre jünger aus, was zum großen Teil Jeromes kompetentem Styling zu verdanken ist.

»Jerome ist ein Genie«, stimmt die Frau ihr zu. »Ich werde ihn heiraten.« Sie beugt sich vor und flüstert: »Aber sagen Sie ihm nichts. Ich möchte, dass es eine Überraschung ist.«

Maggie lacht, wie so oft in letzter Zeit. Sie hatte beinahe vergessen, wie sehr sie es genießt, unter Menschen zu sein, selbst wenn sie nur ein Bruchteil dessen verdient, was sie als Lehrerin bekommen hat. Der Lohn ist zwar nicht vergleichbar, doch es spricht auch einiges für einen Job, der endet, wenn man aus der Tür geht. Sie muss keine Unterrichtsstunden mehr vorbereiten, keine Referate korrigieren, keine schwierigen Eltern treffen und keine desinteressierten Schüler disziplinieren. Sie muss nur erscheinen, ans Telefon gehen, Termine machen und Kundinnen an zukünftige erinnern, Zahlungen für geleistete Dienste entgegennehmen und lächeln, noch etwas, was sie dieser Tage erstaunlich häufig tut.

Sogar Craig ist die Veränderung aufgefallen. »Du bist anders«, hat er gestern gesagt, als er die Kinder zum Abendessen abholen kam.

Maggie fasste sich sofort an ihr platinblondes Haar. »Ich weiß. Es ist ziemlich anders.«

»Es ist nicht nur dein Haar«, sagte er. »Du wirkst … ich weiß nicht …« Er ließ den Satz provozierend lange unvollendet in der Luft zwischen ihnen stehen.

In dem Moment glaubte Maggie, dass er sie vielleicht küssen würde, und beugte sich mit erwartungsvoll geöffnetem Mund vor, während ein Kribbeln durch ihren Körper fuhr. Er hatte sie offensichtlich genauso vermisst wie sie ihn.

»Ich schätze, der neue Job tut dir gut«, sagte er stattdessen.

Maggie versteifte sich. »Ja, offenbar.« *Du bist so ein Idiot*, dachte sie, wobei sie nicht hätte sagen können, ob sie ihren Mann oder sich selbst meinte. Um ihre Wut und Enttäuschung zu überspielen, aber auch, weil sie nie etwas auf sich beruhen lassen konnte, fragte sie: »Wie läuft's mit der neuen Vertreterin?«

Craig runzelte die Stirn. »Maggie …«, sagte er, verstummte und ließ ihren Namen in der Luft hängen wie seine vorherige Bemerkung.

Er ließ sie wieder sitzen.

Und überhaupt, er konnte sie mal.

»Kinder«, rief sie die Treppe hinauf. »Beeilt euch. Euer Vater wartet.«

»Maggie …«

Gott, sie war so eine Idiotin.

»Maggie? Hallo? Erde an Maggie.«

Sie braucht einen Moment, bis sie begreift, dass der Mensch, der ihren Namen ruft, nicht ihr Noch-Ehemann, sondern Jerome ist. »Tut mir leid«, entschuldigt sie sich.

»Wo warst du, Schätzchen?«

Maggie zuckt die Schultern. »Was kann ich für dich tun?«

Jerome zeigt auf eine Kundin, eine Frau mittleren Alters, deren Kopf komplett mit Streifen von Aluminiumfolie umwickelt ist. »Wärst du vielleicht so nett, Mrs Whittaker ein Sandwich mit Eiersalat und einen Pfefferminztee zu holen?«

Maggie blickt auf die Uhr und sieht, dass es Mittagszeit ist. »Selbstverständlich.« Sie geht um den Tresen und greift ihre Tasche.

»Lass die einfach da stehen«, sagt Jerome und nimmt ihr die Tasche aus der Hand. »Mein Gott. Du ruinierst dir ja die

Schultern, wenn du das Ding immer mit dir rumschleppst.« Er stellt die Tasche zurück auf ihren Platz hinter dem Tresen.

Maggie gerät leicht in Panik. Sie geht nie ohne ihre Tasche irgendwohin. Was, wenn jemand hineinguckt? Andererseits kann sie es sich auch nicht leisten, Jerome zu beleidigen oder unnötig Verdacht zu erregen. »Ich brauche Geld«, protestiert sie.

»Nimm es aus der Kasse«, weist Nadine sie von ihrem Platz an. »Wir rechnen später ab. Wer möchte sonst noch etwas?«

»Ich hätte gern einen Tall Blonde«, sagt Ritas Kundin und meint eine spezielle Starbucks-Mischung.

»Hätten wir den nicht alle gern?«, fragt Jerome.

Maggie lächelt, sieht ihr Bild in dem Spiegel hinter Jerome und entscheidet erneut, dass sie mag, was sie sieht. Immer noch lächelnd verlässt sie den Salon und macht sich auf den Weg zu Starbucks, entschlossen, öfter zu lächeln und sich weniger Sorgen zu machen. Es wird Zeit, die Kontrolle über ihr Leben zurückzugewinnen. Sie hat lange genug in Angst gelebt.

Und apropos Angst, was soll sie wegen Dani Wilson und ihrem Mann unternehmen? Irgendwas stimmt da nicht, obwohl es schwer zu glauben ist, dass Nick Wilson, ein Mann, der sein Leben der Linderung von Schmerzen und Leiden anderer widmet, für Danis Blutergüsse verantwortlich sein könnte. Es muss eine andere Erklärung geben. Nick Wilson wirkt wie ein durch und durch anständiger Mann.

Was mehr ist, als man von Sean Grant behaupten kann. *Irgendwas an dem Mann ist definitiv sonderbar*, denkt Maggie, obwohl sie nicht genau benennen kann, was.

Sie will die Tür aufstoßen, als sie jemanden dicht hinter sich spürt und ein männlicher Arm sich über ihren streckt.

Ihr Atem stockt, ein erstickter Schrei dringt über ihre Lippen. So viel dazu, die Kontrolle über ihr Leben zurückzugewinnen.

»Entschuldigen Sie, ich wollte Sie nicht erschrecken. Ich wollte Ihnen als Gentleman bloß die Tür aufhalten. Entschuldigen Sie«, sagt der Mann noch einmal und kneift seine blauen Augen zusammen. »Mein Gott«, ruft er. »Maggie?«

»Richard Atwood, geprüfter Steuerberater«, erwidert Maggie.

»Wow. Sie sehen toll aus.«

»Verzeihung«, sagt eine Frau hinter ihnen. »Gehen Sie jetzt rein oder was?«

»Entschuldigen Sie«, sagen Maggie und Rick gleichzeitig, betreten das volle Café und stellen sich in der langen Schlange an.

»Wow«, sagt er noch einmal. »Ich komme einfach nicht darüber hinweg, wie fantastisch Sie aussehen. Nicht, dass Sie vorher nicht hübsch ausgesehen hätten«, fügst er rasch hinzu.

»Ich hab vorher schrecklich ausgesehen.«

»Nein«, sagt er. »Nicht schrecklich. Aber … so ist es besser.«

»Danke.« Maggies Lächeln ist zurück. »Eigentlich hatte ich vor, in Ihrem Büro vorbeizuschauen.«

»Wirklich? Brauchen Sie einen Steuerberater?«

»Nein. Also, ich weiß nicht. Vielleicht«, sagt Maggie und fragt sich, ob sie einen eigenen Steuerberater brauchen wird, falls sie die Scheidung beantragen. *Wenn*, verbessert sie sich stumm. *Nicht falls.* »Ich wollte mich dafür bedanken, dass Sie mir von dem Job erzählt haben…«

»Ah, richtig. Ich erinnere mich. Hat Ihre Tochter ihn bekommen?«

»Nein, genau genommen habe *ich* ihn bekommen.«

»Sie?«

»Sie sprechen mit Maggie McKay, Nadine's neuer Empfangsdame.«

»Ich wusste nicht, dass Sie einen Job suchen.«

»Ich auch nicht.« Maggie lacht, bemerkt die Neugier in seinen Augen, Augen, die noch blauer – und jünger – sind, als sie beim ersten Mal bemerkt hat. »Eine sehr lange Geschichte.«

»Ich mag lange Geschichten.«

Maggie nickt. »Vielleicht ein anderes Mal.«

»Das würde mir auch gefallen.«

Maggie weiß nicht, was sie sagen soll, also sagt sie nichts. Schlägt er vor, sie wiederzusehen? Sie hat keine Ahnung und ist es auch leid, beim Thema Männer voreilige Schlüsse zu ziehen oder vorherzusagen, was sie wirklich wollen. Wenn Richard Atwood, geprüfter Steuerberater, echtes Interesse hat, sie wiederzusehen, wie er offenbar andeutet, wenn es nicht bloß ihre hyperaktive Fantasie oder Wunschdenken ist, wenn er nicht nur höfliche Konservation macht, muss er direkt mit der Sprache herausrücken.

»Sind Sie verheiratet, Maggie McKay?«, überrascht er sie.

»Theoretisch, ja, nehm ich an«, hört sie sich sagen.

»Sie nehmen es an?«

»Wir leben getrennt.«

Er lächelt. »In dem Fall, haben Sie morgen Abend Zeit?«

»Was?«

»Ich weiß, es ist Samstagabend und sehr kurzfristig …«

»Ja, ich habe Zeit«, antwortet Maggie rasch.

»Super. Würden Sie mit mir zu Abend essen?«

Was passiert hier, denkt Maggie, als sie die Spitze der Schlange erreichen.

»Was darf's sein?«, fragt das Mädchen hinter dem Tresen.

Maggie trägt ihre Bestellung vor und wartet, während Rick ein Frühstücks-Sandwich und einen großen Becher schwarzen Kaffee ordert. Sie treten an den Rand des Tresens und warten »Und?«, fragt er.

»Haben Sie mich gerade eingeladen? Ich will mich bloß vergewissern, dass ich keine Halluzinationen habe.«

Er lacht. »Nein, Sie haben keine Halluzinationen. Ich habe Sie gerade eingeladen.«

»Wie alt sind Sie?« Die Frage ist über Maggies Lippen, bevor sie sich bremsen kann.

»Achtundzwanzig«, sagt er locker.

»Mein Gott.« *Er ist noch jünger, als ich dachte.*

»Ist das ein Problem?«

»Nun, ich bin ein bisschen älter als Sie …« *Mehr als ein bisschen*, denkt sie.

»Ist das ein Problem?«, wiederholt er.

Maggie zögert. »Ich weiß nicht.«

»Es ist nur ein Abendessen, Maggie. Wir müssen nicht heiraten, wenn Sie nicht wollen.« Er lächelt.

»Nein, natürlich nicht.« Sie versucht zu lachen, hustet jedoch stattdessen. »Achtundzwanzig! Scheiße! Klar, warum nicht? Ich würde sehr gern morgen Abend mit Ihnen essen gehen. Was soll's!«

»Gibt es ein besonderes Restaurant, in das Sie gern gehen?«

»Der Palm Beach Grill hat mir immer gefallen.« Dort war sie häufig mit Craig, wenn sie eine Reservierung bekommen konnten. »Aber es ist schwer, einen Tisch zu kriegen.«

»In der Nebensaison sollte das machbar sein. Sieben Uhr?«

»Sieben passt gut. Wir treffen uns dort.«

Er sieht sie fragend an. »Sie werden mich doch nicht versetzen, oder?«

Zur Hölle, denkt sie, *ich bin zweiundvierzig und du achtundzwanzig*. »Ich werde Sie nicht versetzen«, sagt sie.

»Maggie!«, ruft eine Stimme hinter dem Tresen. »Rick! Ihre Bestellungen sind bereit.«

Maggie lächelt, *bereit oder nicht*, denkt sie.

KAPITEL SECHSUNDZWANZIG

Sean hat den Vormittag damit verbracht, online über Waffen zu recherchieren. Er hat gelernt, dass die Vereinigten Staaten mit im Schnitt mehr als einer Waffe pro Person an der Spitze der Länder mit den meisten Schusswaffen stehen und dass die Amerikaner, auch wenn sie nur vier Prozent der Weltbevölkerung ausmachen, sechsundvierzig Prozent der weltweiten Feuerkraft besitzen. Es gibt schätzungsweise dreihundertdreiundneunzig Millionen Schusswaffen für dreihundertsechsundzwanzig Millionen US-Bürger, womit dreiundsechzig Millionen Waffen überschüssig sind, vorausgesetzt jeder Mann, jede Frau und jedes Kind würden jeweils eine besitzen.

Neunundzwanzig Prozent der Waffenbesitzer besitzen fünf und mehr.

Zweiundvierzig Prozent der amerikanischen Haushalte verfügen über eine Waffe.

Es gibt keine bundesgesetzliche Höchstgrenze für die Zahl an Waffen, die eine Person besitzen darf.

Ein Sammler vergleicht seine Waffensammelleidenschaft mit der Angewohnheit, Schuhe zu kaufen. Ein anderer bezeichnet Waffen als »Männerschmuck«. Ein Dritter vergleicht sie mit Tattoos – »Man kann nicht bloß eins haben.«

Sean klappt den Laptop zu, trinkt den letzten Schluck Wodka in seinem Glas und lacht über die Vergleiche. Er war nie ein großer Freund von Schmuck oder Tattoos. Und er hat auch kein Interesse daran, eine Waffensammlung anzulegen.

Er braucht nur eine.

Hat er wirklich den Mut, seinem Leben ein Ende zu setzen?

»Feigling«, hört er seinen Vater höhnen und weiß, wie sehr sein Vater das alles missbilligen würde. Er ist froh, dass der alte Herr nicht mehr lebt, um mitanzusehen, was für einen Schlamassel sein Sohn aus seinem Leben gemacht hat. Er kann die Enttäuschung in seinem Blick spüren, ja, beinahe *schmecken*, und er weiß, dass er den gleichen Ausdruck in Olivias Augen sehen wird, wenn sie nicht nur herausfindet, als was für ein Totalversager er sich entpuppt hat, sondern auch das wahre Ausmaß seiner Täuschung entdeckt.

Er weiß, dass sie ihren Chef um einen Vorschuss auf ihren Gehaltsscheck gebeten hat, damit sie Maggie McKay das Geld zurückzahlen konnte. Das ist ihr garantiert schwergefallen. Sie hat schließlich ihren Stolz.

Sean wirft die leere Wodkaflasche in den Müllbeutel unter dem Waschbecken und guckt auf der Suche nach einer neuen Flasche in den Gefrierschrank, obwohl er schon weiß, dass er keine finden wird. Ist Olivia eigentlich klar, wie stark sein Alkoholkonsum im vergangenen Jahr gestiegen ist?

»Setz es auf die Liste meiner Versäumnisse«, sagt er laut und stolpert, als er sich vom Küchentisch hochstemmt. Auf dem Weg zur Haustür sieht er in seiner Brieftasche nach und zählt dreiundvierzig Dollar in bar, das letzte Geld, das er von ihrem gemeinsamen Konto abheben konnte.

Er setzt sich ans Steuer seines Wagens und verwirft den Gedanken, dass er wahrscheinlich nicht fahren sollte. Eine Anzeige wegen Alkohol am Steuer ist das Letzte, was er braucht. Obwohl das Gefängnis vielleicht eine willkommene Atempause wäre, der Vorwand, den er braucht, um nichts zu tun, außer den ganzen Tag herumzusitzen und sich selbst leidzutun. Kichernd fährt er rückwärts aus der Garage und schafft es, Julia Fishers Enkel übertrieben zuzuwinken, der rauchend im Schatten steht. Neulich hat er beobachtet, wie die alte Dame Dr. Nick ein Ohr abgekaut hat, und er konnte nicht umhin, die Geduld des guten Doktors zu bewundern, die Art, wie er sich vorgebeugt und so gewirkt hat, als würde es ihn wirklich interessieren. »Mehr Macht für Sie, Doc«, sagt er jetzt und zieht seinen unsichtbaren Hut, als er auf die Hauptstraße biegt und seinen Lieblingsspirituosenladen ansteuert.

Als er durch die Donald Ross Road fährt, kommt ihm die spontane Idee, bei seinem alten Arbeitgeber vorbeizuschauen. Wenn er sich dort blicken lässt, wird sie das vielleicht daran erinnern, wie wesentlich er für den Erfolg der Firma war, und sie zu dem Eingeständnis zwingen, wie sehr er vermisst und gebraucht wird. Vielleicht haben sie ein paar neue Kunden gewonnen, sodass sie es sich wieder leisten können, ihn zurückzuholen. Er würde sogar ein leicht reduziertes Gehalt in Kauf nehmen, sollten die Gespräche so weit gedeihen.

Er fährt auf den Parkplatz des dreistöckigen, weiß verputzten Gebäudes und registriert, dass sein ehemaliger Parkplatz von einem dunkelgrauen Porsche Panamera besetzt wird. »Irgendwer kommt voran in der Welt«, murmelt er und sinnt darüber nach, welcher seiner Kollegen sich einen so teuren Wagen leisten kann. Er parkt auf dem Stellplatz daneben, ohne das Reserviert-Schild zu beachten. Er ist versucht, mit dem Wagenschlüssel an der glänzenden neuen Karosserie entlangzukratzen, doch ein Mann, der in seine Richtung kommt, bringt ihn davon ab, und Sean steckt den Schlüssel hastig ein.

»Herrlicher Tag«, sagt der Mann, als er an Sean vorbei zu seinem Wagen auf der anderen Seite des Parkplatzes geht.

Ach ja, denkt Sean und atmet erleichtert aus. Ist ihm noch gar nicht aufgefallen. Er blickt zu dem wolkenlosen Himmel, die Sonne scheint so hell, dass es schmerzt, auch nur in die Richtung zu schauen. Von wegen *Die Natur ist ein Spiegel der Seele*, denkt er, als ihm ein weiterer der allgegenwärtigen Sinnsprüche seines Vaters einfällt. Ein Zitat für jede Gelegenheit. Herrgott, der Mann war eine wandelnde Grußkarte.

Sean öffnet die schwere gläserne Eingangstür des Gebäudes, schlendert durch die weiße Marmorlobby und betritt den Fahrstuhl. Als er noch hier gearbeitet hat, hat er oft die Treppe genommen, manchmal sogar zwei Stufen auf einmal. Aber das war damals, und jetzt ist jetzt. Heute hat er kaum genug Energie, um den Knopf für den zweiten Stock zu drücken.

Eine weitere schwere Glastür trennt den Empfangsbereich von McCann Marketing von dem übrigen Arbeitsbereich. Es ist eins dieser offenen Raumkonzepte, in dem das Kreativteam den großen zentralen Bereich belegt, während die Büros des Präsidenten und der Vizepräsidenten sowie der diversen Abteilungsleiter sich an den Außenwänden reihen. Auf der gegenüberliegenden Seite gibt es einen großen

Konferenzraum neben dem Büro, in dem er früher als einer von fünf Vizepräsidenten von McCann residiert hat.

Aber noch einmal, das war damals, und jetzt ist jetzt.

Jetzt ist er ein arbeitsloser ehemaliger Firmen-Vizepräsident, der im Begriff ist, alles zu verlieren, wenn er nicht in den nächsten Wochen einen Job findet. Er hat sein Lebensblut für die Agentur gegeben, Herrgott noch mal, und sie haben ihn so unfeierlich vor die Tür gesetzt wie den Müllsack vom Vortag. Sie schulden ihm etwas.

Sean spürt, wie sich eine Welle der Wut in ihm aufbaut, die ihn beinahe umwirft, und er muss sich an der Wand abstützen, um nicht zusammenzubrechen. Ihm ist mit einem Mal schwindelig vor Zorn, er versinkt in seiner Niederlage. Und vielleicht liegt es an all den Statistiken, die ihm von seiner morgendlichen Internetrecherche noch im Kopf herumschwirren – schockierende Tatsache: 2017 starben in den USA fast zweiundvierzigtausend Menschen durch Schusswaffengebrauch, die höchste Zahl seit Jahrzehnten –, jedenfalls kommt ihm der Gedanke, dass es lachhaft leicht wäre, mit einer Waffe bei McCann Marketing reinzuplatzen und alles kurz und klein zu ballern.

Wie viele Artikel hat er allein im letzten Jahr über verärgerte Arbeitnehmer gelesen, die an ihren ehemaligen Arbeitsplatz zurückgekehrt waren und ihre früheren Chefs und Kollegen niedergeschossen hatten?

Lächelnd stellt er sich vor, wie er ganz in Schwarz gekleidet – wie Keanu Reeves in *Matrix* oder noch besser als John Wick, der den Mord an seinem unschuldigen kleinen Hündchen rächt –, ein AK-47 in einer Hand, ein weiteres über die Schulter gehängt, die Räumlichkeiten betritt.

Er schüttelt den Gedanken ab. Woher kommen all diese grässlichen Fantasien?

Die Empfangssekretärin hinter dem hohen schwarz-goldenen Marmortresen erwidert sein Lächeln, obwohl es eher routiniert als ehrlich wirkt. Die Frau heißt Kathy Millard, sitzt schon hinter diesem Tresen, solange er sich erinnern kann, und lässt dieses immer gleiche unaufrichtige Lächeln aufblitzen.

»Hallo, Kathy«, begrüßt Sean sie und registriert, dass weder die Frau noch die Lobby sich seit seinem Abschied groß verändert haben. Beide sind ordentlich und attraktiv, in schmeichelhaften Schwarz- und Beigetönen gehalten.

»Du meine Güte, Sean!«, sagt Kathy und mustert den Mann, der vor ihr steht, kaum verhohlen aus großen braunen Augen. »Ich hätte Sie fast nicht erkannt.«

Zu spät wird Sean klar, wie nachlässig seine Erscheinung wirken muss. Er trägt schlechtsitzende Jeans, ein altes T-Shirt, das die Pfunde betont, die er um die Hüften zugelegt hat, und an den Füßen Flip-Flops.

»Ich bin so daran gewöhnt, Sie in Anzug und Krawatte zu sehen«, sagt Kathy sichtlich verlegen.

»Einer der Vorzüge einer längeren Auszeit. Man muss nicht jeden Tag die Uniform tragen«, sagt er und hasst seinen falschen jovialen Ton. *Hört sie es auch?*

»Sie arbeiten also nicht?«

Sean hört das unausgesprochene »noch immer«, das sie in ihrer Frage diplomatisch weggelassen hat. »Ich sondiere ein paar Angebote. Aber ich möchte sicher sein, dass ich irgendwo lande, wo ich auch wirklich hinmöchte. Ich hab es nicht eilig, wieder in das Rattenrennen einzusteigen.«

»Nun, wo immer Sie landen, die können sich glücklich schätzen.«

»Danke. Das ist sehr freundlich.« Er lächelt. *Herablassende Kuh*, denkt er.

Sie wird er als Erste erschießen.

»Ist Harvey da?«

Kathy blickt zum Büro des Präsidenten an der Nordwand. »Ist er, aber ich glaube, er ist in einem Meeting.«

Seans Lächeln wird hart. »Könnten Sie nachfragen?«

Er wartet, während Kathy die Durchwahl von Harvey Schulman drückt. »Mr Shulman«, sagt sie. »Entschuldigen Sie die Störung, aber Sean Grant möchte Sie sprechen. Nein, das hat er nicht gesagt.« Sie drückt den Hörer an die Brust. »Er fragt, ob es um etwas Bestimmtes geht.«

Sean schüttelt den Kopf, entschlossen weiterzulächeln, obwohl er der Frau eigentlich eine Kugel zwischen die Augen jagen will. »Nein. Ich wollte bloß freundlich Hallo sagen.«

»Er sagt, er wollte bloß freundlich Hallo sagen«, wiederholt Kathy wie ein Papagei in den Hörer. »Klar. Das sage ich ihm.« Sie legt den Hörer auf. »Mr Shulman beendet gerade ein Ferngespräch. Es sollte nicht mehr lange dauern. Wenn Sie Platz nehmen möchten …« Sie zeigt auf zwei Ledersessel, die in der Ecke des Empfangsbereichs stehen.

»Nein, ich bleibe gern stehen.« Sean lehnt sich an die Tür zum inneren Heiligtum, betrachtet, wie die Scheibe von seinem warmen Atem beschlägt, und sieht die Frauen in kurzen Röcken und engen Hosen, die auf der anderen Seite ihrer Arbeit nachgehen. Er beobachtet, dass Barbara Taylor und Vince McKenzie, zwei der leitenden Vizepräsidenten, die ihren Job behalten haben, sich über ein Dokument beraten. Keiner von beiden hat sich bei ihm gemeldet, seit er entlassen wurde.

Sie wird er als Nächste erschießen.

Oder vielleicht nimmt er sich auch gleich den großen Boss persönlich vor. Verdammt, er kann genauso gut ganz oben anfangen. Er malt sich aus, wie er von Büro zu Büro geht, Kugeln in alle Richtungen verspritzt und ab und zu innehält, um wahllos auf jeden zu schießen, der tollkühn genug ist, einen Fluchtversuch zu wagen.

Irgendjemand wird zweifelsohne die Polizei alarmieren, ein Einsatzkommando wird kommen und ihn auffordern, sich zu ergeben. Man wird seine Frau anrufen, damit sie ihn vielleicht zur Vernunft bringen kann. Aber sie wird nicht drangehen, weil sie schon tot sein wird. Er wird sie erschossen haben, bevor er das Haus verlässt.

Am Ende werden sie natürlich auch ihn töten. Er wird in dem sprichwörtlichen flammenden Ruhm untergehen. Selbstmord durch die Polizei, heißt der gebräuchliche Begriff, glaubt er. Die perfekte Lösung.

Ende gut, alles gut. Stimmt's, Pop?

Er weiß, dass man ihm seinen alten Job bestimmt nicht wieder anbieten wird. Ihr Stolz würde die Chefs daran hindern, egal wie sehr sie ihn zurückhaben wollten. Shulman wäre es viel zu peinlich zuzugeben, dass er einen Fehler gemacht hat. Und Sean wird ganz bestimmt nicht darum betteln, geschweige denn sich auf eine Gehaltskürzung einlassen. Was zum Teufel hat er sich gedacht?

Er kehrt an den Empfangstresen zurück. »Ich muss dann mal los«, erklärt er Kathy Millard. »Sagen Sie Harvey, wir treffen uns ein anderes Mal.«

»Sind Sie sicher?«, fragt sie, offensichtlich erstaunt über seinen Sinneswandel. »Er müsste jeden Moment rauskommen.«

»Nein, das ist schon okay. Ich habe noch einen anderen Termin, und mir war nicht bewusst, wie spät es ist.« Er betritt den Fahrstuhl und beschließt, den nächsten Waffenladen anzusteuern, eine Waffe auszuwählen und die notwendigen Formulare auszufüllen, um den Ball ins Rollen zu bringen. Wie er das Geld aufbringt, kann er sich später noch überlegen. »Nett, Sie wiederzusehen, Kathy«, ruft er ihr zu, als die Fahrstuhltür sich schließt. »Passen Sie auf sich auf.«

KAPITEL SIEBENUNDZWANZIG

Julia Fisher sitzt auf dem Beifahrersitz des Teslas ihres Sohnes und fragt sich, wohin sie jetzt fahren. Das Mittagessen ist endlich vorbei, und sie ist erschöpft, nachdem sie fast anderthalb Stunden nervtötenden Smalltalk mit ihrem Sohn und seiner hirnlosen Frau gemacht hat. Anderthalb Stunden, die sie nie zurückbekommen wird. Anderthalb Stunden, auf die zu verzichten sie sich nicht leisten kann. Nicht in ihrem Alter. Und wirklich, wenn sie noch ein weiteres Wort über Poppys schwachsinnigen Plan hören muss, eine Kollektion von Hightech-Bademode zu entwerfen, obwohl die Gute nie in ihrem Leben einen Kurs in Modedesign belegt hat und absolut nichts über Technologie weiß, könnte sie sich auch aus dem fahrenden Wagen stürzen. Vorausgesetzt natürlich, sie findet heraus, wie man die verdammten Türen öffnet.

»Wohin fahren wir?«, fragt sie und blickt zu dem Ozean zu ihrer Linken. Orientierung und Geografie waren nie ihre Stärke, doch sie weiß, dass sie in südlicher Richtung unterwegs sind, obwohl sie nach Norden fahren sollten. »Müssen wir nicht in die andere Richtung?«

»Ich möchte dir etwas zeigen.«

»Was?«

»Du wirst schon sehen.«

»Kannst du es mir nicht einfach sagen?«

»Ich würde es dir lieber zeigen«, sagt Norman.

»Ich bin ein bisschen müde.«

»Es dauert nicht lange«, sagt Poppy und tätschelt von der Rückbank Julias Arm.

Julia unterdrückt den Drang, die Hand abzuschütteln.

»Hast du das Mittagessen genossen?«, fragt Poppy.

»Ja.«

»Du hast nicht sehr viel gegessen. Hat es dir nicht geschmeckt?«

Habe ich diese Frage nicht gerade beantwortet, denkt sich Julia. »Es war köstlich. Nochmals vielen Dank.«

»Nichts zu danken.« Poppy lässt sich wieder in das weiche Polster der Rückbank sinken. »Schau dir bloß den Ozean an. Er ist so … groß.«

»So groß und so … nass«, sagt Julia.

»Mutter …«, warnt Norman sie leise.

»Meine Bademode soll speziell für den Ozean entworfen werden«, sagt Poppy.

Julia tastet nach dem Türgriff. Wenn sie das verdammte Ding finden könnte, wäre sie binnen Sekunden gnädig tot.

»Vielleicht sollte ich eine Kollektion für Salzwasser und eine andere für Swimmingpools entwickeln. Chlor ist einfach mörderisch für Badeanzüge, findest du nicht auch?«

»Absolut«, sagt Julia. »Aber was ist mit Süßwasser? Solltest du dafür nicht auch eine Kollektion haben?«

»Was meinst du mit Süßwasser?«, fragt Poppy.

*Gütiger Gott. »Süß*wasser. Wie in einem See. Oder einem Fluss. Oder einem Teich.«

»Die sind nicht aus Salzwasser?«, fragt Poppy.

»Nein, sind sie nicht«, erklärt Julia ihr.

»Und du denkst, ich brauche eine dritte Kollektion?«

»Du bist die Expertin«, sagt Julia.

»Mutter …«

»Wie bist du überhaupt auf die Idee gekommen?«, fragt Julia, unwillkürlich neugierig. »Ich meine, du warst Personal Trainerin. Ich hätte gedacht, wenn du etwas entwirfst, wäre Sportkleidung eher dein Bereich.«

»Daran habe ich auch gedacht, aber das ist zurzeit ein wirklich enger Markt. Kennst du meine Schwester Rainbow?«

Julia seufzt. Die Unterhaltung entwickelt sich zu einem Widerhall der Autofahrt: Bei beiden hat sie keine Ahnung, wohin sie führen. »Ist das die mit den langen dunklen Haaren?«

»Nein, das ist Sunshine.«

Rainbow, Sunshine und Poppy. *Das kommt dabei heraus, wenn die Eltern in einer Kommune aufwachsen*, denkt Julia. »Was ist mit ihr?«

»Also, sie hat mich auf die Idee gebracht. Sie war im letzten Monat im Ozean schwimmen und trug einen Bikini. Einen echt schicken. Sehr teuer. Und plötzlich kam so eine Riesenwelle und hat sie umgehauen. Und als sie wieder aufgestanden ist, hat sie gemerkt, dass ihr Bikinislip um ihre Knöchel schlackerte. Kannst du dir das vorstellen?«

»Ich versuche, es zu lassen«, sagt Julia, blickt zu ihrem Sohn und bemerkt sein breites Grinsen.

»Also habe ich mir gedacht, dass jemand eine Kollektion von Bademode entwerfen sollte, die oben bleibt, egal was passiert. Und dann habe ich mich gefragt, warum nicht ich?«

»Warum nicht du, in der Tat«, wiederholt Julia und fügt, weil sie nicht anders kann, hinzu: »Aber was ist, wenn man auf die Toilette muss?«

»Was?«

»Ich meine, wenn die Sachen so schwer abzustreifen sind …«

»Mutter, bitte«, unterbricht Norman sie. »Wir werden Leute engagieren, die all das lösen werden.«

Poppy muss eine Sensation im Bett sein, denkt Julia, nickt und schließt die Augen, dankbar für das nachfolgende Schweigen.

»Mom …«, hört sie im nächsten Moment. »Mutter …«

Julia öffnet die Augen.

»Wir sind da.«

»Was?«

»Du bist eingeschlafen«, informiert Poppy sie.

Julia sieht sich um und versucht, ihren Blick zu fokussieren. Der Wagen bewegt sich nicht mehr. Der Ozean ist nirgends zu sehen. Sie parken vor einem ausladenden weißen, vierstöckigen Gebäude, das am Ende der Welt zu stehen scheint. Das Schild auf dem üppigen Rasen weist das Bauwerk als Manor Born aus. »Was zum Teufel ist das?«

»Nun reg dich nicht gleich auf«, sagt Norman. »Wir sind nur hier, um es uns anzusehen.«

»Ich glaube, du wirst angenehm überrascht sein«, sagt Poppy, als sich die Autotür in die Luft hebt.

»Ich mag keine Überraschungen, und ich habe nicht die Absicht, einen Fuß auf diese Anlage zu setzen.«

»Komm schon, Mutter. Ich habe mit Dr. Wilson gesprochen, und er ist ebenfalls der Meinung, dass es hier perfekt für dich wäre.«

»Du hast mit Dr. Wilson über mich gesprochen?« Das hat der gute Doktor also andeuten wollen, als er sich neulich morgens demonstrativ nach ihrer Gesundheit und darüber erkundigt hat, wie sie zurechtkommt.

»Ich bitte dich nur, offen zu bleiben.«

»Ich glaube, du wirst angenehm überrascht sein«, sagt Poppy noch einmal, als würde die bloße Wiederholung ihrer vorherigen Feststellung ausreichen, um Julia umzustimmen.

»Wir fahren hier erst wieder weg, nachdem wir das gemacht haben.« Norman streckt den Arm aus, um den Sicherheitsgurt seiner Mutter zu lösen.

»Das ist lächerlich«, sagt Julia und bleibt störrisch sitzen, bis deutlich wird, dass Norman es ernst meint. Sie werden nirgendwohin fahren, bis sie einwilligt, und je eher sie nachgibt, desto früher kommt sie hier wieder weg. »Erinnere mich daran, nie wieder mit dir mittagessen zu gehen«, sagt sie, als sie aussteigt und die schwüle Luft sich um ihre Schultern legt wie ein schwerer Wollpullover.

»Ah, komm schon, Julia«, sagt Poppy. »Du weißt, dass Norman nur das Beste für dich will.«

»Ich weiß, dass *ich* weiß, was das Beste für mich ist«, entgegnet Julia, drängt an ihrer Schwiegertochter vorbei und marschiert zum Eingang, ebenso erpicht darauf, ihrem Sohn und seiner Frau zu entkommen wie der stickigen Luft.

Die Eingangstür öffnet sich automatisch, und Julia betritt eine geräumige klimatisierte Lobby.

Zu ihrem Leidwesen stellt sie fest, dass Poppy recht hat – sie ist angenehm überrascht. Die Lobby ist hell und hübsch eingerichtet; die Kunst ist sowohl farbenfreudig als auch geschmackvoll, die gut gepolsterten Sofas sehen elegant und trotzdem bequem aus. Die Klimaanlage ist auf die genau richtige Temperatur eingestellt, eine Seltenheit im Süden Floridas, wo die Thermometer in Innenräumen häufig Temperaturen knapp über dem Gefrierpunkt anzeigen. Es riecht sogar gut – frisch und nicht widerlich stickig.

»Kein Alte-Leute-Geruch«, flüstert Poppy ihr zu, als könnte sie Julias Gedanken lesen.

Tatsächlich gibt es, soweit Julia erkennen kann, überhaupt keine alten Leute. Keine alten Männer, die in ausgetretenen Pantoffeln durch die Flure schlurfen, keine greisen Schrullen, die ziellos herumwandern, keine armen Seelen, die in Rollstühlen die Flure säumen, verloren zur Eingangstür starren und mit leerem Blick um Besuch beten.

Oder um den Tod.

Stattdessen sieht sie eine Gruppe gutgekleideter Senioren, viele offensichtlich Jahre jünger als sie, die sich neben einer Kaffeemaschine angeregt unterhalten, während andere vor dem großen Panoramafenster mit Blick auf weitläufige, gut gepflegte Grünanlagen in Zeitschriften und Zeitungen blättern.

»Was meinst du?«, fragt Norman.

»Es ist eine Lobby«, sagt Julia, die sich nicht so schnell bezaubern lassen will. »Sind wir fertig? Können wir jetzt fahren?«

»Noch nicht ganz. Ich habe mit Mrs Reid eine Führung für uns verabredet. Da ist sie ja«, sagt er und weist auf eine leger gekleidete Frau mittleren Alters, die mit eiligen Schritten auf sie zukommt.

»Hallo, Mr Fisher«, sagt die Frau, und ihre grünen Augen blitzen unter einem Pony von welligem braunem Haar. »Reizend, Sie wiederzusehen. Und Mrs Fisher. Sie sehen entzückend aus.« Sie wendet ihre Aufmerksamkeit Julia zu. »Und es freut mich sehr, Sie kennenzulernen«, sagt sie, als Norman ihr Julia vorstellt, »obwohl Sie nicht besonders glücklich wirken, hier zu sein.« Sie lächelt, ein freundliches aufrichtiges Lächeln. »Glauben Sie mir, das verstehe ich. So geht es vielen unserer Bewohner, wenn sie unser Haus zum ersten Mal besuchen.«

»Mrs Reid ...«, sagt Julia.

»Bitte nennen Sie mich Carole.«

»Carole, es tut mir leid, dass ich Ihre Zeit verschwende ...«

»Oh, aber das tun Sie überhaupt nicht! Ich liebe diesen Teil meiner Arbeit. Neue Menschen kennenzulernen und mit unserer wunderschönen Einrichtung anzugeben. Ich fühle mich sehr geehrt, hier zu arbeiten und Teil einer so lebendigen Gemeinschaft zu sein. Kommen Sie, ich führe Sie herum.« Sie wartet die Antwort nicht ab.

Seufzend folgt Julia Carole Reid, die die kleine Gruppe durch einen breiten Flur zu ihrer Linken führt. »Dies ist kein Pflegeheim«, betont sie im Gehen. »Ebenso wenig sind Sie Gäste in *unserer* Einrichtung. Im Gegenteil, *wir* sind Gäste in *Ihrem* Zuhause. Es gibt zwar Ärzte und Krankenschwestern in Rufbereitschaft sowie eine Belegschaft aus Sozialpädagoginnen, Kosmetikerinnen, Köchen, Haushälterinnen und Pflegern, aber unsere Bewohner müssen imstande sein, ihr Leben selbstständig zu führen. Wenn die

Zeit kommt, dass eine Bewohnerin oder ein Bewohner nicht mehr ohne fremde Hilfe zurechtkommt, haben wir eine Schwestereinrichtung nur ein paar Meilen entfernt, in die sie oder er verlegt werden können. Und obschon wir ein hervorragendes und reichhaltiges Abendessen anbieten, ist niemand gezwungen, daran teilzunehmen. Man kann wählen, ob man sämtliche oder gar keine Mahlzeiten im Speisesaal einnehmen möchte. Die Preise variieren natürlich entsprechend.«

Sie öffnet die Tür zu dem großen Speisesaal. Julia zählt rasch zwanzig Tische mit jeweils acht Stühlen und weißen Leinentüchern bereits für das Abendessen eingedeckt. »Bei jeder Mahlzeit gibt es zwei Schichten, sodass wir jeden unterbringen können, selbst wenn alle Bewohner sich entscheiden, bei uns zu essen«, fährt Carole Reid fort und führt sie aus dem Raum und um eine Ecke.

Sie zeigt ihnen ein modernes Fitness-Studio, Innen- und Außenschwimmbecken sowie zahlreiche kleine Kartenspielzimmer, in denen reger Betrieb herrscht, des Weiteren ein kleines Theater, in dem einmal die Woche Filme gezeigt werden und die Theatergruppe ihre jährliche Produktion zur Aufführung bringt. »Außerdem haben wir einen Bridgeclub, einen Mahjongclub, einen Buchclub und einen Chor«, sagt die Frau stolz. »Wir laden regelmäßig Gastredner ein und bieten zahlreiche Ausflüge an. Vorschläge für Besichtigungsziele und Aktivitäten sind jederzeit willkommen. Außerdem bieten wir Kurse in allem von aktueller Politik bis Stricken an.«

Julia ist unwillkürlich beeindruckt, sodass sie sich anstrengen muss, ihre gleichgültige Miene zu wahren.

»Ich möchte noch einmal wiederholen, dass Sie nichts von Ihrer Unabhängigkeit einbüßen würden, wenn Sie nach Manor Born ziehen. Im Gegenteil, Sie *gewinnen*: neue Freunde, einen Lebenszweck, eine echte Gemeinschaft. Möchten Sie gerne unsere Model-Suite sehen?«

»Wir folgen Ihnen«, sagt Norman, ehe Julia antworten kann.

Sie nehmen den Fahrstuhl bis in den vierten Stock.

Carole Reid öffnet die Tür zu einem geräumigen Apartment mit Wohn- und Schlafzimmer, Bad und eigener Küche, ebenso geschmackvoll eingerichtet wie die Lobby.

»Es ist wunderschön«, sagt Norman. »Jede Menge Platz. Reichlich Licht.«

»Und keine Treppe«, fügt Poppy hinzu.

»Sehr nett«, sagt Julia.

»Das ist alles?«, fragt Norman. »Sehr nett?«

Julia tritt zurück in den Flur und marschiert forsch Richtung Fahrstuhl.

»Schon in Ordnung«, hört sie Mrs Reid zu ihrem Sohn sagen. »Es ist halt nicht für jeden etwas.«

Sie fahren schweigend mit dem Fahrstuhl ins Erdgeschoss.

»Vielen Dank für Ihren Besuch«, sagt die Frau, als sie sie zur Tür begleitet. »Es hat mich wirklich gefreut, Sie kennenzulernen, Mrs Fisher. Wenn Sie noch Fragen haben …«

»Ich fühle mich überaus gründlich informiert«, sagt Julia. »Vielen Dank.«

»Ich danke *Ihnen*. Ich hoffe, wir sehen uns wieder.«

»Wir melden uns«, sagt Norman. »Hättest du vielleicht noch unhöflicher sein können?«, fragt er seine Mutter, als sie das Gebäude verlassen.

»Oh, ich glaube schon. Doch, höchstwahrscheinlich ja«, sagt Julia. »Gibt es noch weitere Überraschungen?«

»Nein, Mutter«, erwidert Norman geschlagen. »Keine weiteren Überraschungen.«

KAPITEL ACHTUNDZWANZIG

»Warum erzählst du mir nicht, wohin du gehst?«, fragt Erin.

»Das habe ich dir doch gesagt«, erklärt Maggie ihrer Tochter, »zu einem Abendessen.«

Sie sind in Maggies Schlafzimmer. Maggie ist frisch geduscht und in ein großes weißes Handtuch gewickelt und versucht, sich zwischen dem blauen Sommerkleid und der weißen Hose zu der pinkfarbenen Bluse zu entscheiden, die nebeneinander auf dem Bett ausgelegt sind.

»Mit wem?«

»Kannst du vielleicht in ganzen Sätzen mit mir sprechen?«, sagt Maggie.

»Im Ernst?«, entgegnet Erin. »Du bist keine Lehrerin mehr, schon vergessen?«

Maggie seufzt.

»Gut«, sagt Erin. »Mit wem gehst du zum Essen aus?«

Maggie atmet erneut tief ein und versucht, ruhig zu bleiben. Seit Monaten hat ihre Tochter nicht die geringste Anteilnahme gezeigt. Sie fragt nie, wie ihr Tag war oder ob ihr die Arbeit Spaß macht, und reagiert selbst einsilbig, wenn sie nach ihrem eigenen Leben gefragt wird. Woher also das plötzliche Interesse? Verfügen Teenager über einen besonderen Radar? »Mit Freunden.«

»Du hast keine Freunde.«

»Natürlich habe ich Freunde.«

»Nenn sie mir«, fordert Erin sie heraus.

Maggie sucht krampfhaft nach Namen von Menschen, die sie seit ihrem Umzug nach Florida kennengelernt hat und einigermaßen glaubhaft als Freunde bezeichnen kann. »Dr. Dani Wilson zum Beispiel und Olivia Grant«, schlägt sie vor.

»Unsere Nachbarn? Willst du mich verarschen? Du kennst sie kaum.«

»Und dann sind da noch Nadine … Jerome … Rita …«

»Sind das nicht deine Arbeitskollegen?«

»Ja, aber …«

»Gehst du mit ihnen abendessen?«

Maggie zögert, weil sie ihre Tochter nicht anlügen will. »Nein.«

»Also, ich wiederhole, mit *wem* gehst du zu Abend essen?«

Scheiße! Maggie hat gehofft, genau dieses Gespräch vermeiden zu können. »Bloß jemand, den ich getroffen habe.«

»Bei dem Friseur?«

»Nebenan.«

»Was soll das heißen?«

»Es soll heißen, dass ich ihn in dem Starbucks in der Mall getroffen habe. Okay?«, antwortet Maggie schnell. *Zu* schnell.

»Du hast *ihn* getroffen? Es ist ein *Mann*?«

Scheiße! Scheiße! Scheiße!

»Du hast ein *Date*?« Die Vorstellung scheint Erin zu entsetzen.

»Ist das so schockierend?«

»Ja!«

»Warum?«

»Im Ernst? Seit wir hierhergezogen sind, warst du wie *The Walking Dead.*«

»Ja, vielen Dank auch. Aber falls es dir noch nicht aufgefallen ist, ich habe eine bewusste Anstrengung unternommen, die Kurve zu kriegen. Ich habe mir einen Job gesucht, eine neue Frisur machen lassen und bemühe mich um mehr Kontakt zu den Nachbarn…«

»Okay, du gehst also öfter aus dem Haus und lässt dich jetzt dazu herab, den Nachbarn Hallo zu sagen…«

»Mehr als Hallo.«

»Okay. Gut. Meinetwegen mehr als Hallo. Darum geht es nicht.«

»Worum geht es denn?«, fragt Maggie.

»Es geht darum, dass du ein Date hast.«

»Okay. Ich habe ein Date.«

»Das ist alles? Mehr willst du dazu nicht sagen?«

»Was soll ich denn dazu sagen?«

»Als Erstes mal, wer ist der Typ?«

»Bloß ein Typ.«

»Irgendein wahlloser Fremder, den du bei Starbucks aufgegabelt hast«, stellt Erin fest.

»Nun, so würde ich es nicht direkt ausdrücken.«

»Wirklich? Wie würdest du es denn ausdrücken?«

»Wir sind uns dort ein paarmal über den Weg gelaufen. Er macht einen netten Eindruck. Sein Büro ist ein paar Häuser von dem Salon entfernt.«

»Was macht er?«

»Er ist Steuerberater.«

»Wie heißt er?«

Maggie zögert.

»Bitte sag mir, dass du seinen Namen kennst.«

»Natürlich kenne ich seinen Namen.«

»Und wie heißt er?«

»Richard.«

»Hat Richard auch einen Nachnamen?«

»Atwood«, erklärt Maggie ihr. »Richard Atwood.«

Sofort zückt Erin ihr Handy.

»Was machst du?«

»Ich gucke bei Facebook nach.«

»Was? Nein. Hör auf!«

Aber Erin beachtet sie gar nicht und entzieht sich dem Griff ihrer Mutter, während ihre Finger in Blitzgeschwindigkeit über das Display des Telefons huschen. »Und da ist er! Richard Atwood, geprüfter Steuerberater. Wow. Er ist hot. O mein Gott!«

»Was?«

»Hier steht, geboren … O mein Gott! Willst du mich verarschen? Er ist achtundzwanzig?«

»Wirklich?«, fragt Maggie und läuft knallrot an, was durch den Kontrast zu dem weißen Handtuch noch betont wird.

»Das steht hier.«

»Muss ein Fehler sein.«

»Wirklich? Das willst du mir erzählen?«

»Er sieht älter aus.«

»Weiß er, wie alt *du* bist?«

»Spielt das eine Rolle?«

Erin wirft beide Hände in die Luft und läuft zwischen Fenster und Bett auf und ab. »Also, nur damit ich das richtig verstehe. Meine über vierzigjährige Mutter, die sich in den letzten anderthalb Jahren sogar vor ihrem eigenen Schatten erschrocken hat und beim Anblick jedes Fremden regelrecht in Panik geraten ist, trifft bei Starbucks einen heißen Achtundzwanzigjährigen und beschließt, alle Vorsicht in den Wind zu schreiben und mit ihm auszugehen.«

»Na, ich schreibe ja nicht direkt alle Vorsicht in den Wind«, wendet Maggie ein. »Er ist Steuerberater, Herrgott. Wie gefährlich kann er sein?«

Erin bleibt abrupt stehen. »Er ist achtundzwanzig!«

»Ja, ich denke, das haben wir hinreichend geklärt.«

»Okay«, sagt Erin und beginnt wieder, hin und her zu laufen. »Ich kann irgendwie verstehen, warum *du* interessiert bist. Aber was ist mit ihm?«

»Was soll das heißen?«

»Lass uns realistisch sein, Mom. Ich erkenne durchaus an, dass du mit der neuen Frisur und, seit du angefangen hast, dich ein bisschen zu schminken und alles, wirklich gut aussiehst, aber mal im Ernst. Der Typ ist umwerfend. Er könnte jede haben, die er will. Nichts für ungut, aber was macht er mit dir?«

»Wow.«

»Wirst du Sex mit ihm haben?«

»Was?«

»Du hast mich gehört. Wirst du mit Richard Atwood, geprüftem Steuerberater, Sex haben?«

»Nein! Um Gottes willen. Ich kenne den Mann kaum. Wir gehen abendessen, Punkt.«

»Weiß er das auch?«

»Ich habe keine Ahnung.«

»Denn das würde Sinn machen. Ich meine, wahrscheinlich

denkt er, du bist so dankbar, dass ein so junger und attraktiver Typ wie er dich eingeladen hat, dass du einfach mit ihm ins Bett sinken wirst …«

»Erin …«

»Achte bloß darauf, dich zu schützen, du willst dir schließlich keine Geschlechtskrankheit einfangen.«

»Okay, das reicht jetzt.« Maggie unterdrückt den Impuls, ihre Tochter aus dem Schlafzimmerfenster zu stoßen. Stattdessen schiebt sie ihre Kleider beiseite und lässt sich aufs Bett fallen. »Was ist wirklich los, Schätzchen?«, fragt sie, als sie ihre Stimme wiederfindet. »Warum bist du so gemein?«

»Ich bin nicht gemein. Ich versuche bloß zu verstehen …«

»Du musst nichts verstehen. Es geht hier nicht um dich.«

»Worum geht es *denn*?«

»Es geht darum, dass ich wieder ein Leben habe«, sagt Maggie. »Du hast recht. In den letzten anderthalb Jahren war ich ein Zombie. Und ich habe ehrlich gesagt immer noch eine Heidenangst. Aber diese Angst darf mein Leben nicht länger bestimmen. Sie hat mich bereits meine Karriere, meine Ehe und meine Identität gekostet! Ich kann nicht zulassen, dass sie mir auch noch alles andere nimmt. Ich muss zumindest den Anschein von Kontrolle zurückgewinnen. Um unser *aller* willen.«

»Und du glaubst, ein Date mit Richard Atwood würde dabei helfen?«

»Ich weiß es nicht«, gibt Maggie zu. »Unter anderem, nehm ich an.«

Erin blickt zu Boden. Als sie ihre Mutter wieder ansieht, stehen Tränen in ihren Augen. »Was ist mit Dad?«

»Was soll mit ihm sein?«

»Weiß er es?«

Maggie muss beinahe lachen. »Von meiner neuen Lebensphilosophie? Wie sollte er? Ich fang ja gerade erst an, es für mich selbst herauszufinden.«

»Weiß er, dass du ein Date hast?«

»Oh.« *Das wieder.* »Nein, natürlich nicht.«

»Wirst du es ihm erzählen?«

»Warum sollte ich? Es geht ihn nichts an.«

»Du findest nicht, dass er ein Recht hat, es zu erfahren?«

Maggie vergräbt das Gesicht in den Händen. »Lass mich etwas klarstellen«, sagt sie, als sie den Kopf langsam wieder hebt. »Ich liebe deinen Vater, Erin. Glaub mir, dass er gegangen ist, war nicht meine Entscheidung. Ich habe ihn mehr oder weniger angefleht zu bleiben. Er war derjenige, der rauswollte.«

»Weil du verrückt warst.«

»Ja. Ich glaube, darauf können wir uns alle einigen.«

»Und jetzt … was? Du färbst dir die Haare blond und bist plötzlich nicht mehr verrückt?«

»Ich weiß es nicht«, gesteht Maggie wieder. »Das bleibt vermutlich abzuwarten.«

Erin lässt sich neben Maggie aufs Bett sinken. »Es ist bloß, dass ich dachte …«

»Was hast du gedacht?«

Erin atmet zitternd ein. »Dass ihr beide, du und Dad, wieder zusammenkommen würdet.«

Maggie nickt, legt den Arm um Erin und zieht ihre Tochter an sich. »Ich auch«, gibt sie zu. »Aber es sieht nicht so aus, als ob das passieren würde. Dein Vater hat beschlossen, nach vorn zu schauen. Und es wird Zeit, dass ich das Gleiche tue.«

Sie bleiben ein paar Minuten schweigend nebeneinander sitzen, bevor Erin sich vom Bett hochstemmt und zur Tür geht. Auf der Schwelle bleibt sie stehen und dreht sich noch einmal um. »Zieh die weiße Hose und die Seidenbluse an«, rät sie ihrer Mutter. »Pink steht dir richtig gut.«

KAPITEL NEUNUNDZWANZIG

Maggie biegt auf den Parkplatz der edlen Royal Poinciana Plaza und hält sich links, ohne die Mitarbeiter des Parkdienstes zu beachten, die vor dem Eingang des Palm Beach Grill warten. Sie kann ihren Wagen selbst parken, vielen Dank. Sie hat jedenfalls bestimmt nicht vor, ihre Wagenschlüssel einem Fremden zu überlassen. Ihr Leben wieder in den Griff zu bekommen bedeutet nicht, unnötige Risiken einzugehen. Kein Zombie mehr zu sein heißt nicht, sich wie eine Idiotin zu benehmen. Sie parkt unter einer Laterne in der Nähe der Hauptstraße, wo kaum die Gefahr besteht, dass ihr jemand auflauert. Trotzdem kontrolliert sie die Umgebung, bevor sie die Wagentür öffnet, eine Hand auf den Umrissen ihrer Waffe in ihrer braunen Stofftasche.

»Hast du keine andere Handtasche?«, hat Erin sie gefragt, als sie das Haus verließ. »Die ist irgendwie … schäbig.«

Maggie lächelt. Diese Handtasche wird absolut genügen. Vielleicht fühlt sie sich eines Tages stark genug, ihre Waffe zu Hause zu lassen, aber jetzt noch nicht. Bei aller neuen Entschlossenheit sind manche Dinge leichter gesagt als getan. Dies ist nicht die Zeit für umwälzende Veränderungen. Hier und heute sind es die kleinen Schritte. Hier und heute ist ein Tag; nicht alles auf einmal.

Sie sieht auf die Uhr, als sie auf die kleine Menge zugeht, die sich vor dem Eingang des Restaurants tummelt. Sie ist zehn Minuten zu früh; damit bleiben ihr zehn Minuten, es sich anders zu überlegen.

»Genießen Sie Ihren Abend«, sagt einer der Portiers und öffnet ihr die Tür.

Kleine Schritte, denkt sie, atmet tief ein, strafft die Schultern und betritt das laute, schummrig beleuchtete Lokal.

Sie geht zu dem Pult der Empfangskellnerin und sieht sich rasch um. An der Wand zu ihrer Linken erstrecken sich die große, gut bestückte Bar und die helle offene Küche. Alle Barhocker sind besetzt wie auch die meisten Tische im Hauptraum des Restaurants. An den Wänden hängen Lithografien berühmter Künstler – unter anderem ein Swimmingpool von David Hockney, ein buntes abstraktes Gemälde von Appel und ein nicht ganz so buntes von Jack Bush. Der Laden ist rammelvoll wie immer. Lächelnd überlegt Maggie, wie viele der Gäste ebenfalls eine Waffe tragen. Wahrscheinlich haben etliche von ihnen irgendwo am Körper eine Pistole versteckt.

Die Empfangskellnerin erklärt ihr, dass Richard Atwood noch nicht eingetroffen ist, und Maggie fragt sich, ob er es sich anders überlegt hat, was zwar ein Schlag für ihr Ego, aber nicht das Ende der Welt wäre. Peinlicher würde es dagegen sein, Erin unter die Augen zu treten, nach Hause zu kommen und zuzugeben, dass zumindest einer von ihnen zur Vernunft gekommen ist und entschieden hat, es bleiben zu lassen.

Sie blickt erneut auf die Uhr. Sie wird dem attraktiven Steuerberater eine Viertelstunde geben, ehe sie geht.

Zwei Minuten später spürt sie, wie die Restauranttür hinter ihr aufgeht und ein Schwall schwüler Luft in den kühlen klimatisierten Raum weht. Sie atmet tief ein und dreht sich um. »O mein Gott.«

»Maggie?«

Unvermittelt sieht Maggie sich ihrem überraschten Ehemann gegenüber. »Craig. Hi«, sagt sie, als ihr nichts anderes einfällt. Was macht er hier? Hat Erin ihn angerufen und ihm von den Plänen ihrer Mutter erzählt?

»Was machst du hier?«, fragt er.

»Das Gleiche wie du, würde ich vermuten. Hat Erin dich angerufen?«

»Erin? Nein. Wieso? Ist alles in Ordnung?«

»Ja. Es ist bloß … ach, nichts.« Warum überrascht es sie so, ihn zu sehen? Der Palm Beach Grill war immer ihr bevorzugtes Ausgehrestaurant. Verdammt, von allen Lokalen, die sie hätte vorschlagen können, musste sie ausgerechnet dieses auswählen.

Es sei denn natürlich, sie hat unbewusst gehofft, ihm hier zufällig zu begegnen, und es deswegen ausgesucht.

»Du siehst gut aus«, sagt er.

»Danke. Du auch.«

»Wie läuft der neue Job?«

»Alles okay so weit.«

»Na, er scheint dir auf jeden Fall gutzutun. Du siehst wirklich … wundervoll aus.«

»Hi«, meldet sich eine unbekannte Stimme zu Wort. Lange rote Fingernägel am Ende eines schlanken nackten Arms, der in Maggies Richtung ausgestreckt wird. »Ich bin Selena.«

»Entschuldige«, sagt Craig und dann noch einmal: »Entschuldige.« Er hält inne, sammelt sich. »Selena, das ist Maggie, Maggie, das ist …«

»Selena«, begrüßt Maggie die junge Frau und schüttelt ihre Hand. »Freut mich, Sie kennenzulernen.« Sie registriert das volle, dunkle, schulterlange Haar der Frau und den üppigen Brustansatz, der aus dem tiefen Ausschnitt ihres gepunkteten Kleides ragt. »Woher kennen Sie Craig?«

»Wir sind Kollegen.«

»Ah, die neue Vertreterin. Natürlich.«

Selena blickt von Maggie zu Craig und zurück und blinzelt verwirrt. »Ja. Und woher … kennen Sie Craig?«

»Er ist mein Ehemann«, sagt Maggie.

Craig unterdrückt ein Lächeln. »Nun, wenn das kein Spaß ist«, sagt er.

»Und apropos Spaß«, sagt Maggie, als die Tür erneut aufgeht und Richard Atwood in dunkler Hose und weißem Hemd hereinkommt und noch besser aussieht als auf seinem Bild bei Facebook.

»Maggie«, sagt er und drängt sich durch die kleine Gruppe von Menschen, die darauf warten, einen Tisch zugewiesen zu bekommen. »Entschuldigen Sie die Verspätung. Ich habe ewig an der Brücke gestanden.«

»Keine Sorge.« Maggie zeigt auf ihren Mann. »Rick, darf ich Ihnen Craig und Selena vorstellen.«

»Freut mich, Sie beide kennenzulernen.«

»Craig McKay?«, ruft die Empfangskellnerin.

Craig hebt die Hand. »Hier drüben.«

»Hier entlang bitte.«

»Entschuldigt uns«, sagt Craig. »War schön, dich zu sehen, Maggie. Du siehst wirklich … toll aus.«

»Danke.«

»Craig McKay?«, fragt Rick und sieht ihnen nach. »Ihr …?«

»Ja.« Maggie wirft die Hände in die Luft, als wollte sie sagen, was soll man machen. Dann sagt sie es laut: »Was soll man machen?«

»Möchten Sie lieber woandershin gehen?«

»Nein. Für mich ist es okay. Und Sie?«

»Ich bin zufrieden, wenn Sie es sind.«

Kurz darauf führt die Empfangskellnerin sie zu einem Tisch unter einer Hockney-Lithografie. Maggie nimmt Platz und entdeckt Craig rasch in einer Nische in der Nähe. Er beugt sich vor und tut so, als würde er zuhören, was die entzückende Selena sagt, doch Maggie bemerkt, dass sein Blick wiederholt in ihre Richtung zuckt, und muss unwillkürlich lächeln.

»Worüber lächeln Sie?«, fragt Rick.

Maggie zuckt die Schultern. »Ich war mir nicht sicher, ob Sie kommen würden.«

Er lacht. »Ich war mir ziemlich sicher, dass *Sie* nicht kommen würden.«

Die Kellnerin bringt die Speisekarten und rattert die Tagesgerichte herunter. »Ich lasse Ihnen ein paar Minuten, um es sich zu überlegen. Kann ich Ihnen derweil schon etwas zu trinken bringen?«

Rick bestellt zwei Gläser teuren Chardonnay. »Ihr Mann hatte recht«, sagt er. »Sie sehen toll aus.«

»Danke. Sie auch.«

Er lächelt. »Danke.«

»Meine Tochter denkt, Sie sind ›hot‹. Sie hat Sie bei Facebook gesucht.«

Er lacht. »Es ist ein gutes Foto.«

»Sie hat sich auch gefragt, warum Sie Ihre Zeit mit mir verschwenden.«

Er kneift die Augen zusammen. »Klingt so, als hätte man eine Menge Spaß mit ihr.«

»Ja, sie kann schon eine echte Komikerin sein«, räumt Maggie ein. »Leider hat sie nicht ganz unrecht. Warum verschwenden Sie einen guten Samstagabend und ein teures Glas Wein an mich?«

Wie aufs Stichwort bringt die Kellnerin ihre Getränke.

»Wie kommt es, dass ich glaube, dass Ihre Tochter auch darauf eine Antwort hatte?«, fragt Rick.

Maggie zögert mit ihrer Antwort. *Was soll's*, entscheidet sie. Sie kann auch unverblümt damit rausrücken. »Um es zu paraphrasieren, meine Tochter glaubt, dass *Sie* glauben, ich wäre leicht rumzukriegen.«

»Na, das ist mal eine Paraphrase.« Er lacht. »Aber zum Teufel, darauf trinke ich.« Er hebt sein Glas und stößt mit ihr an. »Auf leichtes Rumkriegen.«

»Sie wissen *schon*, dass das nicht passieren wird.«

»Nie?«

»Nun, sag niemals … nie.«

Jetzt lachen sie beide. Maggie sieht, wie Craigs Blick in ihre Richtung schießt. Das Lachen bleibt ihr im Hals stecken, und sie verbirgt ihr Gesicht hinter der Speisekarte. »Ich glaube, ich nehme die Dover Seezunge«, erklärt sie der Kellnerin kurz darauf.

»Für mich das Prime Rib Steak«, sagt Rick. »Medium rare mit Pommes frites und Krautsalat.« Er gibt der Kellnerin die Speisekarten zurück. »Und«, fragt er, »guckt er noch?«

»Was? Wer?«

»Ihr Mann. Guckt er noch in diese Richtung?«

»Darauf habe ich nicht geachtet«, lügt Maggie und fügt rasch hinzu: »Ja, schon. Hin und wieder. Tut mir leid.«

»Es ist nicht Ihre Schuld, dass er noch in Sie verliebt ist.«

»O nein. Da liegen Sie falsch. Bestimmt.«

»Das glaube ich nicht.«

»Er hat *mich* verlassen«, erklärt Maggie ihm so wie vorhin ihrer Tochter.

»Mag sein, aber jetzt hat er Bedenken.«

»Er ist bloß überrascht, mich mit jemandem zu sehen, das ist alles.«

»Guckt er gerade?«

Maggie tut so, als würde sie sich eine Strähne aus dem Gesicht streichen, während ihr Blick zu Craig zuckt. »Ja.«

»Wissen Sie was?«

»Was?«

»Ich finde, wir sollten ihm etwas zum Gucken bieten.«

Maggie will ihn fragen, was er meint, doch bevor sie ein Wort herausbringt, beugt Rick sich über den Tisch und küsst sie frontal auf den Mund.

»Heilige Scheiße«, sagt Maggie, als sie sich zurück auf ihren Stuhl sinken lässt. Sie blickt zu Craig, der sofort den Kopf abwendet. »Heilige Scheiße«, sagt sie noch einmal.

KAPITEL DREISSIG

Eine von Aidens lebhaftesten Kindheitserinnerungen ist die, wie die Haustür zuknallt.

Er dreht sich im Bett um und öffnet die Augen, als die Erinnerung sich auf die Ereignisse vor dem Zuknallen ausdehnt: die wutverzerrten Gesichter seiner Eltern, ihre frustriert fuchtelnden Fäuste, ihre Stimmen, die ihren Zorn in den engen Raum zwischen sich spucken wie das Gift von zwei kämpfenden Kobras.

Dieser neue Therapeut, der den ganzen Scheiß ausgräbt, soll verflucht sein.

Aidens Probleme sind wie seine Flashbacks Folge von zwei Einsätzen in Afghanistan – den Dingen, die er in dem staubigen Ödland gesehen hat, den Dingen, die er getan hat.

Wenn der Körper sich mit einer Gefahr konfrontiert sieht, bereitet er sich darauf vor zu kämpfen, zu fliehen oder zu erstarren, hat sein vorheriger Therapeut ihm erklärt. Alle Sinne werden in Alarmbereitschaft versetzt, das Herz schlägt schneller, das Gehirn stellt seine üblichen Funktionen ein, um sich der Bedrohung zu widmen. Das ist gesund. Aber wenn man unter einer posttraumatischen Belastungsstörung leidet, kann das Gehirn das Trauma nicht richtig verarbeiten. Es erkennt die Erinnerung nicht als in der Vergangenheit liegend und schaltet deswegen in den Gefahrenmodus. Man empfindet Stress und Angst, obwohl man weiß, dass man in Sicherheit ist. Das nennt man Flashback.

Und die hat Aiden in den letzten paar Monaten immer häufiger erlebt. Vor allem seit sein alter Therapeut in Rente gegangen ist und dieser neue – der darauf besteht, Irrelevantes aus der Vergangenheit aufzubringen – übernommen hat.

Wie soll irgendetwas besser werden, indem er über seine Kindheit redet? Werden die Flashbacks und Albträume dadurch aufhören? Werden seine Schlaflosigkeit verschwinden und sein Selbstbewusstsein wachsen? Wird es seine Ehe retten?

Er starrt auf Heidi, die neben ihm schläft, ihre dunkelbraunen Locken über das weiße Kissen gebreitet wie eine Reihe vorwurfsvoller Fragezeichen. Er weiß, dass er sie verliert. Es ist nur eine Frage der Zeit, bis sie ihn verlässt.

So wie sein Vater ihn verlassen hat.

»Erzählen Sie mir von Ihrem Vater«, sagt der Therapeut, während die nachmittägliche Sitzung noch einmal vor Aidens innerem Auge abläuft.

»Da gibt es nichts zu erzählen.« Aiden hört die vorgetäuschte Gleichgültigkeit in seiner eigenen Stimme. *»Ich kannte den Mann kaum. Er hat uns verlassen, als ich neun war.«*

»Damit waren Sie doch alt genug, irgendeine Vorstellung davon zu haben, wie er war?«

»Er war ein Schwein«, sagt Aiden.

»Was veranlasst Sie, das zu sagen?«

Aiden starrt den Mann an, der ihm gegenübersitzt. Dr.

Stephen Patchett ist knapp sechzig, sieht jedoch locker zehn Jahre jünger aus. Wahrscheinlich trägt dazu bei, dass er noch alle Haare hat, vermutet Aiden und denkt, dass sein Vater heute etwa genauso alt sein müsste. Er fragt sich, ob er es auch geschafft hat, keine Glatze zu bekommen.

Dr. Patchett lehnt sich in seinem Stuhl zurück und schlägt ein Bein über das andere, sodass man eine schwarz-gelb gepunktete Socke aus seinem Air-Jordan-Sneakers ragen sieht.

»War er missbrauchend?«, fragt der Therapeut, als Aiden nicht antwortet.

»Wie meinen Sie das?«

»Hat er Sie je geschlagen?«

»Nein.«

»Und emotional? War er distanziert? Zurückhaltend?«

Aiden streicht sich eine unsichtbare Strähne aus dem Gesicht. *»Nicht dass ich mich erinnern könnte.«*

»Woran erinnern Sie sich denn?«

Aiden schiebt ein unwillkommenes Bild seines Vaters beiseite, der ihn in den Armen wiegt, nachdem er vom Fahrrad gefallen ist. *»Ich erinnere mich daran, dass meine Eltern sich immer gestritten haben«*, sagt er stattdessen.

»Haben sie sich über etwas Bestimmtes gestritten?«

»Eigentlich nicht.« Aiden sieht seine Mutter und seinen Vater, die sich gegenseitig anfauchen. *»Sie hat eine Sache gesagt und er das Gegenteil. Nur um schwierig zu sein.«*

»Sie haben mit neun verstanden, dass er Dinge gesagt hat, ›nur um schwierig zu sein‹?«

»Ich habe verstanden, dass meine Mutter unglücklich war.«

»Und es war Ihnen wichtig, dass sie glücklich ist?«

»Natürlich. Vor allem, nachdem er uns verlassen hat.«

»Es war nicht Ihre Aufgabe, sie glücklich zu machen, Aiden.«

»Ja? Sagen Sie ihr das mal«, faucht Aiden. *»Sorry«*, entschuldigt er sich sofort. *»Das war unangemessen.«*

»Wirklich?«

»Ja. Können wir über etwas anderes reden?«

Der Therapeut nickt. *»Wann haben Sie Ihren Vater zum letzten Mal gesehen?«*

»Ich kann mich nicht erinnern. Es ist lange her. Man muss fairerweise zugeben«, fährt Aiden unaufgefordert fort, *»dass meine Mutter es ihm nicht leicht gemacht hat. Sie war wütend, dass er sie verlassen hatte, und sie hatte Geld – ihre Eltern hatten sie sehr wohlhabend hinterlassen. Sie hat ihn mit allem möglichen juristischen Scheiß bombardiert. Als das Gericht festgelegt hat, dass ich ihn treffen musste, habe ich dafür gesorgt, dass es nicht gerade glattlief. Nach einer Weile hat er die Botschaft kapiert und aufgegeben.«*

»Und was ist jetzt?«

»Was soll jetzt sein*?«*

»Haben Sie versucht, Kontakt mit ihm aufzunehmen?«

»Warum sollte ich das machen?«

»Vielleicht aus Neugier. Sie sind jetzt älter. Die Umstände ändern sich.«

»Nein, ich habe keinen Kontakt zu ihm aufgenommen.«

»Warum nicht?«

»Es würde meine Mutter zu sehr aufregen.«

»Und Ihre Mutter nicht aufzuregen ist wichtiger, als Ihren Vater zu sehen?«

Aiden spürt, wie sein Herz schneller schlägt. Er zuckt die

Achseln und sagt nichts. Er ringt mit den widersprüchlichen Impulsen, die Praxis des Therapeuten fluchtartig zu verlassen und den Mann zu Boden zu ringen.

»Hat er nie versucht, Kontakt mit Ihnen aufzunehmen?«

»Er hat es versucht. Geburtstagskarten, Weihnachtskarten und so. Vor ein paar Jahren hab ich sogar mal eine E-Mail von ihm bekommen.«

»Und?«

»Ich hab sie nicht aufgemacht.« Aiden steht auf. *»Hören Sie, ich weiß wirklich nicht, worauf Sie hinauswollen. Ich dachte, der Sinn von kognitiver Verhaltenstherapie wäre es zu untersuchen, was für Gefühle ich wegen des Traumas habe, das ich in Afghanistan erlebt habe, damit ich damit leben kann.«*

»Genau«, bestätigt Dr. Patchett.

»Nun, mein Trauma *war«*, beharrt Aiden, *»dass ich gesehen habe, wie meine Freunde und Kameraden erschossen und in Stücke gesprengt wurden.* Mein Trauma *war es, den Kopf eines zwölfjährigen Jungen wegzupusten, von dem ich dachte, er würde eine Granate in der Hand halten, die nur ein Gummiball war!«* Er wischt die Tränen ab, die ihm unwillkürlich in die Augen schießen. *»Es hat nichts mit meinen Eltern zu tun.«*

Stöhnend dreht sich Aiden auf die andere Seite, und Heidi rührt sich neben ihm.

»Was ist los, Babe?«, flüstert sie schlaftrunken.

»Nichts.«

»Alles okay?«

»Alles gut. Schlaf weiter.« Aiden schließt die Augen.

Der Therapeut wartet auf ihn. *»Der Punkt ist, dass Sie sich* *seit langer Zeit für Dinge verantwortlich fühlen, die außerhalb Ihrer Kontrolle lagen.«*

»Zum Beispiel?«

»Zum Beispiel dafür, dass Ihr Vater die Familie verlassen hat. Zum Beispiel dafür, dass Ihre Mutter glücklich ist.«

Aiden schnaubt verächtlich. *»Das ist lächerlich.«*

»Aiden, Sie waren nicht verantwortlich für die Streitereien Ihrer Eltern oder die Tatsache, dass Ihr Vater gegangen ist. Sie waren nicht verantwortlich für ihre Scheidung oder für die andauernde Verbitterung Ihrer Mutter, nicht einmal für die nachfolgende Entfremdung von Ihrem Vater.«

»Ich war derjenige, der jedes Mal Wutanfälle bekommen hat, wenn er sich hat blicken lassen, und ihm erklärt hat, er wäre ein Stück Scheiße«, widerspricht Aiden.

»Sie waren ein Kind.«

»Und jetzt bin ich ein Erwachsener, der jeden Mittwoch zu einem Psychoklempner geht, weil er es kaum durch den Tag schafft. Noch einmal, was hat irgendwas von alldem mit meiner PTBS zu tun?«

Dr. Patchett pflanzt seine beiden Füße fest auf den Holzboden. *»Hören Sie mir zu, Aiden. Das ist sehr wichtig.«* Er atmet tief ein. *»Genauso wenig wie Sie für die Dinge verantwortlich waren, die passiert sind, als Sie ein Kind waren, so wenig sind Sie für die Ereignisse in Afghanistan verantwortlich. Nichts von dem, was geschehen ist, war Ihre Schuld, ungeachtet dessen, was Sie getan oder nicht getan haben.«*

Aiden schüttelt den Kopf.

»Ich möchte, dass Sie etwas für mich tun. Eine Hausaufgabe sozusagen.«

»Noch mehr Atemtechniken, die meine Ängste lösen sol-

len, von denen mir aber bloß schwindelig wird?« Er lacht, um deutlich zu machen, dass er das scherzhaft meint.

»*Ich möchte, dass Sie eine Liste der Dinge erstellen, die Sie vermeiden*«, sagt der Therapeut.

Aiden zuckt die Schultern. »*Ich weiß nicht genau, ob ich das verstehe.*« Was hat er *nicht* vermieden?

»*Lassen Sie sich Zeit. Denken Sie darüber nach. Machen Sie eine Liste.*«

»*Und wofür soll das gut sein?*«

»*Ich weiß nicht. Vielleicht für gar nichts. Ich werde Sie nicht beleidigen, indem ich so tue, als würde ich die Tiefe des Traumas verstehen, das Sie in Afghanistan erlebt haben. Ich stelle mir vor, dass Sie so ziemlich die ganze Zeit zumindest Angst hatten und sich hilflos gefühlt haben, ziemlich genauso wie als Kind. Zu sagen, Sie hätten unter Stress gestanden, wäre eine grobe Untertreibung.*« Er beugt sich auf seinem Stuhl vor. »*Und ich vermute, dass die Dinge, die zurzeit in Ihrem Leben passieren, Sie ebenfalls stressen und hilflos machen, und das verstärkt Ihre Symptome. Ich glaube, Sie haben es vermieden, sich diesen Themen zu stellen, und indem Sie eine Liste dieser Dinge verfassen, werden Sie hoffentlich auch lernen, sich damit zu konfrontieren.*«

Aiden schlägt die Decke zur Seite und tut den Vorschlag des Therapeuten mit einer heftigen Handbewegung ab. Bis auf die Boxershorts nackt geht er über den Teppich die Treppe hinunter in die Küche.

Er zieht die Schublade direkt unter dem komplizierten Toaster auf, den seine Mum ihnen zu Weihnachten geschenkt hat, obwohl sie schon einen perfekt funktionierenden Toaster hatten und dieser viel zu viel Platz einnimmt.

Heidi wollte ihn gegen einen Föhn von Dyson eintauschen, den sie sich schon lange wünscht, doch er hat sie davon abgebracht. So steht das dumme Ding da und löst jedes Mal frustrierte Seufzer aus, wenn Heidi sich herablässt, ihn anzusehen.

Aiden nimmt einen Bleistift aus der Schublade, sucht nach einem Stück Papier und begnügt sich, als er nichts anderes findet, mit einer Serviette. Mit gezücktem Stift setzt er sich an den Küchentisch, sein Verstand ein undurchdringlicher Dschungel ungebetener Gedanken.

So sitzt er eine halbe Stunde später immer noch da, als er Heidi die Treppe herunterkommen hört. Sie trägt ein kurzes Satinnachthemd, unter dem sich ihre vollen Brüste deutlich abzeichnen.

»Hey, Babe«, sagt sie leise und nimmt ihm gegenüber auf einem Stuhl Platz. »Was machst du denn hier unten?«

Aiden schiebt die Serviette unter seinen rechten Ellenbogen. »Nichts Besonderes.«

»Geht es dir gut?«

»Ja. Ich konnte bloß nicht schlafen.«

»Mein armes Baby. Soll ich dir was zu essen machen?«

Er lächelt. Gott, er liebt sie seit dem Moment, als er sie zum ersten Mal gesehen hat. »Es ist drei Uhr in der Früh.«

»Die perfekte Zeit für einen Donut.« Sie steht auf und nimmt zwei Donuts mit Schokoguss aus dem Schrank. »Wie wär's mit einem Becher warmer Milch dazu?«

Aiden sieht zu, wie Heidi Milch in einen Topf gießt, ihn auf eine Herdflamme stellt und zwei Becher aus dem Schrank nimmt. Er weiß nicht viel, aber er weiß, dass er es nicht riskieren darf, sie zu verlieren.

»Fertig«, sagt sie und kehrt mit den Donuts und der warmen Milch an den Tisch zurück.

Schweigend essen sie ihre Donuts und trinken ihre Milch. Dann nimmt sie seine Hand und führt ihn nach oben ins Schlafzimmer, wo sie sich lieben, ehe er eindöst und bis zum Morgen fest schläft. Die Serviette mit der Liste der Dinge, die er vermieden hat, bleibt auf dem Küchentisch liegen. Sie umfasst nur ein einziges Wort.

Mutter.

KAPITEL EINUNDDREISSIG

»Nana! Nana, wo bist du?«

Julia hört, wie ihr Enkel sie aus dem Haus ruft. »Ich bin in der Garage«, ruft sie zurück.

Sekunden später wird die Tür vom Haus zur Garage geöffnet, und Mark erscheint, frisch geduscht, sein langes Haar fällt noch feucht auf seine Schultern. »Was machst du hier?«

»Ich geh bloß ein paar alte Sachen durch«, erklärt sie ihm und zeigt auf einen Stapel Notizbücher auf dem Boden neben dem Hocker, auf dem sie sitzt. »Ich dachte, es wäre ein guter Zeitpunkt, mal klar Schiff zu machen.«

Mark setzt sich im Schneidersitz neben sie und beginnt in einem der Notizbücher zu blättern. »Was ist das?«

»Hauptsächlich Unterrichtspläne deines Großvaters. Aus der Zeit, als er der Leiter des Fachbereichs Soziologie an der University of Miami war.«

Mark überfliegt ein paar Seiten. »Er war bestimmt sehr intelligent.«

»Das war er.«

»Ich kannte ihn eigentlich nicht besonders gut.«

»Nun, es war auch nicht gerade einfach, ihn kennenzulernen. Er war überhaupt nicht einfach, Punkt. In der Hinsicht ist er wie dein Vater.«

»Aber ihr habt immer einen glücklichen Eindruck gemacht.«

»Oh, wir waren glücklich. Nicht immer natürlich. Wir hatten auf jeden Fall unsere Meinungsverschiedenheiten. Er konnte manchmal ein bisschen humorlos sein und ich ziemlich stur. Aber alles in allem haben wir uns gut ergänzt.«

»Vermisst du ihn?«

»Ja. Aber …«

Es gibt ein Aber, denkt Mark und weiß nicht, ob er es hören will.

»Versteh mich nicht falsch, Schatz. Ich habe deinen Großvater sehr geliebt. Er war ein guter Mann. Ein sehr guter Mann. Es ist nur, seit seinem Tod … wie soll ich das sagen?« Sie blickt zur Decke, als würde die Antwort über ihrem Kopf schweben. »Es gibt keine Spannungen mehr.« Sie lächelt. »Verstehst du?«

»Was Spannungen bedeuten, verstehe ich gut«, sagt Mark, und Julias Lächeln wird breiter.

»Rauchst du deswegen so viel Gras?«

Mark lacht. »Was weißt du über Gras, Nana?«

»Gras gibt es schon sehr lange, Schatz. Deine Generation ist nicht die erste, die seiner Verlockung nachgibt. Allerdings haben wir es zu meiner Zeit Kraut oder Pot genannt.«

»Und hast du … *der Verlockung nachgegeben*?«

»Kann schon sein, dass ich mir hin und wieder einen Zug oder zwei gegönnt habe.«

»Nie im Leben.«

»Oh, es gibt vieles, was du nicht von mir weißt.«

»Erzähl es mir«, sagt Mark und legt das Notizbuch neben sich auf den Boden.

»Was soll ich dir erzählen?«

»Alles. Fang ganz vorne an.«

Julia lehnt sich an die Betonwand der Garage und betrachtet ihre vierundachtzig Jahre vor ihrem inneren Auge im Schnelldurchlauf. »Also, meine Großeltern kamen aus Russland und waren entweder schlau oder hatten einfach Schwein, dass sie sich in Florida niedergelassen haben. Mein Großvater bekam einen Job als Handelsvertreter; meine Großmutter blieb zu Hause und zog die Kinder groß, zwei Jungen und ein Mädchen. Das Mädchen war meine Mutter Emma. Sie hat meinen Vater durch ihre älteren Brüder kennengelernt, sie haben geheiratet und hatten drei Töchter. Ich war die Jüngste. Mein Vater hat sich dem Geschäft seines Schwiegervaters angeschlossen und Modeschmuck verkauft. Sie sind die ganze Woche zusammen gereist, obwohl sie sich eigentlich nicht besonders gut verstanden haben. Sie kamen nur an den Wochenenden nach Hause. Genug gehört?«

»Keine Chance. Wann hast du Grandpa kennengelernt?«

»Während meines letzten Jahres an der Universität. Ich habe Psychologie studiert. Er war Doktorand und ein paar Jahre älter als ich. Wir waren ein paar Jahre zusammen und haben dann geheiratet. Er hat einen Job als Dozent an der University of Miami bekommen. Ich bin zu Hause geblieben, um mich um eine, wie ich dachte, große Kinderschar zu kümmern. Da ich aus einer Familie mit lauter Frauen kam, war ich sicher, dass ich nur Mädchen bekommen würde. Ich weiß noch, dass ich meiner Mutter nach Normans Geburt vorgejammert habe: ›Was soll ich mit einem Jungen anfangen?‹ Aber sie versicherte mir, dass ich ihn genauso lieben würde, und so war es. Und dann stellte sich heraus, dass ich keine weiteren Kinder bekommen konnte, was Norman nur recht war. Er stand schon immer gern im Mittelpunkt der Aufmerksamkeit.«

Mark kichert. »Daran hat sich nicht viel geändert.«

Julia lächelt zustimmend. »Und das ist so ungefähr alles. Meine Eltern sind vor deiner Geburt gestorben, und meine beiden Schwestern sind auch nicht mehr da. Ich bin die Letzte, die übriggeblieben ist.«

»Du hast mich«, sagt Mark.

Julia lächelt. »Ja, das stimmt.«

»Was ist das?«, fragt Mark, greift in einen anderen Karton und zieht eine kleine Messingtrophäe in Form einer Hand heraus, die Spielkarten hält.

»O mein Gott«, ruft Julia. »Die hatte ich ganz vergessen.«

»Wofür ist die?«

»Ich bin Erste in einem Bridgeturnier geworden. Gott, das muss dreißig Jahre her sein.«

»Ich wusste nicht, dass du Bridge spielst.«

»Nun, das habe ich auch seit Jahren nicht mehr getan. Dein Großvater konnte es nicht besonders gut, was überraschend war, weil er das meiste gut konnte. Aber er hat den Dreh mit dem Reizen nie richtig herausbekommen und irgendwann das Interesse verloren, deshalb haben wir aufgehört zu spielen. Eigentlich schade. Ich habe das Spiel gemocht.«

»Du solltest wieder damit anfangen.«

»Nein, jetzt ist es zu spät.« Vor ihrem inneren Auge sieht Julia die zahlreichen Kartenspielräume in Manor Born. *»Außerdem haben wir einen Bridgeclub, einen Mahjongclub, einen Buchclub und einen Chor«*, hört sie Carole Reid sagen.

»Nun, Trophäe ist Trophäe! Du solltest sie nicht wegwerfen«, sagt Mark, legt sie zurück in den Karton und nimmt stattdessen ein Mahagonikästchen heraus, das er in seinen Schoß stellt. In das dunkle Holz des Deckels ist der Name Smith & Wesson graviert.

»Was ist das?«

»Sieht so aus, als hätten wir Grandpas Waffe gefunden. Vorsicht«, mahnt Julia, als er das Kästchen öffnet.

Behutsam fasst er den alten Revolver an dem schwarzen, strukturierten Holzgriff und zieht ihn langsam heraus. »Oh, wow. Der ist aber schwer. Ist er geladen?«

»Ich habe keine Ahnung. Er liegt schon seit Jahren hier draußen, und bei all der Hitze und der Feuchtigkeit bezweifle ich, dass er funktionieren würde, selbst wenn er geladen *ist*. Außerdem muss man ihn regelmäßig reinigen, glaube ich. Aber sei trotzdem vorsichtig«, warnt sie noch einmal. »Bei Waffen weiß man nie.«

Mark betrachtet die Waffe eine Weile, bevor er sie in das Holzkästchen zurücklegt und wieder in den Karton packt. »Was hältst du davon, wenn wir reingehen und ich dir etwas Köstliches backe?«

»Ich würde sagen, geh vor«, sagt Julia und streckt ihre Arme aus, um sich von Mark aufhelfen zu lassen, als sie hören, wie ein Wagen in die Auffahrt biegt.

»Erwartest du Besuch?«, fragt Mark.

Julia schüttelt den Kopf.

»Mark!«, ruft ein Mann laut von draußen.

»Scheiße«, sagt Mark, als er die Stimme erkennt.

»Wer ist das?«

»Bloß ein Typ, den ich kenne.«

»Was für ein Typ?«

»Ein Freund.«

»Ein Freund?«

»Eher ein Bekannter.«

»Ein Bekannter, dem du Geld schuldest?«, fragt Julia.

Mark seufzt.

»Wie viel Geld?«

»Nicht viel.«

»Wie viel?«

»Ein paar hundert Dollar.«

Das Klopfen wird lauter und hartnäckiger. »Hey, Mann, ich weiß, dass du da drinnen bist.«

»Bleib hier. Ich seh zu, dass ich ihn loswerde«, sagt Mark und öffnet die Tür zum Haus. »Und mach dir keine Sorgen, Nana. Er ist harmlos.«

»Wenn er so harmlos ist, warum muss ich dann hierbleiben?«, fragt Julia, aber Mark steht nicht mehr neben ihr. Sie hört, wie er zur Vorderseite des Hauses geht, und hält den Atem an, als die Haustür geöffnet wird.

»Hey, Gary«, hört sie Mark sagen. »Was soll denn der Lärm?«

»Stell dich nicht dumm«, sagt Gary. »Du weißt, warum ich hier bin.«

»Ich weiß. Es ist bloß …«

»Ich finde, ich war jetzt ziemlich geduldig und hab dich deine Schulden echt lange auf Raten abstottern lassen, aber ich krieg selbst Druck. Es gibt Leute, gegenüber denen ich mich verantworten muss.«

»Ich weiß Mann. Tut mir auch echt leid. Bis zum Ende der Woche sollte ich das Geld haben. Ein paar Tage kannst du doch noch warten, oder?«

»Du musst mir jetzt was geben, Mann. Ich gehe hier nicht mit leeren Händen wieder weg.«

Wie aufs Stichwort tritt Julia aus dem Schatten des Flures. Sie ist kurz überrascht, was für eine unscheinbare Figur dieser Gary ist. Etwa so alt wie ihr Enkelsohn, aber kleiner, runder, mit einem Kindersicht. Kaum die einschüchternde Gestalt, für die sie sich gewappnet hat.

»Nana!« Marks Blick zuckt von ihrem Gesicht zu der Smith & Wesson in ihren Händen. »Nana, was machst du?«

Julia hebt die Arme und richtet den Revolver direkt auf Garys Brust.

»Verdammte Kacke!« Gary sinkt sofort auf die Knie.

»Wie viel schuldet mein Enkelsohn Ihnen?«, fragt Julia ruhig.

»Fünfhundert Dollar.«

»Ich glaube, ich habe etwa dreihundert Dollar in meiner Handtasche. Ist das genug?«

»Ja. Ja, das ist reichlich. Das ist okay.«

»Mark, sei so nett und hol meine Tasche, bitte. Sie liegt in der Küche.«

»Nana…«

»Geh.«

Mark rennt an seiner Großmutter vorbei und kehrt Sekunden später mit ihrer weißen Lederhandtasche zurück.

»Jetzt guck in meine Brieftasche und gib deinem Freund sein Geld.«

Mark nimmt eilig alles Bargeld aus Julias Brieftasche und gibt es Gary.

»Zählen Sie nach«, rät Julia ihm. »Vergewissern Sie sich, dass alles zu Ihrer Zufriedenheit ist.«

Mit zitternden Händen zählt Gary die Scheine. »Es ist in Ordnung.«

»Gut. Dann möchte ich, dass Sie jetzt mein Haus verlassen und nie wiederkommen«, weist Julia den jungen Mann an. »Haben wir uns verstanden?«

»Kein Problem.« Gary rappelt sich hoch und stopft das Geld in seine Tasche. »Du kannst dir dein Gras von jetzt an woanders besorgen«, sagt er zu Mark. »Haben *wir* uns verstanden?« Er geht langsam rückwärts, springt über die Reihe roten Springkrauts und rennt zu seinem Wagen.

Mark sieht dem alten Mustang nach, bis er auf der Hauptstraße verschwunden ist. Dann schließt er die Haustür und dreht sich zu seiner Großmutter um, die die Waffe immer noch fest umklammert hält. »Verdammte Kacke, Nana!«, borgt er sich Garys Worte.

»Verdammte Kacke«, stimmt Julia ihm zu.

»Gib ihn lieber mir«, schlägt er vor und löst den Revolver langsam aus ihren Fingern.

»Gute Idee. Oje.«

»Was ist?«

»Mein Herz rast.«

»Na, kein Wunder.«

»Ich fühle mich ein wenig seltsam.«

»Du solltest dich hinsetzen. Ich hol dir Wasser.«

»Schatz …«

»Ja, Nana?«

»Ich will dich nicht beunruhigen, aber …«

»Was?«

»Ich denke, du solltest einen Krankenwagen rufen.«

»Wieso? Was ist los?«

Julia hört die Panik in der Stimme ihres Enkelsohnes und beobachtet, wie seine Wangen, in die die Farbe gerade erst zurückgekehrt war, kalkweiß werden. Das ist das Letzte, was sie sieht, ehe vor ihren Augen alles schwarz wird.

KAPITEL ZWEIUNDDREISSIG

Dani sitzt hinter dem Lenkrad ihres schwarzen Mercedes, der Motor läuft, die Fenster sind offen, das Garagentor ist geschlossen. In ein paar Minuten könnte alles vorbei sein, denkt sie.

Sie blickt in den Rückspiegel, streicht ihr Haar aus dem Gesicht und entblößt eine golfballgroße Schwellung, die Folge des jüngsten Ausbruchs ihres Mannes. Ihr Kopf pocht immer noch, seit Nick gestern Abend nach dem Essen ein Büschel ihrer Haare gepackt und ihren Kopf mit solcher Wucht auf die Tischplatte geschlagen hat, dass das Glas gesplittert ist. Jetzt verläuft unter der Oberfläche ein gezackter Sprung wie eine Narbe.

»Was ist mit dem Tisch passiert?«, hat Tyler heute Morgen gefragt, als er zum Frühstück herunterkam.

Dani hat so getan, als hätte sie den Sprung vorher gar nicht bemerkt. »Ich weiß nicht«, antwortete sie. »Das ist seltsam.«

In Wahrheit weiß Dani genau, was Nick provoziert hat. Er war verärgert, weil sie vergessen hatte, seine Hemden in der Reinigung abzuholen, und als sie beiläufig vorgeschlagen hat, es sei vielleicht eine gute Idee, wenn er seine Hemden in Zukunft selbst abholen würde – die Worte waren über ihre Lippen, ehe sie die Folgen bedenken konnte –, ist er explodiert.

Zum Glück waren die Jungen schon oben und haben sich fürs Bett fertig gemacht, sodass sie nichts gesehen und gehört haben.

Nie sieht jemand etwas, denkt sie. *Nie hört jemand etwas. Nichts Böses sehen, nichts Böses sagen.*

»Das solltest du besser kühlen«, erklärte Nick ihr, als sie ins Bett gingen. Ein paar Minuten später küsste er zärtlich ihren Hals und bestieg sie.

Ich bin so müde, denkt Dani jetzt. *Bin es leid, jedes Wort abzuwägen und die Konsequenzen noch der unschuldigsten Bemerkungen zu bedenken, bin es leid, wie auf Eiern zu laufen, Angst zu haben.*

Mich zu schämen.

Sie atmet ein, fragt sich, wie lange es dauert, bis die Garage sich mit Kohlenmonoxid gefüllt hat, und sieht in der zunehmend giftigen Luft die Gesichter ihrer beiden Söhne Gestalt annehmen. Sie stellt sich vor, wie der Bus sie nach ihrem Tag im Camp zu Hause absetzt, ihre wachsende Verwirrung, als trotz wiederholten Klopfens niemand die Tür aufmacht, und wie die Verwirrung in Entsetzen umschlägt, als ihr Vater ihnen berichtet, was ihre Mutter getan hat.

Konnte sie ihnen das wirklich antun?

Konnte sie sie mit einem Monster allein lassen?

Ben würde vielleicht überleben. Er war immer der härtere der beiden Jungen. Aber Tyler …

Wieder spürt sie sie an die Tür klopfen, das Geräusch wird markanter und beharrlicher. Es dauert einen Moment, bis Dani begreift, dass es nicht in ihrem Kopf ist, sondern dass tatsächlich jemand von außen an das Garagentor hämmert.

»Dani«, ruft eine Stimme. »Dani, sind Sie da drinnen?«

Eilig stellt Dani den Motor ab, öffnet das Garagentor mit der Fernbedienung, steigt aus dem Wagen und stolpert an die frische Luft.

Maggie steht vor ihr. »Mein Gott!«, ruft sie und zieht Dani auf die Auffahrt. »Was zum Teufel ist passiert?«

Hustend versucht Dani, den Nebel in ihrem Kopf zu vertreiben und mit einer plausiblen Erklärung aufzuwarten. »Ich bin in den Wagen gestiegen … und irgendwas stimmte nicht mit dem Radio … ich hab versucht, es zu reparieren … und hab wohl vergessen, dass das Garagentor noch geschlossen war. Und …« Sie erkennt, dass Maggie nicht mehr zuhört, sondern stattdessen auf die Beule an ihrer Schläfe starrt. Sie tastet mit den Fingern darüber. »Mir ist schwindelig geworden, und ich muss mit dem Kopf auf das Lenkrad geschlagen sein«, improvisiert sie. »Wie haben Sie …?«

»Ich habe Leo ins Camp gebracht, und als ich zurückgekommen bin, habe ich einen laufenden Motor gehört, und mir war, als hätte ich Benzin gerochen«, erklärt Maggie. »Wahrscheinlich sollten wir Sie zu einem Arzt bringen.«

»Nein. Nein, das ist bestimmt gleich besser. So lange war ich auch nicht da drinnen.«

»Lange genug, um benommen zu werden und sich den Kopf aufzuschlagen.«

»Mir geht es gut. Wirklich. Ich muss mich bloß ein Ründchen hinsetzen.«

Maggie platziert Dani langsam auf den Rinnstein und zieht ihr Handy aus der Tasche. »Lassen Sie mich wenigstens Ihren Mann anrufen.«

»Nein!«, sagt Dani heftiger als beabsichtigt. »Bitte. Ich

will nicht, dass er sich Sorgen macht. Er hat so viel zu tun. Bitte. Rufen Sie ihn nicht an.«

Widerwillig steckt Maggie das Handy wieder ein. Nach einer längeren Pause fragt sie: »Was ist hier wirklich los, Dani?«

»Wie meinen Sie das?« Tränen schießen in Danis Augen. »Das hab ich Ihnen doch erzählt.«

»Sie haben versucht, das Radio zu reparieren ...«

»Ja.«

»Und Sie haben vergessen, das Garagentor zu öffnen ...«

»Ja.«

»Und war das wirklich ein Unfall?«

»Natürlich.«

»Ihnen ist schwindelig geworden, und Sie sind mit dem Kopf auf das Lenkrad geschlagen ...«

»Ja!«, sagt Dani. *Nein*, schreit sie stumm. *Nick hat mir das angetan! Er war es!* Sie rappelt sich auf die Füße. »Hören Sie, das alles tut mir wirklich leid. Ich komme mir vor wie eine Vollidiotin. Aber mir geht es gut, Sie brauchen sich nicht mehr um mich zu kümmern. Müssen Sie nicht zur Arbeit?«

»Erst um zehn. Kommen Sie mit rein, ich mach Ihnen einen Kaffee. Wir können reden ...«

»Nein, das ist sehr freundlich von Ihnen. Wirklich. Aber ich habe keine Zeit.« Sie blickt auf die Uhr. »Ich habe eine Praxis voller Patienten, die auf mich warten ...« Sie geht vorsichtig zur Garage. Maggie ist wartend stehen geblieben.

»Ich glaube nicht, dass Sie fahrtüchtig sind.«

»Mir geht es gut. Ehrlich. Ich brauchte nur ein bisschen frische Luft. Wirklich alles bestens. Versprochen. Zerbrechen Sie sich meinetwegen nicht Ihr hübsches blondes

Köpfchen.« Sie tastet sich durch die nach wie vor in der Luft hängenden giftigen Schwaden und setzt sich hinters Steuer. »Und vielen Dank«, ruft sie, als sie den Mercedes rückwärts in die Ausfahrt und auf die Straße setzt und mit der Fernbedienung das Garagentor schließt. »Vielleicht haben Sie mir gerade das Leben gerettet.«

Sie fährt nicht zur Arbeit.

Stattdessen ruft sie in der Praxis an, erklärt der Empfangssekretärin, dass sie sich nicht wohlfühlt, und bittet sie, ihre Termine zu verlegen.

Was in Gottes Namen hat sie sich gedacht?

Hat sie wirklich ernsthaft erwogen, ihr Leben zu beenden? Ihre Jungen zu verlassen?

Sie sieht Maggie vor sich in der Ausfahrt stehen und ihrem Wagen nachblicken, bis sie auf die Hauptstraße gebogen ist, und bezweifelt, dass sie ihre Nachbarin getäuscht hat.

Sie hat deine vorherigen Blutergüsse gesehen.

Schon damals hatte sie einen Verdacht.

Jetzt *weiß* sie es.

»Was ist hier wirklich los?«, hat sie gefragt.

Warum hast du es ihr nicht erzählt?

Dani nimmt die Auffahrt auf die I-95, tritt das Gaspedal durch, wechselt auf die Überholspur und treibt die Tachonadel schnell auf über hundertdreißig Stundenkilometer.

Sie hat keine Ahnung, wohin sie fährt, bis sie das Schild für die Ausfahrt 45th Street sieht. Um die Ausfahrt noch zu erwischen, kreuzt sie mehrere Spuren und fädelt sich, begleitet von einem wütenden Hupkonzert, in die Abbiegespur Richtung Osten ein. Keine zehn Minuten später erreicht sie den

Dixie Highway. Noch einmal zwei Minuten später biegt sie auf den Parkplatz von Straight Shooters in West Palm Beach.

»Okay«, hört sie Nick sagen. *»Alle aussteigen.«*

Sie folgt seiner stummen Anweisung und marschiert entschlossen zum Eingang des Waffenladens. Das *Keine-geladenen-Schusswaffen-bitte*-Schild entlockt ihr erneut ein trockenes Lächeln, als sie die Tür aufstößt. »Howdy, Partner«, flüstert sie dem riesigen ausgestopften Grizzlybären am Empfang zu und winkt verhalten den anderen Tieren, die aus Glasaugen beobachten, wie sie den Tresen in der Mitte des Raumes ansteuert.

Es ist gerade mal neun Uhr morgens, aber drei der zehn Schießstände sind bereits belegt, zwei von Frauen. »Hi«, sagt sie zu dem Mann mittleren Alters in der orangefarbenen Weste hinter dem Tresen. Sein Bürstenschnitt ist minimal länger als beim letzten Mal, der winzige Diamantstecker ziert weiter sein Ohr. »Guten Morgen, Wes.«

Wes kneift die Augen zusammen und legt den Kopf zur Seite. »Die Frau des Docs, richtig?«

»Dani. Richtig.«

»Na, wie geht's?«

Dani ist so dankbar für seine nachlässige Aussprache, dass sie den Drang unterdrücken muss, ihn zu umarmen. »'s geht super. Danke. Und selbst?«

»Ging mir nie besser.« Er blickt zur Tür. »Is' der Doc auch hier?«

Danis Puls beschleunigt sich, als ihr Blick zur Tür zuckt. Ist Nick hier? Ist er ihr gefolgt? »Nein«, sagt sie und atmet erleichtert aus, als die Tür zu bleibt. »Er ist bei der Arbeit. Ich bin's bloß.«

»Wollen den Rabatt für Ladys am Montag nutzen, was?«

»Ich schätze schon«, erwidert Dani. Dass Damen montags umsonst schießen, hatte sie ganz vergessen.

»Und was soll's sein? Das Gleiche wie beim letzten Mal? Eine A .22?«

»Wenn Sie die empfehlen.«

Wes legt die Waffe und eine Schachtel Munition auf den Tresen. »Ja. Ich würde vorschlagen, dass Sie sich erst mal an die hier gewöhnen, bevor Sie zu etwas Schwererem wechseln.«

Dani atmet tief ein und nimmt die Waffe in die Hand. Ein erwartungsvolles Stöhnen dringt über ihre Lippen.

»Sie müssen nicht nervös sein«, sagt Wes, der ihre Erregung als Bammel missdeutet. »Denken Sie bloß dran, die Waffe mit beiden Händen festzuhalten«, fährt er fort und demonstriert es, »visieren Sie Ihr Ziel an. Und dann einfach …«

»Feuer frei.«

»Braves Mädchen.« Er legt den Kopfhörer und die Schutzbrille auf die Theke. »Dieselbe Zielscheibe wie beim letzten Mal?«

»Ja. Den männlichen Umriss.«

»Bitte sehr«, sagt er und gibt ihr das Plakat. »Dann nehmen Sie mal die Bahn Nummer fünf und vergessen Sie nicht, sich gründlich die Hände zu waschen, wenn Sie fertig sind. Wegen Kaugummi muss ich mir keine Sorgen machen, wenn ich mich recht erinnere. Zahnärztin, stimmt's?«

»Sie haben ein gutes Gedächtnis.«

»Nun, der Doc ist einer meiner Lieblingskunden. Er freut sich bestimmt, dass Sie auch einsteigen.«

Dani lächelt und will sich schon abwenden, als sie innehält.

»Haben wir etwas vergessen?«, fragt Wes.

»Nein, ich glaub', ich hab' alles.« Sie zögert. »Ich wollt' Sie bloß bitten, Nick nicht zu erzählen, dass ich hier war.«

Wes' Lächeln breitet sich über sein ganzes Gesicht aus. »Soll 'ne Überraschung für ihn werden, was?«

Danis Finger krümmt sich um den Abzug der Waffe. »Yes, Sir«, sagt sie. »Soll 'ne Überraschung werden.«

KAPITEL DREIUNDDREISSIG

Maggie sieht Danis Wagen nach, bis er außer Sichtweite ist. Es gibt Dinge, die sie weiß, und noch mehr Dinge, die sie nicht weiß, aber eins weiß sie sicher, nämlich dass Dani Wilson sich die Beule an ihrer Schläfe nicht zugezogen hat, weil sie versehentlich mit dem Kopf auf das Lenkrad geschlagen ist.

Damit bleibt nur eine andere Möglichkeit, eine Alternative, die so schwer zu schlucken ist wie die Lüge, die Dani ihr erzählt hat: nämlich dass Danis Mann ebenso für die Beule an ihrem Kopf verantwortlich ist wie auch für die anderen Blutergüsse, die Maggie zuvor im Gesicht und am Arm ihrer Nachbarin bemerkt hat; dass der erstklassige Onkologe Dr. Nick Wilson auch ein erstklassiger prügelnder Ehemann ist.

»Scheiße«, sagt Maggie »Was mache ich jetzt?«

»Du *machst gar nichts*«, hört sie Craig sagen. »Du *hältst dich da raus. Das ist nicht dein Problem.*«

»Ich kann doch nicht einfach tatenlos zusehen…«

»Du kannst und du wirst. Hast du aus den letzten zwei Jahren gar nichts gelernt?«

»Ist alles okay?«, unterbricht eine Stimme das Streitgespräch in ihrem Kopf.

Maggie blickt auf und sieht Mark Fisher, der auf sie zuschlendert. »Verzeihung. Was?«

»Ich hab bloß gefragt, ob alles okay ist«, wiederholt er. »Sie stehen schon eine Weile mitten auf der Straße und grimassieren wie wild vor sich hin.«

»Was? Grimass…? *Was?*«

»Entschuldigen Sie, ich wollte Sie nicht aufregen«, sagt er rasch. »Ich sollte mich um meine Angelegenheiten kümmern. Tut mir leid.«

»Nein, alles okay. Mir geht es prima. Alles gut.« Ihre eigenen Worte klingen in Maggies Ohren genauso falsch wie Danis Dementi eben. »Wie geht es Ihrer Großmutter?«, fragt sie, um das Thema zu wechseln.

»Viel besser, danke.« Er lacht. »Sie hat es bloß ein bisschen übertrieben mit der Gartenarbeit.«

Maggie nickt und erkennt eine weitere Lüge an einem Morgen, der voll davon scheint. Man verbringt nicht mehrere Tage im Krankenhaus, weil man zu viel Springkraut gepflanzt hat.

»Ich wollte gerade zu Publix fahren, um ein paar Sachen für die Party am Samstagabend zu besorgen. Kann ich Ihnen irgendwas mitbringen?«

Maggie will fragen, welche Party, als ihr einfällt, dass Olivia etwas davon erwähnt hat, die Nachbarn am Samstag zu versammeln, um den vierten Juli zu feiern. »Und den neuen Job meines Mannes«, hat sie geflüstert. »Aber das erzählen wir *ihm* nicht.«

Noch mehr Geheimnisse, denkt Maggie. *Noch mehr Lügen.*

Obwohl sie sich Sean betreffend offensichtlich geirrt hat, räumt sie stumm ein. Heute Morgen ist er frisch rasiert und in einem modischen Leinenjackett ziemlich flott aussehend zur Arbeit aufgebrochen.

»Brauchen Sie irgendwas?«, fragt Mark noch einmal.

»Was? Nein. Nein, nichts. Aber vielen Dank. Sehr nett, dass Sie fragen.«

»Jederzeit.« Er winkt knapp und geht zur Garage seiner Großmutter. »Grüßen Sie Erin von mir.«

»Mach ich«, sagt Maggie, obwohl sie nicht die Absicht hat, das zu tun.

Ihre Haustür wird geöffnet, als sie den Schlüssel aus ihrer Handtasche ziehen will.

»Worüber hast du mit Mark geredet?«, fragt ihre Tochter und winkt Mark zu, der den Wagen seiner Großmutter aus der Garage auf die Straße fährt. Sie tritt einen Schritt beiseite, um Maggie hereinzulassen.

»Kommst du?«, fragt Maggie.

»Worüber hast du mit Mark geredet?«, wiederholt Erin.

»Ich habe ihn gefragt, wie es seiner Großmutter geht.«

»Und?«

»Er hat gesagt, es geht ihr schon viel besser.«

»Das ist alles?«

»Er hat gefragt, ob wir irgendwas von Publix brauchen.«

»Und?«

»Ich habe ihm gesagt, dass wir nichts brauchen.«

»Und?«

»Und?«, wiederholt Maggie.

»Hat er etwas über mich gesagt?«

Maggie seufzt. Eine weitere aussichtslose Schlacht. Sie kann ebenso gut gleich kapitulieren. »Er lässt dich grüßen.«

»Danke.« Erin lächelt. »War das wirklich so schwierig?«

Maggie geht an ihrer Tochter vorbei in die Küche. »Er ist zu alt für dich.«

»Sagt die Frau, die ein Kleinkind datet.«

Maggie gießt den übriggebliebenen kalten Kaffee in einen Becher und stellt ihn in die Mikrowelle. »Es war ein Abendessen vor mehr als einer Woche. Wir daten ganz bestimmt *nicht.*« Denn auch wenn sie den Abend mit dem attraktiven Steuerberater definitiv genossen hat, liebt sie in Wahrheit nach wie vor ihren Mann und ist noch nicht bereit, nach vorn zu schauen.

»Richte deinem Mann aus, er ist ein Idiot«, hatte Richard Atwood gesagt, als er sie zu ihrem Wagen begleitete.

»Mach ich«, hat Maggie zugesagt, es jedoch nicht getan. »Und«, wendet sie sich an Erin, »was sind deine Pläne für den Tag?« Sie nimmt den Kaffeebecher aus der Mikrowelle und verbrennt sich beim ersten Schluck die Zungenspitze.

Erin zuckt die Schultern und verdreht die Augen. »Wenn du fragen willst, ob ich auf Jobsuche gehe, lautet die Antwort Nein. In äh … sechs Wochen fängt die Schule schon wieder an. Wer stellt mich für sechs Wochen ein? Außerdem, wenn du wirklich wolltest, dass ich mir einen Ferienjob suche, hättest du mir ein Auto organisieren müssen. Wie soll ich ohne Auto irgendwohin kommen?«

»Es *gibt* so etwas wie öffentliche Verkehrsmittel.«

Ein weiteres Achselzucken, ein noch dramatischeres Augenrollen. »Ich geh wieder ins Bett«, sagt Erin. »Viel Spaß bei der Arbeit.«

»Wow«, sagt sie und starrt auf die gut fünfhundert Meter lange Holzpromenade, die das klare blaue Wasser des Lake Worth Cove im wunderbaren John D. MacArthur Beach

State Park überquert. »Das ist fantastisch. Aber wo ist der Ozean? Ich kann ihn hören, aber nicht sehen.«

»Auf der anderen Seite der Dünen.« Er zeigt auf das Ende der langen Holzbrücke.

»Ich wusste nicht mal, dass dieser Ort existiert. Es ist wunderschön.«

»Warte. Das ist noch gar nichts«, sagt Mark.

Erin lächelt. Sie blickt sich kurz um und erwartet beinahe, ihre Mutter zwischen den tropischen Bäumen auftauchen zu sehen, die das riesige Naturschutzgebiet abschirmen. Sie wäre echt sauer, wenn sie wüsste, wo Erin ist. Und mit wem, denkt Erin, und ihr Lächeln wird breiter.

»Kannst du vielleicht in ganzen Sätzen mit mir sprechen«, hört sie ihre Mutter tadeln.

Erins Lächeln verrutscht zu einem Stirnrunzeln.

»Stimmt irgendwas nicht?«, fragt Mark.

»Nein. Wieso?«

»Du hast das Gesicht verzogen.« Er lacht. »Es war das gleiche Gesicht, das deine Mutter macht.«

»Was?«

»Ich hab sie heute Morgen gesehen … Sie war offensichtlich aufgebracht wegen irgendwas …«

»Sie ist immer aufgebracht wegen irgendwas. Können wir bitte *nicht* über meine Mutter reden?«

»Klar. Sorry.«

»Ich bin überhaupt nicht wie sie.«

»Okay.« Er zuckt die Schultern. »Willst du über die Promenade laufen oder die Straßenbahn nehmen?«

»Lass uns laufen.« Als sie nebeneinandergehen, beharrt Erin noch einmal: »Ich bin wirklich *überhaupt* nicht wie sie.«

»Du bist so hübsch wie sie«, sagt Mark.

»Oh. Okay.« Sein nackter Arm streift ihren, und sie spürt ein Kribbeln am ganzen Körper. »Wie ist es, mit deiner Großmutter zu leben?«

»Super«, antwortet er locker. »Sie ist lieb und lustig und viel interessanter, als man meinen könnte.«

»Sie geht dir nicht auf die Nerven wegen irgendwas?«

»Nee. Sie lässt mich mehr oder weniger mein Ding machen. Und verurteilt mich nicht.«

»Ist bestimmt nett.«

»Ja, ist es.« Eine plötzliche Brise weht ihm ein paar Strähnen ins Gesicht, die er mit einer Hand wegstreicht. »Aber dass sie so verständnisvoll ist, macht es auch irgendwie schwer.«

»Wie meinst du das?«

Er zuckt die Schultern. »Ich hab Angst, dass ich es vermassel.« Ein weiteres Schulterzucken, eine neue Strähne, die aus dem Gesicht gestrichen werden muss. »Guck mal da drüben.« Er weist über das Holzgeländer auf der rechten Seite.

»O mein Gott!«, quiekt Erin entzückt, als sie beobachtet, wie ein Schwarm schlanker silberner Fische aus dem blauen Wasser springt. »Als ob sie vor Freude hüpfen würden«, sagt sie, und Mark lacht.

Ihre Mutter würde ganz bestimmt nicht vor Freude hüpfen, wenn sie sie jetzt sehen könnte, gesteht Erin sich ein. Aber dieser spontane Strandausflug war nicht ihre Idee. Sie ist bloß zufällig in dem Moment aus dem Haus getreten, als Mark vom Supermarkt zurückkam, und hat sich aus reiner Höflichkeit nach seiner Großmutter erkundigt. Dabei hat Mark erwähnt, dass sein Vater angerufen und für den Nachmittag seinen Besuch angekündigt hat, um mit Julia zu reden. Deshalb wolle er an den Strand fahren, um ihm aus dem Weg zu gehen. Ob sie nicht Lust hätte, einen Badeanzug und ein Handtuch einzupacken und mitzukommen?

Ja, warum eigentlich nicht?

»Dieser Strand ist das am besten gehütete Geheimnis von North Palm Beach«, erklärt Mark ihr. »Du kannst Kajak und Kanu fahren, schnorcheln, Vögel beobachten, im Meer schwimmen, was immer dein kleines Herz begehrt.«

Ich weiß schon, was mein kleines Herz begehrt, denkt Erin.

»Und es gibt ein Naturzentrum, Wanderwege und einen Andenken-Laden«, fährt er fort, als sie den Schatten einer Gruppe riesiger Weißgummibäume am Ende der Promenade erreichen. »Ganz zu schweigen … von der Hauptattraktion. Bist du bereit, dich umhauen zu lassen?« Er nimmt ihre Hand und führt sie eine gewundene Holztreppe hoch.

Erin spürt, wie ihr Herz schneller schlägt, als ihre Finger sich verflechten.

»Mach die Augen zu«, sagt er kurz vor dem oberen Absatz.

Sie schließt die Augen, und ihr wird fast schwindelig von der Mischung aus seiner Berührung, der Ozeanluft und dem beinahe ohrenbetäubenden Lärm der sich brechenden Wellen.

»Okay, jetzt kannst du die Augen wieder aufmachen.«

Erin schlägt die Augen auf und erblickt ein atemberaubendes Zwei-Meilen-Panorama aus blauem Ozean und unberührtem weißem Sand. »O mein Gott. Es ist traumhaft. So etwas Schönes habe ich noch nie gesehen.«

»Sag ich ja.«

Mark lässt ihre Hand los, zieht seine Sandalen aus und hüpft die Stufen hinunter. »Vorsicht«, warnt er, als sie seinem Beispiel folgt. »Der Sand ist heiß.«

Erin spürt, wie der Sand ihre Fersen verbrennt, als sie ihm nachläuft. Rasch breiten sie ihre Handtücher in den Sand und lassen sich darauf fallen. »Ich bin überrascht, dass nicht mehr Leute hier sind.«

»Ich hab dir doch gesagt, es ist das am besten gehütete Geheimnis von North Palm Beach.« Er zieht sein T-Shirt über den Kopf und entblößt die blasse Haut seines knochigen Oberkörpers.

Erin blinzelt in die Sonne und beobachtet eine Gruppe von Surfern in der Ferne, die garantiert auf die perfekte Welle warten, während mehrere Mädchen im Teenageralter in den kleineren Wellen näher am Ufer Bodysurfing versuchen.

»Willst du reingehen?« Mark zieht seine Shorts aus, darunter trägt er eine hellgrüne Badehose.

Erin steht auf und wendet Mark den Rücken zu, als sie ihr kurzes Strandkleid aus weißer Spitze über den Kopf streift und sich vergewissert, dass die Teile ihres knappen Bikinis fest sitzen. *Schultern straffen, Brust raus, Bauch einziehen*, ermahnt sie sich, bevor sie sich langsam umdreht.

»Wow«, sagt er, »du siehst fantastisch aus.«

Sie lacht und rennt zum Wasser, dicht gefolgt von Mark.

Das Meer ist warm, und die kleinen Wellen sind überraschend kräftig. Erin kreischt, als eine Unterströmung sie kurz unter Wasser zieht. Sofort ist Mark an ihrer Seite, packt ihren Oberarm und zieht sie wieder hoch. Sie beobachtet lachend, wie er auf einer anrollenden Welle zum Ufer gleitet und beim Aufstehen von einer weiteren Welle umgeworfen wird.

»Glücklich?«, fragt er, als er wieder neben ihr steht. Er fasst ihre Hand, und sie reiten die nächste Welle gemeinsam.

»Ganz blöd vor Glück!«, erwidert sie.

Die nächste Stunde gleiten sie abwechselnd auf den Wellen und entspannen sich in der Sonne.

»Ich würde dich jetzt wirklich gern küssen«, sagt Mark, dessen Gesicht plötzlich über ihrem schwebt.

»Das fände ich auch schön.«

Es ist ein weicher und sanfter Kuss. *Nicht aufhören*, fleht Erin stumm, weil sie möchte, dass der Moment niemals endet. »Wahrscheinlich sollten wir uns auf den Heimweg machen«, erklärt sie ihm stattdessen widerwillig, weil die Vernunft sie daran erinnert, dass es klug wäre, vor ihrer Mutter und Leo nach Hause zu kommen. Sie hat noch nicht entschieden, ob sie ihrer Mutter erzählen soll, wie sie den Nachmittag verbracht hat. Ihre rücksichtslose Seite würde nichts lieber sehen als den Gesichtsausdruck ihrer Mutter, wenn sie es erfährt; die besonnenere Seite ihrer selbst denkt, dass sie diesen Ausdruck wahrscheinlich besser vermeiden sollte.

»Lust auf einen kleinen Spaziergang, bevor wir fahren?«, fragt Mark und zieht sie auf die Füße.

Sie gehen am Wasser entlang, lächeln die Leute an, die ihnen entgegenkommen, weisen sich gegenseitig auf verschiedene Schiffe am Horizont hin und lachen über die unterschiedlichen Körperformen, die sie im Sand vor sich ausgebreitet sehen.

»Hey«, sagt Erin plötzlich und zieht an Marks Arm, damit er stehen bleibt. »Guck mal.« Sie weist mit dem Kopf auf einen Mann, der ein Stück entfernt am Strand liegt. »Ist das nicht unser Nachbar?«

Mark schirmt die Augen gegen die Sonne ab. »Du meinst Mr Grant?«, fragt er blinzelnd. »Ja. Ich glaube, du hast recht. Sollen wir Hallo sagen?«

»Nein. Er sieht aus, als würde er schlafen. Außerdem ist er mir irgendwie unheimlich, so wie er die ganze Zeit aus dem Fenster starrt. Und wir müssen jetzt wirklich zurück. Komm, wir machen ein Wettrennen.«

Sie macht auf dem Absatz kehrt und läuft los.

Sie dreht sich nicht um.

KAPITEL VIERUNDDREISSIG

Sean spürt die warme Sonne auf seinem Gesicht und kämpft gegen den Drang an, sich dem Schlaf hinzugeben. Stattdessen hält er den linken Arm hoch, öffnet ein Auge, um auf seine Uhr zu blicken, und stellt dankbar fest, dass es erst kurz vor drei ist. Ihm bleibt noch reichlich Zeit für ein Nickerchen. Es wäre schließlich nicht gut, zu früh nach Hause zu kommen.

Nicht an seinem ersten Tag in seinem neuen Job.

Er muss beinahe lachen und hätte es auch getan, wenn an der Lage, in der er sich befindet, irgendetwas auch nur im Entferntesten komisch wäre.

So hatte er sich das nicht vorgestellt. Er hätte mittlerweile irgendwas finden sollen. Er sollte nicht weiter seine Frau anlügen, früh aufstehen, sich rasieren, ein frisch gewaschenes Hemd, eine Seidenkrawatte und das verdammte Leinenjackett anziehen – *»wenn du es schon hast, kannst du es auch tragen«*, hat Olivia vorgeschlagen und so glücklich ausgesehen wie seit Monaten nicht mehr – und vorgeben, zur Arbeit zu fahren.

Wie lange kann er das noch durchhalten?

So lange, wie ich muss, entscheidet er, dreht sich auf den Bauch und spürt die lindernde Sonne auf seinem nackten

Rücken. Er ist bereits tief gebräunt. Ein bisschen mehr Sonne wird auch keinen sichtbaren Unterschied machen. Obwohl er vorsichtig sein muss, sich keinen Sonnenbrand zu holen. Gut, dass er daran gedacht hat, neben seiner Badehose auch Sonnencreme in seinen Aktenkoffer zu packen, ganz zu schweigen von den Strandlaken im Kofferraum seines Wagens, die er dort deponiert hat, nachdem er und Olivia vom Flughafen zurückgekommen waren, wo sie die Kinder in einen Flieger gesetzt hatten. Ihr Nachwuchs würde den nächsten Monat dankenswerterweise bei Olivias Eltern in Nantucket verbringen, das war zumindest eine gute Sache.

Drei Menschen weniger, die er anlügen musste.

Er hätte Olivias Eltern um Hilfe bitten sollen, als er noch die Gelegenheit dazu hatte. Sie hatten angeboten, ihm Geld zu leihen, bis er wieder auf eigenen Füßen stehen würde, doch sein Stolz – und die Stimme seines Vaters im Kopf, die Shakespeares berühmten Rat aus *Hamlet* zitierte: *»Kein Borger sei und auch Verleiher nicht«* – haben ihn davon abgehalten.

Jetzt ist es zu spät.

Zu spät, um um Hilfe zu bitten.

Zu spät, um mit dem Lügen aufzuhören.

»Viel Glück, Schatz«, hat Olivia heute Morgen gesagt, als sie in ihre jeweiligen Autos stiegen. »Zeig's ihnen.«

»Mach ich.«

»Ruf mich an, sobald du kannst. Ich will wissen, wie es läuft.«

»Mach ich«, sagte er noch einmal.

Aber das hat er nicht getan.

Und er wird es auch nicht tun.

»Tut mir leid, Liebling. Ich hatte so viel um die Ohren. Der erste Tag zurück am Schreibtisch. Du weißt ja, wie das ist.«

Sein Handy klingelt.

Sean stemmt sich in eine sitzende Position hoch, zieht das Telefon aus der Tasche seiner alten, schlecht sitzenden blauen Badehose und betet, dass es die Headhunterin ist, die ihm von einem Termin für ein neues Vorstellungsgespräch berichten will. Er hat seit Wochen nichts von ihr gehört.

Aber ein Blick auf das Display verrät ihm, dass es Olivia ist. »Verdammt«, sagt er, unschlüssig, ob er drangehen soll. Aber wenn er das nicht tut, ruft sie womöglich in der Zentrale an und bittet zu Sean Grant durchgestellt zu werden, und wie würde er dann dastehen? Wie der sprichwörtliche begossene Pudel, der vom Regen in die sprichwörtliche Traufe kommt, so würde er dastehen. Er drückt das Handy eng an sein Ohr und wischt nach rechts.

»Sean?«, fragt Olivia sofort.

»Hallo, Schatz.«

»Ich hab den ganzen Tag darauf gewartet, dass du anrufst.«

»Sorry. Das wollte ich auch. Es ist wohl alles ein bisschen viel geworden.«

»Heißt das, es läuft gut?«

»Es läuft super.«

»Erzähl!«

»Was soll ich dir erzählen?«

»Alles. Ich will jedes kleinste Detail wissen.«

»Kann das warten? Ich erzähle dir alles, wenn ich nach Hause komme, versprochen.« Das sollte ihm Zeit lassen, sich eine Geschichte zurechtzulegen, denkt Sean.

»Oh«, quiekt Olivia. »Kannst du mir nicht irgendeine Kleinigkeit erzählen, um mich über die Runden zu bringen?«

Etwas, um sie über die Runden zu bringen. Wie wär's mit einem Tritt gegen den Kopf? »Nun, ich habe mich gerade erst eingerichtet und alle kennengelernt…«

»Wie ist Tom Gerrity so?«

»Wer?«

»Tom Gerrity? Der Gründer und CEO von Advert-X! Hallo?!«

»Natürlich. Entschuldige.« Sean beobachtet ein junges Mädchen, das in und aus dem Wasser rennt, jedes Mal begleitet von einem entzückten Kreischen.

»Wo bist du?«, fragt Olivia und erwischt ihn auf dem falschen Fuß.

»Was soll das heißen, wo bin ich? Auf der Arbeit.«

»Es hat sich so angehört, als ob jemand gekreischt hätte.«

Scheiße! Sean presst das Handy noch enger ans Ohr, schirmt mit der freien Hand den Lautsprecher ab und wendet sich vom Ozean ab. »Sieht so aus, als hätte eine der Sekretärinnen gerade eine gute Neuigkeit erfahren«, sagt er, das Erste, was ihm einfällt.

»Sei vorsichtig, Schatz«, warnt Olivia ihn.

»Was soll das heißen?«, fragt er noch einmal und hält den Atem an.

Sie lacht. »Niemand nennt sie heutzutage noch Sekretärinnen. Sie sind Assistentinnen oder Referentinnen. Du willst ja nicht klingen wie ein Dinosaurier.«

Er atmet erleichtert aus. »Schätze, darauf muss ich achten.«

»Ich habe online alles über deinen neuen Chef gelesen, was ich finden konnte. Wusstest du, dass er seine erste Million gemacht hat, noch bevor er vierzig war?«

»Nein, das wusste ich nicht«, gesteht Sean.

»Und wie ist er so?«

»Was soll ich sagen? Er macht einen ganz netten Eindruck.«

»Das ist alles? Er macht einen ganz netten Eindruck?«

»Na ja, ich habe ihn nur für kurz gesehen, als er in mein Büro gekommen ist, um mich an Bord willkommen zu heißen.«

»Das ist nett. Ist es ein großes Büro?«

»Natürlich. Wie es einem Mann meines Ranges gebührt«, schmückt er aus. *Was soll's,* denkt er glucksend. *Warum nicht?*

»Ich kann es nicht erwarten, es zu sehen.«

Scheiße. »Nun, vielleicht wenn sich alles ein wenig beruhigt hat.«

»Natürlich. Vielleicht am Wochenende.«

»Dieses Wochenende?«

»Oh, nein, nicht dieses Wochenende«, verbessert sie sich. »Da ist ja der vierte Juli. Das hatte ich ganz vergessen. Wir feiern eine Party.«

»Eine Party?«

»Mit den Nachbarn? Auf der Straße? Wir grillen Hotdogs und Hamburger?«, fragt sie, als wäre sie selbst nicht sicher. »Das hab ich dir doch erzählt.«

»Oh. Richtig. Das hab ich wohl vergessen.« Sean kann sich nicht erinnern, dass man ihm irgendetwas in der Richtung erzählt hat. Aber offen gestanden hört er dieser Tage auch kaum zu, wenn seine Frau redet.

»Und weißt du schon, mit wem du arbeitest? Haben sie dich schon einem bestimmten Kunden zugeteilt?«

»Noch nichts Definitives.«

»Wirklich? Man sollte meinen, sie wären besser organisiert. Ich meine, sie müssen doch jemand im Hinterkopf gehabt haben, als sie dich angestellt haben.«

Scheiße. Scheiße. Scheiße. »Nun, es ist im *Gespräch*, mich an den Burger-King-Account zu setzen.«

»Burger King?«, fragt Olivia. »Sind die nicht bei einer der großen New Yorker Agenturen?«

»Sind sie, ja. Aber offenbar waren sie sehr beeindruckt von den Kampagnen, die Advert-X gemacht hat, und denken darüber nach, sich werbemäßig neu aufzustellen … Hör zu, das ist alles noch nicht spruchreif, und wahrscheinlich darf ich gar nicht darüber reden. Es ist streng vertraulich.«

»O mein Gott. Burger King! Das wäre absolut fantastisch!«

»Stimmt«, bestätigt er. »Aber selbst wenn es klappt, wird es eine Weile dauern, bis alle Details geklärt sind, und du musst mir versprechen, dass du niemandem etwas davon sagst.«

»Meine Lippen sind versiegelt.«

»Gut. Hör mal. Der Empfang ist nicht besonders gut …«, sagt Sean, verzweifelt bemüht, das Gespräch zu beenden.

»Ich weiß. Du hörst dich an, als würdest du in einer Waschmaschine sitzen.«

Eher der Atlantische Ozean, denkt Sean. »Das liegt an meinem Telefon. Es hat in letzter Zeit öfter Zicken gemacht.«

»Hast du keine Durchwahl? Ich sollte die Nummer speichern.«

»Ja. Ich geb sie dir später. Hör zu, Schatz, ich muss jetzt leider wirklich Schluss machen. Jemand möchte mich sprechen.«

»Natürlich. Entschuldige. Ich bin bloß so aufgeregt. Wir reden, wenn wir zu Hause sind. Und nicht vergessen – ich will alles wissen.«

»Sollst du.« Er beendet das Gespräch, bevor sie noch ein weiteres Wort sagen kann. »Scheiße!«, brüllt er, wirft sein Handy in den Sand, hebt es sofort wieder auf und wischt das Display sauber. »Gottverdammte Mist*kacke*!«

»Verzeihung«, ruft eine Frau von einem Handtuch in der Nähe mit wütendem Gesicht und hält einem Kleinkind, das große Augen macht, die Ohren zu. »Falls Sie es noch nicht bemerkt haben, hier sind Kinder.«

»Tut mir leid.«

»Das sollte es auch.«

»Ja, schön, leck mich doch«, sagt Sean, rafft sein Handtuch zusammen und steht auf.

So schnell er kann, stapft er durch den weichen Sand bis zu der Holztreppe, die Sohlen seiner nackten Füße brennen. Auf dem Absatz muss er warten, bis eine Gruppe von Teenagern sich die Füße abgespült hat. Nachdem er selbst den Sand abgewaschen hat, dauert es weitere fünf Minuten, bis die Straßenbahn kommt, die ihn über die fünfhundert Meter lange Promenade zu seinem Wagen bringt, den er auf dem ersten einer Reihe miteinander verbundener Parkplätze abgestellt hat.

Er nimmt seine Kleider aus dem Kofferraum, zieht Hemd und Socken an, streift seine Hose über die Badehose und schlüpft in seine braunen Slipper. Die verdammte Jacke kann im Kofferraum bleiben, zumindest bis er zu Hause ist, denkt er, überlegt es sich dann aber doch anders und wirft sie auf den Beifahrersitz. Bei seinem Glück hat Olivia wahrscheinlich früher Feierabend gemacht und erwartet ihn in der Auffahrt, wenn er ankommt. Er hat genug Probleme, auch ohne mit einer plausiblen Erklärung dafür aufwarten zu müssen, was sein Dreitausend-Dollar-Jackett im Kofferraum seines Wagens neben einem Strandlaken macht, das voller Sand ist und nach Meer riecht.

Er blickt erneut auf die Uhr und stellt fest, dass es noch zu früh ist, um nach Hause zu fahren. Er kann nicht riskieren, dass einer der Nachbarn ihn sieht und Olivia gegenüber unabsichtlich verrät. Das ist der Hauptgrund, warum er diesen Ort ausgesucht hat. Hierher kommen nicht viele Leute, zumindest verglichen mit den öffentlichen Stränden von Riviera Beach und Juno. Wahrscheinlich sind sie zu geizig, um die verdammten fünf Dollar Eintritt zu bezahlen.

Die auch bedeuten, dass er es sich auch nicht leisten kann, öfter als ein paarmal die Woche herzukommen.

Sean steigt in seinen Wagen und sinniert darüber, dass die Nachbarn seit dem spontanen Ballspiel vor ein paar Wochen viel freundlicher geworden sind. Hey, sie planen sogar ein Nachbarschaftsgrillen zum Nationalfeiertag am vierten Juli!

Das heißt, dass alle ihm gratulieren und ihn nach seinem neuen Job fragen werden.

Das heißt, dass er etwas zu erzählen haben muss.

Er verlässt die weitläufigen Parkflächen und fährt auf dem PGA Boulevard nach Westen, bis er eine schäbig aussehende Bar am Ende einer Ladenzeile an der Kreuzung mit der A1A entdeckt. *Perfekt*, denkt er und biegt auf den Parkplatz. Hier läuft er bestimmt nicht Gefahr, einem Bekannten zu begegnen. Er wird sich in eine dunkle Ecke setzen, ein Bier trinken, vielleicht zwei, und das Internet nach allerlei wissenswerten und unterhaltsamen Informationen über Advert-X und seinen Gründer durchkämmen.

Niemand wird sich für die konkreten Details des Jobs interessieren.

Niemand bis auf Olivia natürlich.

»Scheiße«, murmelt er, als er die schwere Eingangstür der Bar aufzieht. Er könnte wirklich einen Drink gebrauchen.

KAPITEL FÜNFUNDDREISSIG

Julia hört Norman in die Auffahrt biegen und fragt sich seufzend, wann es so eine Quälerei geworden ist, ihren einzigen Sohn zu treffen. Sie füllt den Kessel mit Wasser und trägt ein Tablett mit frisch gebackenen Kirsch-Scones zu dem Tisch vor dem Sofa im Wohnzimmer. Sekunden später klingelt es.

Sie blickt kurz in den Spiegel neben der Haustür, bevor sie sie öffnet, kneift sich um der Farbe willen in die Wangen, bauscht ihr Haar auf und streicht ihr geblümtes Kleid glatt. Es ist wichtig, dass sie, wenn schon nicht topfit, doch zumindest so gesund aussieht, dass Norman beruhigt ist, dass sie nicht vor seinen Augen tot umkippen wird.

»Hallo, mein Schatz«, sagt sie und bittet ihren Sohn herein. Er wirkt gefasst und selbstbewusst wie immer. Hellblaues Sportjackett, weißes Hemd mit offenem Kragen, schmale dunkelblaue Hose, Gucci-Slipper, keine Socken. Das Abbild des Erfolges. Sie blickt zum Wagen. »Poopsy ist nicht mitgekommen?«

»Sie heißt *Poppy*, Mom.«

Sie lächelt. »Ich weiß. Ich will dich nur necken.«

»Der Witz hat sich allmählich abgenutzt.« Pflichtschuldig küsst er seine Mutter auf die Wange. »Und nein, sie ist nicht mitgekommen. Ich bin direkt von der Arbeit hergefahren.« Er drängt an ihr vorbei ins Wohnzimmer. »Tut mir leid, wenn ich ein bisschen spät bin. Ich dachte, ich würde früher wegkommen, aber, nun, du weißt ja …«

»Also, ehrlich gesagt weiß ich es nicht.«

Ihr Sohn sieht sie verwirrt an. »Was weißt du nicht?«

Julia zuckt die Schultern. »Vieles, nehme ich an. Zum Beispiel, was du genau machst.«

Norman zieht die Brauen über dem Nasenrücken zusammen. »Fühlst du dich gut?«

»Mir geht es bestens.«

»Wirklich? Du bist ohnmächtig geworden. Du warst zwei Tage im Krankenhaus.«

»Ja, wo man mich für kerngesund erklärt und wieder nach Hause geschickt hat.«

»Aber jetzt bist du verwirrt.«

»Ich bin nicht verwirrt. Wer sagt, dass ich verwirrt bin?«

»Du hast eben gesagt, dass du nicht weißt, was ich mache.«

»Ich weiß, dass du einen Hedgefonds managst. Ich weiß bloß nicht, was das eigentlich bedeutet.« Sie lässt sich auf dem Sofa nieder. »Vielleicht könntest du mich aufklären.«

»Jetzt bin *ich* verwirrt.«

»Weshalb?«

»Woher das plötzliche Interesse daran, was ich mache? Es hat dich früher doch auch nie interessiert.«

»Natürlich hat es mich interessiert.«

»Nein«, entgegnet Norman. »Das stimmt nicht.«

Oje, denkt Julia. Ihr Sohn ist noch keine zwei Minuten im Haus, und sie streiten schon.

»Es ist okay, Mom. Es ist wirklich nicht wichtig.«

»Natürlich ist es wichtig.« Sie klopft auf das Polster neben sich. »Setz dich doch, ich mach uns einen Tee, und du erzählst mir, wie es ist, einen Hedgefonds zu managen.«

»Für mich keinen Tee, vielen Dank.« Norman setzt sich auf einen der Sessel gegenüber dem Sofa.

»Wie wär's mit einem Scone? Mark hat heute Morgen eine frische Ladung gebacken, sie sind köstlich.«

»Mein Sohn hat Scones gebacken?«

»Er ist sehr talentiert.«

»Ein echter Duncan Hines.« Norman blickt sich um. »Wo ist er überhaupt? Ist er hier?«

»Nein. Ich glaube, er ist zum Strand gefahren.«

»Nettes Leben«, höhnt Norman.

Julia faltet die Hände in ihrem Schoß. »Du bist zu streng mit dem Jungen.«

»Und du zu weich. Aber ich bin nicht gekommen, um über Mark zu sprechen.«

»Warum *bist* du gekommen?«

»Weil du meine Mutter bist und ich mir Sorgen um dich mache.«

»Nun, wie du siehst, gibt es keinen Grund zur Besorgnis.«

»Du bist zusammengebrochen. Du warst im Krankenhaus.«

»Ich bin zu schnell aufgestanden und ohnmächtig geworden. Das ist alles. Ich habe niedrigen Blutdruck. Als ich jünger war, bin ich dauernd ohnmächtig geworden.«

»Nun, du bist nicht mehr jung. Und du hattest verdammtes Glück, dass du nicht mit dem Kopf aufgeschlagen bist.«

»Ich hatte verdammtes Glück, dass Mark hier war«, korrigiert Julia ihn. Sie und ihr Enkel hatten beschlossen, Norman den wahren Grund für ihre Ohnmacht zu verschweigen. »Und jetzt erzähl«, fährt sie fort, »was genau *ist* ein Hedgefonds?«

Norman schüttelt den Kopf. »Im Ernst?«

»Tu mir den Gefallen.«

Ein weiteres Kopfschütteln, gefolgt von einem langen tiefen Ausatmen und einem resignierten Nicken. »Ein Hedgefonds ist ein Pool von Geld, das von einer Gruppe von Investoren aufgebracht und von einem Fondsmanager – mir – gemanagt wird, dessen Job es ist, bei Minimierung der Risiken maximale Rendite zu erzielen.«

»Das sind ja ziemlich große Worte«, sagt Julia. »Und wie minimiert man die Risiken und erzielt maximale Renditen?«

»Indem man in verschiedene Vermögenswerte investiert, sozusagen alternative Investitionen«, führt Norman aus und kommt langsam in Fahrt, »in der Hoffnung, entweder den Markt zu schlagen oder im Falle einer unvorhergesehenen Veränderung am Markt ein *Hedge* zu bieten, ein Sicherungsgeschäft. Wir kaufen oder shorten Assets aller Art.«

»Was meinst du mit ›shorten‹?«, fragt Julia, interessierter, als sie gedacht hätte.

Norman atmet tief ein. »Eine Aktie zu shorten bedeutet, ein Investor verkauft Anteile, die er zu dem Zeitpunkt noch gar nicht besitzt, und kauft die entsprechende Menge dieser Anteile zu einem späteren Zeitpunkt, wenn der Preis hoffentlich gefallen ist. Auf diese Weise macht der Investor auch bei fallendem Marktpreis Profit.«

»Du willst also eigentlich sagen, dass du ein Spieler bist.«

»Ich ziehe das Wort Spekulant vor.«

»Faszinierend. Wirklich. Durchaus faszinierend. Sag mal, versteht deine Frau irgendetwas von alldem?«

»Kein Wort«, räumt er ein. »Und sie versucht es auch gar nicht. Eins der vielen Dinge, die ich an ihr liebe.«

»Was sind die anderen?«, fragt Julia.

»Verzeihung?«

»Was sind die anderen Dinge, die du an Poopsy … Poopy … entschuldige … Poppy magst?«

»Ist das dein Ernst?«

»Ja.«

»Nun, zunächst mal ist sie offensichtlich sehr schön.«

»Das ist sie.«

»Und sie hat einen umwerfenden Körper.«

»Das hat sie. Und ich nehme an, sie ist eine Granate im Bett, das müssen wir also nicht vertiefen.«

»Vielen Dank dafür.«

»Was noch?«

»Sie bringt mich zum Lachen.«

»Absichtlich?«

»Was soll das heißen?«

Nun ist es an Julia, tief Luft zu holen. »Nun, sie ist zugegebenermaßen eine wunderschöne Frau mit einem tollen Körper, aber mal ehrlich, Schatz, sie ist nicht gerade – wie sagt man? – eine Intelligenzbombe. Ich meine, diese Bademoden-Idee …«

»Nicht die schlechteste Idee«, sagt Norman. »Außerdem *will* ich keine Intelligenzbombe. Ich möchte bloß eine Frau, die gut aussieht, gut riecht und *mir* ein gutes Gefühl gibt. Und ich habe endlich eine gefunden, die genau das macht. Du magst mich vielleicht nicht besonders, Mutter, aber Poppy sieht mich an, als wäre ich das Großartigste seit der Erfindung von geschnittenem Brot.«

»Wer behauptet, dass ich dich nicht besonders mag?«

»Das musst du nicht ausdrücklich sagen«, erwidert Norman.

Julia senkt den Kopf, ein schlechtes Gewissen schwebt über ihr wie ein giftiger Heiligenschein. »Du bist mein Sohn. Ich liebe dich sehr.«

»Liebe gehört mehr oder weniger dazu«, sagt er. »Aber jemanden zu mögen ist etwas ganz anderes. Und das ist okay«, fügt er rasch hinzu. »Wir sind einfach zwei sehr verschiedene Menschen. Wir müssen uns nicht gegenseitig mögen.«

Julias Blick zuckt zu Norman. »Du magst mich nicht?«

»Du bist meine Mutter«, antwortet er mit gespieltem Ernst und ihren eigenen Worten. »Ich liebe dich sehr.«

Tränen stehen in Julias Augen. Offenbar hat ihr Sohn doch Humor. »Wie kann man nur so etwas Abscheuliches sagen?«

Und plötzlich lachen sie beide, Julia so heftig, dass ihr Zwerchfell schmerzt und sie nach Luft schnappt.

»Alles in Ordnung?«, fragt Norman, nachdem das Gelächter abgeklungen ist.

»Mir geht es gut, mein Liebling.«

»Tut mir leid, dass ich dich enttäuscht habe«, sagt er.

»Tut mir leid, dass ich *dich* enttäuscht habe«, erwidert Julia.

»Jetzt könnte ich doch eine Tasse Tee gebrauchen.«

Julia springt auf. »Komm. Und bring die Scones mit.«

»Langsam«, ermahnt Norman sie, folgt ihr in die Küche und stellt den Teller mit den Scones auf den Küchentisch. »Denk an deinen Blutdruck. Du willst schließlich nicht wieder ohnmächtig werden.«

»Ich werde nicht ohnmächtig.« Sie dreht die Flamme unter dem Kessel an. »Nimm dir ein Scone.«

Norman probiert gehorsam einen Bissen. »Die sind wirklich gut«, gibt er zu, bevor seine Mutter fragen kann.

»Dein Sohn hat eine echte Gabe. Ich esse besser als jemals zuvor in meinem Leben.«

»So ungern ich es anspreche«, sagt Norman, als seine Mutter den Tee aufgießt, »ich nehme an, du hast nicht noch einmal darüber nachgedacht, das Haus zu verkaufen?«

»Nein, habe ich nicht«, lügt Julia. In Wahrheit hat sie in den letzten Tagen sehr viel darüber nachgedacht.

»Hör mal. Ich bin nicht unsensibel gegenüber deinen Gefühlen und will auch bestimmt nicht kleinreden, wie wichtig dir deine Unabhängigkeit ist«, erklärt Norman. »Das verstehe ich. Und ich will sie dir nicht nehmen, glaub mir. Es ist bloß ziemlich viel Haus für jemanden in deinem Alter, und mal ehrlich, Mom, Mark wird nicht ewig hier rumhängen. Selbst wenn er noch ein Jahr bleibt oder zwei, gibt es keine Garantie dafür, dass er hier ist, wenn du das nächste Mal ohnmächtig wirst oder, Gott bewahre, die Treppe runterfällst oder… was auch immer. Ich bin kein herzloses Schwein, das dir dein Haus stehlen und das Geld einsacken will. Du kannst alles für gute Zwecke spenden, wenn du möchtest. Ich brauche das Geld nicht. Ich bin zufälligerweise ein sehr guter…«

»Spieler«, sagt sie.

»Spekulant«, verbessert er.

Sie lächeln.

»Und es muss auch nicht Manor Born sein«, sagt er. »Wir können uns nach etwas umsehen, wo es dir besser gefällt…«

»Trink deinen Tee«, sagt Julia, stellt zwei Porzellantassen auf den Tisch und setzt sich ihm gegenüber.

»Yes, Ma'am.« Er isst sein Scone auf und nimmt sich noch eins. »Die sind wirklich sehr gut.«

»Nimm ein paar mit nach Hause für … Poppy.«

»Danke«, sagt ihr Sohn.

»Kein Problem. Mark kann jederzeit neue backen.«

»Das meinte ich nicht.«

»Ich weiß.«

Den Rest ihres Tees trinken sie schweigend.

KAPITEL SECHSUNDDREISSIG

Die Frau mittleren Alters marschiert in Lola's Lingerie ein, als hätte sie eine Mission.

»Ich brauche einen neuen BH«, erklärt sie Heidi.

Heidi wirft einen Blick auf die buchstäblich Hunderte von BHs im Laden. »Nun, da sind Sie hier auf jeden Fall richtig. Haben Sie einen bestimmten Stil im Sinn?«

»Nein, eigentlich nicht.«

»Na, warum schauen Sie sich nicht um und sehen, ob Ihnen irgendetwas gefällt?« Heidi blickt wiederholt verstohlen auf die Uhr und stellt fest, dass sie in weniger als zehn Minuten Feierabend hat. Und während sie sonst sehr geduldig mit Kundinnen ist, die keine Ahnung haben, was sie wollen, fühlt sie sich seit ein paar Tagen ständig müde, und ihr ist häufig schlecht, weshalb sie sich darauf gefreut hat, nach Hause zu fahren und die Füße hochzulegen.

Vor allem seit Aidens Mutter für das Wochenende ihren Einzug angekündigt hat, sodass dies wahrscheinlich einer der wenigen Abende in den kommenden Wochen sein wird, an dem Heidi sich entspannen kann.

Lieber Gott, bitte lass Lisas Renovierung nicht noch länger dauern.

»Welche Größe haben Sie?«, fragt Heidi.

»Das ist Teil des Problems«, antwortet die Frau. Sie hat langes flammend rotes Haar und eine euphemistisch gesagt üppige Figur. »Ich weiß es nicht mehr. Früher hatte ich mal 80D, aber alles ist so verdammt eng, dass ich kaum atmen kann. Gott, ich hasse diese Dinger.« Sie weist auf ihre vollen Brüste. »Ich werde nie verstehen, was Männer darin sehen.«

Heidi nickt mitfühlend. Der Krebs, der ihre Mutter getötet hat, hatte in den Brüsten begonnen, weswegen Heidi mit ihren eigenen eine Hassliebe verbindet. Sie waren zwar immer beneidenswert rund und voll, doch in letzter Zeit sehen sie geschwollen aus und fühlen sich schwer an. Als ob sie zu einer anderen Person gehören würden.

Irgendwas stimmt nicht.

Ihre Mutter war nicht viel älter als Heidi jetzt, als sie der Krankheit erlegen ist – die Metastasen hatten sich von ihren Brüsten in ihre Lunge, ihre Wirbelsäule und ihr Gehirn ausgebreitet –, und Heidi weiß, dass sie den tödlichen DNA-Strang vielleicht geerbt hat.

Wie soll sie sich die Erschöpfung, die Übelkeit und das Anschwellen ihrer Brüste bei gleichzeitiger Appetitlosigkeit in letzter Zeit sonst erklären?

Sie hat Krebs. Sie weiß es.

Heidi greift in eine Schublade mit einer bunten Auswahl von BHs Größe 85E. »Vermutlich sollten wir eine Nummer größer versuchen. Wie wär's mit einem von denen?«

»Ich könnte ja mal einen anprobieren.« Widerwillig nimmt die Frau den braunschwarz gestreiften BH von Heidi entgegen.

»Die Umkleidekabinen sind da drüben.« Als Heidi sich nach rechts wendet, wird sie von einer Welle der Übelkeit erfasst, sodass sie den Arm der Frau packen muss, um nicht umzukippen.

»Alles in Ordnung?«, fragt die Frau.

»Ich habe Krebs«, flüstert Heidi.

»O mein Gott. Das tut mir schrecklich leid.« Sie drückt Heidi den BH wieder in die Hände. »Ich komme ein anderes Mal wieder.« Dann rennt sie aus dem Laden, als könnte Heidis Krebs ansteckend sein.

Heidi beobachtet, wie ihr leuchtend orangefarbener Kopf im stetigen Fluss der Menschen verschwindet, die durch den breiten Gang der Mall strömen.

»Was zum Teufel hast du zu ihr gesagt?«, fragt ihre Kollegin Shawna, die neben Heidi aufgetaucht ist.

»Ich habe ihr erzählt, dass ich Krebs habe.«

Shawna macht einen Schritt zurück und reißt entsetzt ihre braunen Augen auf. »Warum um alles in der Welt hast du ihr das erzählt?«

»Weil es stimmt.«

»Du hast Krebs?«

Heidi nickt.

»Was für eine Sorte?«, fragt Shawna.

»Brust.«

»Warst du beim Arzt?«

»Nein.«

»Hast du einen Knoten ertastet?«

»Nein.«

»Wie kommst du dann um Himmels willen darauf, dass du Krebs hast?«

»Mir ist dauernd schlecht, ich bin müde, meine Brüste tun weh und sind schwer, und meine Mutter hat Krebs bekommen, als sie in meinem Alter war… Was zum Teufel grinst du so?«

»Du hast keinen Krebs, Mann«, sagt Shawna fröhlich. »Du bist schwanger!«

»Was? Nein. Das ist unmöglich. Ich habe eine Spirale.«

Shawna zuckt die Schultern. »Meine Mutter hatte auch eine Spirale, als sie mit mir schwanger geworden ist. Angeblich bin ich mit dem verdammten Ding in der Faust rausgekommen.«

»Soll das ein Witz sein?«

»Guck nicht so entsetzt. Würdest du nicht lieber ein Baby haben als Krebs?«

»Du denkst wirklich, ich könnte schwanger sein?«

»Na ja, ich bin keine Ärztin, aber wenn du im letzten Monat nicht keusch gewesen bist, was eine echte Verschwendung wäre, wenn man bedenkt, wie hot dein Mann ist, würde ich das als Erstes ausschließen, bevor ich anfange, mein Testament zu machen. Außerdem kann man es leicht herausfinden. Besorg dir einen Schwangerschaftstest. Dann weißt du es sicher.«

»O mein Gott«, sagt Heidi und streicht mit den Händen über ihren flachen Bauch. Auf dem Nachhauseweg wird sie bei der Apotheke Halt machen.

Wie wird Aiden die Nachricht aufnehmen, wenn es stimmt, überlegt sie und zittert halb vor Freude, halb vor Angst.

Und noch entscheidender, was wird Lisa sagen?

Heidi sitzt auf den Fliesen im Badezimmer und starrt auf das thermometerartige Gerät in ihren Händen. *Schwanger*, liest sie, *1 – 2*.

»O mein Gott«, flüstert sie und starrt auf die anderen weggeworfenen Schwangerschaftstests auf dem Boden, die alle das gleiche Resultat ergeben haben: Sie bekommt ein Baby.

Und auch wenn ein Baby genau das sein könnte, was sie sich immer gewünscht hat, weiß sie, dass Aiden zwiespältige Gefühle zum Vatersein hat, nachdem sein eigener Vater die Familie verlassen hat, als er noch ein Kind war. Außerdem muss man seine posttraumatische Belastungsstörung bedenken. Wenn sie praktisch denkt, ist dies vielleicht nicht der ideale Zeitpunkt, ihre Familie zu vergrößern.

Und dann ist da noch Lisa.

Lisa wird garantiert einen Anfall bekommen, wenn sie es erfährt. Als Heidi zum ersten Mal den Traum erwähnt hat, eine Familie zu gründen, hat Lisa mehr oder weniger verlangt, dass sie solche Gedanken noch ein paar Jahre verschieben. *»Babys sind teuer. Ihr könnt euch keins leisten«*, hatte sie gesagt. *»Außerdem müsst ihr beiden euch noch mehr Zeit allein geben. Um sicher zu sein, dass eure Ehe auf festem Boden gegründet ist. Und bis Aidens Albträume abklingen«*, fuhr sie unaufgefordert fort, um ihre Anweisung als Besorgnis um Aidens und ihr Wohlbefinden zu ummanteln.

»Du bist der Albtraum«, sagt Heidi zu dem Bild von Lisa in ihrem Kopf. Sie rappelt sich hoch. »Ich werde dieses Baby bekommen, und du kannst verdammt noch mal gar nichts dagegen machen.«

»Das werden wir sehen«, hört sie Lisa sagen, als die Haustür geöffnet und wieder geschlossen wird.

»Babe?«, ruft Aiden. »Bist du zu Hause?«

»Ich komme gleich.« Heidi sammelt die Schwangerschaftstests ein, wirft sie in den Abfalleimer und beschließt auf dem

Weg die Treppe hinunter, dass sie Aiden die Neuigkeit sofort erzählen wird. Dann können sie gemeinsam überlegen, wie sie es seiner Mutter am besten beibringen.

Er beobachtet sie vom Fuß der Treppe. »Hey, du«, sagt er, als sie neben ihm steht.

»Hey, du«, erwidert sie, stellt sich auf die Zehenspitzen und drückt ihm einen zärtlichen Kuss auf den Mund. »Wie war's beim Therapeuten?«

Er zuckt die Schultern. »Okay, nehm ich an.« Er geht ins Wohnzimmer und lässt sich aufs Sofa fallen.

Heidi setzt sich neben ihn. »Ich habe ziemlich aufregende Neuigkeiten.«

»Hast du eine Lohnerhöhung bekommen?«

»Nein. Es hat nichts mit der Arbeit zu tun.«

»Was dann?«

»Du weißt doch, dass ich mich in den letzten paar Tagen nicht so toll gefühlt habe …?«

»Ja.«

»Also, heute Nachmittag hab ich mich da so reingesteigert, dass ich überzeugt war, ich hätte Krebs …«

»Krebs?«

»Ich hab keinen Krebs.«

Er lacht nervös. »Na, Gott sei Dank.«

»Und Shawna hat gesagt …« Sie stutzt und schnuppert. »Wonach riecht es hier?«

»Wir haben auf dem Nachhauseweg was von Kentucky Fried Chicken mitgebracht. Es steht in der Küche.«

Bei dem Gedanken an einen Eimer fettige Chicken-Nuggets dreht sich Heidi der Magen um und dann noch einmal, als ihr klar wird, was Aiden gerade genau gesagt hat. »Wir?«

»Meine Mutter.«

»Sie ist hier?«

»Im WC und wäscht sich die Hände. Sie hat mich beim Therapeuten abgeholt und gesagt, sie hätte richtig Lust auf Brathähnchen und …«

»Sie bleibt zum Abendessen?«

»Ist das ein Problem?«, ruft Lisa aus dem Flur. Sie trägt eine weiße Capri-Hose und einen enganliegenden dunkelblauen Pulli. Ihr tadelloses Make-up passt perfekt zu ihren frisch rotlackierten Finger- und Zehennägeln.

»Nein, natürlich nicht«, sagt Heidi und versucht sich zu erinnern, wann sie sich zum letzten Mal eine Pediküre und Maniküre geleistet hat. »Ich wusste bloß nicht …«

»Geht es dir gut? Du siehst ein bisschen blass um die Kiemen aus.«

»Heidi hat sich in letzter Zeit nicht so toll gefühlt«, sagt Aiden und gluckst. »Sie dachte, sie hätte Krebs.«

»O mein Gott«, sagt Lisa.

»Habe ich nicht«, versichert Heidi ihr rasch.

»Nein, natürlich nicht«, sagt Lisa. »Du bist schwanger, oder?«

»Was?«, sagt Aiden. »Nein, ist sie nicht … Heidi?«

»Das hab ich versucht, dir zu erzählen. Meine aufregende Neuigkeit. Ich habe gerade einen Test gemacht. Genau genommen drei. Sie waren alle positiv. Es ist alles noch sehr früh. Nur ein oder zwei Wochen.«

»Na, Gott sei Dank«, sagt Lisa. »Da haben wir ja noch Zeit, Vorkehrungen zu treffen. Ich rufe gleich morgen früh meine Gynäkologin an und finde heraus, wen man kontaktieren muss, ob ein Krankenhaus oder eine Klinik besser ist …«

»Wovon redest du?«

»Was *glaubst* du, wovon ich rede?«

»Ich werde dieses Baby *bekommen.*« Heidi wendet sich Aiden zu, damit der etwas sagt. Doch er bleibt stumm.

Im nächsten Augenblick rennt Heidi zur Haustür, und noch einen Moment später steht sie vornübergekrümmt auf dem Rasen und entleert den dürftigen Inhalt ihres Magens im Vorgarten.

»O mein Gott! Heidi?«, hört sie eine Frau sagen und Schritte nahen, bevor jemand besorgt den Arm um sie legt. »Ist alles in Ordnung?«

Heidi blickt auf und in das gütige Gesicht von Maggie McKay. »Ich bin schwanger«, hört sie sich sagen.

»Wie wundervoll«, ruft Maggie. »Herzlichen Glückwunsch. Das ist fantastisch.« Sie drückt Heidi sanft an sich. »Bis auf die Übelkeit natürlich.«

»Danke«, sagt Heidi unter Tränen. »Das hab ich gebraucht.«

»Heidi?«, ruft Lisa von der Haustür. »Was machst du hier draußen?«

»Ich sollte wieder reingehen.«

»Herzlichen Glückwunsch«, ruft Maggie Lisa zu. »Sie werden Großmutter. Ist das nicht aufregend?«

Lisa ringt sich ein knappes Lächeln ab. »Dummes Mädchen«, zischt sie, als sich Heidi an ihr vorbei ins Haus drängt.

KAPITEL SIEBENUNDDREISSIG

Nun, die sah jedenfalls alles andere als begeistert aus, denkt Maggie, als Lisa die Haustür schließt. *Ich frag mich, was für eine Geschichte dahintersteckt.*

»Es geht dich nichts an«, hört sie Craig mahnen.

»Leck mich«, murmelt sie und blickt Richtung Hood Road, um Ausschau nach seinem Wagen zu halten. Sie will ein paar Dinge mit ihrem Mann besprechen und ist vor die Tür getreten, weil sie hofft, ihn ein paar Minuten allein zu erwischen, bevor er die Kinder zu ihrem wöchentlichen Mittwochabend-Essen mitnimmt. Sie blickt auf die Uhr. Sie hat ebenfalls gehofft, dass sie es pünktlich um sieben Uhr zu einem Fitnesskurs in einem Studio in der Nähe schaffen würde, und es ist schon fast halb.

Aber statt Craigs Wagen sieht sie, wie die Tür der Grants aufgeht und Olivia heraustritt. »Hey«, ruft sie und kommt quer über die Straße zum Vorgarten der Youngs. »Was war denn da los?«

»Ich weiß nicht genau«, sagt Maggie wahrheitsgemäß. Es ist an Heidi zu entscheiden, wem sie von ihrer Schwangerschaft erzählen will. »Und wie geht's?«

»Gut. Großartig sogar. Sean hat am Montag in seinem neuen Job angefangen und scheint es wirklich zu genießen.«

»Das ist bestimmt eine große Erleichterung.«

»Ja. Keine abgelehnten Kreditkarten mehr. Nochmals vielen Dank, dass Sie mich gerettet haben.«

»Bitte. Nicht der Rede wert.«

»Mom!«, ruft Erin von ihrer Haustür. »Hast du mein Handy?«

»Wieso sollte ich dein Handy haben?«, ruft Maggie zurück. »Warum sollte ich ihr Handy haben?«, wiederholt sie zu Olivia.

»Ich kann es nicht finden«, jammert Erin. »Ich hab überall nachgeguckt.«

»Dann guck noch mal.« Selbst zwei Häuser entfernt kann Maggie sehen, wie Erin die Augen zum Himmel verdreht.

»Ich fahre hier nicht ohne weg.«

»Na, dann seh ich wohl lieber mal zu, dass ich in die Gänge komme«, sagt Maggie. Wenn sie es zu dem Kurs um sieben schaffen will, kann sie es sich nicht leisten, nach Craigs Ankunft weitere Zeit mit der Suche nach Erins Telefon zu verschwenden.

»Wir sehen uns am Samstag«, sagt Olivia.

Maggie wirft einen weiteren Blick zur Hood Road, bevor sie zu ihrem Haus an der Rundung der Sackgasse geht. »Wo hast du dein Handy denn zum letzten Mal gesehen?«, fragt sie, als sie in den Flur tritt.

»Sie hat es gefunden«, informiert Leo sie, der aus der Küche auf sie zukommt.

»Du hast es gefunden?«

Erins Antwort besteht in einem kaum wahrnehmbaren Nicken, als sie an ihrer Mutter vorbei ins Wohnzimmer geht und sich auf das Sofa fläzt.

»Wo war es denn?«, fragt Maggie und folgt ihr.

»Ist das wichtig?«

»In ihrer Jackentasche«, sagt Leo, der sich zu ihnen gesellt. »Wann kommt Dad?«

Maggie unterdrückt den Impuls, erneut auf die Uhr zu blicken. »Bald, hoffe ich.«

»Ich hab Hunger.«

»Er ist zu spät«, sagt Erin, als wäre ihre Mutter irgendwie für Craigs Verspätung verantwortlich.

»Ich bin sicher, er wird jede Sekunde hier sein. Wahrscheinlich ein Stau.« Maggie blickt jetzt doch erneut auf die Uhr.

»Du bist ja plötzlich verdammt dicke mit den Nachbarn«, bemerkt Erin. »Was hast du mit Mrs Grant geredet?«

»Nicht viel.«

»Ihr Mann ist unheimlich, er spioniert immer allen nach.«

»Nun, dazu wird er jetzt, da er einen neuen Job hat, wohl nicht mehr so viel Zeit haben.«

»Er hat einen Job?«

»Seit Montag.«

»Muss ja ein toller Job sein«, sagt Erin und scrollt durch ihre Nachrichten. »Ist er eine Art Sandtester oder was?«

»Ein Sandtester? Wovon redest du?«

»Ich rede davon, dass ich ihn am Montagnachmittag gesehen habe, wie er sich am Strand gesonnt hat.«

»Nein, das muss jemand anderes gewesen sein.«

»Er war es. Da kannst du Mark fragen.«

»Wieso sollte ich Mark fragen?«

»Weil er ihn auch gesehen hat.«

»Du warst mit Mark am Strand?« Maggie sieht, wie die

Farbe aus dem Gesicht ihrer Tochter weicht. »Du hast mir erzählt, du wärst mit ein paar Freunden aus der Schule dort gewesen.«

»Scheiße«, murmelt Erin.

»Erin …«

»Es ist nichts dabei.«

»Wenn nichts dabei ist, warum hast du mich dann angelogen?«

»Weil ich wusste, wie du reagieren würdest, deshalb. Du musst immer alles total übertreiben.«

»Nein, muss sie nicht«, schaltet Leo sich ein.

»Halt die Klappe, Leo.«

»Sag deinem Bruder nicht, dass er die Klappe halten soll.«

»Wenn du nicht so paranoid wegen allem wärst, müsste ich auch nicht lügen.«

Es klingelt.

»Endlich!«, sagt Erin und springt vom Sofa auf. »Vernunft kehrt ein.«

»Darüber reden wir noch«, sagt Maggie zum Rücken ihrer Tochter.

»Oh, da gibt es nichts zu reden.«

»Worüber?«, fragt Leo.

»Du bist zu spät«, hört Maggie ihre Tochter sagen, als diese die Haustür öffnet.

»Auf der I-95 hat es einen Unfall gegeben«, erklärt Craig, als Maggie und Leo in den Flur kommen. »Alles okay hier?«

»Mom hat bloß ihren täglichen Ausraster«, sagt Erin.

»Und ich nehme an, du hattest absolut nichts damit zu tun«, sagt Craig.

»Ich warte im Wagen«, erklärt Erin ihnen. »Und ihr seid

getrennt, das heißt, du musst dich nicht mehr immer auf ihre Seite schlagen«, sagt sie im Hinausgehen zu ihrem Vater.

Maggie atmet langsam aus und sieht, dass Craig das Gleiche tut. *Danke*, sagt ihr Blick, und Craig lächelt zurück, *gern geschehen*.

Wir sind immer noch synchron, denkt sie unwillkürlich und schiebt den ungebetenen Gedanken mit einem Kopfschütteln beiseite.

»Irgendwas, das ich wissen sollte?«, fragt Craig.

Bloß dass ich will, dass du nach Hause kommst, dass ich dich brauche, dass ich dich immer noch liebe.

»Ich hab Hunger«, sagt Leo.

»Lass uns nachher reden«, schlägt Maggie ihrem Mann vor. Sie braucht Zeit, um sich zu beruhigen, neu zu sammeln und diese beunruhigenden Gedanken loszuwerden. Und wenn sie sich wirklich beeilt, schafft sie es vielleicht noch zu dem Fitnesskurs um sieben.

»Bist du sicher?«

In der Auffahrt ertönt ein wütendes Hupen.

»Ich bin sicher. Genießt euer Abendessen.«

»Erin hat Mom über Mark angelogen«, hört Maggie Leo seinem Vater erklären, als sie zum Wagen gehen.

»Wer ist Mark?«

Maggie schafft es gerade noch, die Schlafzimmertür zu schließen, bevor sie in Tränen ausbricht.

Um fünf vor sieben sitzt Maggie bis auf einen Sport-BH und einen Bikinislip nackt immer noch auf dem Bett, unfähig, sich zu rühren. So hockt sie seit fast einer halben Stunde hier, ihre Sportsachen neben sich ausgebreitet – die neue glänzende schwarze Leggins, das knallgelbe T-Shirt und passende Knöchelsocken. Ein Paar kürzlich erworbener dunkelgrauer Sneakers steht neben ihren nackten Füßen auf dem Boden. Sie muss die verdammten Klamotten bloß anziehen.

Aber wozu, fragt sie sich beim nächsten Ausatmen. Der Kurs wird begonnen haben, bevor sie auch nur das Haus verlassen hat, und sie erinnert sich, online gelesen zu haben: *Zuspätkommende werden nicht zugelassen.*

So viel zu ihrem Vorsatz, diese Zeit wöchentlich zu nutzen, um wieder regelmäßig zu trainieren. So viel zu ihrer Entschlossenheit aufzuhören, einem Mann hinterherzuschmachten, der offensichtlich nicht zurückschaut, trotz allem, was Richard Atwood, geprüfter Steuerberater, vielleicht denken mochte.

»Es ist nicht Ihre Schuld, dass er noch in Sie verliebt ist«, hat er gesagt.

»Ja, klar.« Maggie zwingt sich aufzustehen. »Es reicht!«, sagt sie, schlüpft in ihre Leggins und zieht sie über Beinen und Hüften glatt, bevor sie ihr T-Shirt überstreift. »Es reicht!«, wiederholt sie, als sie Socken und Schuhe anzieht. »Zeit, dich am Riemen zu reißen. Zeit, mit deinem Leben weiterzumachen.«

Vielleicht hat sie den Fitnesskurs verpasst, doch nichts hindert sie daran, allein zu trainieren. Ein halbe Stunde auf dem Laufband sollte reichen, um den Nebel von Gefühlen zu lichten, der ihren Verstand umwölkt, ihr den Kopf freizupusten und ihr zu helfen, Realität von Wunschdenken zu trennen.

Sie nimmt die Pistole aus der Nachttischschublade, hält sie mit ausgestreckten Armen fest mit beiden Händen vor sich und geht die Treppe hinunter. »Sicher«, ruft sie, als sie unten ankommt. *Wie im Fernsehen*, denkt sie, marschiert ins Wohnzimmer. »Sicher«, sagt sie wieder, während sie lachend von Zimmer zu Zimmer geht. Würde sie auch den Mumm haben, die Waffe zu benutzen, überlegt sie, als sie die Pistole in ihre Stofftasche fallen lässt. Könnte sie wirklich einen anderen Menschen töten?

Und will sie wirklich ins Fitness-Studio gehen, wenn sie auch einfach ein heißes Bad nehmen und mit einer Tafel Schokolade ins Bett gehen könnte? »Ja. Ja, das willst du!«, sagt sie sich, steigt in ihr Auto und setzt aus der Garage in die Ausfahrt.

Sie ist schon fast auf der Straße, als sie plötzlich anhält und zum Haus der Wilsons nebenan blickt. Spontan lässt sie ihren Wagen im Leerlauf stehen, eilt zur Haustür der Wilsons und klingelt. Kurz darauf wird geöffnet, und Nick Wilson steht in Jeans und einem blauen Button-Down-Hemd mit offenem Kragen an den Rahmen gelehnt vor ihr, die Finger der rechten Hand um die Tür gelegt.

»Hi«, sagt er, offensichtlich überrascht, sie zu sehen. »Alles in Ordnung?«

»Alles bestens. Ich dachte bloß … Ist Dani da?«

Nick Wilson blickt ins Haus. »Ist sie. Aber sie ist im Augenblick ziemlich beschäftigt. Kann ich Ihnen helfen?«

»Eigentlich nicht. Ich will bloß gerade ins Fitness-Studio und dachte, sie hat vielleicht Lust mitzukommen.«

»Fitness-Studio ist nicht so Danis Ding«, erwidert Nick lachend. »Und wie gesagt, sie ist zurzeit auch ein bisschen beschäftigt. Aber hey, klingt wie eine Superidee. Ich werd es ihr auf jeden Fall ausrichten. Vielleicht nächstes Mal.«

Maggie will etwas antworten, doch die Tür wird bereits geschlossen. Sie kehrt zu ihrem Wagen zurück und versucht das Bild des attraktiven Dr. Wilson zu verdrängen, der an seinem Türrahmen lehnt, eine Hand an der Hüfte, die andere um die Tür gelegt, die Fingerknöchel rot und geschwollen.

»Es geht dich nichts an«, sagt sie sich, steigt wieder in ihren Wagen und knallt die Autotür zu. »Es geht dich verdammt noch mal nichts an.«

KAPITEL ACHTUNDDREISSIG

»Es geht dich nichts an«, wiederholt sie immer noch, als sie auf den Parkplatz vor dem Boutique-Studio an der Kreuzung Military Trail und Donald Ross Road fährt. »Halt dich da raus. Es geht dich nichts an.« Ihr neues Mantra.

Und außerdem, was soll sie machen? Die Polizei anrufen und ihren Verdacht melden? Sie kann sich schon vorstellen, wie sich diese Szene entwickeln würde. *Ja, mir ist bewusst, dass Nick Wilson ein hochgeachteter Onkologe ist, dessen Beruf es ist, Leben zu* retten, *und dass der umgängliche Arzt auch überhaupt nicht wirkt wie jemand, der seine Frau schlägt… Nein, ich war nie persönlich Zeuge einer Misshandlung, aber ich habe die Beweise im Gesicht und an den Armen seiner Frau gesehen. Und mir ist klar, dass die Schwellungen an den Fingerknöcheln des guten Doktors, die mir aufgefallen sind, alle möglichen Ursachen haben könnten… Ja, ich weiß, dass seine Frau nie Anzeige erstattet hat und rundweg leugnet, dass ihr Mann sie misshandelt. Aber mein Instinkt sagt mir…*

An der Stelle würde man sie garantiert unterbrechen und ihr erklären, dass ein instinktives Gefühl kein Beweis ist. Man würde sie darauf hinweisen, dass Dani Wilson ebenso wenig dem Profil einer misshandelten Ehefrau entspricht wie ihr Mann dem populären Bild des prügelnden Gatten, dass Dani unabhängig und beruflich erfolgreich ist und sowohl die Mittel als auch das nötige Kleingeld hat, um ihren Mann zu verlassen, falls sie das wünschen sollte.

Solange Dani Wilson keine Anzeige erstattet, würde man ihr bei der Polizei mit Sicherheit erklären, *sind uns leider die Hände gebunden.*

Und wenn Maggie sich entschließt, ihren Verdacht trotzdem zu melden? Wenn die Polizei entscheidet, dem Hinweis nachzugehen, und vor der Haustür der Wilsons auftaucht? Was dann?

Wütendes Leugnen allenthalben? Dani Wilson, die nicht mehr mit ihr redet? Eine vielversprechende Freundschaft im Keim erstickt? Und Maggie, die sich alle Nachbarn zum Feind gemacht hat und deshalb wahrscheinlich noch einmal umziehen muss?

Wohin soll sie dieses Mal fliehen?

Vor allem jetzt, wo sie gerade wieder anfängt, auf eigenen Füßen zu stehen.

Maggie lässt den Kopf auf das Lenkrad sinken und stöhnt.

Und was ist mit den Grants?

Wenn Erin sich nicht irrt und es wirklich Sean Grant war, den sie am Montag am Strand gesehen hat, heißt das, dass Sean seine Frau anlügt. Sollte sie etwas zu Olivia sagen?

»Das solltest du definitiv nicht«, hört sie Craig sagen.

Und die kleine Szene, die sich im Vorgarten der Youngs abgespielt hat? Dort braut sich offensichtlich ebenfalls Ärger zusammen.

»Der geht dich auch nichts an«, flüstert sie, steigt aus dem Wagen und geht zum Eingang des Fitness-Studios. »Niemand hat dich um Hilfe gebeten. Niemand interessiert sich für dein Bauchgefühl.«

»Hi«, zwitschert die junge dunkelhaarige Frau hinter dem Empfangstresen. Auf dem Namensschild an ihrem leuchtend orangefarbenen T-Shirt steht *Paula*. Paula hat ein breites Lächeln, das ihre Zähne blitzen lässt. »Kann ich Ihnen helfen?«

»Wie teuer ist der Mitgliedsbeitrag?«

»Das kommt darauf an, was Sie wollen.« Paula gibt Maggie eine Preisliste. »Eine Grundmitgliedschaft kostet zwanzig Dollar im Monat. Kurse und Personal Trainer kosten extra und sind nur für Mitglieder buchbar.«

Maggie erwirbt eine Grundmitgliedschaft und trägt sich in die Anmeldeliste ein.

»Die Umkleidekabinen und das Hauptstudio sind durch die Tür links hinter mir.« Paula sieht auf die Uhr. »Der Kurs ist fast vorbei, aber Sie können gern einen Blick reinwerfen.«

»Vielen Dank. Ich glaube, ich springe einfach aufs Laufband.«

Paula weist auf die Tür zu ihrer Linken. »Viel Spaß.«

Das Studio ist hell und geräumig, vollgestellt mit der üblichen Sammlung von Laufbändern, Rudermaschinen, Trimmrädern und Hanteln sowie einer Reihe beängstigend aussehender Maschinen, über deren Zweck Maggie nur spekulieren kann. »Halt dich an die Laufbänder«, sagt sie sich und winkt schüchtern einer jungen Frau zu, die zwei Maschinen weiter auf einem Laufband joggt.

Maggie steigt auf das nächste Laufband, stellt ihre Stofftasche vorsichtig auf den Boden und bemerkt zwei Jungen im Teenageralter, die am anderen Ende des großen Raumes Gewichte stemmen. In der Nähe grunzt sich ein rotgesichtiger Mann mittleren Alters an einer von zwei Kraftstationen durch eine Serie von Klimmzügen. Er sieht aus, als wäre er nur einen Klimmzug von einem schweren Herzinfarkt entfernt.

»Nicht meine Sorge«, murmelt Maggie, wählt ein Programm und spürt, wie das Band unter ihren Füßen sich sofort in Bewegung setzt. Sie schaltet den kleinen, am Gerät montierten Fernseher an und gibt sich dem beruhigenden Selbstbewusstsein der Traumhaus-Profis hin, während das Laufband die zweiminütige Aufwärmphase beendet und beschleunigt. Bald wechselt Maggie zwischen einem bequemen Schritttempo von fünf Stundenkilometern und zweiminütigen, doppelt so schnellen Zwischensprints.

Sie hat ihr Dreißig-Minuten-Programm zur Hälfte absolviert, als sie bemerkt, dass die Frau auf dem anderen Laufband und der drohende Herzinfarkt beide den Raum verlassen haben. Die Teenager auf der anderen Seite des Raumes haben aufgehört, Gewichte zu stemmen, und machen jetzt eine Serie von Kniebeugen und Liegestützen.

Maggie wendet sich wieder dem Fernseher zu – ein Mann zertrümmert mit einem Hammer eine Wand, während seine winzige, aber erstaunlich kräftige Frau mit bloßen Händen Küchenschränke herausreißt. *Sieht aus, als würde es Spaß machen*, denkt Maggie und setzt zu einem weiteren zweiminütigen Zwischensprint an. Nach einer Minute hört sie, wie die Tür zum Empfang aufgeht, dreht sich um und sieht mit Schweißtropfen in den Augen zwei Männer das Studio betreten.

Sie sind weiß, muskulös, bärtig und stark tätowiert. Der kleinere der beiden trägt ein schwarzes T-Shirt mit einem

Harley-Davidson-Logo. Der größere hat einen Schnäuzer und ein höhnisches Grinsen im Gesicht.

»O Gott«, flüstert Maggie, als der größere Mann auf das Laufband neben ihr steigt, während sein Kollege in dem schwarzen T-Shirt eine Maschine in der Nähe der Tür belegt, sodass sie zwischen beiden in der Falle sitzt.

»Sie müssen Maggie sein«, sagt der größere Mann.

In diesem Moment begreift Maggie, dass es kein Entkommen gibt.

Diese Männer sind hier, um sie zu töten.

Sie hört Gelächter, dreht sich um und sieht die Jugendlichen, Handtücher um den Hals geschlungen, die Tür ansteuern. Das bedeutet, es ist nur noch eine Frage von Sekunden, bis sie mit den beiden Männern allein sein wird.

Und noch ein wenig später wird sie fast sicher tot sein.

»Wartet!«, ruft sie den Teenagern atemlos zu. Aber die hören sie über dem Surren der Laufbänder gar nicht und sind im nächsten Moment durch die Tür verschwunden. Maggie drückt auf den roten Notstopp-Knopf ihres Laufbandes, das abrupt stehen bleibt, sodass sie rückwärts von der Maschine geschleudert wird und sich nur mühsam auf den Beinen halten kann, während die beiden Männer auf sie zukommen.

Maggie spürt eine Hand auf ihrem Rücken, eine andere an ihrem Arm. Sie sieht, wie sich ein Schlangentattoo um ihr Handgelenk legt. »Bitte«, ruft sie.

»Ist alles okay?«, fragt der größere Mann, und der von Natur aus höhnische Zug um seine Lippen steht irgendwie im Widerspruch zu der offenbar aufrichtigen Besorgnis in seinen Augen.

»Bitte lassen Sie mich einfach gehen.«

»Klar, Maggie«, sagt er und lässt ihren Arm los. »Wollte bloß sichergehen, dass Ihnen nichts passiert ist.«

»Mir geht es gut. Bitte, ich muss los.«

Der Mann tritt aus dem Weg.

»Maggie«, ruft der andere.

Maggie erstarrt und erwartet den Einschlag der Kugeln in ihrem Rücken.

»Ich glaube, Sie haben etwas vergessen.«

Maggie dreht sich zu dem Mann mit dem Harley-Davidson-T-Shirt um. Er streckt ihr lächelnd einen tätowierten muskulösen Arm entgegen. In der Hand hält er ihre Stofftasche mit der Pistole.

Mit angehaltenem Atem schnappt sie die Tasche und presst sie an die Brust, sodass die Glock 19 gegen ihr Brustbein drückt. »Woher kennen Sie meinen Namen?«

Er lächelt einfältig. »Er stand auf der Anmeldeliste. Sie waren die einzige Frau hier, deshalb dachte ich … Tut mir leid, wenn ich Ihnen einen Schrecken eingejagt habe.«

Maggie nickt, unfähig sich zu rühren.

»Sind Sie sicher, dass alles okay ist?«

»Ja. Ja, ich … mir geht es gut. Danke.« Sie geht eilig zur Tür, bleibt dann stehen und dreht sich noch einmal um. »Viel Spaß beim Training«, sagt sie mit dünner Stimme.

»Ihnen noch einen schönen Abend.«

Maggie sitzt immer noch in ihren durchgeschwitzten Sportklamotten im Wohnzimmer und nippt an ihrem mittlerweile dritten Glas Rotwein, als Craig mit Erin und Leo nach Hause kommt.

»Alles okay?«, fragt er, nachdem die Kinder sich in ihre Zimmer zurückgezogen haben.

Maggie atmet tief ein. »Ich denke, wir sollten Erin einen Wagen besorgen.«

Er wirkt überrascht. »Ich dachte, du wärst dagegen.«

»War ich auch«, gibt Maggie zu. »Aber ich habe darüber nachgedacht. Palm Beach Gardens ist nicht gerade der beste Ort, um ohne auszukommen. Ich arbeite jetzt, und wenn die Schule wieder anfängt, wird es schwierig werden, die Kinder überallhin zu chauffieren. So kann Erin Leo zur Schule bringen und dort abholen, und ich weiß nicht, es scheint mir einfach der richtige Zeitpunkt zu sein …«

»Ich bin ganz deiner Meinung.«

»Kannst du dich dann vielleicht darum kümmern und sehen, ob du irgendeinen Deal machen kannst?«

»Kommt drauf an.«

»Worauf?«

»Kann ich ein Glas Wein haben?«

Maggie zuckt die Schultern. »Bedien dich.«

Craig geht zu dem Schrank im Esszimmer und kommt mit einem passenden Weinglas zurück. »Dieser Shiraz war immer einer meiner Lieblingsweine.« Er gießt den Rest der Flasche in sein Glas und sieht Maggie verwundert an. *Hast du den Rest der Flasche ganz allein getrunken?*

»Es war ein interessanter Abend«, beantwortet sie seine unausgesprochene Frage.

Er lässt sich auf dem olivgrünen samtgepolsterten Sofa gegenüber dem grünweiß gestreiften Ohrensessel nieder, auf dem Maggie sitzt, und trinkt einen Schluck Wein. »Inwiefern?«

»Nun, zunächst einmal bin ich mir ziemlich sicher, dass Nick Wilson seine Frau schlägt und Sean Grant seine belügt. Und bei den Youngs stimmt definitiv auch irgendwas nicht. Ich weiß, du wirst mir sagen, ich soll mich um meine Angelegenheiten kümmern …«

»Wann hast du jemals auf mich gehört?«, fragt Craig grinsend.

Ein dünnes Lächeln zittert auf Maggies Lippen. »Und dann heute Abend im Sportstudio«, fährt sie fort, »war ich mir sicher, dass zwei so Typen mich umbringen wollten, und das wollten sie natürlich nicht, ich war bloß paranoid, wie du sagen würdest …«

»Ich sage viele dumme Sachen.«

»Na ja … das stimmt. In dem Punkt hattest du allerdings recht.«

Er lacht. »Bitte sag mir, dass du sie nicht erschossen hast.«

»Nein, hab ich nicht.«

»Nun, das ist ein Schritt in die richtige Richtung.« Er nippt noch einmal an seinem Wein. »Sonst noch was?«

»Das alles hat mich ins Nachdenken gebracht.«

»Worüber?«

»Mir ist bewusst, dass es immer Augenblicke wie heute Abend in dem Fitness-Studio geben wird, Augenblicke, in denen ich von meiner Angst überwältigt werde. Aber ich darf diese Augenblicke nicht zu Tagen, Wochen, *Jahren* meines Lebens werden lassen«, sagt sie langsam und jedes Wort sorgfältig abwägend. »Ich bin schon zu lange in einer Art Schockstarre. Ich hab Angst vor meinem eigenen Schatten, Angst, nach vorn zu blicken, meinem Instinkt zu vertrauen, Angst zu sein … wer ich bin.«

»Was willst du damit sagen, Maggie?«

»Das muss sich ändern. Ich kann nicht länger warten und darauf hoffen, dass die Dinge sich ändern. Ich will mein Feuer zurück. Ich …« Maggie kippt den Rest des Weins in ihrem Glas herunter und steht auf. »Ich will die Scheidung.«

KAPITEL NEUNUNDDREISSIG

Es ist fast sieben Uhr am Samstagabend, und die meisten Bewohner der Carlyle Terrace sind draußen versammelt, um den vierten Juli zu feiern. Sean Grant steht, ein Bier in einer Hand, Kochuntensilien in der anderen, schwitzend an dem Grill, den er aus seinem Garten auf die Straße geholt hat. Seine Frau Olivia wartet hinter einem klapprigen alten Kartentisch, den Julia Fisher gestellt hat und auf dem sich die von den Wilsons gespendeten Hotdogs und Hamburger stapeln. Auf einem kleinen Holztisch von Maggie McKay sind Hamburger-Brötchen, Kartoffelsalat und eine Reihe von Würzsoßen aufgereiht. Daneben steht eine große Kühlbox mit Bier und Softdrinks, die Aiden und Heidi Young beigetragen haben. In einem Karton liegt eine imposante Sammlung von Feuerwerkskörpern bereit, die bei Anbruch der Dämmerung in lauten bunten Explosionen in den Abendhimmel geschossen werden sollen.

Die Erwachsenen plaudern freundlich miteinander, während Ben und Tyler Wilson ungestüm Nachlaufen spielen und zwischen den Älteren herum und auf die Straße rennen, ohne Verkehr oder Vergeltung zu fürchten.

Ihre Mutter hat sich noch nicht blicken lassen.

»Typisch«, knurrt Sean seiner Frau zu. »Sie hält sich für was Besseres als wir anderen.«

»Hey«, ruft Tyler Leo zu, der ihnen zugeschaut hat. »Willst du mitspielen?«

»Darf ich, Mom?«

»Natürlich«, erklärt Maggie ihrem Sohn. »Sei bloß vor… Viel Spaß«, sagt sie und blickt sich nach Erin um, die anscheinend verschwunden ist.

Genau wie Mark Fisher, bemerkt Maggie.

Ben Wilson kommt angerannt und gibt Leo einen Klaps auf den Arm. »Du bist!«, ruft er.

»Wie war Ihr Training?«, fragt eine Stimme, als die Jungen losrennen.

Maggie erkennt die verführerisch sonore Stimme von Nick Wilson, ohne hinzugucken. »Gut«, antwortet sie und wendet sich ihm zu. »Beim nächsten Mal kann ich Ihre Frau hoffentlich überreden mitzukommen.« Wieder lässt sie den Blick über die kleine Versammlung schweifen. »Ich sehe sie gar nicht. Kommt sie nicht?«

Nick blickt zum Haus. »Sie macht sich noch fertig. Sie sollte gleich hier sein.«

Maggie nickt. »Was ist mit Ihrer Hand passiert?«

Wenn ihn die Frage überrascht, lässt er es sich nicht anmerken. »Oh das. So dumm«, sagt er, fast ohne einen Blick auf seine Fingerknöchel zu werfen. »Ich war aufgebracht wegen der Diagnose eines Patienten und habe es an der Wand meines Sprechzimmers ausgelassen. Wirklich blöde. Ich hätte mir das Handgelenk brechen können. Man sollte meinen, dass ich mittlerweile weiß, dass man nicht jeden retten kann.« Er lächelt einfältig.

Maggie findet es interessant, dass er es trotz der Bekundung seiner eigenen Dummheit gleichzeitig geschafft hat, sich selbst auf die Schulter zu klopfen.

»Wenn Sie mich entschuldigen«, sagt er immer noch lächelnd. »Ich schau mal, was Dani aufhält.«

»Natürlich«, sagt Maggie und sieht ihm nach.

»Hey«, sagt Heidi Young und nimmt seinen Platz ein.

»Wie fühlen Sie sich?«, fragt Maggie und bemerkt, dass Aiden und seine Mutter zu zweit abseits auf dem Bürgersteig vor ihrem Haus stehen.

»Nicht so toll. Mir ist praktisch ständig übel. Entschuldigen Sie nochmals wegen neulich abends.«

»Sie müssen sich nicht entschuldigen. Es war *Ihr* Vorgarten.«

Heidi stößt ein kleines Kichern aus. »Falls Sie es nicht schon selbst bemerkt haben, meine Schwiegermutter ist nicht besonders begeistert über die Neuigkeit.«

»Ja, das hab ich irgendwie mitbekommen.«

Heidi atmet tief ein und senkt die Stimme zu einem Flüstern. »Sie will, dass ich eine Abtreibung vornehmen lasse.«

»Oh? Was wollen *Sie*?«

»Ich will dieses Baby.«

»Dann ist das so. Alles geklärt.«

»Nicht wirklich. Sie hat Aiden mehr oder weniger davon überzeugt, dass es nicht der richtige Zeitpunkt ist …«

»Niemand kann Sie zwingen, etwas zu tun, was Sie nicht wollen«, versichert Maggie ihr. »Geben Sie nicht nach. Ihr Mann liebt Sie, Heidi. Er wird einlenken.«

»Versprechen Sie mir das?«

Maggie nimmt lächelnd Heidis Hand. »Sie müssen Vertrauen haben«, sagt sie. »Es wird schon gutgehen.« Sie sieht sich rasch um. »Haben Sie Erin gesehen?«

»Vor ein paar Minuten war sie mit Mark zusammen. Ich glaube, sie sind in Julias Haus gegangen.«

Na super, denkt Maggie.

»Hey, alle zusammen«, ruft Sean. »Ich hab hier eine Ladung fertiger Hotdogs und Burger. Wer hat Hunger?«

»Ich!«, ruft Ben und läuft schnurstracks zum Grill.

»Ich auch«, echot Leo und rennt ihm nach.

»Und ich erst«, sagt Julia, nimmt sich einen Pappteller und hält ihn Sean hin.

»Wie fühlen Sie sich?«, fragt Olivia, als die ältere Frau Senf und Würzsoße auf ihren Hamburger gibt. »Soweit ich weiß, waren Sie vergangene Woche im Krankenhaus.«

»Es war nichts«, erklärt Julia ihr. »Ich bin zu schnell aufgestanden, mir ist schwindelig geworden, und ich bin ohnmächtig geworden. Mein Enkelsohn, Gott segne ihn, hat überreagiert und den Notruf gewählt.«

»Wo ist Mark überhaupt?«, fragt Maggie, die sich zu ihnen gesellt hat. »Ich habe ihn noch gar nicht gesehen.«

»Ich glaube, er ist reingegangen, um nach dem Apple Pie zu sehen.«

»Ihr Enkelsohn hat einen Apple Pie gebacken?«

»Bloß den besten Apple Pie, den Sie je probiert haben«, sagt Julia stolz.

»Klingt himmlisch. Haben Sie was dagegen, wenn ich mal gucken gehe?«, fragt Maggie.

»Nur zu. Die Tür ist offen. Folgen Sie einfach dem Duft.«

Maggie geht den Weg zu Julias Haus hinauf.

»Wohin gehst du?«, ruft Leo ihr nach.

»Ich bin gleich zurück, Schätzchen.« Maggie zieht die Tür auf und betritt Julias süß duftendes Haus. »Erin?«, ruft sie und geht Richtung Küche. »Erin, bist du hier drinnen?«

»Scheiße«, murmelt Erin und löst sich aus Marks Umarmung. »Es ist meine Mutter.«

»Was macht sie hier?«

»Rumschnüffeln? Was sonst? Sehe ich okay aus?«

»Du siehst super aus«, sagt er grinsend. »Dein Haar ist ein bisschen durcheinander.«

»Scheiße.« Sie versucht, es zu glätten. »Und jetzt?«

»Besser.«

»Was geht hier vor sich?«, fragt Maggie von der Tür.

»Ich hab bloß nach meinem Apple Pie geschaut«, sagt Mark, ohne sie direkt anzusehen.

»Riecht wundervoll.«

»Willst du irgendwas?«, fragt Erin.

»Sean fängt gerade an, Essen auszuteilen«, antwortet Maggie. »Ich dachte, ihr habt vielleicht Hunger.«

»Wie aufmerksam«, erwidert Erin, obwohl ihr Tonfall und ihr Blick etwas anderes sagen. Maggie tut, als hätte sie beides nicht bemerkt. »Wollen wir uns etwas zu essen holen?«

»Ich nehm bloß noch die Pies aus dem Ofen«, sagt Mark, »um sie abkühlen zu lassen.«

»Erin?«, fragt Maggie und weist in den Flur. »Kommst du?«

»Ich warte auf Mark.«

»Ich bin sicher, er kommt allein zurecht. Oder, Mark?«

»Klar«, antwortet Mark. »Geh nur. Ich komm sofort nach.«

»Ehrlich«, faucht Erin, als sie an ihrer Mutter vorbeistampft. »Du bist *so* eine Nervensäge.«

»Weiß er, dass du erst sechzehn bist?«, erwidert Maggie.

»Warte. Was?«, hört Maggie Mark in der Küche rufen, als die Haustür zufällt.

»Und was darf es für die Damen sein?«, fragt Sean, als Maggie und Erin näher kommen.

»Einen Hamburger für mich«, sagt Maggie. »Erin?«

»Ich hab eigentlich keinen Hunger.«

»Du musst etwas essen«, drängt Sean sie. »Komm. Es ist eine Feier.«

»Na gut«, brummt Erin mürrisch. »Dann nehm ich ein Hotdog.«

»Apropos Feier«, sagt Maggie, als Sean den Hamburger vom Grill nimmt, ihn in ein Brötchen steckt und auf ihren Teller legt, »soweit ich weiß, sind Glückwünsche angebracht.«

Sean sieht sie verwirrt an.

»Ihr neuer Job«, sagt Maggie.

Sean blickt zu seiner Frau neben sich. »Natürlich. Ich wusste nicht, dass Olivia es schon allen erzählt hat.«

»Nun, es ist ja nicht gerade ein Geheimnis, oder?«, fragt Olivia und lehnt sich an ihn. »Ich bin einfach so stolz auf dich, dass ich es in die Welt hinausrufen will.«

»Ja. Damit sollten wir vielleicht lieber noch ein bisschen warten, okay?« Sean nimmt sich ein neues Bier aus der Kühlbox. »Ein paar Monate, bis der Staub sich gelegt hat, und dann sehen wir, wie es so läuft. Wenn alles gut läuft, können wir es der Welt bekanntgeben. Hey, ihr da drüben«, ruft er Aiden und seiner Mutter zu. »Kommt und bedient euch.«

»Wissen Sie, dass Sie einen Klon haben«, sagt Erin zu Sean, als er ihr Hotdog mit der Zange vom Grill nimmt.

»Einen Klon?«

»Einen Doppelgänger«, erklärt Erin. »Ich hätte schwören können, dass ich Sie Montagnachmittag am Strand gesehen habe.«

»Was? Nein! Unmöglich!« Sean lockert kurz den Griff der Zange, Erins Hotdog fällt auf den Boden und rollt in Richtung von Olivias Füßen. »Wen immer du gesehen hast, ich war es bestimmt nicht. Scheiße! Wo ist das verdammte Ding hin?«

Erin lacht, als Olivia das verirrte Hotdog mit der Sandale stoppt.

Olivia lacht nicht.

KAPITEL VIERZIG

Dani sitzt auf dem Bett und starrt an die gegenüberliegende Wand, als sie hört, wie die Haustür geöffnet wird und ihr Mann die Treppe hochkommt. *Steh auf*, sagt sie sich. *Steh auf und komm in die Gänge. Zieh dir wenigstens eine saubere Bluse an.* In der Bluse, die sie trägt, kann sie schlecht nach unten gehen, so voller frischer Blutflecken, wie sie ist.

Aber als Dani versucht, ihre Füße zu bewegen, geben ihre Beine nach, und sie wird in ihre vorherige Position zurückgezwungen. Sie weiß, dass Nick wütend sein wird, wenn er sie sieht. Er hat sie ausdrücklich angewiesen, sich zu waschen, die Wunde mit Eis zu kühlen und ein fröhliches Gesicht für die Nachbarn aufzusetzen. Er wird ihr vorwerfen, dass sie versucht, ihn vorsätzlich in einem schlechten Licht erscheinen zu lassen. Genauso wie er ihr vorhin vorgeworfen hat, seine Autorität vor den Jungen zu unterminieren wegen… Gott allein weiß, warum.

»Dani?«, hört sie ihn rufen. »Dan…«

Sie spürt, wie er sie von der Tür anstarrt.

»Dani?«, sagt er noch einmal. »Schatz, ist alles in Ordnung?«

Dani kann ihren Ohren kaum trauen, geschweige denn antworten. Ist es möglich, dass er vergessen hat, was vor kaum einer Stunde geschehen ist? Vergessen, dass er sie wegen irgendeiner vermeintlichen kleineren Verfehlung mit der Faust ins Gesicht geschlagen und ihre Nase getroffen hat, sodass ein Schwall von Blut auf ihre weiße Bluse gespritzt ist? Ist so etwas denkbar?

Langsam, behutsam wendet Dani den Kopf in seine Richtung, sorgfältig darauf bedacht, sich nicht zu schnell zu bewegen, damit sie nicht wieder anfängt zu bluten.

»Oh, Schatz«, sagt Nick, kommt ins Zimmer und kniet vor ihren Füßen. »Hast du die ganze Zeit hier gesessen?« Er berührt ihre Wange und tastet mit den Fingern vorsichtig weiter in Richtung Nase.

Dani zuckt sofort zurück.

»Halt still«, weist er sie an und drückt sie sanft aufs Bett. »Die gute Nachricht ist, dass sie nicht gebrochen ist. Nur ein wenig geschwollen. Du hast sie offensichtlich nicht mit Eis gekühlt, wie ich vorgeschlagen habe…« Er zieht seine Hand weg. »Wann wirst du lernen, mir zu vertrauen? Ich bin Arzt, weißt du nicht mehr?«, sagt er lächelnd.

»Tut mir leid«, murmelt sie, und frische Tränen kullern über ihre Wange und vermischen sich mit dem getrockneten Blut an ihrem Kinn.

»Tja, nun, jetzt ist es zu spät. Wahrscheinlich wirst du ein blaues Auge kriegen.« Er rappelt sich hoch. »Was sich hätte vermeiden lassen, wenn du nur hin und wieder auf deinen Mann hören würdest. Komm«, sagt er. »Lass uns diese Bluse ausziehen.« Er öffnet die zierlichen Knöpfe der Bluse, streift sie von Danis Schulter und drückt ihre Arme an ihren Körper, als seine Finger über den Spitzenbesatz ihres ebenfalls mit Blut verschmierten BHs streifen. »Den ziehst du besser auch aus«, sagt er, löst den Verschluss auf dem Rücken und lässt ihn von ihren Brüsten gleiten.

Seine Hand wandert zu ihrem Hals, und Dani hält unwillkürlich den Atem an, unsicher, ob er sie liebkosen oder erwürgen will.

Wenn sie die Wahl hätte, würde sie Letzteres vorziehen.

Die Haustür wird geöffnet. »Mom? Dad?«, ruft eine Stimme leise die Treppe hinauf.

Nick hält Dani mit einer Hand den Mund zu und schiebt den Zeigefinger zwischen ihre Lippen. »Was ist, Ben?«

»Mr Grant hat gesagt, dein Essen ist fertig, und du solltest es lieber abholen, solange es noch heiß ist.«

»Ich komm sofort, Kumpel.«

»Mom auch.«

»Wir kommen.« Als die Haustür geschlossen wird, zieht Nick seinen Finger langsam aus Danis Mund. Er geht zur Kommode und wirft Dani ein hellgrünes T-Shirt und einen frischen BH zu. »Wasch dich«, weist er sie an. »Zieh das an, trag ein bisschen Concealer unter dem Auge auf und beweg deinen Arsch nach unten. Trag eine Sonnenbrille. Wenn jemand fragt, sag die Wahrheit – du hattest Nasenbluten.« An der Schlafzimmertür bleibt er noch einmal stehen. »Und beeil dich, Dani. Zwing mich nicht, noch mal wiederzukommen.«

»Ah, das sind Sie ja«, ruft Sean, als Nick sich wieder zu der Party gesellt. »Was soll's sein, Doc? Hamburger oder Hotdog?«

»Hamburger mit allem Drum und Dran.«

»Hier ist Ihr Burger.« Sean legt einen Hamburger auf

einen Pappteller, gibt ihn Nick und weist zu den Gewürzsoßen auf dem Nebentisch. »Bedienen Sie sich mit dem Drum und Dran.« Er blickt zum Haus der Wilsons. »Kommt Ihre Frau auch?«

»Sollte jeden Moment unten sein.«

»Hey, Dad«, ruft Tyler. »Darf ich Leo meinen Fisch zeigen?«

»Später, Goldlöckchen.«

»Wieso nennt er dich Goldlöckchen?«, fragt Leo. »Das ist ein Mädchenname.«

»Deine Schwester hat gesagt, es ist … ein Kosename.«

»Was ist denn das?«

»Wohl etwas Gutes.« Tyler zuckt die Schultern, wie um anzudeuten, dass er sich nicht sicher ist. »Wettrennen bis zum Ende der Straße?«

Maggie sieht sie losrennen, dankbar, dass ihr Sohn offenbar einen Freund gefunden hat, und nur milde überrascht, dass es Tyler geworden ist und nicht Ben. *»Tyler ist der Sensible«*, hat Erin berichtet.

Sie blickt sich nach ihrer Tochter um, entsetzt, dass sie erneut nirgends in Sicht ist.

In ihrem Rücken nahen Schritte, und als Maggie sich umdreht, erblickt sie Aidens Mutter. »Lisa Young«, sagt die Frau und streckt die Hand aus. »Ich glaube, wir sind uns noch nicht vorgestellt worden.«

»Maggie McKay.«

»Ich wohne für ein paar Wochen bei meinem Sohn, während meine Küche renoviert wird.«

Maggie bemerkt die bewusste Nichterwähnung von Aidens Frau. »Küchenrenovierungen sind eine größere Aktion.«

»Ja, aber man kann die Dinge nur begrenzt lange vor sich her schieben. Ihre neue Frisur gefällt mir wirklich gut. Blond steht Ihnen.«

»Vielen Dank. Eine wirklich hübsche Bluse, die Sie tragen«, fühlt Maggie sich genötigt hinzuzufügen. Obwohl eine langärmelige violette Seidenbluse ihr kaum als passendste Garderobe für ein letztendlich schlichtes Nachbarschaftsgrillen erscheint, vor allem bei der Hitze. »Und Ihre Schuhe«, fügt sie mit Blick auf Lisas ebenso unangemessen hochhackige Pumps hinzu.

»Mit Louboutins kann man nichts verkehrt machen«, sagt Lisa.

Maggie nickt und kommt sich in ihren No-Name-Sandalen, der beigefarbenen Caprihose und dem schlichten weißen T-Shirt plötzlich unelegant vor. Sie entdeckt Aiden und Heidi, die am Grill ihre Teller beladen. »Wollen Sie nichts essen?«

»Hamburger sind eigentlich nicht so mein Ding.«

»Sind Sie sicher? Alles ist köstlich.«

»Vielleicht gönne ich mir ein Stück von dem Apple Pie, den es wohl noch geben soll.«

Maggie blickt zum Haus von Julia Fisher. Ist Erin etwa wieder hineingegangen?

»Ich wollte mit Ihnen reden«, sagt Lisa.

»Oh?«

»Ja. Es geht um neulich abends.«

»Oh?«, sagt Maggie noch einmal.

»Ich fände es wirklich sehr nett, wenn Sie … die Situation den anderen gegenüber nicht erwähnen würden.«

Die Situation, wiederholt Maggie stumm. »Wenn Sie Heidis Schwangerschaft meinen«, erwidert sie spitz, »würde mir das im Traum nicht einfallen. Soweit ich weiß, ist sie noch in einem sehr frühen Stadium, und ich verstehe, dass sie wahrscheinlich lieber noch ein paar Monate warten möchten, bevor sie es den Leuten erzählen …«

»Darum geht es nicht«, unterbricht Lisa.

»Verzeihung. Worum *geht* es denn?«

»Es geht darum, dass wir uns insgesamt noch nicht sicher sind, ob ein Baby zu diesem speziellen Zeitpunkt eine gute Idee ist.«

»Wirklich? Heidi wirkte ganz begeistert.«

»Ja. Das arme Mädchen macht sich einige Illusionen über die Freuden des Mutterseins, fürchte ich. Ich hatte gehofft, Sie könnten mit ihr reden.«

»Ich?«

»Nun, offensichtlich fühlt sie sich wohl genug, sich Ihnen anzuvertrauen. Deshalb hört sie ja vielleicht auf Sie. Auf mich hört sie jedenfalls ganz bestimmt nicht.«

»Und was genau soll ich ihr Ihrer Meinung nach sagen?«

»Dass sie diese Schwangerschaft abbrechen soll.«

Maggie macht einen Schritt zurück. »Das kann ich nicht«, sagt sie. »Und das *werde* ich auch nicht.«

»Hören Sie. Wir wissen alle, dass diese Ehe ein Fehler war, und das Letzte, was mein Sohn braucht, ist die zusätzliche Belastung durch ein Baby. Um ehrlich zu sein, sind wir nicht einmal sicher, dass das Kind von *ihm* ist …«

Irgendjemand ringt vernehmlich nach Luft.

Maggie dreht sich um und sieht Heidi, ihr Gesicht aschfahl, ihr Mund ungläubig aufgerissen. Aiden steht mit ähnlichem Gesichtsausdruck ein paar Schritte hinter ihr.

»Bitte, mach keine Szene«, sagt Lisa mit eisiger Ruhe.

»Wie kannst du so etwas Schreckliches sagen?«, will Heidi wissen.

»Oh bitte. Spiel nicht die Unschuldige. Du vergisst, dass ich dich dabei überrascht habe, wie du sehr kuschelig mit einem der Nachbarn geworden bist.«

»Wovon redest du? Meinst du Mark? Ich hab dir doch gesagt, dass er mir geholfen hat, das Abendessen zuzubereiten.«

»Im Arbeitszimmer? Auf dem Sofa? Und das ganze Haus hat nach Marihuana gestunken?«, höhnt Lisa. »Gott weiß, was passiert ist, bevor ich gekommen bin.«

»Nichts ist passiert!« Heidi fährt zu Aiden herum. »Ich schwöre, es nichts passiert.«

»Du musst zugeben, dass das Timing dieser Schwangerschaft äußerst suspekt ist«, sagt Lisa.

»Du elende Hexe«, flüstert Heidi.

»Nun, ich muss ganz bestimmt nicht hier stehen und mich beleidigen lassen.« Lisa strafft die Schultern und wendet sich Maggie zu. »Wenn Sie mich entschuldigen …« Sie entfernt sich ein paar Schritte, bleibt dann stehen und dreht sich zu ihrem Sohn um. »Aiden? Kommst du?«

Maggie hält unwillkürlich den Atem an. Hat sie nicht vorhin in genau dem gleichen Ton mit Erin geredet? Sie gelobt still, es nie wieder zu tun.

Aidens Blicke zucken zwischen seiner Mutter und seiner Frau hin und her.

»Bitte geh nicht«, sagt Heidi.

Geh nicht, wiederholt Maggie mit ihrem Blick.

»Ihr fangt mich nie!«, brüllt plötzlich Ben und drängt sich

zwischen den Erwachsenen durch, dicht gefolgt von Leo und Tyler.

»Aiden…«, ruft ihn seine Mutter.

»Geh nicht«, sagt Heidi noch einmal. »Was deine Mutter über das Baby gesagt hat… es ist nicht wahr. Das weißt du.«

Aiden beobachtet Leo, Ben und Tyler, die immer lauter schreiend und in immer engeren Kreisen durch die Sackgasse rennen, und spürt, wie der Asphalt unter seinen Füßen zu Sand zerbröselt. Er lässt den Blick auf der Suche nach Aufständischen in die Schatten der Palmen schweifen. Er sieht, wie ein feindlicher Soldat aus Julias Haus kommt, in den Händen offenbar eine Bombe…

Im nächsten Augenblick stürzt er sich auf Mark und reißt ihn nieder. Der Apple Pie, den Mark so stolz getragen hat, segelt durch die Luft und klatscht auf den Boden, Stücke von Kruste und Äpfeln spritzen in alle Richtungen wie Granatsplitter. Um ihn herum kreischen Menschen.

»Aiden! Was machst du?«

»Um Himmels willen, Aiden, hör auf!«

»Hilfe! Irgendjemand muss ihn aufhalten!«

Aiden spürt Hände in seinem Rücken, auf seinen Schultern und an seinen Armen, die ihn von dem jungen Mann wegzerren, den er jetzt als Julias Enkelsohn wiedererkennt. Er blickt sich hilflos um, als Nick und Sean ihn loslassen, um Mark zu helfen.

»Das ist *deine* Schuld«, sagt Lisa zu Heidi. Sie legt einen Arm um Aiden und führt ihn zurück ins Haus.

»Was zum Teufel ist gerade passiert?«, fragt Olivia ihren Mann.

Sean blickt sich kurz in der kleinen Sackgasse um, deren Bewohner wie erstarrt dastehen. »Sieht so aus, als hätte das Feuerwerk schon begonnen.«

KAPITEL EINUNDVIERZIG

Heidi steht weinend mitten auf der Straße und entschuldigt sich bei jedem in Hörweite. »Es tut mir so leid«, murmelt sie immer wieder.

»Das war nicht Ihre Schuld«, versichert Maggie ihr.

Heidi blickt zu Mark, der auf dem Rasen vor dem Haus seiner Großmutter sitzt. »Ich weiß nicht, was ich sagen soll«, erklärt sie ihm, »außer dass es mir schrecklich leidtut. Ich weiß nicht, was in Aiden gefahren ist.«

Mark nickt. »Nicht deine Schuld«, murmelt er wie ein Echo von Maggie.

»Bist du sicher, dass alles in Ordnung ist?«, fragt Julia ihren Enkel und streicht über sein langes Haar.

»Ja. Bloß ein bisschen durchgerüttelt. Und was ist mit dir? Du siehst ein bisschen blass aus. Du wirst doch nicht wieder ohnmächtig, oder?«

»Nein, mein Schatz.« Julia atmet tief ein, um ihr schnell pochendes Herz zu beruhigen. »Hoffe ich zumindest.«

»Geben Sie mir Ihr Handgelenk«, sagt Nick Wilson und kniet sich neben sie. »Lassen Sie mich Ihren Puls checken.«

»Okay, Kinder«, sagt Olivia zu den drei Jungen, die das Ganze nervös kichernd beobachtet haben. »Fünf Dollar für denjenigen, der die meisten Pie-Stücke aufhebt. Und nichts davon in den Mund stecken«, ruft sie, als die drei losrennen, bevor sie den Satz beendet hat.

»Fünf Dollar?«, fragt Sean. »Ist das nicht ein bisschen extravagant?«

»Wir sind wieder Doppelverdiener, schon vergessen?«, sagt Olivia.

Sean fragt sich, ob sie das sarkastisch meint. Er beobachtet Maggies Tochter Erin, die neben Mark auf dem Rasen kauert. Das blöde Mädchen hätte um ein Haar alles ruiniert. Typisch für sein Glück, dass sie am Montagnachmittag am MacArthur Beach sein musste, einem Strand, den er extra deswegen ausgesucht hat, weil praktisch niemand, den er kennt, je dorthin fährt. Und ausgerechnet diesen Strand musste sie sich aussuchen! Er schüttelt den Kopf und denkt, dass er in Zukunft vorsichtiger sein muss. Er darf es nicht auf weitere Sichtungen seines »Klons« ankommen lassen.

»Dein schöner Pie«, hört er Erin stöhnen.

»Schon okay«, erwidert Mark. »Ich hab zwei gebacken.«

Sie lächelt und legt sanft eine Hand auf seinen Arm, als sie sich neben ihm niederlässt.

»Bist du wirklich erst sechzehn?«, fragt er sie flüsternd aus dem Mundwinkel.

»Spielt das eine Rolle?«

Er verzieht das Gesicht. »Ja. Irgendwie schon.«

Erin zieht die Hand weg und starrt wütend zu ihrer Mutter.

»Die Herzfrequenz ist ein wenig erhöht«, erklärt Nick Julia. »Was ich unter den Umständen für vollkommen normal halten würde. Vielleicht könnte jemand Mrs Fisher ein Glas Wasser holen?«

»Ich geh«, bietet Olivia an, verschwindet in ihrem Haus und kommt mit einem vollen Glas zurück.

»Was ist mit Ihnen?«, fragt Maggie. »Wie geht es Ihnen?«

»Es ist Aidens Baby«, sagt Heidi. »Ich schwöre.«

»Natürlich. Das weiß ich.« Maggie dreht Heidi zu sich um und sieht ihr direkt ins Gesicht. »Hören Sie mir zu, Schätzchen. Ihre Schwiegermutter ist eine böse Hexe. Sie hat Aiden angestachelt. Was hier passiert ist, war nicht Ihre Schuld.«

»Ich kann nicht in das Haus zurückkehren. Nicht solange sie da ist.«

»Sie müssen nicht zurückgehen.«

Tränen schießen in Heidis Augen und kullern über ihre Wangen. »Ich weiß nicht, wo ich sonst hingehen soll.«

»Was ist mit Ihren Eltern?«

»Es gibt niemanden.«

»Keine Brüder oder Schwestern?«

»Niemanden.«

Maggie nickt. »Okay. Gut. Dann übernachten Sie bei mir.«

»Was? Nein … Das kann ich Ihnen nicht zumuten.«

»Es ist keine Zumutung. Sie nehmen Erins Zimmer. Sie kann bei mir schlafen.«

»O Gott. Ich weiß nicht, was ich machen soll.«

»Dann machen Sie bis auf Weiteres einfach, was ich Ihnen sage«, erklärt Maggie.

Heidi nickt, erleichtert, dass jemand anderes die Entscheidungen trifft. »Okay, aber nur für einen Tag oder zwei. Bis ich mir überlegt habe, was ich mache.«

»Nehmen Sie sich so lange Zeit, wie Sie brauchen. Vertrauen Sie nur darauf, dass mit Ihnen und Ihrem Baby alles gut werden wird, was auch immer passiert.«

»Versprechen Sie das?«

Maggie atmet tief ein. »Ich verspreche es.«

»Ich habe gewonnen!«, ruft Ben, die Hände voller Pie-Stücke, als die drei Jungen zu Olivia rennen.

»Stimmt«, sagt Olivia und sieht zu, wie die Jungen den Pie in die Mülltonne werfen. »Sean, hast du ein paar lose Scheine in der Tasche?«

Sean greift in seine Tasche, wohlwissend, dass sie leer ist, als Nick eine Hand auf seinen Arm legt. »Erlauben Sie«, sagt er und gibt seinem Jüngsten einen Fünf-Dollar-Schein. »Und einen Dollar für den Zweiten.« Er drückte Leo einen Ein-Dollar-Schein in die Hand.

»Cool«, sagt Ben.

»Cool«, echot Leo.

»Kriege ich nichts?«, fragt Tyler.

Nick lacht. »Du bekommst den Ansporn, dich beim nächsten Mal mehr anzustrengen. Du kannst dich nicht immer von deinem kleinen Bruder ausstechen lassen.«

»Das ist nicht fair«, jammert Tyler.

»Das Leben ist nicht fair«, sagt sein Vater.

Wie wahr, denkt Sean, als die Haustür der Wilsons aufgeht und Dani heraustritt.

»Mom«, ruft Tyler, rennt zu ihr und drückt sich an sie. »Was ist los, Schätzchen?«

»Er ist sauer, weil er kein Geld gekriegt hat«, ruft Ben von der Mitte der Straße.

»Bin ich nicht.«

»Bist du wohl. Ich hab fünf Dollar gekriegt, weil ich die meisten Pie-Stücke eingesammelt habe. Und Leo war Zweiter, deshalb hat er einen Dollar gekriegt.«

»Ich fürchte, das verstehe ich nicht«, sagt Dani. »Welchen Pie habt ihr eingesammelt?«

»Der Pie, der auf den Boden gefallen ist, als Aiden und Mark gekämpft haben«, erklärt Tyler leise.

»Aiden und Mark haben gekämpft?«

»Lass uns nicht davon anfangen«, sagt Nick, geht zu Dani und führt sie zum Grill. »Nett, dass du endlich zu uns stößt.« Er kneift ihr so heftig in den Ellenbogen, dass es schmerzt. »Sie nimmt einen Hamburger«, erklärt er Sean. »Dieser Mann macht die besten Hamburger in der Stadt. Ohne Abzüge.«

Seans Brust schwillt voller Stolz, während er das Patty auf dem Grill wendet. Vielleicht kann er, anstatt Burger King als Werbekunden zu gewinnen, bei ihnen einen Job hinter dem Tresen bekommen, denkt er und lacht beinahe. »Ich glaube, die werden Sie nicht mehr lange brauchen«, sagt er und weist auf Danis überdimensionierte Sonnenbrille. »Es müsste bald dunkel werden.«

»Beinahe Zeit, die Show an den Start zu bringen.« Nick geht zu dem Karton mit Feuerwerkskörpern und wühlt darin herum.

»Nehmen Sie ein bisschen Kartoffelsalat«, sagt Olivia, als Dani Senf auf ihren Burger streicht. »Ist selbst gekauft.« Sie wartet auf einen Lacher, der ausbleibt. Sean hat wohl doch recht, was Dani betrifft, denkt sie und wünscht, ihre Nachbarin würde diese große hässliche Brille absetzen. Sie hat es noch nie gemocht, mit Menschen zu reden, denen sie nicht in die Augen sehen kann. »Sie haben eine ziemliche Szene verpasst«, sagt sie vertraulich zu Dani und wartet, dass diese fragt, was passiert ist. Als Dani das nicht tut, fährt Olivia fort: »In einem Moment war noch alles gut, im nächsten herrschte totales Chaos. Julias Enkel ist mit dem Apple Pie aus dem Haus gekommen, den er gebacken hat, und plötzlich ist Aiden wie ein verrückter Akrobat auf ihn zugeschossen und hat ihn zu Boden gerissen. Wirklich, man würde es nicht glauben, wenn man es nicht gesehen hat!« Sie beugt sich über den Tisch. »Ich glaube, es hat etwas mit Heidi zu tun. Sieht so aus, als hätten sie und Mark vielleicht ...«

»Hey, hey«, unterbricht Nick sie, als er an die Seite seiner Frau zurückkehrt und den linken Arm schwer auf ihre Schulter legt. »Tratschen verboten.«

»Ach, Sie sind ein Spaßverderber«, sagt Olivia.

Dani spürt das volle Gewicht des Arms ihres Mannes auf ihrer Schulter, als sie den Blick durch die kleine Gasse schweifen lässt, die Sicht durch die getönte Brille getrübt. Sie beobachtet Ben, Tyler und Leo, die in der dunkler werdenden Straße hin und her rennen, bemerkt Mark, seine Großmutter und Erin, die schweigend auf dem Bordstein sitzen, sieht Maggie, die mitten auf der Straße Heidi tröstet. »Wo ist Aiden?«

»Seine Mommy hat ihn ins Haus gebracht«, sagt Olivia.

»Und wie ist der Burger?«, fragt Sean.

»Gut«, sagt Dani, obwohl sie außer dem getrockneten Blut in ihrem Mund in Wahrheit kaum etwas schmecken kann.

»Bloß gut?«

»Entschuldigen Sie«, verbessert Dani sich. »Er ist wundervoll. Der beste Burger der Stadt.«

»Na, dann iss auf«, sagt Nick.

Dani nimmt einen weiteren Bissen und strengt sich an,

nicht zu würgen. Sie will eigentlich nur ins Haus zurückkehren, ins Bett kriechen, die Decke über den Kopf ziehen und verschwinden. Sie will nicht hier sein, will keinen nervtötenden Smalltalk mit Menschen machen, die sie kaum kennt, und sie will auch keine festlichen Feuerwerkskörper am Himmel bewundern.

Mag sein, dass heute der vierte Juli ist, aber sie hat nichts zu feiern.

»Hey, Dad«, ruft Ben. »Wann fangen wir an?«

Nick blickt zu den anderen. »Was meint ihr? Ein paar Kleinere können wir schon jetzt abfeuern, und die Extravaganteren bewahren wir uns auf, bis es dunkler ist?«

»Von mir aus gern«, sagt Olivia.

»Lass krachen«, stimmt Sean zu.

»Ja!«, rufen die Jungen durcheinander.

Dani beobachtet, wie Heidi sich auf den Bordstein vor Maggies Haus hockt. Selbst aus der Distanz und mit ihrer dunklen Sonnenbrille kann sie den verzweifelten Ausdruck im Gesicht der jungen Frau erkennen.

»Hey«, sagt eine Stimme. Dani dreht sich um und sieht Maggie. »Ich hab mich schon gefragt, wo Sie waren.«

Dani versucht zu lächeln, bringt jedoch nur ein kurzes Zucken der Mundwinkel zustande. »Bin einfach irgendwie nicht in die Gänge gekommen.«

»Ja. Manche Tage sind so.«

»Wie ich höre, habe ich eine ziemliche Szene verpasst.« Dani blickt zu Heidi. »Alles okay mit ihr?«

»Bestimmt bald wieder. Was ist mit Ihnen?«

»Mit mir? Mir geht es gut.«

»Wirklich?«

Dani senkt den Blick. »Natürlich. Ich fühl mich pudelwohl.«

Über ihren Köpfen explodieren zischend ein paar Römerkerzen.

»Yeah!«, rufen die Jungen. »Juu-huu.«

»Hat Nick Ihnen erzählt, dass ich neulich abends geklingelt habe?«, fragt Maggie und bemerkt Danis überraschten Gesichtsausdruck auch hinter deren dunkler Brille. »Ich war auf dem Weg ins Fitness-Studio und dachte, Sie hätten vielleicht Lust mitzukommen.«

»Fitness-Studios sind nicht so mein Ding.«

»Das hat Ihr Mann mir erzählt.«

Eine weitere Explosion von Feuerwerkskörpern. »Das war wirklich hübsch«, bemerkt Dani.

»Ohne die dunkle Brille würden Sie es besser sehen«, sagt Maggie.

»Schon okay. Alles gut.«

»Wirklich?«

»Dani«, ruft Nick. »Komm, gib mir deine Hand.«

»Reden Sie mit mir, Dani«, sagt Maggie rasch. »Ich kann Ihnen nicht helfen, wenn Sie nicht mit mir reden.«

»Dani«, ruft Nick noch einmal und richtet sich auf.

Dani wirft Maggie einen letzten Blick zu. »Niemand kann mir helfen«, sagt sie.

KAPITEL ZWEIUNDVIERZIG

»Kommt nicht infrage.« Erin hat sich vor ihrer Mutter aufgebaut, die Hände in die Hüften gestemmt.

»Erin, bitte. Nicht so laut. Sonst hört sie dich.«

»Sie ist unten. Sie kann gar nichts hören.« Erin blickt zur geschlossenen Schlafzimmertür ihrer Mutter. »Auf gar keinen Fall schlafe ich im selben Bett wie du.«

»Es ist ein großes Doppelbett. Es ist Platz genug.«

»Es ist mir scheißegal, wie groß das verdammte Bett ist«, entgegnet Erin. »Ich teile es nicht mit dir.«

»Es ist nur für eine Nacht. Vielleicht zwei«, korrigiert Maggie sich über dem Lärm der in der Ferne explodierenden Feuerwerkskörper.

»Nein. Kommt nicht infrage. Ich mache es nicht.«

»Warum bist du so stur?«

»Warum musstest du Mark erzählen, dass ich erst sechzehn bin?«, fragt Erin zurück.

»Was hat das mit irgendwas zu tun?«

Erin zuckt die Schultern.

»Willst du sagen, das hier ist … was? Eine Vergeltung?«

»Nenn es, wie du willst.«

»Nun, zunächst einmal«, sagt Maggie, bemüht, ruhig zu bleiben, »habe ich es nicht ihm erzählt.«

»Eine Formalie. Du hast dafür gesorgt, dass er dich hört.«

»Ja, stimmt«, gibt Maggie zu. »Ich dachte, er sollte es wissen. Er ist zwanzig, Erin. Du bist erst sechzehn. Du könntest eine Menge Ärger bekommen …«

»Als ob dich das kümmern würde.«

»*Du* liegst mir am Herzen.«

»Ja, nun, vielen Dank. Jetzt sagt er, wir müssen alles ein bisschen abkühlen.«

»Das spricht für ihn«, sagt Maggie und versucht, sich nicht auszumalen, wie heiß es vorher geworden ist.

»Er ist ein netter Junge, Mom.«

»Er ist ein *Mann*, Erin.«

Mutter und Tochter seufzen gleichzeitig.

»Okay«, sagt Maggie. »Können wir bitte zum anstehenden Thema zurückkommen? Heidi braucht für ein paar Tage einen Platz zum Übernachten …«

»Du hattest kein Recht, ihr mein Zimmer anzubieten«, sagt Erin, als die Schlafzimmertür aufgeht und Leo hereinkommt.

»Ich habe ehrlich nicht gedacht, dass du etwas dagegen haben würdest.«

»Du hast nicht *gedacht*, Punkt.«

»Okay. Du hast recht. Es tut mir leid. Nächstes Mal …«

»*Nächstes Mal?* Du machst das *jedes* Mal! Du steckst deine Nase in die Angelegenheiten von allen, und wir anderen müssen die Konsequenzen ausbaden.«

»Hör auf, Mommy anzuschreien«, sagt Leo.

»Ich schreie nicht«, faucht Erin ihn an. »Und ich schlafe nicht in diesem Bett mit dir«, erklärt sie ihrer Mutter. »Das ist endgültig.«

»Ich schlafe mit dir«, bietet Leo an.

»Was?«

»Heidi kann mein Zimmer haben.«

»Da«, sagt Erin. »Alles geregelt. Problem gelöst.« Sie marschiert aus dem Zimmer.

»Bist du sicher, Schätzchen?«, fragt Maggie ihren Sohn.

»Ja. Ich mag dieses Bett.«

Maggie lächelt. »Okay. Danke. Das ist super. Dann hol deinen Schlafanzug.«

»Kann ich Mario mitbringen?«, fragt er. Gemeint ist das Kuscheltier, mit dem er jede Nacht schläft.

»Na klar.«

Leo dreht sich um, rennt aus dem Zimmer und prallt im Flur mit Heidi zusammen.

»Du kannst in meinem Zimmer schlafen«, hört Maggie ihren Sohn sagen.

Kurz darauf taucht Heidi im Türrahmen auf. »Es tut mir so leid …«

»Bitte hören Sie auf, sich zu entschuldigen.«

»Ich wollte keine Probleme verursachen.«

»Das haben Sie auch nicht.«

»Ich kann auf dem Sofa schlafen.«

»Ich werde eine schwangere Frau nicht auf meinem Sofa schlafen lassen, Schluss, aus. Leo hat großzügig sein Zimmer angeboten. Ende der Diskussion.« Maggie geht zu ihrem Schrank, nimmt ein weißes Baumwollnachthemd heraus und führt Heidi in den Flur. »Das sollte passen. Und in der Schublade links neben dem Waschbecken sind ein paar Ersatzzahnbürsten«, fügt sie hinzu, als sie am Badezimmer vorbeigehen und vor Leos Zimmer stehen bleiben.

»Ich weiß nicht, was ich sagen soll«, stottert Heidi.

»Wie wär's mit ›Gute Nacht‹?«

»Das scheint mir kaum genug.«

»Mehr ist nicht nötig.«

Heidi sinkt in Maggies Arme. »Gute Nacht. Und vielen Dank.«

»Ich habe dir Toad und Luigi dagelassen«, verkündet Leo und zeigt auf zwei Stofftiere, die auf seinem Kopfkissen liegen. »Damit du Gesellschaft hast.«

»Das ist so süß von dir«, sagt Heidi unter Tränen.

»Wenn du sie nicht magst«, fügt Leo rasch hinzu, »kann ich dir auch Mario dalassen.« Er hält ihr sein Lieblingskuscheltier hin.

Maggie ist so stolz auf ihren Sohn, dass sie ihrerseits beinahe in Tränen ausbricht.

»Nein«, sagt Heidi. »Ich mag Toad und …«

»… Luigi«, sagt Leo. »Er ist verkleidet.«

»Danke, dass ich in deinem Zimmer schlafen darf«, erklärt Heidi ihm.

»Ich schalte die Alarmanlage ein«, informiert Maggie sie, »also machen Sie kein Fenster auf.«

Heidi nickt.

»Schlafen Sie gut«, sagt Maggie. »Bis morgen früh.«

Sie träumt von Eichhörnchen.

»Ratten mit guter PR«, sagt Craig.

»Da ist ein echt fettes«, sagt Erin und zeigt auf den Bauch des Eichhörnchens.

»Sie ist nicht fett«, verkündet Maggie, *»sie ist schwanger.«*

»Wer ist der Vater?«, fragt Erin.

»Tom Cruise«, sagt Maggie.

In dem Moment wird ihr klar, dass sie träumt.

In der Ferne explodieren Feuerwerkskörper und erleuchten den Himmel pink, neonfarben und grün. Das Geräusch der Explosionen pocht gegen Maggies Schläfe.

Sie rührt sich, als eine weitere Salve den Himmel erschüttert, noch lauter als die vorhergehenden. Maggie öffnet die Augen und starrt im Dunkeln zu ihrem Sohn, der neben ihr schläft. Sie stützt sich auf einen Ellenbogen und blickt zum Wecker.

Zwei Uhr achtunddreißig.

Gewiss zu spät, als dass jemand noch Feuerwerkskörper abschießt.

Und dann hört sie ein weiteres lautes Pochen und begreift, dass jemand an ihre Haustür hämmert.

Maggie steigt aus dem Bett, geht zum Fenster und starrt auf die dunkle Straße.

Weiteres Pochen.

»Mommy?«, fragt Leo verschlafen. »Was ist das für ein Krach?«

Maggie geht eilig zum Nachttisch. »Alles gut, Schätzchen. Mach die Augen zu und schlaf weiter.«

Leo legt sich sofort wieder hin und vergräbt seine Nase in seinem Mario-Stofftier.

Maggie öffnet die Nachttischschublade, nimmt die Pistole heraus, geht zurück zum Fenster und wartet. Aber bis auf das Verkehrsrauschen in der Ferne hört sie nur die Stille der Nacht.

Und dann ein weiteres Geräusch. Guttural und allzu vertraut.

Maggie braucht einen Moment, um es zu erkennen.

Jemand weint.

Maggie legt die Waffe zurück in die Schublade, streift sich einen Bademantel über und schleicht auf Zehenspitzen die Treppe hinunter. Sie späht durchs Schlüsselloch, schaltet die Alarmanlage aus und öffnet die Haustür.

Aiden sitzt in denselben Kleidern wie vorher auf der Stufe und hält seine Knie mit den Armen umschlungen an die Brust gedrückt. Seine Füße sind nackt, seine Schultern beben.

»Aiden«, sagt Maggie leise, setzt sich neben ihn und streicht mit einer Hand über seinen Rücken. »Was machen Sie hier?«

Er hebt den Kopf. »Ich muss Heidi sehen. Ich weiß, dass sie hier ist.«

»Sie schläft.«

»Ich muss sie sehen.«

»Es ist mitten in der Nacht. Sie müssen nach Hause gehen.«

»Ich muss mit ihr reden.«

»Sie können morgen früh mit ihr reden.«

»Geht es ihr gut?«

»Bestimmt bald wieder.«

»Sie hasst mich.«

»Sie hasst Sie nicht.«

»Ich liebe sie so sehr.«

»Das weiß ich.«

»Ich hab ein Riesenchaos angerichtet.«

»Nichts, was sich nicht wieder beheben lässt.«

Er schüttelt den Kopf. »Ich weiß bloß nicht, was ich machen soll.«

»Das finden Sie schon heraus.«

Er sieht sie flehend an. »Können Sie es mir nicht einfach sagen?«

Maggie muss beinahe lächeln. »Ich glaube, Sie wissen es eigentlich schon.« Sie steht auf. »Und jetzt gehen Sie nach Hause. Und schlafen Sie.«

Er wischt sich die Augen ab, schluckt einen letzten Schluchzer herunter und rappelt sich auf. »Okay. Tut mir leid, dass ich Sie geweckt habe.«

»Gehen Sie schlafen«, wiederholt Maggie und sieht ihm nach, dankbar, dass Heidi diese jüngste Störung offenbar verschlafen hat. Erst als Aiden in seinem Haus verschwunden ist und die Tür hinter sich zugezogen hat, schließt auch Maggie die Haustür.

Erin steht auf dem oberen Treppenabsatz. »Was machst du?«, fragt sie, als Maggie die Alarmanlage wieder einschaltet.

»Ich dachte, ich hätte ein Geräusch gehört, deshalb …«

Erin schüttelt den Kopf, verdreht genervt die Augen und kehrt in ihr Zimmer zurück, bevor Maggie den Satz beenden kann.

»Mein Mädchen«, sagt Maggie und geht mit vor Erschöpfung bleischweren Füßen die Treppe hinauf und den Flur entlang. Was für eine Nacht! Sie will jetzt nur noch in ihr Bett, unter die Decke kriechen und bis zum Morgen schlafen.

»Keine Bewegung!«, befiehlt eine Stimme, als sie das Schlafzimmer betritt. »Hände hoch.«

»O mein Gott!«

Maggie greift langsam hinter sich, um das Deckenlicht anzuschalten. Was sie erblickt, jagt ihr einen Schauer durch den ganzen Körper, als wäre sie auf einen Draht unter Strom getreten.

Die Nachttischschublade steht offen, und Leo sitzt kichernd auf dem Bett, in der einen Hand sein Mario-Stofftier, in der anderen die Glock 19 seiner Mutter.

KAPITEL DREIUNDVIERZIG

Sean steht an seinem Schlafzimmerfenster und starrt auf die Straße.

Was zum Teufel war da los, überlegt er, als Aiden und Maggie in ihre Häuser zurückkehren.

Er hat im Bett gelegen und konnte nicht einschlafen, weil er draußen Aktivitäten bemerkte. Er ist aufgestanden, ans Fenster getreten und hat beobachtet, wie Aiden vor Maggies Tür gewartet, sich auf die Stufen gekauert und das Gesicht in den Händen vergraben hat. Kurz darauf ist Maggie aufgetaucht, hat sich neben ihn gesetzt und eine Hand auf seinen Rücken gelegt.

Liebend gern hätte er das kleine Tête-à-Tête belauscht! Aber er konnte es nicht riskieren, das Fenster zu öffnen, weil man ihn sonst vielleicht bemerkt hätte. Und auch so musste er sich hinter den Gardinen verstecken und konnte nur sporadische Blicke auf die Szene werfen, weil beide jederzeit zufällig in seine Richtung hätten gucken können.

Natürlich hat er seine Vermutungen, was Aiden bei Maggie wollte. Er hat den unprovozierten Angriff des Mannes auf Mark vor seinen Augen verfolgt und beobachtet, wie Maggie seine verzweifelte Frau getröstet hat. Nachdem Heidi dann mit Maggie gegangen ist, hat er angenommen, dass sie bei ihr übernachtet. Aiden ist offenbar zu demselben Schluss gekommen, als Heidi nach den abendlichen Festivitäten nicht nach Hause zurückgekehrt ist.

Daher sein nächtlicher Ausflug.

Was immer Maggie zu ihm gesagt hat, konnte ihn zum Glück offenbar beruhigen.

Fürs Erste.

Aber Aiden macht auf Sean den Eindruck eines Hitzkopfs, der nächste Ausbruch ist wahrscheinlich nur eine Frage der Zeit.

Die Feier heute Abend war wirklich großes Kino, denkt er und hätte laut gelacht, wenn Olivia nicht kaum zwei Meter entfernt schlafen würde.

Olivia zu wecken ist das Letzte, was er will.

»Offenbar hast du einen Klon«, hat sie gesagt, als sie sich zum Schlafen fertig gemacht haben.

»Man sagt, jeder Mensch hat einen Doppelgänger«, hat Sean beiläufig erwidert und stumm sowohl Erin als auch ihre Mutter verflucht: Erin dafür, dass sie ihn beinahe verraten hätte, und Maggie dafür, dass sie ihre Nase in Dinge steckt, die sie nichts angehen. Als sie noch eine ängstliche kleine Maus war, die für sich geblieben ist und kaum ein Wort mit jemandem gewechselt hat, war sie ihm sympathischer. Plötzlich ist sie jedermanns beste Freundin, eilt erst seiner Frau im Supermarkt und jetzt Heidi zu Hilfe. Verdammt, sie hat es sogar geschafft, sich mit der hochnäsigen Zicke Dani Wilson anzufreunden.

Wie der gute Doc sich jemals diese Frau aufhalsen konnte, ist etwas, das er nie verstehen wird.

Er blickt zum Nachbarhaus und meint, Nick am Schlafzimmerfenster stehen zu sehen. Wahrscheinlich ist auch er von dem Lärm geweckt worden, denkt Sean und hebt die Hand, um zu winken. Aber wenn der Doktor überhaupt da war, ist er wieder verschwunden, bevor Sean die Geste vollenden kann.

Er steigt vorsichtig wieder ins Bett, um Olivia nicht zu stören. Er weiß, dass er ihr nicht ewig etwas vormachen kann, dass er sich durch die immer neuen Lügen sein eigenes Grab schaufelt.

Er weiß bloß nicht, wie er aufhören soll.

Olivia spürt, wie das Gewicht ihres Mannes neben ihr auf die Matratze sinkt. Sie unterdrückt den Drang, ihn zu fragen, was draußen los war, und gibt vor zu schlafen, um nicht eine Unterhaltung zu riskieren, die unweigerlich damit enden würde, dass sie ihn mit ihrem Verdacht konfrontiert.

Dem Verdacht, dass sein Trinken außer Kontrolle geraten ist.

Dem Verdacht, dass er sie wegen Advert-X angelogen hat.

Dass er in allem gelogen hat.

Sie vergräbt den Kopf in ihrem Kissen, um ein Stöhnen zu unterdrücken. Wie soll sie sich seine andauernde Vagheit bei allen Fragen zu seinem Job sonst erklären, seine allgemeinen und ausweichenden Antworten auf Fragen und seine erkennbare Nervosität, wenn sie auf Details drängt, oder die Tatsache, dass sie ihn nur noch selten ohne einen Drink in der Hand sieht?

Heute Abend zum Beispiel. Er hat bestimmt ein halbes Dutzend Bier getrunken, was annehmbar wäre, wenn er in Marks Alter wäre, aber selbst Mark hat nach dreien aufgehört. Und Mark hatte allen Grund, dem Alkohol zuzusprechen. Er war angegriffen worden, Himmel noch mal!

Worum zum Teufel war es dabei gegangen?

Hatte Julias Enkelsohn wirklich eine Affäre mit Aidens Frau?

Olivia öffnet die Augen und starrt in die Dunkelheit. Sie hat sehr viel wichtigere Fragen zu bedenken, als ob zwei ihrer Nachbarn miteinander schlafen. Nämlich, wer der Mann war, den Erin am letzten Montagnachmittag am Strand gesehen hat.

War es Seans Klon?

Oder war es Sean selbst?

Seufzend schließt sie die Augen.

Es gibt nur einen Weg, es herauszufinden.

Nick kommt aus dem Bad und kehrt zum Fenster zurück, erleichtert, dass die Straße wieder leer ist. Wie sie es um diese Nachtzeit sein sollte. Er blickt zu seiner Frau und fragt sich, ob sie schläft oder nur so tut. Normalerweise hat sie einen extrem leichten Schlaf, so angepasst an die Bedürfnisse der Kinder, dass sie bei der kleinsten Störung aufwacht. Aber sie hat sich nicht mal gerührt, als Aiden an Maggies Tür gepocht hat.

»Worüber hast du eben mit Maggie geredet?«, hat er Dani gefragt, als sie sich fürs Bett fertig gemacht haben.

»Über nichts«, beharrte sie.

»Ihr habt eine ganze Zeit miteinander geredet. Über irgendwas müsst ihr doch gesprochen haben.«

»Nur der übliche Smalltalk. ›Wie geht's Ihnen? Wie läuft's so?‹ In der Richtung. Nichts Wichtiges.«

»Wirklich?«

»Klar.«

»Ich mag sie nicht.«

»Was? Wieso nicht?«

»Ich traue ihr nicht. Sie ist eine Unruhestifterin.«

»Sie ist keine …«

»Sei nicht naiv. Manche von ihrem Mann verlassene Frauen können es einfach nicht lassen, anderen Leuten unter der Vorspiegelung von Freundschaft Probleme zu machen.«

»So ist Maggie nicht.«

»Woher willst du wissen, wie sie ist?«

»Nun, das weiß ich nicht …«

»Nein, weißt du nicht. Aber *ich* weiß es. Und ich denke, du solltest nicht mehr mit ihr reden.«

»Was?«

»Du hast mich gehört.«

»Aber das ist verrückt. Wir sind Nachbarn.«

»Werden wir hier ein Problem bekommen, Dani?«

»Was? Nein. Kein Problem.«

»Gut.«

Das hat die Diskussion zum Glück beendet. Nun muss er sich nur noch um eine Sache kümmern. Nick wirft einen letzten Blick aus dem Fenster und geht dann zum Bett. Er gibt Dani einen nicht allzu sanften Klaps auf die Hüfte. »Wach auf.«

Dani richtet sich kerzengerade im Bett auf. »Was is' los? Sind die Jungen …?«

»Den Jungen geht es gut.«

Sie bemüht sich, ihren Atem unter Kontrolle zu kriegen. »Stimmt irgendwas nicht? Alles in Ordnung mit dir?«

»Alles bestens.«

»Das verstehe ich nicht. Warum hast du mich dann geweckt?«

»Weil ich einen Entschluss gefasst habe und darüber keinen Streit mit dir vor den Jungen haben will.«

»Was für einen Entschluss?«

»Wir ziehen um.«

»Was?«

»Gleich morgen früh rufe ich einen Makler an, damit er das Haus zum Verkauf anbietet.«

»Was?«, fragt Dani noch einmal.

»Es ist höchste Zeit, dass wir in eine bessere Gegend ziehen, vorzugsweise eine gesicherte Wohnanlage mit Golfplatz, so wie die, wo Julias Sohn wohnt.«

Dani strengt sich an zu begreifen, was ihr Mann sagt. »Können wir bitte morgen früh darüber reden?«

Nick kommt wieder ins Bett. »Da gibt es nichts zu reden.«

Mark steht in der Schlafzimmertür seiner Großmutter und sieht ihr beim Schlafen zu; das sanfte Heben und Senken ihrer Schultern beruhigt ihn darüber, dass sie lebt und friedlich schläft.

Was ein Wunder ist, wenn man bedenkt, was er ihr in letzter Zeit zugemutet hat.

Er schüttelt den Kopf und versucht, das Bild zu verdrängen, wie sie, die Smith & Wesson seines Großvaters in ihren gebrechlichen Händen, seinem Dealer gegenübergetreten ist, und wie, als alles vorbei war, sämtliche Farbe aus ihrem Gesicht gewichen und sie auf dem Boden zusammengebrochen ist, wie er eine Minute lang geglaubt hat, sie sei tot.

Sie hat zwei Tage im Krankenhaus gelegen, Herrgott noch mal.

Alles seinetwegen.

Und dann heute Abend. Ihre Gesichtsfarbe und ihr Blutdruck hatten sich gerade wieder halbwegs normalisiert, als Aiden aus dem Nichts auf ihn zugestürzt ist und ihn zu Boden gerissen hat.

»Das verstehe ich nicht«, sagte Julia schluchzend. »Warum hat er das getan? Was ist sein Problem?«

Mark strafft die Schultern und durchlebt den Aufprall von Aidens Körper noch einmal. *Der Verrückte hätte mich umbringen können*, denkt er, geht zum Fenster und blickt zum Nachbarhaus.

Ich bin sein Problem, erkennt er. *Ich bin immer das Problem.*

Maggie weiß das. Deswegen will sie, dass ihre Tochter sich von ihm fernhält.

Sicher, Erins Alter könnte auch eine Rolle spielen – *Scheiße, ist sie wirklich erst sechzehn?* –, aber das ist nicht der einzige Grund. Es nicht einmal der Hauptgrund.

In Wahrheit will Maggie, dass ihre Tochter sich von ihm fernhält, weil sie instinktiv spürt, dass er ein Loser ist, dass er ungeachtet des unerschütterlichen Glaubens seiner Großmutter an ihn nie etwas anderes sein wird als das schwarze Schaf der Familie.

Mark schleicht auf Zehenspitzen zu der Kommode und zieht die Schublade mit Julias Schmuckkästchen auf. Es ist zu riskant, es hier zu öffnen, deshalb nimmt er es mit in sein Zimmer und schließt die Tür. Beethovens *Ode an die Freude* attackiert seine Ohren, als er es aufklappt, eine Handvoll Goldketten herausnimmt und in seine Jeanstaschen stopft.

Anschließend stellt er das Kästchen zurück in die Kommode neben ihrem Bett und zieht behutsam die verrutschte Decke über ihre Schulter. »Tut mir leid, Nana«, flüstert er und küsst ihre trockene Wange. »Ich liebe dich.« Dann eilt er die Treppe hinunter und verschwindet in der Nacht.

KAPITEL VIERUNDVIERZIG

»Ich hab gesagt, keine Bewegung. Und Hände hoch.«

Maggie versucht ruhig zu bleiben, während sie beide Arme über den Kopf hebt, den Blick auf die Waffe in den unsicheren Händen ihres Sohnes geheftet. »Leo, Schätzchen. Hör mir bitte ganz gut zu. Du musst die Waffe auf das Bett legen.«

Leo kichert, sodass die Glock in seinen Händen zittert. »Aber Mario will spielen.«

»Es ist kein Spielzeug, Schätzchen.«

»Aber du hast vorhin auch damit gespielt. Ich hab dich gesehen.« Leo dreht die Pistole in seinen Händen, sodass der Lauf direkt auf seinen Kopf zielt.

»O Gott.« Maggie stockt der Atem, als sie beobachtet, wie Leo die Waffe untersucht. »Nein, Schätzchen. Es ist eine echte Pistole. Bitte leg sie weg.«

»Sie ist echt?«

»Ja.«

»Ist sie geladen?«

»Ja.«

»Mit echten Kugeln?«

»Mit echten Kugeln«, wiederholt sie. »Das heißt, sie ist sehr gefährlich. Du willst doch nicht, dass Mario etwas passiert. Bitte leg sie weg.«

Leo lässt die Waffe in seinen Schoß sinken.

Sein Finger bleibt am Abzug.

»Okay. So ist gut. Jetzt zieh langsam und vorsichtig deine Hände weg.«

»Ich kann nicht.«

»Doch, das kannst du.«

»Mario hat Angst«, sagt er und fängt an zu weinen.

»Es ist okay, Schätzchen. Hör auf Mommy, und alles wird gut. Nimm einfach deinen Finger vom Abzug und lass die Waffe los.«

»Ich kann nicht. Ich hab Angst.«

»Okay. Das ist okay. Kann Mommy dir helfen?«

Er nickt.

»Okay. Beweg dich nicht. Mommy kommt.« Maggie lässt langsam die Hände sinken und geht in winzigen Schritten zum Bett. »Okay«, sagt sie, als sie neben Leo steht. »Jetzt musst du ganz stillsitzen, während Mommy dir hilft, deinen Finger zu heben. Also achte darauf, dass du ihn nicht nach unten drückst. Okay?«

»Okay.«

»Also gut. Los geht's.« Maggie hält den Atem an und streckt die Hand aus, um den Finger ihres Sohnes behutsam vom Abzug zu lösen. »So ist brav. Du machst das ganz toll. Fast geschafft.« So langsam und vorsichtig, als würde sie eine Bombe entschärfen, zieht sie Leos Finger vom Abzug und seine Hand vom Griff der Waffe. Dann legt sie die Pistole neben dem Wecker auf den Nachttisch und bricht in Tränen aus.

Als sie Leo an ihre Brust drückt, ist sie sich bewusst, dass es leicht auch sein toter Körper hätte sein können, an den sie sich klammert. »O Gott. O Gott. O Gott.« Sie schluchzt, als sie sich ausmalt, was hätte sein können.

»Du drückst mich zu fest«, sagt Leo. »Mario kriegt keine Luft.«

Sofort lockert Maggie ihren Griff, lässt jedoch nicht los.

»Krieg ich jetzt Ärger?«, fragt Leo.

»Nein, Schätzchen. Du kriegst keinen Ärger. Das war meine Schuld, nicht deine.«

»Wieso hast du eine Pistole?«

»Weil ich Angst hatte.«

»Weil Daddy nicht hier ist?«

Maggie zuckt die Schultern. Sie fürchtet sich schon so lange, dass es schwer zu sagen ist, wovor. »Gleich morgen früh werde ich diese blöde Pistole loswerden«, erklärt sie ihm. »Und weißt du, was dann?«

»Was?«

Maggie lächelt unter Tränen. »Dann habe ich keine Angst mehr.«

Aiden sitzt im Dunkeln am Küchentisch, die einzige Lichtquelle ist das iPad vor ihm. Er loggt sich bei Facebook ein, tippt den Namen Gordon Young, hält inne, löscht ihn, tippt ihn erneut und löscht die Eingabe ein weiteres Mal.

Was zum Teufel macht er?

Wie viel mehr Chaos kann er in einer Nacht anrichten?

Seit seiner Rückkehr aus Afghanistan hasst er die Feiern zum vierten Juli, die stoßweisen Explosionen bunter Feuerwerkskörper, das gewehrartige Knattern der Knallfrösche, den sorglosen Patriotismus, der nichts von Tod und Zerstörung weiß.

Er weiß, dass er sich komplett zum Trottel gemacht hat, als er Julia Fishers Enkel vor allen Nachbarn attackiert hat, dass er Heidi beschämt und die alte Dame halb zu Tode erschreckt hat. Er hat Glück gehabt, dass er Mark nicht ernsthaft verletzt hat.

Und weshalb? Hat er wirklich gedacht, der Junge wäre ein feindlicher Kämpfer? Hat er ernsthaft geglaubt, an den Anschuldigungen seiner Mutter wäre irgendetwas dran?

Er beißt sich auf die Unterlippe, bis er Blut schmeckt. Was ist los mit ihm? Er weiß, dass Heidi ihn nie betrügen würde. Er weiß, dass das Baby von ihm ist. Wieso lässt er sich von seiner Mutter solchen Schwachsinn einreden? Wieso lässt er sich weiter von ihr manipulieren und kontrollieren?

»Sie will dieses Baby bloß benutzen, um dich in die Falle zu locken«, hat Lisa gesagt, noch bevor sie ganz durch die Haustür waren.

»Ich denke nicht …«, hat er zu erwidern angesetzt.

»Das ist das Problem. Du denkst nicht klar. Nicht, wenn es um sie geht. Verstehst du nicht, mein Liebling? Sie benutzt dich. Das Baby ist ihr Freifahrtschein zu einem sorglosen Leben. Du hast etwas viel Besseres verdient.«

Heidi ist diejenige, die etwas Besseres verdient hat, denkt er jetzt.

Er hat gewartet, dass sie nach Hause kommen würde, nachdem die abendliche Feier beendet war und die letzten Feuerwerkskörper in den Himmel geschossen worden waren. Vom Wohnzimmerfenster hat er beobachtet, wie seine Nachbarn alles zusammengepackt und verstaut haben, und darauf gewartet, dass Heidi sich von Maggie verabschieden und zurück zu ihm nach Hause kommen würde.

Aber sie ist nicht nach Hause gekommen.

Stattdessen hatte er gesehen, wie sie mit Maggie gegangen ist.

»Es ist besser so«, sagte seine Mutter.

War es das?

»Ich weiß nicht, was ich machen soll«, hat er zu Maggie gesagt.

»Das finden Sie schon heraus.«

Würde er das?

»Ich glaube, Sie wissen es eigentlich schon«, hat sie gesagt.

Erneut tippt Aiden den Namen Gordon Young in sein iPad. Der Bildschirm ist plötzlich voller Bilder. Es gibt buchstäblich Dutzende Gordon Youngs bei Facebook. Gordon Youngs in allen Gestalten, Größen und Altersklassen. Weiße, schwarze und braune Gordon Youngs. Aiden scrollt sich durch die Fotos, bis er das Bild findet, das er gesucht hat.

Auch wenn der Mann Jahrzehnte älter und knapp zehn Kilo schwerer ist, seit Aiden ihn zum letzten Mal gesehen hat, erkennt er seinen Vater sofort. Laut seinem Profil ist Gordon Young Bauunternehmer in San Francisco, seit zwölf Jahren verheiratet, Besitzer von drei Hunden. Wenn die ins Netz gestellten Fotos ein treffendes Bild wiedergeben, wirken sie glücklich. Verdammt, sogar die Hunde scheinen zu lächeln.

Was hat er in all den Jahren verpasst, weil er stur jeden Kontakt mit dem Mann verweigert hat?

Nun wird er selbst bald Vater. Empfindet er deshalb plötzlich diesen überwältigenden Drang, die Hand auszustrecken?

Aiden klickt auf das blaue Feld für Nachrichten. *Hi*, tippt er. *Hier ist Aiden*. Er zählt bis zehn, seine Finger schweben über der Löschtaste, doch dann schickt er die Nachricht ab, ehe er es sich anders überlegen kann.

In Kalifornien ist es drei Stunden früher. Vielleicht ist sein Vater noch wach.

Binnen Sekunden kommt eine Antwort.

Mein Gott, Aiden. Bist du es wirklich, mein Sohn?

»Aiden?«, ruft seine Mutter vom oberen Treppenabsatz, als würde sie spüren, dass irgendwas nicht stimmt. »Was machst du? Wo bist du?«

Sofort klappt Aiden das iPad zu.

»Aiden?« Sekunden später taucht Lisa im Türrahmen auf. »Was machst du hier unten? Weißt du, wie spät es ist?«

»Ich konnte nicht schlafen. Dachte, ich spiel ein paar Videospiele. Ich wollte nicht, dass die Geräusche dich wecken.«

»Das ist sehr lieb, aber du musst dich ausruhen.« Sie führt ihn zur Treppe. »Morgen wird ein anstrengender Tag. Wir haben viele Entscheidungen zu treffen.«

KAPITEL FÜNFUNDVIERZIG

Es ist sieben Uhr am Morgen, und alle im Haus der McKays schlafen noch, alle bis auf Maggie.

Genau genommen hat sie überhaupt nicht geschlafen.

Wie hätte sie schlafen sollen, wenn sie jedes Mal, wenn sie die Augen geschlossen hat, ihren Sohn mit der Waffe in seinen kleinen zitternden Händen vor sich gesehen hat? Gefolgt von einem noch schlimmeren Bild: ihr wunderschöner Junge mit halb weggeschossenem Kopf, sein niedliches Gesicht ausgelöscht von der Wucht einer gnadenlosen Kugel, sein Herzschlag für immer verstummt.

»O Gott«, stöhnt Maggie und versucht, das verstörende Bild zu verdrängen.

Aber wie ein hartnäckiger Fleck kommt es immer wieder zurück.

Sie sitzt am Küchentisch, die ihrer Munition entledigte Pistole liegt neben dem Laptop, dessen Bildschirm eine Liste der besten Methoden anzeigt, sich einer unerwünschten Feuerwaffe zu entledigen. So gern Maggie die Waffe einfach wegschmeißen würde, begreift sie, dass sie das Ding nicht kurz entschlossen in den Hausmüll werfen kann.

Sie hat gelernt, dass es fünf Gründe gibt, eine Waffe legal loszuwerden: Die Waffe ist unsicher oder kann nicht abgefeuert werden; es lohnt sich nicht, die defekte Waffe zu reparieren; es liegt eine gerichtliche Anordnung vor; der Besitzer möchte einen waffenfreien Haushalt schaffen; oder der Besitzer hat die Waffe geerbt und möchte sie nicht behalten. Des Weiteren hat sie entdeckt, dass es eine Organisation gibt, die die Waffe für einen Verkauf schätzen lassen sowie alle anfallenden Kosten für den Versand und die Transaktion übernehmen würde.

Aber Maggie hat kein Interesse daran, ihre Investition zu amortisieren. Sie will die Waffe bloß aus dem Haus haben.

Damit bleiben ihr, wie sie herausfindet, vier Möglichkeiten.

Sie könnte erstens das Amt für Alkohol, Tabak, Feuerwaffen und Sprengstoffe kontaktieren und ihre Situation erklären.

Aber es ist sieben Uhr an einem Sonntagmorgen, sodass wahrscheinlich niemand ihren Anruf entgegennehmen wird. Außerdem scheint es ihr ein wenig übertrieben, eine Bundesbehörde mit einer letztendlich relativ unbedeutenden, privaten Angelegenheit zu behelligen.

Zweitens kann sie die Waffe bei einer örtlichen Strafverfolgungsbehörde abgeben. Es wird nachdrücklich empfohlen, vorher nicht den Notruf, sondern die Festnetznummer des lokalen Sheriffs oder Polizeireviers anzurufen und die Absicht zu erklären, eine unerwünschte Waffe abzugeben, anstatt einfach damit auf der Wache aufzukreuzen und Gefahr zu laufen, erschossen oder verhaftet zu werden.

»Klingt vernünftig«, sagt Maggie und trinkt den letzten Schluck Kaffee in ihrem Becher.

Drittens kann sie die Waffe beim Inhaber einer Lizenz zur

Herstellung und zum Vertrieb von Feuerwaffen abgeben. Alle legalen Waffenläden und -händler besitzen eine solche Lizenz, und Maggie weiß, dass sie problemlos einen finden würde.

Die letzte Möglichkeit ist es, die Waffe an ein Sicherheitstrainingsprogramm oder ein Museum zu verschenken.

Maggie entscheidet sich für die zweite Option. Sie wird die Polizei anrufen und erklären, dass sie eine Schusswaffe besitzt, die sie abgeben möchte.

Kling ziemlich einfach, denkt sie. Fast so leicht, wie es gewesen war, das verdammte Ding zu kaufen.

Sie will gerade zum Telefon greifen, als sie hinter sich ein Geräusch hört. Als sie sich umdreht, sieht sie Heidi. Die junge Frau hat wieder ihre Shorts und das T-Shirt angezogen, die sie gestern Abend bei dem Grillfest getragen hat. Sie hat ihre rotbraunen Locken zu einem Pferdeschwanz gebunden und sieht für jemanden, der mitten in einer Ehekrise steckt, erstaunlich frisch und heiter aus. *Oh, jung zu sein*, denkt Maggie. »Sie sind früh auf«, sagt sie.

»Ich habe Kaffee gerochen.«

Maggie ist sofort auf den Beinen. »Möchten Sie einen?«

Heidi nickt und tritt an den Tisch. »Oh«, sagt sie und bleibt stehen, als sie die Pistole neben Maggies Laptop sieht. »Ein Spielzeug Ihres Sohnes?«, fragt sie mit unverhohlener Skepsis.

Maggie kehrt an den Tisch zurück und nimmt die Waffe. Heidi weicht instinktiv einen Schritt zurück. »Keine Angst. Ich habe gestern Nacht die Munition rausgenommen. Ich gebe sie später auf der Polizeiwache ab, um einen ›waffenfreien Haushalt‹ zu schaffen. In der Zwischenzeit«, sagt sie und sieht sich nach einem Ort um, wo sie die Pistole verstauen kann, »werde ich sie einfach … hier reinlegen.« Sie öffnet den Gefrierschrank und legt die Waffe hinter einen Beutel Tiefkühlerbsen. Dann kehrt sie zu dem Küchentresen zurück und gießt Heidi einen Becher Kaffee ein. »Milch? Zucker?«

»Ein bisschen von beidem wäre super.«

Maggie gibt einen Schuss Kaffeesahne und einen Teelöffel Zucker in den Becher und stellt ihn auf den Tisch. »Setzen Sie sich doch.«

»Danke. Für alles.«

»Wie haben Sie geschlafen?«, fragt Maggie, als Heidi sich auf den Stuhl ihr gegenüber setzt.

»Ich war weg, sobald mein Kopf aufs Kissen gesunken ist. Toad und Luigi haben offenbar Wunder gewirkt. Sie müssen sich für mich bei Leo bedanken.«

»Sie können sich selbst bei ihm bedanken, wenn er aufsteht.«

»Nein«, sagt Heidi und trinkt einen großen Schluck Kaffee. »Sobald ich den hier getrunken habe, sind Sie mich los.«

»Kein Grund zur Eile.«

»Ich weiß. Und ich bin Ihnen sehr dankbar für Ihre Großzügigkeit. Aber ich kann nicht ewig hierbleiben. Irgendwann muss ich nach Hause gehen.«

»Aiden war gestern Nacht hier«, erzählt Maggie ihr.

»Was?«

Maggie schildert die Szene auf den Stufen vor ihrer Haustür.

»O mein Gott. Ich kann nicht glauben, dass ich das alles verschlafen habe.«

»Sie waren erschöpft.«

»Trotzdem … es tut mir sehr leid.«

»Haben Sie irgendeine Ahnung, was Sie machen werden?«

»Ich weiß, was ich gern machen *würde*.« Heidi blickt zum Gefrierschrank.

Maggie lächelt.

»Was denken *Sie*, was ich machen sollte?«, fragt Heidi sie genau wie Aiden in der vergangenen Nacht.

»Das kann ich nicht beantworten.«

»Was würden *Sie* machen?«, formuliert Heidi die Frage um.

»Ich weiß nicht«, antwortet Maggie ehrlich. »Ich bin wohl kaum eine Expertin für eheliches Glück. Aber als ich jung war, gab es eine Ratgeber-Kolumnistin, die immer gesagt hat, am Ende würde es auf die Frage hinauslaufen: Wirst du glücklicher mit ihm oder ohne ihn?«

Heidi nickt. »Das muss ich wohl rausfinden.«

Es ist kurz nach acht, als Heidi sich von Maggie verabschiedet und zu ihrem eigenen Haus geht. Als sie den Weg zum Eingang hinaufgeht, steht plötzlich Aiden in der Tür.

»Ich bin so froh, dass du zurück bist«, flüstert er und tritt zur Seite, um sie hereinzulassen.

»Ich bleibe nicht.«

»Wie meinst du das?«

»Ich bin bloß gekommen, um ein paar Sachen zu holen.«

»Das verstehe ich nicht.«

»Ich glaube doch.« Heidi geht die Treppe hinauf.

Aiden ist direkt hinter ihr. »Hör mal. Das mit gestern

Abend tut mir leid«, sagt er und folgt ihr ins Schlafzimmer.

Heidi nimmt einen kleinen Koffer aus dem Kleiderschrank und beginnt, ein paar Sachen hineinzuwerfen.

»Ich verspreche, es wird nie wieder vorkommen.«

Heidi fährt zu ihm herum. »Was wird nicht wieder vorkommen, Aiden? Du wirst nicht wieder wegen nichts eifersüchtig werden? Du wirst nicht wieder auf einen armen Jungen losgehen, dessen einziges Vergehen es war, mir zu helfen, ein leckeres Essen für deine Mutter zu kochen? Du wirst nicht wieder anzweifeln, wer der Vater des Kindes ist? Du wirst nicht wieder den lächerlichen Andeutungen und unverhohlenen Lügen deiner Mutter glauben? Was *genau* wird nicht wieder vorkommen?«

»Alles.«

Heidi blickt zum Fenster und dann wieder zu ihrem Mann. »Beweise es.«

»Wie?«

»Vor einer Weile hab ich dir gesagt, dass du dich früher oder später zwischen mir und deiner Mutter entscheiden müsstest, und du hast mich gebeten, noch ein bisschen länger durchzuhalten, du würdest es wiedergutmachen, und ich habe gesagt, dass ich das tun würde, und das habe ich auch getan. Aber jetzt bekomme ich ein Baby – *dein* Baby, falls es daran irgendeinen Zweifel gibt –, und ich kann nicht mehr.«

»Was soll ich machen?«

»Sag deiner Mutter, sie soll aus unserem Haus verschwinden.«

»Ich denke, du meinst *mein* Haus, oder?«, sagt Lisa von der Tür.

Heidis Kopf schnellt zu ihr herum. Natürlich hat sie gelauscht. »*Dein* Haus«, stimmt Heidi ihr zu. »*Mein* Fehler.«

»Von denen hast du ja eine ganze Reihe gemacht, nicht wahr?« Lisa blickt demonstrativ auf Heidis Bauch.

»Hör zu. Sie wird nur ein paar Wochen hierbleiben«, erklärt Aiden Heidi. »Bis ihre Renovierung fertig ist. Dann …«

»Was dann?«, fragt Heidi. »Du hast nicht verstanden, worum es geht, Aiden.«

»Und worum *geht* es?«, schaltet Lisa sich ein.

»Du hast sie gehört, Aiden«, sagt Heidi. »Ihr Geld, ihr Haus, ihre Regeln. Mir reicht's, Aiden. Dir nicht?«

Vor dem Haus hupt ein Wagen.

»Das wird Shawna sein. Von der Arbeit.« Heidi greift eine Handvoll Unterwäsche aus der obersten Schublade der Kommode, stopft sie in den Koffer und klappt ihn zu. »Ich wohne erst mal bei ihr.«

»Bitte geh nicht.«

Heidi atmet tief durch und beschließt, einen letzten Versuch zu machen. »Komm mit.«

Aiden schwankt in ihre Richtung und verharrt dann.

»Hab ich mir gedacht.« Heidi nimmt ihren Koffer und geht in den Flur. »Glückwunsch«, sagt sie zu Lisa. »Du hast wieder gewonnen.«

Lisa lächelt. *Ich gewinne immer*, sagt das Lächeln.

Kurz nach Mittag kommt Maggie vom Polizeirevier zurück. Sie lacht, als sie sich an den überraschten Blick des Beamten erinnert, als sie ihm die Waffe überreicht hat.

»Wieso ist sie so kalt?«, hat er gefragt.

In der Auffahrt der Wilsons steht ein unbekannter Wagen, und sie überprüft instinktiv das Nummernschild.

REL8TOR.

Was ist da los, überlegt sie und steigt aus dem Wagen, als Julia Fisher aus dem Haus kommt. Die alte Frau bleibt auf der Stufe vor ihrer Haustür stehen und starrt die Straße hinauf und hinunter.

»Hi!« Maggie winkt ihr zu. »Wie geht es Mark?«

Julia dreht sich wortlos um und geht zurück ins Haus.

»Okay. Das war seltsam«, sagt Maggie, als sie ihre Haustür öffnet.

»Was war seltsam?«, fragt Leo, der sofort auf sie zugerannt kommt.

Mein süßer Junge, denkt Maggie, küsst ihn auf den Kopf, umarmt ihn fest und schaudert noch einmal bei dem Gedanken, was hätte sein können. »Ich habe Hallo zu Mrs Fisher gesagt, und sie hat mich komplett ignoriert.«

»Sie ist ungefähr hundert Jahre alt, Mom«, sagt Erin, die die Treppe heruntergehüpft kommt. »Wahrscheinlich hat sie dich nicht gesehen.«

»Sie hat mich direkt angeguckt.«

»Okay, dann mag sie dich vielleicht nicht.«

»Wieso sollte sie Mommy nicht mögen?«, fragt Leo.

Erin verdreht die Augen und geht zur Tür. »Ich muss los.«

»Wohin gehst du?«

»Als du weg warst, hat Dr. Wilson angerufen und gefragt, ob ich heute Nachmittag auf die Jungen aufpassen kann, während er und seine Frau sich Häuser angucken.«

»Sie ziehen um?«

Erin zuckt die Schultern. »Sie denken wohl darüber nach.«

»Kommt mir ziemlich plötzlich vor«, sagt Maggie. »Ich frag mich warum.«

Erin lächelt, als sie die Haustür öffnet. »Vielleicht mögen sie dich auch nicht.«

KAPITEL SECHSUNDVIERZIG

Olivia sitzt bei laufendem Motor in ihrem Wagen in der Nähe der Ecke Royal Palm Way und South County Road, macht tiefe Atemzüge und versucht, sich davon zu überzeugen, dass sie das Richtige tut.

Es ist nicht so, als würde sie ihrem Mann nicht glauben oder ihn kontrollieren. Obwohl sie natürlich genau das tut. Es ist bloß, dass sie sich vergewissern muss. Sie muss die nagenden Stimmen in ihrem Kopf zum Schweigen bringen, die ihr sagen, dass Sean günstigstenfalls nicht ganz ehrlich bezüglich seiner neuen Position ist. Es gibt einfach zu viele Widersprüchlichkeiten, gepaart mit zu vielen Ausreden. Zu viel Unbestimmtheit. Nicht genug konkrete Details.

»Nein, es ist keine gute Idee, mich im Büro zu besuchen. Ich bin so beschäftigt damit, mich einzuarbeiten, und private Anrufe während der Arbeitszeit sieht die Agentur auch nicht gern.« »Nein, ich kann dir mein neues Büro nicht zeigen. Vielleicht in ein oder zwei Monaten. Wenn sich alles ein wenig eingespielt hat und ich nicht mehr so neu bin.« »Nein, ich kann wirklich weder über die Projekte sprechen, an denen ich arbeite, noch über die Kunden, für die ich arbeite. Es ist alles streng vertraulich.«

»Das verstehe ich nicht«, hat Olivia zu mehr als einer Ge-

legenheit gesagt. *»Es ist schließlich nicht so, als würdest du für die CIA arbeiten.«*

»Fühlt sich aber manchmal so an«, kam Seans prompte Erwiderung. *»Ehrlich, Schatz. Es gibt wirklich nichts zu erzählen.«*

Okay, denkt Olivia. Sie versteht seine Zurückhaltung, wenn es darum geht, über Strategien oder Kunden zu sprechen. Aber Sean ist genauso vage, was die Menschen betrifft, mit denen er zusammenarbeitet. Zugegeben, er ist erst seit gut einer Woche bei Advert-X, und es ist vielleicht noch ein wenig früh, Urteile über seine Kollegen zu fällen, aber mal ehrlich jetzt. Nicht einmal ein »Sie ist ein echtes Juwel« oder »Der ist eine kolossale Nervensäge«. Keine witzige Anekdote, kein Dampfablassen über kleinere Frustrationen. Nicht einmal echte Begeisterung darüber, nach so langer Arbeitslosigkeit wieder im Sattel zu sitzen, keine verständlichen Sorgen darüber, wie seine Arbeit oder er selbst wahrgenommen werden.

Sie erinnert sich, wie aufgeregt sie war, als sie wieder angefangen hat zu arbeiten, wie nervös sie sich gefragt hat, ob sie einen guten Job machte, wie sie es kaum erwarten konnte, nach Hause zu kommen und Sean jedes Detail zu erzählen. Nichts war zu klein oder unbedeutend, um es zu erwähnen. Kein Happen zu belanglos, keine Anekdote zu öde.

In seinem alten Job war Sean genauso gewesen. Jeden Tag war er voller Büroklatsch und Geschichten nach Hause gekommen. Er war nie schüchtern gewesen, eine Einschätzung zu äußern, egal wie vorschnell sie auch sein mochte, hatte nie damit hinter dem Berg gehalten, wenn er mit etwas nicht einverstanden war. Und um Diskretion hatte er sich einen feuchten Kehricht geschert.

Was vielleicht einer der Gründe für seine Entlassung gewesen war, denkt Olivia jetzt und beschließt, dass sie albern ist, dass dieser kleine Umweg über Palm Beach sowohl unfair gegenüber ihrem Mann als auch eine Verschwendung ihrer Zeit ist.

Sie blickt auf die Uhr. Fast vier. Sie war auf dem Nachhauseweg von einem Meeting mit Kunden in Fort Lauderdale, als sie die spontane Idee hatte, Sean mit einem Besuch zu überraschen. Olivia schüttelt den Kopf, weil sie weiß, dass das nicht stimmt. Es ist eine Sache, anderen etwas vorzumachen, und eine ganz andere, sich selbst zu belügen.

Denn in Wahrheit keimt diese Idee seit Samstagabend in ihrem Kopf, als Erin die Bombe hat platzen lassen, dass sie Seans Klon am Strand gesehen hatte.

Mein Gott, der Ausdruck in Seans Gesicht!

Olivia hätte der Sache vielleicht keine große Bedeutung zugemessen, wenn Sean nicht völlig überzogen reagiert hätte, das unerwartete Aufblitzen von Wut in seinen Augen, sein übertrieben heftiges Dementi. *»Was? Nein! Wen immer du gesehen hast, ich war es bestimmt nicht.«* Und dann hatte er das Hotdog fallen lassen …

Zusammen mit seiner Zögerlichkeit, den Nachbarn die gute Neuigkeit mitzuteilen, der Trinkerei, den Lügen, die er bereits erzählt hat …

So sitzt sie nun in ihrem Wagen nahe der Kreuzung Royal Palm Way und South County Road, zwei Gebäude – ein weißes und ein kaugummipinkfarbenes – von der hellgelben Fassade des sechsstöckigen Gebäudes entfernt, in dem Advert-X seinen Sitz hat. Sie muss nur aussteigen und hineingehen. *Hi, Schatz. Ich war zufällig in der Gegend.*

»Scheiß drauf.« Sie stellt den Motor ab und steigt aus. *Was kann schlimmstenfalls passieren,* fragt sie sich und geht zu dem Eingang, ohne über die Antwort nachzudenken.

Die kleine Lobby ist mit großen weißen Marmorfliesen und eleganten schwarzen Ledermöbeln ausgestattet. Der Tafel neben den Aufzügen entnimmt Olivia, dass Advert-X die beiden obersten Stockwerke belegt. Sie drückt auf den Knopf, wartet auf den Aufzug und macht einen Schritt zurück, um die beiden Insassen – ein Mann und eine Frau, beide jung und der Inbegriff von cool – heraustreten zu lassen. Sie nickt ihnen zu und kommt sich in ihrem dunkelblauen Baumwollkleid und einer dazu passenden Strickjacke geradezu nachlässig gekleidet vor. Kein Wunder, dass Sean das Gefühl hatte, er müsse sich dieses absurd überteuerte Jackett kaufen.

Sie drückt auf den Knopf für den fünften Stock und guckt zu dem Fernseher in der rechten oberen Ecke des Fahrstuhls, über dessen Bildschirm die jüngsten Schlagzeilen, die Wettervorhersage und die Börsenkurse flimmern. In den wenigen Sekunden, die es dauert, den fünften Stock zu erreichen, hat sie erfahren, dass der Aktienkurs der Bank of America gestiegen ist, Höchsttemperaturen von schwülwarmen fünfunddreißig Grad erwartet werden und es in Iowa eine Massenschießerei mit vierzehn Toten und sechzehn Verletzten gegeben hat.

Als sich die Fahrstuhltür öffnet, bietet sich ihr ein Bild wie direkt aus einer Design-Zeitschrift: Fenster vom Boden bis zur Decke mit einem prachtvollen Blick auf Palmen und violette Bougainvilleen, schiefergraue Marmorböden, freigelegte Stahlträger und eine atemberaubende, riesige Hängetreppe aus Pinienholz in das Stockwerk darüber. Gegenüber dem Empfangstresen sind in der Mitte eines königsblauen Teppichs sechs beinlose Sessel in verschiedenen Neonfarben wahllos um einen großen Tisch verteilt, der aus denselben riesigen Holzplanken gemacht ist wie die Treppe dahinter. »Das ist spektakulär«, sagt Olivia zu dem jungen Mann am Empfang, der sein kinnlanges blauschwarzes Haar schräg gescheitelt trägt.

»Ist es nicht fantastisch? Wir lieben es einfach«, schwärmt er. »Wie kann ich Ihnen helfen?«

»Ich wollte Sean Grant sprechen.«

»Sean Grant«, wiederholt der junge Mann und wendet den Namen auf der Zunge. »Der Name kommt mir nicht bekannt vor. Wissen Sie zufällig, in welcher Abteilung er arbeitet?«

»In der Strategieabteilung.«

Der Mann am Empfang scrollt durch seinen Computer. »Ich kann ihn nicht finden.«

»Er ist neu. Er hat erst vergangene Woche hier angefangen.«

»Sind Sie sicher, dass er in der Strategieabteilung ist?«

»Das dachte ich, aber ich könnte mich auch irren. Vielleicht heißt es auch anders.«

»Nein, Strategie ist schon richtig.« Der Empfangssekretär lächelt. »Und er ist in dieser Filiale?«

»Haben Sie noch andere Büros?«, fragt Olivia hoffnungsvoll.

»O ja. Eins in New York und eins in Miami.«

»O nein. Es war auf jeden Fall Palm Beach.«

»Nun, da sind Sie an den richtigen Ort gekommen. Aber

ich kann seinen Namen nirgends entdecken, was sehr seltsam ist. Haben Sie einen Termin?«

»Eigentlich nicht. Ich wollte ihn überraschen.«

»Und Sie sind sicher, dass er bei Advert-X ist? Und nicht vielleicht bei einem anderen Unternehmen im Gebäude?«

»Ich … ich …«, setzt Olivia an, und Panik steigt in ihrer Brust auf, während sie die nicht mehr zu leugnende Tatsache begreift, dass Sean sie seit Wochen, vielleicht sogar Monaten angelogen hat, dass er nicht hier arbeitet und in den letzten anderthalb Wochen jeden Morgen früh aufgestanden ist, sich geduscht, rasiert und für einen Job angekleidet hat, der nicht existiert. Sie taumelt rückwärts zu dem Sitzbereich, bleibt mit dem Absatz an der Teppichkante hängen und sinkt in einen orangefarbenen beinlosen Sessel.

Der junge Mann am Empfang ist sofort aufgesprungen. »O mein Gott. Alles in Ordnung? Kann bitte jemand der Dame ein Glas Wasser holen?«

Wie aus dem Nichts taucht an Olivias Lippen eine kleine Wasserflasche auf.

»Trinken Sie langsam«, ermahnt der Empfangssekretär sie.

»Es tut mir schrecklich leid«, sagt Olivia und kämpft gegen einen Brechreiz an. »Es handelt sich offensichtlich um ein Missverständnis …«

»Gibt es ein Problem?«, fragt eine Stimme irgendwo neben ihr.

Olivia hebt den Kopf und nimmt das Bild der jungen Frau, die jetzt vor ihr steht, vom Fußboden an aufwärts wahr, zuerst die offenen Espandrilles, dann die nackten Beine, das schicke pinkfarbene Sommerkleid und zuletzt die knallroten Lippen und den hohen blonden Pferdeschwanz.

»Genau die Person, die uns helfen kann«, sagt der Empfangssekretär.

Niemand kann helfen, denkt Olivia.

»Das ist Carrie Pierce, sie arbeitet in der Abteilung Human Resources. Wenn es irgendwo bei Advert-X einen Sean Grant gibt, wird sie ihn für Sie finden.« Der junge Mann kehrt an seinen Tresen zurück.

»Sean Grant?«, wiederholt Carrie Pierce, als Olivia sich hochrappelt. »Sie suchen Sean Grant?«

»Er ist hier?«, fragt Olivia hoffnungsvoll.

»Der Name kommt mir bekannt vor.«

»Ich glaube, Sie haben ein Gespräch mit ihm geführt wegen einer Stelle …«

Die junge Frau blickt zu der halboffenen Etage über ihnen und sieht dann aus ihren blauen Augen wieder Olivia an. »Ja. Stimmt. Ich erinnere mich.«

»Er *arbeitet* also hier«, stellt Olivia fest.

»Nein«, sagt Carrie entschuldigend. »Er hat den Job nicht bekommen. Was nichts über seine Qualifikation sagen will. Er passte nur einfach nicht zu uns. Es tut mir leid. Sie sind …?«

»Nicht wichtig«, sagt Olivia. »Da haben wir offensichtlich aneinander vorbeigeredet.« Sie stellt die Wasserflasche ab. »Entschuldigen Sie die Störung.«

»Kein Problem.«

Olivia geht hastig zum Fahrstuhl.

»Ich hoffe, Sie finden ihn«, ruft Carrie ihr nach.

Oh, ich finde ihn schon, denkt Olivia, als sie den Aufzug betritt. *Machen Sie sich darüber keine Sorgen.*

KAPITEL SIEBENUNDVIERZIG

Julia Fisher lehnt sich auf dem trotz der geraden Lehne überraschend bequemen Holzstuhl zurück und faltet die Hände in ihrem Schoß. Sie blickt auf das Schild an der Wand – *Sie sind kein Gast in unserer Einrichtung; wir sind Gäste in Ihrem Zuhause* – und dann zu der freundlichen Frau mittleren Alters auf der anderen Seite des großen, mit Papieren übersäten Schreibtischs. Als sie das letzte Mal hier gewesen sind, hat die Frau mehr oder weniger das Gleiche gesagt. »Es ist sehr nett von Ihnen, dass Sie so spontan erneut Zeit für mich haben«, sagt Julia, »vor allem nachdem ich bei unserer letzten Begegnung so unhöflich war.«

»Ich kann mich nicht erinnern, dass Sie unhöflich waren«, sagt Carole Reid und meint es offenbar auch so.

»Sie war definitiv unhöflich«, wirft Norman ein, der auf dem Stuhl neben seiner Mutter sitzt.

Julia lächelt. »Mein Sohn hat recht. Ich war wütend darüber, überrumpelt worden zu sein, und hab es an Ihnen ausgelassen.«

Carole zuckt die Schultern. »Machen Sie sich deswegen keine Gedanken mehr. Ihr Sohn hat gesagt, dass Sie es sich anders überlegt haben.«

»Nun sagen wir einfach, ich überlege …«, verbessert Julia.

»Ich dachte, das hätten wir entschieden«, sagt Norman.

»Wir haben entschieden, noch mal zu überlegen.«

»Nun, wie kann ich Ihnen helfen, zu einem endgültigen Entschluss zu kommen?«, fragt Carole. »Möchten Sie sich die Einrichtung noch einmal ansehen?«

»Nein«, sagt Julia. »Das wird nicht nötig sein. Soweit ich mich erinnere, war alles erstklassig.«

»Nun, haben Sie dann noch irgendwelche Fragen?«

»Kann ich kommen und gehen, wie ich möchte?«, will Julia wissen.

»Absolut. Sie sind keine Gefangene.«

»Darf ich so viele Besucher empfangen, wie ich will?«

»Natürlich.« Carole lächelt. »Wir würden Sie allerdings bitten, von wilden Partys abzusehen ...«

»Nun, das könnte ein Knackpunkt sein«, sagt Julia ihrerseits lächelnd. »Was, wenn es mir hier nicht gefällt?«

»Ich kann mir nicht vorstellen, dass das der Fall sein wird.«

»Aber wenn doch?«

»Dann steht es Ihnen frei auszuziehen. Obwohl Sie für die vertraglich vereinbarte Frist natürlich weiter für die Kosten verantwortlich wären.«

»Selbstverständlich.«

»Sonst noch etwas?«

»Ist das Apartment möbliert?«

»Nein. Entweder bringen Sie Ihre eigenen Möbel mit, oder wir können einen Kontakt zu der Firma herstellen, die die Model Suite eingerichtet hat. Möchten Sie sich die gern noch einmal ansehen?«

»Ja, ich denke schon.«

Carole Reid schiebt ihren Stuhl zurück und kommt um den Schreibtisch. Sie ist leger gekleidet, schwarze Hose und eine weite türkisfarbene Bluse, die das Grün ihrer Augen betont. »Nach Ihnen.« Sie weist auf die offene Tür ihres Büros. »Ihre reizende Frau konnte Sie heute nicht begleiten?«, fragt sie Norman, als sie durch die geräumige Lobby gehen.

»*Kein Alte-Leute-Geruch*«, hört Julia Poppy sagen.

»Ich bin direkt von der Arbeit gekommen.«

»Ich habe ihn sehr kurzfristig informiert«, sagt Julia. Tatsächlich hat sie sich heute Morgen mit den Worten gemeldet: »Wenn du immer noch willst, dass ich nach Manor Born ziehe, beweg deinen Arsch am besten so schnell wie möglich hierher.«

»Was hat Mark diesmal angestellt?«, lautete Normans spontane Antwort.

»Es geht nicht um Mark«, erwiderte Julia, ohne eine weitere Erklärung anzubieten. »Ich wiederhole, möchtest du immer noch, dass ich nach Manor Born ziehe?«

Ihr Sohn stellte keine weiteren Fragen. »Ich rufe Carole Reid an und mach einen Termin für heute Nachmittag.«

Und so stehen sie jetzt im Aufzug auf dem Weg zu der Mustersuite. Denkt sie wirklich daran umzuziehen?

Warum jetzt?

Ist Mark der Grund für ihren plötzlichen Sinneswandel?

In Wahrheit war dieser Sinneswandel gar nicht so plötzlich. Sie denkt seit ihrem letzten Besuch darüber nach. Manor Born hat sie weit mehr beeindruckt, als sie zugeben wollte. Es hat alles: ein Fitness-Studio, mehrere Pools, ein kleines Theater, einen Theater-Club, regelmäßige Gastredner.

Und dann ist da natürlich noch die Sache mit Mark.

Die Tatsache, dass ihr Enkel mitten in der Nacht ohne ein Wort des Abschieds verschwunden ist, mit einer Handvoll ihres Schmucks und dem meisten Bargeld aus ihrem Portemonnaie, dass er in den vier Tagen seit seinem Verschwinden nicht einmal angerufen hat, dass er ihr Vertrauen verraten, sie grundsätzlich an ihrem Instinkt hat zweifeln und sie jedes ihrer vierundachtzig Jahre hat spüren lassen, hat bestimmt auch etwas damit zu tun.

Aber der Hauptgrund, warum Julia darüber nachdenkt umzuziehen, ist der Umstand, dass sie durch die Anwesenheit ihres Enkels daran erinnert worden ist, wie einsam sie ohne ihn war. Dass er weggelaufen ist, hat ihr nur vor Augen geführt, wie einsam sie wieder sein würde.

Und so ungern sie es zugibt, hat ihr Sohn recht damit, dass das Haus ihr allein zu viel Arbeit macht. Und die verdammten Treppen. Ihre Knie tun ständig weh; ihre Hüften schmerzen permanent. Was, wenn sie stürzen würde? Sie hat bereits zwei Tage im Krankenhaus verbracht und nicht den Wunsch, dem weitere Tage hinzuzufügen.

»Würde ich den gleichen Blick haben?«, fragt Julia, als sie die kleine Suite betreten.

»Identisch«, sagt Carole Reid. »Nur eine Etage tiefer. Aber nicht alle Apartments haben einen Blick auf diesen Teil des Geländes, es wäre also eine Frage, ob diese spezielle Wohneinheit noch frei ist, wenn Sie sich entscheiden.«

»Wir nehmen es«, sagt Julia.

»Wie wundervoll«, sagt Carole. »Ich freue mich sehr.«

»Bist du sicher?«, fragt Norman seine Mutter.

»Absolut.«

»Nun, dann. Wenn Sie mit mir zurück in mein Büro kommen, können wir mit dem Papierkram anfangen.«

»Wow«, sagt Norman, sichtlich erleichtert. »Du bist heute wirklich voller Überraschungen.«

»Ich habe einige Bedingungen«, sagt Julia.

»Bedingungen?«

Julia tätschelt seine Hand. »Darüber reden wir auf der Heimfahrt.«

Sie sieht ihn schon, bevor sie in die kleine Sackgasse biegen.

Er sitzt auf den Stufen vor ihrer Haustür, sein zotteliges Haar zu einem ordentlichen Pferdeschwanz gebunden, die langen Beine ausgestreckt, neben sich eine weiße Plastiktüte.

»Na, was sagt man dazu«, staunt Norman und biegt in die Auffahrt, während Mark aufspringt. »Sieht so aus, als hättest du recht gehabt.«

Julia lächelt zu heftig, um zu antworten.

»Du musst deinen Teil der Abmachung trotzdem einhalten«, sagt Norman. »Wir haben einen Mietvertrag unterschrieben ...«

Julia nickt. »Wenn du einfach die verdammten Türen aufmachen könntest ...«

Norman drückt auf einen Knopf, und die Türen heben sich.

»Nana!«, sagt Mark, läuft auf sie zu und erdrückt sie beinahe in seiner Umarmung.

Julia streicht über die Wange ihres Enkels. »Wie geht es dir, Schätzchen? Alles in Ordnung?«

»Mir geht es gut. Es tut mir bloß so leid.«

»Was genau tut dir leid?«, fragt sein Vater.

»Das müssen wir jetzt nicht vertiefen«, sagt Julia. »Lasst uns einfach reingehen.«

»Dass ich mitten in der Nacht abgehauen bin«, erklärt Mark seinem Vater. »Dass ich einen Haufen von Nanas Goldketten und ungefähr hundert Dollar aus ihrem Portemonnaie geklaut habe.«

»Du hast deine Großmutter bestohlen«, wiederholt Norman, als hätte er es die ganze Zeit gewusst.

Mark hebt die weiße Plastiktüte auf der Treppe auf, greift hinein und zieht mehrere kleine Tüten heraus, die jede eine einzelne Goldkette enthält.

»Du hast sie entwirrt?«, fragt Julia.

»Hat ungefähr drei Stunden gedauert!« Mark steckt die kleinen Tüten wieder in die große und überreicht sie Julia. »Versteh mich nicht falsch. Ich war fest entschlossen, die verdammten Dinger zu versetzen. Aber dann habe ich die ganze Zeit dein Gesicht vor mir gesehen … Ich konnte dich einfach nicht enttäuschen. Ich konnte *mich* nicht enttäuschen.«

»Und die hundert Dollar?«, fragt Norman, der sich nicht so leicht beschwichtigen lassen will.

»Weg«, gesteht Mark. »Aber ich zahle es zurück. Versprochen. Ich such mir einen Job, ich tue, was immer ich tun muss …«

»Ich habe eine bessere Idee«, sagt Julia. »Komm rein. Wir müssen dir einiges erzählen.«

»Das verstehe ich nicht«, sagt Mark mit komplett verwirrter Miene. »Warum solltest du das machen wollen?«

»Weil deine Großmutter entweder eine sehr törichte oder

eine sehr weise Frau ist«, sagt Norman und lächelt seine Mutter an. »Sie wollte mir nicht erzählen, warum du gegangen bist, aber sie hat darauf beharrt, dass du zurückkommen würdest.«

»Aber wie konntest du das wissen?«, fragt Mark.

»Weil ich dich kenne«, erklärt Julia ihm. »Und ich wusste, dass du früher oder später die Umkleide finden würdest.«

»Welche Umkleide?«, fragt Norman. »Wovon redest du?«

Mark lächelt. »Lange Geschichte.«

Seufzend akzeptiert Norman, dass es Dinge an seiner Mutter wie auch an seinem Sohn gibt, die er nie verstehen wird. »Und warum deine Großmutter das tut? Offenbar bin ich nicht der einzige Spekulant in der Familie. Wie sich gezeigt hat, ist deine Großmutter eine noch größere Spielerin als ich. Ich zocke mit Aktien. Sie zockt auf dich. Und offenbar hat sie in den vergangenen paar Tagen erhebliche Recherchearbeit geleistet und eine Lösung gefunden, die ihrer Meinung nach für alle am besten funktioniert.«

»Also, ich verstehe, warum Nana das Haus verkauft und nach Manor Born zieht«, wiederholt Mark mit Tränen in den Augen, was man ihm erklärt hat.

»Aber?«

Mark schüttelt immer noch ungläubig den Kopf. »Aber mich auf das Florida College of Culinary Arts in Miami zu schicken, alle Studiengebühren und Kosten zu decken …«

»Solange du an der Schule bleibst und deinen Abschluss machst«, betont Norman. »Wenn du das Studium schmeißt, bist du auf dich gestellt.«

»Ich würde es nie schmeißen.«

»Nun, dann ist das wohl geklärt.« Norman steht auf. »Ich rufe Rainbow an, um den Ball ins Rollen zu bringen.«

»Rainbow?«, fragt Julia.

»Poppys Schwester. Sie ist Maklerin.«

»Somewhere over the rainbow …«

»Fang nicht damit an«, sagt Norman und versucht – vergeblich – ein Lächeln zu unterdrücken. »Ich melde mich morgen.«

»Ich freu mich«, sagt Julia und merkt, dass sie es ehrlich meint.

»Bist du dir wirklich sicher?«, fragt Mark, nachdem sein Vater gegangen ist.

»So sicher, wie man sich über irgendwas sein kann.« Julia drückt ihren Enkelsohn an sich.

»Wow. Ich kann es nicht glauben.«

»Bist du glücklich, mein Schatz?«

Mark lächelt. »Wie ein Schmetterling«, sagt er.

KAPITEL ACHTUNDVIERZIG

Sean sitzt an die billige Holzvertäfelung der Wand gelehnt auf einer langen ledergepolsterten Bank vor einem kleinen runden Tisch im hinteren Teil einer schwach beleuchteten Bar, nippt an seinem Wodka und versucht zu entscheiden, ob es schon Zeit ist, nach Hause zu fahren. Er sitzt seit gut einer Stunde hier und hält sich an einem Drink fest, und seit etwa zwanzig Minuten wirft ihm der Barkeeper argwöhnische Blicke zu. Jede Sekunde wird ihn der Typ fragen, ob er noch einen Drink möchte. Und was dann? Zwanzig Dollar in bar ist alles, was er hat, und er kann es wohl kaum auf seine Karte buchen. Nicht seit Olivia sämtliche Ausgaben mit feinem Kamm durchgeht. Aber er weiß, dass er hier nicht sitzen bleiben kann, wenn er nicht noch etwas bestellt. Er kennt die Regeln. Man sitzt; man trinkt. *Das ist hier keine Parkbank, Kumpel*, kann er den Barkeeper beinahe ätzen hören.

Aber sogar Parkbänke sind tabu. Nirgendwo ist es sicher. Nicht an den Stränden, nicht in den Parks, nicht in den Malls. Es lässt sich einfach nicht vorhersehen, wer wo auftaucht und wem er zufällig begegnen könnte. Er hatte gedacht, im MacArthur State Park wäre er sicher, und wer kreuzt dort auf? Ausgerechnet einer von seinen verdammten Nachbarn! Eine Nachbarin, Scheiße noch mal!

Deshalb sind schummrig beleuchtete Bars an der Grenze zur schäbigen Spelunke so ungefähr die einzigen Orte, die ihm geblieben sind. Seine sicheren Häuser, denkt er und hätte beinahe gelacht.

Er sieht auf seine Uhr. Fast fünf. Noch zehn Minuten, dann sollte er aufbrechen können. Olivia hat heute Nachmittag ein Meeting in Fort Lauderdale und kommt mit ein bisschen Glück später nach Hause. Sie bringt wieder etwas zum Abendessen mit, was super ist. Nachdem er nun vermeintlich wieder arbeitet, wird von ihm nicht mehr erwartet, Mahlzeiten zuzubereiten. Einer der Vorzüge des Jobs!

Aber was wird passieren, wenn sich sein erwarteter Gehaltsscheck am Ende der Woche nicht einstellt? Welche Entschuldigung wird er dann gegenüber Olivia vorbringen? Ihm gehen langsam die Optionen aus. Ihm geht die Zeit aus.

Vielleicht sollte er verschwinden, denkt er und trinkt den letzten Schluck Wodka aus seinem Glas. In den Wagen steigen und wegfahren. Aber wohin? Und womit? Mit den Kleidern am Körper? Zwanzig Dollar in der Tasche? Nein, nicht mal das, wenn er seine Zeche bezahlt hat.

Weglaufen ist also keine Antwort. Und mit fast fünfzig ist es zu spät, sich einer kriminellen Karriere zuzuwenden. Nicht dass er wüsste, wohin er sich wenden müsste. Er würde bestimmt einen tollen Verbrecher abgeben! Was will er machen? Einen Laden überfallen? Eine Tankstelle? Einen Supermarkt? Womit? Mit dem Finger?

Es sieht also ganz so aus, als wäre er am Arsch, wie man es auch betrachtet.

»Hey, du«, sagt eine Stimme – sanft, heiser, einladend – irgendwo neben ihm.

Er blickt auf und sieht eine Frau mit langem dunklem Haar, die ihn von oben mit einem schiefen Lächeln ansieht. Das weiße T-Shirt, das sie trägt, ist mindestens zwei Größen zu klein für sie, der schwarze Rock locker fünfzehn Zentimeter zu kurz. Er staunt, dass er sie nicht hat kommen hören.

»Ein Penny für deine Gedanken«, sagt sie.

Fast hätte er gelacht. »Mach einen Zwanziger draus, und du hast einen Deal.«

»Das müssen ja ziemlich tiefe Gedanken sein.«

»Sind sie nicht.«

Sie lächelt und drückt sich neben ihn auf die Bank. »Harter Tag?«

»Sind sie das nicht alle?«

Sie zuckt die Schultern. *»Some days are diamonds…«*

Er erkennt die erste Zeile eines alten John-Denver-Songs. *»Some days are stones«*, vervollständigt er die Zeile.

»Heute ist mehr Stein, nehm ich an«, sagt sie. »Vielleicht kann ich deinen Tag besser machen. Ich heiße Brandi.«

Natürlich. Er schätzt sie auf Ende dreißig, Anfang vierzig. Auf eine leicht schmuddelige Art attraktiv, sexy, wie es billiges Parfüm manchmal sein kann. Man will nicht immer Champagner, denkt er, als Brandi dem Kellner ein Zeichen macht. Manchmal will man einfach ein Bier.

»Gin-Tonic«, sagt sie.

Der Barkeeper blickt von Brandi zu Sean.

Was soll's, denkt er und tippt an sein leeres Glas. »Dann nehm ich wohl noch einen von denen.«

»Du hast mir deinen Namen nicht verraten«, sagt Brandi, als der Barkeeper sich entfernt.

»Sean.«

»Sean«, wiederholt sie. »Das ist so ein schöner Name.«

»Wirklich?«

»Was – du magst nicht mal deinen Namen? Du hattest *wirklich* einen beschissenen Tag.«

Er lacht.

»So ist es besser. Also, Sean, was an deinem Tag war denn so mies? Bist du gefeuert worden oder so was?«

»Oder so was.«

»Erzähl mir davon.«

»Glaub mir, das willst du nicht wissen.«

»Klar will ich das wissen«, sagt sie, als der Barkeeper mit ihren Drinks zurückkommt.

»Bist du eine Therapeutin oder so was?«

»Oder so was«, sagt sie, und sie kichern beide. »So ist es besser«, sagt sie noch einmal. »Also, Sean, erzähl mir alles von deinem miesen Tag. Ich garantier dir, ich sorg dafür, dass du dich besser fühlst.« Sie legt ihre Hand auf seinen Oberschenkel.

Was soll's, denkt er noch einmal. *Warum nicht?* Manchmal möchte man einen Therapeuten. Manchmal tut es auch eine billige Nutte. »Nun, lass mich überlegen. Wo soll ich anfangen? Ich bin arbeitslos, pleite, habe meine Frau über einen Job angelogen, den ich gar nicht habe, und wenn sie das herausfindet, wird sie mich wahrscheinlich verlassen. Und dann kann ich mich glücklich schätzen, wenn ich meine Kinder je wiedersehe. Ich habe gewalttätige Fantasien, die mir eine Höllenangst machen. Meine Sauferei ist total außer Kontrolle, ich bin die ganze verdammte Zeit wütend, und wenn ich nicht wütend bin, bin ich so deprimiert, dass ich mich erschießen will. Aber nicht mal das kann ich tun, weil ich mir die beschissene Waffe dafür nicht leisten kann!«

»Du bist pleite?«, fragt Brandi und zieht rasch ihre Hand zurück.

Sean lacht laut. »Das hast du daraus geschlossen?«

»Hey«, sagt Brandi. »Ich muss anschaffen. Ich kann es mir nicht leisten, meine Zeit zu verschwenden. Im Ernst – du bist pleite?«

»Ich bin so ernsthaft pleite, dass ich es mir nicht mal leisten kann, deinen Drink zu bezahlen.«

»Scheiße«, sagt Brandi, rutscht von der Bank und schirmt ihren Drink mit der Hand ab, als hätte sie Angst, er könnte ihn ihr entreißen.

»Warte – was ist mit deiner Garantie?«, ruft Sean ihr nach.

Als Antwort zeigt sie ihm den ausgestreckten Mittelfinger.

»Danke. Jetzt fühl ich mich viel besser.«

Brandi tritt an die lange verspiegelte Bar und flüstert dem Barkeeper etwas zu. Der junge Mann, dessen Man-Bun irgendwie nicht zu seinem beindruckenden Bizeps passen will, verlässt seinen Posten und kommt auf Sean zu. »Kriegen wir ein Problem?«

»Ich weiß nicht. An was für ein Problem haben Sie denn gedacht?«

»Wie wär's, wenn Sie einfach zahlen und nach Hause gehen.«

»Klar doch.« Sean kippt seinen Drink in einem langen Schluck herunter. »Was bin ich Ihnen schuldig?«

»Mal sehen. Zwei Wodka on the rocks und ein Gin-Tonic …«

Sean will widersprechen, besinnt sich jedoch eines Besseren.

»Dreißig Dollar«, sagt der Barkeeper.

Sean fischt zwei Zehn-Dollar-Scheine aus seiner Hosentasche. »Nimm das oder lass es bleiben.«

Der Barkeeper reißt Sean die Scheine aus den Fingern. »Verpiss dich verdammt noch mal und lass dich nie wieder in meiner Bar blicken.«

Sean rappelt sich hoch. Noch ein Ort, an den er nicht zurückkehren kann.

Sean biegt in die kleine Sackgasse, als Julias Sohn gerade aus der Ausfahrt setzt. Er kurbelt sein Fenster herunter. »Schickes Auto«, erklärt Sean ihm. »Ich habe daran gedacht, mir selbst so einen Wagen anzuschaffen.«

»Ich kann ihn nur empfehlen«, sagt Norman.

Sean ignoriert den skeptischen Blick des Mannes, den Blick, der Sean sagt, dass er sich unmöglich eins von diesen Babys leisten könnte, wem also will er etwas vormachen? »Wie viel Strom frisst der so?«

»Kann ich Ihnen nicht sagen. Da hab ich wirklich keinen Überblick.«

Natürlich nicht, denkt Sean. *Aufgeblasenes Arschloch.* »Wie geht es Ihrer Mom? Alles in Ordnung?«

»Ihr geht es gut. Danke der Nachfrage.« Norman zögert. »Genau genommen planen wir, das Haus zum Verkauf anzubieten, wenn Sie also von jemandem hören, der auf der Suche ist …«

»Sag ich auf jeden Fall Bescheid.« *Als ob ich nichts Besseres zu tun hätte*, denkt Sean und lacht, weil er das nicht hat.

Er wartet, bis der Tesla auf der Hauptstraße verschwunden ist, und parkt seinen Wagen in der Garage, froh, dass Olivia noch nicht zu Hause ist. Er hat noch Zeit für einen weiteren Drink, Zeit, sich eine dieser dummen kleinen Episoden über seinen Job auszudenken, die sie so gern hört.

Offenbar werden also bald zwei Häuser in ihrer kleinen Sackgasse auf dem Markt sein. Sean weiß zwar nicht mit Sicherheit, dass die Wilsons ausziehen, doch er konnte nicht umhin, den Wagen des Immobilienmaklers zu bemerken, der neulich in ihrer Ausfahrt parkte. Müßig überlegt er, welches Haus als Erstes verkauft wird und für wie viel.

Vielleicht sollten er und Olivia auch überlegen, ihr Haus zu verkaufen. Auf diese Weise würde er zumindest an ein wenig dringend benötigtes Bargeld kommen. Er ist sich ziemlich sicher, dass er Olivia überreden könnte, eine Wohnung zu mieten und den nach Tilgung der Hypothek verbleibenden Profit zu investieren. Bis dahin wird er doch bei Gott bestimmt einen Job haben.

»Ja, klar«, sagt er, zieht sein Handy aus der Gesäßtasche und geht in die Küche. Er tippt die Nummer ein, die er immer noch auswendig kann, obwohl er sie eine Weile nicht gewählt hat.

»Fiona Geller«, meldet sich die Frau.

»Fiona«, begrüßt Sean sie, nimmt sich das letzte Bier, das von der Feier am Samstag übrig ist, geht ins Wohnzimmer und lässt sich auf das braune Cordsofa plumpsen. »Hier ist Sean Grant«, sagt er, als die Frau seine Stimme nicht erkennt.

»Sean, wie geht es Ihnen?«

»Ich bin immer noch arbeitslos«, erklärt er ihr.

»Ich weiß. Und was soll ich sagen? Ich habe mit Unternehmen von Orlando bis Miami gesprochen. Was soll ich sagen?«, wiederholt sie. »Im Moment ist einfach nicht viel auf dem Markt, vor allem für einen Mann mit Ihrer Qualifikation und Erfahrung.«

»Hören Sie. Besorgen Sie mir einfach einen Gesprächstermin. Zurzeit nehm ich alles.«

»Das weiß ich. Aber Sie wissen ja, wie das im Sommer ist, vor allem in Florida. Niemand stellt ein. Alle warten auf den Herbst. Im September wird sich bestimmt etwas ergeben.«

»Das haben Sie letzten Sommer auch schon gesagt«, erinnert Sean die Headhunterin.

»Was soll ich sagen?«, wiederholt sie ein weiteres Mal. »Ich weiß, es ist schwer, aber versuchen Sie, geduldig zu bleiben. Wir finden etwas für Sie. Wichtig ist, dass Sie positiv bleiben.«

»Da haben Sie recht«, erwidert Sean, als er hört, wie Olivia ihren Wagen in die Garage fährt.

»Ich verspreche, ich rufe Sie an, sobald ich irgendwas höre. Halten Sie durch.«

»Ich pfeife auf dem letzten Loch«, flüstert Sean, als sie das Gespräch beendet.

»Sean?«, ruft Olivia, als sie das Haus betritt. »Sean, wo bist du?«

»Im Wohnzimmer.« Als er das Handy in die Tasche gesteckt hat, steht sie schon in der Tür. »Wie war dein Tag?«, fragt er, bemüht interessiert. So schwer es ihm fällt, das zuzugeben, es schmerzt ihn, dass seine Frau erfolgreich ist in einer Branche, die ihn nicht mehr will.

Sie starrt ihn mit einem unergründlichen Ausdruck an. »Interessant. Und deiner?«

Sean geht kurz die Geschichten durch, die er sich stundenlang ausgedacht hat, die charmanten Anekdoten, die er sich zurechtgelegt hat, die frischen Lügen, die ihm auf der Zunge liegen.

Aber er hat keine Kraft mehr für Lügen, kein Durchhaltevermögen für weitere Täuschungen.

»Die Wahrheit kommt ans Licht«, hört er seinen Vater sagen.

Sean stellt langsam die Bierflasche auf den Boden und sieht seiner Frau direkt in die Augen. »Ich brauche Hilfe«, sagt er.

KAPITEL NEUNUNDVIERZIG

Es ist fast sechs Uhr, Maggie überprüft gerade ein letztes Mal die Kassenbelege des Tages, als sie Schritte hört. »Stressiger Tag«, sagt Nadine hinter ihr. »Ich bin platt.«

»Wenn man gut ist, spricht sich das rum«, erwidert Maggie lächelnd und erinnert sich, dass das mit das Erste war, was Nadine je zu ihr gesagt hat.

Sie beobachten Jerome, der seinen Platz aufräumt und sich auf den Feierabend vorbereitet. »Arbeitest du gern hier?«, fragt Nadine Maggie.

»Ja.«

»Aber du wirst nicht bleiben«, stellt Nadine ohne jeden wütenden oder vorwurfsvollen Unterton fest. »Zumindest nicht lange.«

Maggie will widersprechen, aber Nadine bremst sie.

»Das ist okay. Ich wusste schon, als ich dich eingestellt habe, dass du nicht länger als ein halbes Jahr bleiben würdest. Das ist das Problem, wenn man intelligente Leute beschäftigt. Sie lernen schnell, machen einen tollen Job, fangen an, sich zu langweilen, und gehen dann. Und du bist mit Abstand die intelligenteste Empfangsdame, die ich je hatte, also wusste ich gleich, dass es nur eine Frage der Zeit ist.«

»Also, noch gehe ich nicht«, sagt Maggie.

»Gott sei Dank dafür. Ich bitte dich bloß, wenn du gehst, gib mir ein bisschen Vorlauf. Brenn mir nicht einfach durch.«

Maggie lacht. »Die Gefahr besteht wohl kaum.«

»Man kann nie wissen. Du bist intelligent *und* schön. Und nicht alle Männer sind so dumm wie dein Mann.«

»Craig ist nicht dumm.«

»Das ist er, wenn er dich gehen lässt.«

»Okay, ich bin weg«, sagt Jerome. »Bis morgen. Schönen Abend zusammen.«

»Dir auch«, sagt Maggie, als Nadine ihn aus der Tür winkt.

»Und was hast du heute Abend vor?«, fragt sie Maggie.

»Na ja, es ist Mittwoch, also geht Craig mit den Kindern essen, und ich habe diese blöde Mitgliedschaft in einem Fitness-Studio unterschrieben, also besuche ich vielleicht einen Kurs …«

»Oh, schweige still, mein Herz.«

Maggie nimmt ihre hinter dem Empfangstresen stehende Handtasche und hängt sie über die Schulter, etwas, das ihr so viel leichter fällt, seit die Tasche nicht mehr mit einer Waffe beladen ist. »Bis morgen.«

»Übertreib's nicht.«

»Ich geb mir Mühe«, sagt Maggie und beschließt, kurz etwas Süßes bei Starbucks zu naschen, ehe sie nach Hause fährt.

Sie sieht Richard Atwood schon, bevor sie die Eingangstür erreicht. Er sitzt an einem Tisch in der Nähe des Fensters und spricht mit einer jungen Frau mit hüftlangem braunem Haar. Sie beobachtet, wie die Frau den Kopf in den Nacken wirft und über etwas lacht, das der attraktive Steuerberater sagt, und dann ihre Hand über den Tisch streckt und auf seine legt.

»Viel Glück, Mädchen«, sagt Maggie, macht rasch kehrt und geht direkt zu ihrem Wagen. Sie zieht ihr Handy aus der Tasche und wählt Dani Wilsons Nummer.

Dani geht beim zweiten Klingeln ran. »Maggie?«, flüstert sie, nachdem sie die Nummer offenbar auf dem Display gelesen hat. »Gibt es ein Problem?«

»Nein, kein Problem. Warum flüstern Sie?«

»Is' mir gar nicht aufgefallen«, sagt Dani, auch wenn ihre Stimme weiter kaum hörbar bleibt.

»Ich wollte gerade ins Fitness-Studio fahren, und ich weiß, Sie haben gesagt, es wäre nicht direkt Ihr Ding, aber ich dachte, ich frag trotzdem …«

»Nun, vergelt's Gott. Das ist wirklich nett von Ihnen …«

»Ist der Anruf für mich?«, hört Maggie Nick fragen.

»Nein. Für mich.«

»Wer ist es?«

»Bloß eine Patientin mit einem Problem.«

»Warum haben Sie ihm das erzählt?«, fragt Maggie.

Dani senkt ihre Stimme noch weiter. »Hören Sie. Ich will nicht unhöflich sein, aber ich bin grad' dabei, das Abendessen auf den Tisch zu bringen.«

»Dani, Herrgott noch mal«, hört sie Nick rufen. »Sag ihnen, Sie sollen dich in der Praxis anrufen.«

»Ich muss Schluss machen.«

»Wir müssen reden«, erklärt Maggie ihr, aber die Verbindung ist bereits unterbrochen.

Um kurz vor halb neun kommt Maggie vom Fitness-Studio zurück. Sie ist müde und verschwitzt, und die Stimme der Vernunft sagt ihr, dass sie die Zeit, bevor die Kinder nach Hause kommen, wahrscheinlich nutzen sollte, um ihre schmerzenden Muskeln in einem schönen heißen Bad zu entspannen. Sie lacht. Wann hat sie je auf die Stimme der Vernunft gehört?

Anstatt ihre Sportklamotten abzustreifen und ihre steifen Glieder in dampfendes Wasser mit Epsom-Salz zu tauchen, ertappt sie sich also dabei, wie sie den Weg zur Haustür der Wilsons hinaufgeht. »Was will Nick machen?«, fragt sie den sternenvollen Himmel »Mich erschießen?«

Die Haustür wird geöffnet, bevor Maggie sie erreicht. Dani Wilson trägt Jeans und eine langärmelige Bluse. Sie wirft einen kurzen Blick über ihre Schulter, tritt dann vors Haus, zieht leise die Tür hinter sich zu und setzt ein breites Lächeln auf. »Hi«, sagt sie. »Ich hab gesehen, dass Sie kommen. Wie war das Training?«

»Gut. Erschöpfend, aber gut. Ich habe seit Urzeiten nicht mehr trainiert. Und ich war definitiv die Älteste in dem Kurs.«

»Sie haben das bestimmt einfach super gemacht.«

»Na ja, ich hab es versucht. Mehr kann man nicht tun, oder?«

»Mehr kann man nicht tun.« Dani sieht sich erneut um. »Gibt's irgendwas, das Sie brauchen?«

»Erin hat mir erzählt, dass Sie umziehen.«

»Oh. Ja, das stimmt.«

»Kommt mir ziemlich plötzlich vor«, sagt Maggie. »Darf ich fragen, warum?«

Danis Lächeln erlischt. »So plötzlich ist es eigentlich nicht. Nick denkt schon länger drüber nach. Er will ein größeres Haus in einer gesicherten Anlage, mit Tennisplätzen, Golfplatz und so, wissen Sie.«

»Und was wollen *Sie*?«

Eine kurze Pause. »Ich will, dass mein Mann glücklich ist.«

»Was ist mit Ihnen?«

»Was soll mit mir *sein*?«

»Dani«, sagt Maggie. »Ich weiß, was los ist. Sie müssen mir nicht weiter was vormachen.«

»Wovon reden Sie? Ich mach' Ihnen gar nichts vor. Und es is' auch nichts los.«

»Ich habe die Blutergüsse gesehen.«

»Ich hab' Ihnen doch erzählt...«

»Ich weiß, was Sie mir erzählt haben, und ich weiß, dass es nicht wahr ist. Ich weiß, dass Nick dafür verantwortlich ist, dass er Sie schlägt.«

»Das ist völlig verrückt.«

»Wirklich?«

Ein kratziges Lachen entfährt Dani. »Sie sind total irre.«

»Wirklich? Kein Make-up der Welt kann den Bluterguss unter Ihrem Auge verdecken, Dani.«

Danis Hand wandert instinktiv zu ihrem Gesicht.

»Zeigen Sie mir Ihre Arme.«

»Was?«

»Krempeln Sie die Ärmel hoch und zeigen Sie mir Ihre Arme.«

»Ich werde nichts dergleichen tun. Ich glaub' wirklich, dass Sie jetzt gehen sollten. All die Anstrengung beim Training hat Sie wohl ein bisschen durcheinandergebracht.« Sie dreht sich um und will ins Haus gehen, wendet sich jedoch noch einmal um. »Sie verstehen das nicht.«

»Was verstehe ich nicht?«

»Er ist nicht immer so«, sagt Dani flehend. »Meistens ist Nickt gut und sanft und freundlich. Es is' nur, wenn ich ihn aufbringe, wenn ich die Klappe aufreiße über Sachen, von denen ich keine Ahnung hab', wenn ich …«

»Hören Sie mir zu, Dani«, unterbricht Maggie sie. »Sie sind nicht verantwortlich für das schlechte Benehmen Ihres Mannes. Nichts, was Sie sagen oder tun, könnte jemals rechtfertigen, dass er Sie schlägt. Und es ist mir egal, ob Nick an neun von zehn Tagen ein beschissener Heiliger ist. Der einzige Tag, der etwas bedeutet, der Tag, der Ihnen sagt, wer er wirklich ist, ist der Tag, an dem er Sie schlägt. Sie machen sich etwas vor, wenn Sie das anders sehen. Und Sie machen sich etwas vor, wenn Sie glauben, irgendwas würde sich ändern.«

Dani schüttelt den Kopf, sodass sich Tränen lösen, die ihr bereits in den Augen standen. »Und was schlagen Sie vor, was ich machen soll?«

»Rufen Sie die Polizei, erstatten Sie Anzeige.«

»Und was soll das nützen?«

»Man wird Nick festnehmen und wegen häuslicher Gewalt anklagen …«

»Er wird es leugnen.«

»Man wird *Ihnen* glauben.«

»Sind Sie sich da sicher?«

Maggie fährt sich frustriert mit der Hand durchs Haar. Ihre eigene Erfahrung mit dem Rechtssystem hat sie gelehrt, dass man sich über gar nichts sicher sein kann. »Sie können ihn verlassen«, schlägt sie stattdessen vor.

»Wohin soll ich gehen?«, fragt Dani. »In eine Notunterkunft? Ich kann meine Jungs nicht in eine Notunterkunft schleppen. Und ich lass sie auf keinen Fall bei Nick.«

»Sie haben eine florierende Praxis, ein gutes Einkommen, Sie finden eine andere Wohnung. Ich helfe Ihnen suchen …«

»Er wird mich verfolgen.«

»Vielleicht nicht«, sagt Maggie und denkt wieder an ihre eigene Erfahrung.

»Und wer macht sich jetzt was vor? Nick lässt mich nie gehen.«

»Was, wenn *ich* die Polizei anrufe?«, fragt Maggie. »Und meinen Verdacht melde …«

»O Gott, nein. Bitte tun Sie das nicht. Dann bringt er mich mit Sicherheit um.«

»Er bringt Sie so oder so um!«

Die Haustür der Wilsons geht auf, und Nick steht in der Tür. »Maggie«, sagt er freundlich. »Ich habe Sie gar nicht klingeln hören.«

»Ich hab sie den Weg hochkommen sehen«, sagt Dani und wischt hastig ihre Tränen ab. »Ich bin rausgekommen, bevor sie klingeln konnte.«

»Ist irgendwas Bestimmtes?«, fragt Nick.

»Eigentlich nicht. Ich hab gerade gehört, dass Sie überlegen umzuziehen …«

»Ja, es wird Zeit.«

»Gerade wo wir uns ein bisschen besser kennenlernen.«

»Tja, nun.« Er zuckt die Schultern. »Man *sagt* ja, es ist nie eine gute Idee, zu vertraulich mit den Nachbarn zu werden.« Er wirft einen Blick ins Haus. »Die Jungen streiten sich wieder über den verdammten Fisch. Ich denke, sie könnten deine Hilfe brauchen«, sagt er zu seiner Frau.

»Klar«, sagt Dani. »War nett, mit Ihnen zu plaudern.« Sie verschwindet im Haus.

Maggie nickt und will sich gerade umdrehen, als Nicks Stimme sie innehalten lässt.

»Halten Sie sich von meiner Frau fern«, sagt er, und jede Herzlichkeit ist verflogen.

»Wie bitte?«

»Sie haben mich verstanden. Dani ist zu höflich, um etwas zu sagen, aber mit Ihnen zu sprechen regt sie auf.«

»Mit mir zu sprechen regt sie auf«, wiederholt Maggie monoton.

»Ja. Wie wär's also, wenn Sie sich um Ihr Zuhause kümmern, und wir kümmern uns um unseres.«

Maggie atmet tief ein. »Wie wär's, wenn Sie aufhören, Ihre Frau als Punching-Ball zu benutzen.«

Die nachfolgende Stille ist so eindringlich, dass sie förmlich schreit.

»Verzeihung. Was haben Sie gesagt?«

»Wollen Sie wirklich, dass ich es wiederhole?«

Nick macht einen bedrohlichen Schritt auf sie zu. »Nein. Ich denke, Sie haben bereits mehr als genug gesagt. An Ihrer Stelle würde ich schleunigst von meinem Grundstück verschwinden.«

»Was wollen Sie machen, Nick?«, fragt Maggie, ohne von der Stelle zu weichen. »Mich schlagen? Mir zeigen, was für ein großer Mann Sie sind?«

»Sie sind verrückt«, sagt er, als Maggie aus dem Augenwinkel einen unbekannten Wagen in ihre Ausfahrt biegen sieht.

»Mom«, sagt Erin und steigt auf der Fahrerseite aus. »Komm und guck dir mein neues Auto an.«

Maggie blickt zu ihrer Tochter und wendet sich wieder

Nick zu. »Vielleicht hat Dani Angst vor Ihnen«, sagt sie mit lauter werdender Stimme, »aber ich nicht.« Es dauert einen Moment, bis sie merkt, dass das stimmt, dass sie keine Waffe braucht, um sich sicher zu fühlen, dass sie endlich aus dem langen Schatten ihrer eigenen Furcht herausgetreten ist. »Und ich warne Sie, wenn ich auch nur einen weiteren Bluterguss am Körper Ihrer Frau bemerke«, fährt sie fort, »dann rufe ich nicht nur die Polizei, ich rufe jeden an, den ich je getroffen habe, und erzähle allen, die ich sehe, dass der verehrte Dr. Nick Wilson ein beschissener prügelnder Ehemann ist. Ich werde vollkommen Fremde auf der Straße anhalten, mich mit einem Plakat vor Ihre Praxis stellen. Verdammt, ich werde die Nachricht bei Scheiß-Facebook posten!«

»Maggie?« Craig kommt quer durch den Vorgarten zum Haus der Wilsons. »Was ist hier los?«

»Ihre Frau ist eine verdammte Irre«, erklärt Nick ihm. »Kein Wunder, dass Sie sie verlassen haben.«

»Einen Moment mal …«

»Ich warne Sie«, sagt Nick zu Maggie. »Halten Sie sich von uns fern.« Damit kehrt er ins Haus zurück und knallt die Tür hinter sich zu.

Craig sieht Maggie an. »Sieht so aus, als hättest du dein Feuer zurück.«

KAPITEL FÜNFZIG

»Magst du mir erzählen, was das zu bedeuten hatte?«, fragt Craig, als sie in ihr Haus zurückkehren.

»Ich kann es nicht erwarten, das zu hören«, sagt Erin, als sie in die Küche gehen und Maggie zitternd auf dem nächsten Stuhl zusammenbricht.

»Wie wär's, wenn du deiner Mutter einen Tee machst«, schlägt Craig vor. »Es sei denn, du willst lieber etwas Kräftigeres.«

»Nein. Tee wäre super.«

»Warum war Dr. Wilson so wütend?«, fragt Leo.

»Ich habe wohl etwas gesagt, was ihm nicht gefallen hat.«

»Was für ein Schock«, sagt Erin. »Wie untypisch für dich.«

»Erin«, warnt ihr Vater sie. »Der Tee ...«

»Leo, Schätzchen«, sagt Maggie zu ihrem Sohn, »geh doch schon mal nach oben und mach dich fertig fürs Bett.«

»Ich will es auch hören.«

»Da gibt es nichts zu hören. Dr. Wilson und ich hatten eine Meinungsverschiedenheit ...«

»Worüber?«

»Nichts. Dummer Kram. Ich habe ihm gesagt, sein Generator wäre zu laut«, fährt sie fort, als der Gesichtsausdruck ihres Sohnes ihr verrät, dass ihre Antwort ihn nicht zufriedenstellt. »Er steht neben dem Haus, und man müsste ihn eigentlich abdecken, damit er nicht so laut ist, aber das macht Dr. Wilson nicht. Also habe ich ihm gesagt, dass ich mich bei der Stadt beschweren würde, wenn er deswegen nichts unternimmt.«

»Und er ist wütend geworden?«

»Er ist sehr wütend geworden.«

»Er hat dich angeschrien.«

»Ja, hat er.«

»Das war nicht nett.«

»Nein, war es nicht.«

»Wirst du ihn erschießen?«

»Was?« Maggie.

»Was?« Craig.

»Was?« Erin.

»Nein«, stammelt Maggie. »Natürlich nicht.«

»Wie kommst du denn auf die Idee?«, fragt Erin ihren Bruder.

»Mommy hat eine Pistole«, antwortet Leo sachlich.

Erins Kopf schnellt zu ihrer Mutter herum. »Du hast eine Pistole?«

»Ich *hatte* eine Pistole«, erklärt Maggie hastig. »Ich hab sie am Sonntag bei der Polizei abgegeben.«

»Gott sei Dank«, sagt Craig.

»Soll das ein Witz sein?«, fragt Erin. »Das Timing ist irgendwie beschissen. Wenn man bedenkt, dass Dr. Wilson einen ganzen Schrank voller Waffen hat.«

»Er hat einen Schrank voller Waffen?«

»Pistolen, Gewehre, Flinten.«

»O mein Gott. Warum hast du mir das nicht erzählt?«

»Weil ich wusste, dass du ausflippen und mir verbieten würdest, noch einmal dort auf die Kinder aufzupassen. Ich hatte ja keine Ahnung, dass du heimlich die Scheiß-Annie Oakley gibst und einen auf Kunstschützin machst.«

»Erin, bitte. Achte auf deine Ausdrucksweise.«

»Du hast ›Scheiß-Facebook‹ gesagt!«

»Wer ist Annie Oakley?«, fragt Leo.

»Das erzähle ich dir, während du deinen Schlafanzug anziehst«, sagt Craig und führt Leo aus der Küche. »Ich bin gleich zurück. Sieht so aus, als hätten wir viel zu besprechen.«

»Das Wasser kocht gleich«, sagt Erin. »Willst du schwarzen Tee oder Kräuter?«

»Schwarzen. Einen Schuss Milch. Kein Zucker.«

»Und«, sagt Erin, gibt einen Teebeutel in einen leeren Becher und nimmt die Milch aus dem Kühlschrank, »müssen wir wieder umziehen?«

Maggie seufzt und schüttelt den Kopf. »Wir gehen nirgendwohin.«

»Gut. Denn irgendwie mag ich es hier.«

»Ich auch.«

Erin gießt kochendes Wasser in Maggies Becher und beobachtet, wie der Teebeutel die Flüssigkeit goldbraun verfärbt. Dann nimmt sie den Teebeutel wieder heraus, gibt einen Schuss Milch hinzu und stellt den dampfenden Becher vor Maggie auf den Tisch. »Vorsicht. Heiß.«

»Danke, mein Schatz.«

»In dem Streit ging es eigentlich nicht um Dr. Wilsons Generator, oder?«

»Nein, ging es nicht. Wie war euer Abendessen?«, erkundigt sich Maggie, ehe Erin weitere Fragen stellen kann.

»Super. Wir waren im Pelican Café. Und dann haben wir meinen neuen Wagen abgeholt.« Sie grinst. »Dad sagt, den hab ich dir zu verdanken.«

»Das haben wir gemeinsam entschieden.« Maggie streicht über die Hand ihrer Tochter. »Was für eine Marke ist es? Ich fürchte, in der ganzen Aufregung hab ich ihn mir gar nicht richtig angesehen.« Genau genommen kann sie sich nur an einen schnittigen schwarzen Umriss in der Auffahrt erinnern, bevor Craig sie eilig ins Haus geführt hat.

»Es ist ein Toyota Corolla. Nur ein paar Jahre alt, und er ist erst fünfzehntausend Meilen gelaufen. Dad sagt, er hat einen super Deal gemacht.«

»Na, herzlichen Glückwunsch und fahr vorsichtig.«

»Mach ich. Wie ist der Tee?«

»Perfekt.«

»Ist meine Spezialität«, sagt Erin, als Craig in die Küche zurückkommt. »Möchtest du auch einen Tee?«

»Ist ihre Spezialität«, sagt Maggie.

»Klar. Ein Schuss Milch. Kein Zucker.«

Sowohl Maggie als auch Erin lächeln.

»Ich habe Leo gesagt, er könne noch eine halbe Stunde Zeichentrickfilme gucken«, sagt Craig und nimmt Maggie gegenüber Platz. »Und was war nun wirklich los?«

Maggie berichtet ihrem Mann und ihrer Tochter von ihrem Gespräch mit Dani und der anschließenden Auseinandersetzung mit Nick.

»Dr. Wilson schlägt seine Frau?«, ruft Erin.

»Ich weiß. Es ist schwer zu glauben.«

»Ja, ist es«, stellt Erin fest. »Aber gleichzeitig irgendwie auch nicht.«

»Wie meinst du das?«, fragt Maggie. »Hast du irgendwas gesehen?«

»Nein, aber… ich weiß nicht. Ich meine, Dr. Wilson war supernett zu mir und alles. Aber irgendwas war auch ein bisschen… ich weiß nicht… daneben. Wirst du es wirklich allen erzählen?«

Maggie zuckt die Schultern. In was für einen Schlamassel hat sie sie jetzt wieder gebracht?

»Erin, Schätzchen«, sagt Craig, »kannst du deine Mutter und mich mal ein paar Minuten allein lassen?«

Erin bekundet stöhnend ihr Missfallen, als sie sich von ihrem Stuhl erhebt und in den Flur geht. »Ihr glaubt doch nicht, dass er irgendwas Verrücktes macht, oder? Ich meine, er hat all die Waffen, und er war ziemlich sauer…«

»Er wird nichts tun«, sagt Craig. »Männer wie er sind im Grunde Feiglinge. Aber wenn du dich besser fühlst, übernachte ich heute hier.«

»Danke, Dad.«

»Das ist wirklich nicht nötig«, sagt Maggie. »Ich komm schon klar.«

»Das weiß ich«, erklärt er ihr. »Ich würde gern bleiben. *Ich* würde mich besser fühlen.«

Maggie sagt nichts und beschließt zu warten, bis Erin aus dem Raum ist.

»Danke für den Tee«, erklärt Craig seiner Tochter.

»Danke für den Wagen«, entgegnet Erin. Sie kehrt an den Tisch zurück und umarmt erst ihren Vater und dann ihre Mutter. »Hab euch lieb.«

»Hab dich lieb«, sagen Maggie und Craig gemeinsam.

»Glaubst du wirklich, dass es eine gute Idee ist, hier zu

übernachten?«, fragt Maggie, als Erins Schritte im Flur verhallt sind.

»Die beste Idee, die ich seit Monaten hatte.«

Was soll das heißen, denkt Maggie, ist jedoch zu müde, um zu fragen.

Ein paar Sekunden lang herrscht verlegenes Schweigen.

»Was ist bloß mit unserer stillen kleinen Straße passiert?«, fragt Craig. »Die Kinder haben mir alles über Aidens Angriff auf Julias Enkel am Samstagabend erzählt, und nun stellt sich heraus, dass der angesehene Onkologe von nebenan seine Frau schlägt und ein Arsenal von Waffen besitzt. Sonst noch was, das ich wissen sollte?«

»Ich denke, das sind für einen Abend wahrscheinlich genug Informationen zum Verdauen«, sagt Maggie und beschließt, Craig mit ihrem Verdacht über Sean Grant zu verschonen. »Und was ist bei dir so los?«

»Alles ziemlich ereignislos. Ein bisschen langweilig.«

»*Sie* sah nicht langweilig aus«, bemerkt Maggie.

Craig lächelt. »Wenn du Selena meinst …«

»Ja, meinte ich.«

»Das war nie etwas Ernstes. Und es ist auch nie was passiert. Ich schwöre. Selena ist eine reizende Frau, eine ausgezeichnete Vertreterin und, da du gefragt hast, ja, eher ein bisschen langweilig. Vor allem im Vergleich zu dir.«

»Du wolltest mich nicht mehr.«

»Ich habe nie eine andere gewollt.«

Maggie bemüht sich zu begreifen, was ihr Mann mit dieser Bemerkung meint. »Das verstehe ich nicht.«

»Ich will mich nicht scheiden lassen.«

»Was?«

»Ich will mich nicht scheiden lassen«, wiederholt er. »Ich liebe dich, Maggie. Ich habe dich immer geliebt und nie aufgehört, dich zu lieben.«

»Du hast mich verlassen.«

»Ich weiß. Und es war das Dümmste, was ich je in meinem Leben getan habe.«

Maggie lässt den Kopf in ihre Hände sinken. »Vielleicht war es gar nicht so dumm.«

»Jetzt bin ich derjenige, der nicht versteht.«

»Ich hatte mich schon *selbst* verlassen«, sagt sie. »Jeden Tag ist ein weiteres kleines Stück von mir verschwunden, bis nur noch ein verängstigter kleiner Schatten der Frau übrig war, die ich einmal gewesen bin. Ein Schatten, der sich vor seinem Schatten fürchtet.« Sie sieht ihrem Mann in die Augen. »Jemanden, der gar nicht da ist, kann man nicht verlassen.«

»Was willst du damit sagen?«

»Dein Abschied war ein Weckruf. Du hast gesagt, ich hätte mein Feuer verloren. Das hatte ich. Aber ich hatte noch viel mehr verloren. Und dass du gegangen bist, hat mich auf eine gewisse Art gezwungen, mich selbst wiederzufinden.«

»Und was heißt das für mich? Was heißt das für *uns*?«

»Ich liebe dich, Craig«, wiederholt sie seine Worte. »Ich habe dich immer geliebt und nie aufgehört, dich zu lieben.« Sie atmet tief ein. »Aber jetzt bin ich zu erschöpft – körperlich und emotional –, um klar zu denken.« Sie drückt sich von ihrem Stuhl hoch. »Ich geh ins Bett.« Sie geht zur Tür. »Können wir morgen früh darüber reden?«

Er lächelt. »Ich bin hier.«

KAPITEL EINUNDFÜNFZIG

Dani hört die Tür zuknallen und wappnet sich gegen die Wut ihres Mannes. Sie weiß nicht, was Nick und Maggie miteinander geredet haben, doch sie weiß, dass es nicht gut war. »Jungs, geht nach oben«, sagt sie zu ihren Söhnen und versucht, die beiden aus der Küche zu scheuchen, bevor Nick auftaucht.

»Ich möchte mit Neptun spielen«, sagt Tyler.

»Nicht jetzt, Schätzchen. Bitte, Jungs, geht hoch.« Sie fasst ihre Schultern und schiebt sie von der Kücheninsel weg. »Tyler, Ben. Los jetzt.«

»Ihr habt eure Mutter gehört«, sagt Nick von der Tür ruhig und mit ausdrucksloser Miene. »Abmarsch.«

Tyler blickt ängstlich von seinem Vater zu seiner Mutter. »Komm du auch«, sagt er zu ihr.

»Ist schon gut, Spätzchen«, versichert Dani ihrem Sohn. »Macht ihr euch bettfertig, und ich komme ganz schnell nach, um euch einen Gutenachtkuss zu geben.«

»Wettrennen«, sagt Ben und drängt an seinem Bruder vorbei in den Flur.

Dani hört die trampelnden Schritte ihrer Söhne auf der Treppe, gefolgt von Bens Ruf »Gewonnen!« und Tylers »Unfair. Du hast gemogelt.«

»Und«, sagt Nick, »willst du mir erklären, was das zu bedeuten hatte?«

Dani zuckt die Schultern. »Genau wie Maggie gesagt hat. Sie hat gehört, dass wir überlegt ha'm umzuziehen.«

»Überlegt ha*ben*«, verbessert Nick sie.

Dani nickt.

»Sag es.«

»Nick …«

»Sag es!«

Dani spürt, wie ihre Kehle trocken wird. »Überlegt *haben*.«

»Na also. Das war doch nicht so schwer, oder?«

»Nein.«

»Man muss sich nur ein bisschen anstrengen. Richtig?«

»Richtig.«

»Also, ich werde dich noch einmal fragen, und diesmal wirst du dich wirklich *anstrengen*, mir die Wahrheit zu sagen. Was hatte das zu bedeuten?«

»Das hab ich dir doch schon gesagt. Sie hat gehört, dass wir überlegt ha'm … ha*ben* umzuziehen.«

»Sonst nichts?«

»Nein, nix … *nichts*.«

»Du hast ihr nicht erzählt, dass ich dich schlage?«

»Was? Nein!«

»Woher hat sie diese Idee dann bloß, frage ich mich?«

»Sie hat meine Blutergüsse gesehen und war besorgt …«

»Du hast ihr erzählt, dass ich dafür verantwortlich war?«

»Nein! Ich hab' ihr erzählt, dass du nichts mit den Blutergüssen zu tun hast.«

»Also … *habt* ihr über deine Blutergüsse gesprochen«, sagt er lächelnd, als wäre sie in irgendeine Falle getappt.

»Nein. *Sie* hat darüber gesprochen. Sie war besorgt, weil sie sie mehrmals gesehen hat …«

»Wann mehrmals?«

Dani zögert. »Bei dem Grillfest.«

»Du hast gesagt *mehrmals*. Plural.«

»Na ja … als sie in meiner Praxis war …«

»Wann war sie in deiner Praxis?«

»Vor einer Weile. Sie brauchte eine neue Krone. Das hab ich dir erzählt.«

»Nein, hast du nicht.«

»Na ja, dann hab' ich es wohl vergessen. So wichtig war's nicht.«

»Unsere Nachbarin beschuldigt mich, meine Frau zu schlagen, und du findest das nicht wichtig?«

»Das habe ich nicht gesagt.«

»Was *hast* du denn gesagt?«

»Ich weiß nicht. Du bringst mich ganz durcheinander.«

»Wer die Wahrheit sagt, kommt auch nicht durcheinander.«

»Ich *sag'* die Wahrheit.«

»Erzähl mir genau, was du zu ihr gesagt hast, als sie mich beschuldigt hat, dich zu schlagen.«

»Ich hab' ihr gesagt, sie ist verrückt, dass du nix mit meinen Blutergüssen zu tun hast, dass ich bloß ein kleiner Tollpatsch bin und dass du gut und freundlich und sanft bist. Aber sie hat immer weiter auf mich eingeredet.«

»Wirklich? Wie das?« Er macht einen Schritt nach vorn.

Dani macht einen Schritt zurück. »Sie hat gesagt, sie wüsste, was los ist, dass du mich schlägst, dass ich nicht für dein schlechtes Benehmen verantwortlich wär' und dass du dich nie ändern würdest …«

»Was noch?«

Dani weicht weiter zurück, bis sie in ihrem Rücken die Kücheninsel spürt... »Sie hat gesagt, ich soll die Polizei anrufen und Anzeige erstatten...«

»Wirst du das tun, Dani? Wirst du die Polizei anrufen? Wirst du Anzeige erstatten?«

»Nein, natürlich nicht. Ich würd' nie...«

»Nur zu«, sagt er, nimmt das Festnetztelefon vom Küchentresen und schwenkt den Hörer vor ihrem Gesicht. »Ruf die Polizei, Dani. Ruf sie jetzt an.«

»Ich will nicht.«

»Ich sagte, ruf sie an!« Er holt aus und schlägt ihr mit dem Hörer gegen den Kopf.

Dani spürt einen intensiven, zuckenden Schmerz, ihre Knie geben nach, mit einer Hand packt sie die Kücheninsel, um nicht zu stürzen, während sie die andere hinter dem Körper hochreißt und dabei gegen die Fischgläser stößt. Sie wischt das Blut ab, das aus der Platzwunde an ihrer Wange sickert.

»Du dumme Schlampe!«, brüllt er. »Jetzt sieh nur, wozu du mich gebracht hast, Scheiße noch mal!«

»Es tut mir leid, Nick. Es kommt nie wieder vor. Versprochen. Bitte schlag mich nicht noch mal.« Sie müht sich, auf den Beinen zu bleiben.

Im selben Moment kracht seine Faust gegen ihren Kiefer. Der Schlag lässt Dani rückwärts auf den Tresen taumeln.

»Mom!«, ruft Tyler, rennt in den Raum und drückt sich an die Seite seiner Mutter. »Hör auf!«, schreit er seinen Vater an. »Was machst du? Hör auf!«

»Es ist okay, Spätzchen«, sagt Dani. »Geh zurück in dein Zimmer. Es ist okay.«

»Hör auf, Mommy zu schlagen!«, kreischt Tyler seinen Vater an. »Lass sie in Ruhe!«

»Geh wieder nach oben, Goldlöckchen«, befiehlt sein Vater, als auch Ben die Küche betritt. »Alle beide.«

»Guckt mal, die Fische!«, ruft Ben.

Instinktiv wenden sich alle Blicke zu den Fischgläsern, die während des Tumults zusammengeschoben worden sind. Die Fische haben sich beide zu voller Größe aufgebläht und schlagen, ihr Gegenüber im Auge, gegen die Wand ihres eigenen Glases.

»Neptun!«, ruft Tyler und stürzt zu dem Glas.

»Lass den gottverdammten Fisch in Ruhe!«, brüllt Nick und packt Tyler am Kragen seines Schlafanzugs. Der Junge tritt gegen die Beine seines Vaters.

»Es ist okay, Schätzchen«, erklärt Dani ihm. »Ich schiebe die Gläser wieder auseinander.«

»Ich hab gesagt, lass den gottverdammten Fisch in Ruhe!« Seinen Sohn mit einer Hand am Kragen gepackt, geht Nick zur Kücheninsel und wischt mit der anderen das Glas vom Tresen. Scherben fliegen in alle Richtungen, Wasser spritzt, und der Fisch zappelt zwischen Glassplittern auf dem Fliesenboden.

»Neptun!« Tyler reißt sich von seinem Vater los und hebt den Fisch mit beiden Händen auf, während Ben mit aufgerissenen Augen danebensteht. »Hilf mir. Er braucht Wasser.«

»Ich hol welches«, sagt Dani.

»Scheiße, gottverdammte«, murmelt Nick und stapft aus dem Raum.

Mit zitternden Händen füllt Dani eine Glasschüssel mit

warmem Wasser, und Tyler lässt den Fisch vorsichtig hineinfallen.

»Wird er es überleben?«, fragt Tyler. »Blutet er?«

»Nein, er blutet nicht. Ist bestimmt alles gut. Siehst du? Er schwimmt rum und ist glücklich.« Dani sieht ihren jüngeren Sohn an, der wie angewurzelt dasteht. »Oh, mein Süßer. Alles okay?« Sie kniet sich vor ihn und nimmt ihn in die Arme.

»Dein Gesicht blutet.«

»Das ist nichts. Nur ein kleiner Kratzer.«

»Was hast du gemacht, dass Daddy so wütend geworden ist?«, fragt Ben.

Dani bricht auf dem Boden zusammen. »O Gott«, sagt sie, als die Wucht der Worte ihres Sohnes sie härter trifft als jeder Schlag gegen den Kopf. »Ich hab' gar nix gemacht, Schätzchen. Dein Daddy war bloß ein bisschen erregt…«

»Jetzt versuchst du auch noch, meine Söhne gegen mich aufzuhetzen, was?«, sagt Nick, als er zurück in die Küche kommt.

Dani stockt der Atem, als sie die .22er in seiner rechten Hand sieht. »Nick…«

»Nicht genug, dass du mit deinem Schandmaul die Nachbarn gegen mich aufbringst. Jetzt versuchst du das Gleiche mit unseren Jungen.«

Dani rappelt sich hoch. »Bitte leg die Waffe weg, Nick. Du machst ihnen Angst.«

Nicks Blick wandert zwischen Ben und Tyler hin und her. »Ich mach ihnen keine Angst. Na ja, Goldlöckchen vielleicht ein bisschen. Aber nicht Ben. Du hast doch keine Angst, oder, Benny-Boy?«

Ben schüttelt den Kopf, obwohl seine Augen weiter panisch aufgerissen sind.

»Geht wieder nach oben«, erklärt Nick seinen Söhnen. »Mommy und ich haben noch eine unerledigte Sache zu regeln.«

»Ich lass Mommy nicht allein«, sagt Tyler.

»Tust du doch, wenn du weißt, was gut für dich ist.«

»Mom?«, ruft Tyler, und sein Blick zuckt zwischen seiner Mutter und der Waffe in der Hand seines Vaters hin und her.

»Wozu fragst du *sie*?«, will Nick wissen. »Ich hab dir etwas befohlen. Jetzt gehorch.«

»Geh, Spätzchen. Nimm Neptun mit. Ich komm gleich hoch.«

»Ihr habt eure Mutter gehört. Und wenn du nicht willst, dass ich den verdammten Fisch im Klo runterspüle, schlage ich vor, dass du deinen Arsch schleunigst nach oben bewegst.«

»Geht, Jungs«, drängt Dani.

»Und macht euch keine Sorgen um eure Mutter«, sagt Nick. »Ich werde sie nicht erschießen.« Er lacht. »Die Pistole ist nicht mal geladen.«

Die Jungen werfen einen letzten Blick zu ihrer Mutter und laufen dann hinaus. Ben rennt, Tyler geht vorsichtiger, die Schüssel mit Neptun an die Brust gedrückt.

»Na, sieh an«, sagt Nick und betrachtet die Waffe in seiner Hand. »Ich habe gelogen. Sie *ist* geladen.«

»O Gott, Nick, bitte …«

»Oh, nun mach dir nicht gleich ins Hemd. Was ich gesagt habe, meinte ich ernst. Ich werde dich nicht erschießen. Jedenfalls nicht, bis ich mir überlegt habe, wie ich deine

Leiche loswerde, ohne erwischt zu werden.« Er lacht. »War nur ein Witz«, schiebt er hinterher, obwohl sein Blick etwas anderes sagt. »Außerdem bin ich im Moment irgendwie scharf. Offenbar habe ich eine Menge überschüssige Energie, die loszuwerden du mir bestimmt helfen kannst. Oder, *Darlin'*?«

»Sicher, Nick. Was immer du willst.«

»Das ist mein Mädchen.« Er geht zum Arbeitszimmer, die Pistole baumelt achtlos in seiner Hand. »Ich pack dieses Baby bloß noch eben weg und bin dann sofort bei dir. Und jetzt geh hoch und mach dich hübsch für deinen Mann.«

KAPITEL ZWEIUNDFÜNFZIG

Aiden sitzt vor dem Fernseher im Wohnzimmer und beobachtet seine Mutter, die auf dem Sofa neben ihm schläft. Im Fernsehen läuft irgendeine grässliche britische Serie über das Leben von einem Haufen langweiliger Leute, die einen vornehmen Akzent sprechen, den er nicht versteht, und über Dinge reden, die ihm nicht egaler sein könnten.

Seiner Mutter offenbar auch, denn sie schläft seit einer halben Stunde.

Trotzdem kann er es nicht riskieren umzuschalten. Wenn sie aufwacht, wird sie reden wollen, und er möchte nicht reden. Nicht mit ihr. Nicht mehr. Sie haben weiß Gott genug geredet. Er will keinen von ihren negativen Gedanken über Heidi mehr hören.

Also sieht er seiner Mutter stattdessen beim Schlafen zu und wünscht sich, sie wäre tot.

Das würde all seine Probleme lösen. Seine Geldsorgen wären vorbei. Es würde ihn nicht mehr kümmern, ob er sie enttäuscht. Es wäre ihm scheißegal, ob sie glücklich ist oder nicht.

Heidi würde nach Hause kommen.

Er beugt sich vor und überprüft das sanfte Heben und Senken ihrer Brust. Ihr Kopf ist nach hinten gesackt, ihr

Mund steht offen, und tief aus ihrer Kehle dringt ein leises surrendes Geräusch wie von einem winzigen Motor. Einen Moment lang denkt er darüber nach, ob sie überhaupt seine Mutter ist oder vielleicht von einem gefühllosen außerirdischen Wesen ersetzt wurde wie in dem alten Schwarzweißfilm, den er vor ein paar Monaten mit Heidi im Fernsehen geguckt hat.

Oder sie ist womöglich ein Roboter, denkt er und lacht leise. Vielleicht war sie nie ein Mensch.

Das würde Heidi jedenfalls bestimmt nicht überraschen, denkt er, zieht sein Handy aus der Tasche, klickt den Instagram-Account seiner Frau an und blättert sich von Foto zu Foto: Heidi, die an einem bunten Strauß Frühlingsblumen schnuppert; Heidi, die am Strand spazieren geht; Heidi, Arm in Arm mit Aiden vor einem spektakulären Sonnenuntergang; Heidi, die stolz das Hähnchen präsentiert, das sie für seine Mutter zubereitet hat.

Gott, er vermisst sie!

Er fragt sich, was sie macht, ob sie vor Shawnas Fernseher die Beine hochgelegt hat und ihre Real Housewifes genießt. Vielleicht sind sie und Shawna aber auch in einer Bar oder einem Club; vielleicht lässt sie sich von irgendeinem Typen auf einen Drink einladen oder auf die Tanzfläche führen; vielleicht genießt sie ihr Leben ohne ihn.

Ohne Lisa.

Vielleicht vermisst sie ihn überhaupt nicht.

Er hat versucht, bei der Arbeit mit ihr zu sprechen, und ist gestern Morgen bei Lola's Lingerie vorbeigegangen, doch Shawna hat ihm mitgeteilt, dass Heidi die ganze Woche im Lager Inventur machen würde und nicht zu sprechen sei. Als er nach Feierabend erneut vorbeigegangen ist, hat man ihm erklärt, dass sie bereits gegangen sei, obwohl sie bei Shawna wohnt und Shawna noch da war. »Es ist wahrscheinlich besser, wenn du nicht dauernd vorbeikommst«, hat sie ihm geraten. »Gib Heidi ein bisschen Raum. Sie braucht Zeit zum Nachdenken.«

Aber wie viel Raum? Und wie viel Zeit?

Worüber genau denkt sie nach?

Menschen trennen sich nicht, um wieder zusammenzukommen, hat sein Therapeut ihm heute Nachmittag erklärt. Sie trennen sich, um sich scheiden zu lassen.

Denkt Heidi darüber nach? Will sie die Scheidung?

Sie waren in ihrer Ehe immer zu dritt, hat der Therapeut ausgeführt. Und das ist eine Person mehr, als Heidi zu lieben und zu ehren versprochen hat.

Offensichtlich sei die Zeit gekommen, fuhr Dr. Patchett fort, dass Aiden eine Entscheidung trifft: seine Mutter oder seine Frau.

Aber ganz so leicht, wie es sich bei dem guten Doktor angehört hat, ist es nicht.

Seine Mutter hatte unmissverständlich klargemacht, dass sie sich gezwungen sehen würde, drastische Maßnahmen zu ergreifen, sollte er wieder mit Heidi zusammenkommen, und sei es nur, um ihn vor sich selbst zu schützen. Sie würde den Geldhahn zudrehen. Sie würde ihn aus ihrem Testament streichen. Sie würde das Haus zum Verkauf anbieten und die monatlichen Zahlungen für seinen Wagen einstellen. Nicht einmal seine wöchentlichen Sitzungen beim Therapeuten würde sie weiter finanzieren.

»Meinst du wirklich, die Frau wird bei dir bleiben, wenn

sie herausfindet, dass du pleite bist?«, hat seine Mutter ihn gefragt. *»Glaub mir, mein Schatz. Sie wird in null Komma nichts verschwunden sein. Und dann komm nicht weinend zu mir gerannt, denn dann ist es zu spät. Dann bist du allein.«*

Aiden weiß, dass seine Mutter nicht blufft. Je länger er darüber nachdenkt, desto sicherer ist er sich vielmehr, dass sie jedes Wort, das sie sagt, genau so meint. Und er erkennt, dass es für alle Beteiligten die beste Lösung wäre, wenn seine Mutter sterben würde.

Auch wenn sie das vielleicht anders sehen würde.

Er lacht und springt auf, wie um sich von diesen Gedanken zu distanzieren. Lisa rührt sich und klappt den Mund auf und zu wie ein Fisch. Aber ihre Augen bleiben geschlossen, und das seltsame Surren aus ihrer Kehle beginnt von vorn. Aiden geht nach oben ins Schlafzimmer, setzt sich auf das ungemachte Bett und starrt auf sein Handy, als könne er Heidi durch schiere Willenskraft zu einem Anruf bewegen.

Wundersamerweise ruft sie tatsächlich an. Aiden geht sofort dran. »Heidi?«

»Hi«, sagt sie.

»Ich bin so froh, dass du anrufst. Ich denke jeden Tag an dich, jede Minute …«

»Kannst du reden?«, unterbricht sie ihn.

Er weiß, dass sie meint, ob sei Mutter in Hörweite ist. »Ja.«

»Lass mich raten. Lisa ist vor dem Fernseher eingeschlafen.«

»Sie war sofort weg.«

»Und du bist …?«

»Im Schlafzimmer.«

»Wie geht es dir?«, fragt sie.

»Miserabel.«

»Mir auch.«

»Komm nach Hause.«

»Ich kann nicht. Nicht solange sie da ist.«

»Ich weiß.«

»Und was machen wir jetzt?«

»Ich weiß es nicht.«

»Ich glaube doch.«

Er lächelt. »Das hat Maggie auch gesagt.«

»Was sagst *du*?«

Aiden reibt sich die Stirn zwischen den Augen. »Meine Mutter ist nicht das Problem«, räumt er ein. »*Ich* bin es.«

»Was willst du, Aiden?«

»Ich will *dich*.«

»Es geht jetzt nicht mehr nur um mich«, erinnert Heidi ihn.

»Ich will dich *und* das Baby.«

»*Unser* Baby.«

»*Unser* Baby«, wiederholt er. »Das will ich. Das ist *alles*, was ich will.«

»Das ist alles, was *ich* will«, sagt Heidi wie ein Echo.

Eine Weile schweigen sie. »Du weißt, dass sie uns alles abnehmen wird – das Haus, das Auto …«

»Lass sie. Das ist mir egal. Wir kriegen das schon hin.«

Ein weiteres Schweigen, länger als das erste. Aiden sieht sich durch die staubigen, zerbombten Straßen von Kabul schleichen, ohne eine klare Vorstellung davon, wohin er geht oder was er tun soll. Er springt auf und wischt das Bild beiseite.

Er ist nicht mehr in Kabul.

Und er weiß genau, wohin er gehen muss.

Was er tun muss.

»Ich liebe dich«, erklärt er Heidi.

»Ich liebe dich auch.«

Wieder dehnt sich das Schweigen, diesmal länger als das erste und das zweite zusammen. Aiden ringt um Entschlossenheit.

»Ich ruf dich später noch mal an«, sagt er.

»Ich bin hier.«

Die Verbindung wird unterbrochen. Aiden sitzt auf der Bettkante und starrt auf das Handy in seiner Hand, sein Atem sticht in der Brust wie ein Messer. Hat er den Mut zu tun, was getan werden muss?

Ein weiteres ungebetenes Bild flackert vor seinem inneren Auge auf: sein Vater an dem Tag, als er gegangen ist. Aiden sieht, wie er in sein Zimmer kommt und die Tür schließt. Er hat den Kopf gesenkt und lässt geschlagen die breiten Schultern hängen. Lisa ist im Flur und beschimpft ihn lautstark. Er ist gekommen, um ihm mitzuteilen, dass er geht. *»Es tut mir so leid, Aiden«*, sagt er, und seine Stimme ist so klar und deutlich wie damals. *»Bitte, versteh mich. Ich habe alles versucht.«*

»Kannst du es nicht noch ein bisschen doller versuchen?«, fleht das Kind Aiden.

»Tut mir leid, Kumpel. Ich hab keinen ›Versuch‹ mehr übrig«, sagt sein Vater. *»Es ist besser so. Du wirst schon sehen. Für alle.«*

»Bitte geh nicht.«

»Hey. Es ist doch nicht so, dass wir uns nicht mehr sehen. Ich bin immer noch dein Vater. Ich werde dich jede Woche besuchen.«

»Kann ich nicht mit dir kommen?«

»Ich wünschte, du könntest. Aber wir wissen beide, dass deine Mutter das nie zulassen würde. Du bist das Einzige in ihrem Leben, das sie glücklich macht. Und du willst doch, dass deine Mutter glücklich ist, oder, Aiden?«

Du willst doch, dass deine Mutter glücklich ist.

Aiden schließt die Augen, und das Bild verschwindet. Sein Vater hat auf seine jüngste Initiative auf Facebook reagiert, aber Aiden hat noch nicht geantwortet.

Warum nicht? Wovor hat er solche Angst?

»Es würde meine Mutter zu sehr aufregen«, erinnert er sich, seinem Therapeuten erklärt zu haben.

»Und Ihre Mutter nicht aufzuregen ist wichtiger, als Ihren Vater zu sehen?«

Als Vater zu *sein*?

»Was sitzt du denn hier rum?«, fragt Lisa von der Tür.

Aiden zuckt zusammen.

Lisa lacht. »Da war aber jemand tief in Gedanken.«

»Du musst gehen«, sagt er. Die Worte dringen so leise über seine nur halb geöffneten Lippen, dass er sich nicht mal sicher ist, ob er sie laut ausgesprochen hat.

»Was hast du gesagt?«

Aiden strafft die Schultern und sieht seiner Mutter direkt in die Augen. »Ich habe gesagt, du musst gehen.«

»Sei nicht albern«, erklärt Lisa ihm. »Ich gehe nirgendwohin außer ins Bett.«

»Ich entscheide mich für Heidi«, sagt er, als seine Mutter sich zum Flur abwendet.

Sie bleibt stehen und dreht sich noch einmal um. »Dann kennst du die Konsequenzen.«

KAPITEL DREIUNDFÜNFZIG

Es ist fast drei Uhr in der Nacht, und Dani ist immer noch wach. Sie stützt sich auf einen Ellenbogen und starrt ihren Mann an, die Augen vom steten Tränenfluss beinahe zugeschwollen.

Sie weint seit Stunden. Manchmal kommt es ihr vor, als würde sie schon ihr Leben lang weinen.

»Weshalb weinst du jetzt wieder?«, hat Nick sie gefragt, als er von ihr heruntergestiegen ist und sich mit einem Papiertaschentuch abgewischt hat. *»Willst du, dass die Jungen uns hören? Ist es das, was du versuchst?«*

»Nein, Nick.«

»Gut. Dann mach dich sauber und komm wieder ins Bett. Morgen wird ein anstrengender Tag. Gleich morgen früh gehst du als Erstes nach nebenan und erzählst deiner neuen besten Freundin, wenn sie auch nur ein Sterbenswörtchen über ihre unbegründeten Anschuldigungen gegenüber den Nachbarn verlauten lässt, werden wir sie von hier bis in alle Ewigkeit verklagen. Hast du verstanden?«

»Ja, verstanden.«

»Am liebsten würde ich jetzt gleich einfach selbst rübergehen und die Schlampe erschießen.«

Dani hat nichts gesagt, überwältigt von einer Mischung

aus Erleichterung und schlechtem Gewissen. Erleichterung, weil sich Nicks Wut ausnahmsweise einmal gegen jemand anderen richtet, und ein schlechtes Gewissen wegen ihrer Erleichterung.

Jetzt betrachtet sie in der Dunkelheit das Gesicht ihres schlafenden Mannes. Er sieht so friedlich aus. So ruhig. Sein Kiefer ist nicht zusammengepresst, die Lippen nicht zu einem Knurren verzogen, keine Spur von wütend verspannten Schultern. Vielleicht ist der jüngste Zyklus jetzt abgeschlossen und das Schlimmste vorbei. Wenn sie ein neues Haus, eine neue Umgebung gefunden haben, wird vielleicht …

»Sie machen sich etwas vor, wenn Sie glauben, irgendwas würde sich ändern«, hört sie Maggie sagen.

Sie hat recht, gesteht Dani sich ein, steigt aus dem Bett und schleicht auf Zehenspitzen durch den Flur. Sie sieht nach den Jungen, zuerst nach Ben, dann nach Tyler, die beide schlafen, Tyler zusammengerollt in der Embryonalstellung, Ben auf dem Rücken, den Arm ausgestreckt wie der Ast eines Baumes.

Was würde passieren, wenn sie sie weckt, ihnen sagt, dass sie weggehen, und sie warnt, keinen Mucks zu machen? Würden sie Fragen stellen? Würden sie protestieren? Wie weit würden sie kommen, bevor Nick es merken und sie verfolgen würde?

»Nick lässt mich nie gehen«, hat sie Maggie erklärt. *»Er bringt mich mit Sicherheit um.«*

»Er bringt Sie so oder so um!«

Nicht, wenn ich ihn zuerst umbringe, denkt sie.

Das erste Mal, dass sie bewusst daran gedacht hat, ihren

Mann zu töten, war auf dem Schießstand, erinnert Dani sich. Sie hat erneut daran gedacht, als er sie zum ersten Mal anal vergewaltigt hat, und danach jedes Mal, wenn er sie geschlagen hat. Trotzdem ist es eine Sache, über etwas zu fantasieren, und eine vollkommen andere, diese Fantasie in die Tat umzusetzen.

Könnte sie es tun? Könnte sie einen anderen Menschen, vor allem einen Menschen, den sie einmal geliebt hat, den Vater ihrer Kinder, Herrgott noch mal, in Notwehr töten?

Hat sie wirklich eine Wahl?

Dani eilt die Treppe hinunter durch die Küche zum Arbeitszimmer. Sie kann sich den Luxus nachzudenken nicht leisten. Wenn sie nachdenkt, wird sie den Mut verlieren. *Just do it*, erinnert sie sich an den berühmten Nike-Werbespruch und unterdrückt ein Lachen. Wahrscheinlich nicht direkt das, was das Unternehmen im Sinn hatte. Sie geht direkt zu der Vitrine mit der imposanten Waffensammlung ihres Mannes.

Sie ist abgeschlossen.

Sie zieht an der Glastür, doch sie bewegt sich nicht. »Verdammt«, flüstert sie, geht hastig zum Schreibtisch, findet mit zitternden Händen den Schlüssel in der obersten Schublade, lässt ihn prompt fallen und sieht, wie er unter das Ledersofa gleitet. »Verdammt«, sagt sie noch einmal lauter, sinkt auf die Knie, streckt sich flach auf dem Boden aus und tastet blind nach dem Schlüssel unter dem Sofa.

Es fühlt sich an wie eine Ewigkeit, bis sie ihn gefunden hat, obwohl wahrscheinlich nur Sekunden vergangen sind. Sie schließt die Finger um das gezackte Metall, richtet sich wieder auf, steckt den Schlüssel in das Schloss und öffnet die

Vitrine. Sekunden später hält sie die .22er in der Hand, die ihr Mann am Abend geschwenkt hat.

»Ich habe gelogen«, hört sie ihn sagen. *»Sie* ist *geladen.«*

Sie vergewissert sich, dass das Magazin noch steckt. Ist sie imstande, es zu tun, fragt sie sich erneut. Kann sie wirklich die Treppe wieder hochmarschieren, ihrem Mann die Waffe an den Kopf halten und dieses Elend ein für alle Mal beenden?

»O Gott«, stöhnt sie, als sie die unterste Stufe erreicht. Sie bleibt stehen, und ihre Tränen nehmen ihren scheinbar endlosen Fluss wieder auf. Vielleicht macht sie sich etwas vor, wenn sie glaubt, Nick würde sich jemals ändern, aber sie macht sich noch viel mehr etwas vor, wenn sie glaubt, dass sie imstande ist, ihn zu töten.

Dani steht lange Sekunden am Fuß der Treppe, bevor sie die Waffe sinken lässt, zurück ins Arbeitszimmer geht, die Waffe wieder in die Vitrine legt und die Tür abschließt. Sie legt gerade den Schlüssel zurück in die oberste Schublade, als sie hinter sich Schritte hört.

»O Gott«, murmelt sie, schließt die Augen und wappnet sich für den Schlag, von dem sie weiß, dass er sie treffen wird.

»Mom?«

Dani fährt herum. »O mein Gott, Tyler! Wieso bist du auf?«

»Ich hatte einen Albtraum. Ich bin in euer Zimmer gegangen, aber du warst nicht da. Ich hatte Angst, dass Daddy dir wieder wehgetan hat.«

»Nein, Schätzchen, ich konnte bloß nicht schlafen, deshalb bin ich nach unten gegangen«, improvisiert sie. Wie viel hat er gesehen? »Wie lange stehst du schon da?«

»Bloß ein paar Sekunden.«

Dani geht zu ihrem Sohn und nimmt seine Hand. »Nun, was hältst du davon, wenn wir wieder nach oben ins Bett gehen und versuchen, ein bisschen zu schlafen?«

»Ich hab Angst.«

»Ich weiß, Schätzchen. Das alles tut mir sehr leid.«

»Ich will nicht, dass er dir weiter wehtut.«

»Das wird er auch nicht.« Dani sieht die Furcht in den Augen ihres Sohnes. »Das verspreche ich dir. Ich lasse nicht zu, dass er einem von uns noch mal wehtut.«

»Bleibst du bei mir?«, fragt Tyler, als sie in sein Zimmer kommen. »Bis ich eingeschlafen bin?«

»Klar doch, Spätzchen.«

Dass Bett ist schmal, aber Tyler nimmt nicht viel Platz ein. Dani schmiegt sich an ihren Sohn, die Wärme, die er ausstrahlt, ist wohltuend wie eine Bettflasche. Kurz darauf ist sie eingeschlafen.

Sean erwacht aus einem Traum, in dem er versucht, aus einer tiefen dunklen Grube zu klettern. Aber jedes Mal, wenn er nur noch einen Klimmzug vom Rand entfernt ist, rutscht er ab, sinkt zurück in das Loch und löst dabei immer mehr Erde über sich, bis er Gefahr läuft, lebendig begraben zu werden.

»Nein!«, ruft er und richtet sich schweißgebadet kerzengerade im Bett auf.

»Sean?«, fragt Olivia, die neben ihm hochschreckt. »Alles in Ordnung?«

»Tut mir leid«, sagt er und fragt sich, ob er jemals aufhören wird, sich zu entschuldigen. »Ein Albtraum.«

»Versuch weiterzuschlafen«, sagt sie, legt sanft eine Hand auf seinen Arm, damit er sich wieder hinlegt, breitet die Decke über seine Schultern, lässt ihren Kopf wieder auf das Kissen sinken und lächelt ihn im Dunkeln an. »Es wird schon gut«, erklärt sie ihm. »Alles wird gut.«

Sean staunt über die Unterstützung seiner Frau und erinnert sich an ihren sich verändernden Gesichtsausdruck, als er die ganze Tragweite seiner Täuschung, das volle Ausmaß seiner Lügen enthüllt hat. Sie haben stundenlang geredet. In dieser Zeit hat er beobachtet, wie sie die Augen abwechselnd ungläubig und empört aufgerissen und zusammengekniffen hat, wie ihre Miene zwischen Verachtung und Sorge geschwankt hat. Verblüffenderweise sind Empörung und Verachtung abgeklungen und ersetzt worden durch Mitgefühl, Akzeptanz und, am erstaunlichsten, Liebe.

Er hat versprochen, eine Therapie zu machen, sich einer Gruppe der Anonymen Alkoholiker anzuschließen und Hilfe von ihren Eltern anzunehmen, bis er wirklich wieder auf eigenen Füßen steht. Hoffentlich kann er irgendwann ihr Vertrauen zurückgewinnen.

Sich selbst wiederfinden.

»Nur die Zukunft wird es weisen«, hört er seinen Vater sagen.

Sean schließt die Augen und döst langsam wieder ein.

Julia kehrt zurück von ihrem vierten Besuch der Toilette in ebenso vielen Stunden. Zu viel Aufregung für eine zu kleine Blase, denkt sie und steigt wieder ins Bett.

Das war aber auch ein Tag: dem Verkauf des Hauses zustimmen, in dem sie ihr ganzes erwachsenes Leben gewohnt hat, sich zu einem Umzug in eine Seniorenresidenz entschließen und sogar den Mietvertrag für eine neue Wohnung unterschreiben. Ganz zu schweigen von der Wiederannäherung an ihren Sohn, die Rückkehr ihres Enkels, die Gewissheit, dass er im Herbst wieder eine Schule besuchen wird, dass er über den Berg ist, auf dem richtigen Weg.

Vielleicht.

Hoffentlich.

Natürlich kann auch immer noch alles in die Binsen gehen, vielleicht kann sie Manor Born nicht ausstehen, vielleicht erweist sich die neu entdeckte Bewunderung für ihren Sohn als vorübergehend, genauso wie dessen Geduld mit ihr, vielleicht schmeißt Mark das College und verirrt sich wieder.

Vielleicht wacht sie morgen früh auch nicht mehr auf, gesteht sie sich ein und akzeptiert, dass sie manche Dinge kontrollieren kann, aber sehr viele andere eben nicht.

Sie hofft, dass sich alles zum Guten wenden wird. Sie hofft, dass sie am Morgen für einen weiteren Tag aufwachen wird.

Am Ende, entscheidet sie und schließt die Augen, ist die Hoffnung alles, was wir haben.

Lisa dreht sich im Bett um und öffnet die Augen, unsicher, warum sie aufgewacht ist. Sie blinzelt zu dem Radiowecker auf dem Nachttisch. Noch nicht einmal drei Uhr. »Soll das ein Witz sein?«, murmelt sie, dreht sich auf die andere Seite und versucht, wieder einzuschlafen. Aber nach zwanzig Minuten ist sie wacher denn je, unfähig das Bild des sonderbar aufsässigen Gebarens ihres Sohnes zu verdrängen. *»Ich entscheide mich für Heidi«*, hat er ihr erklärt.

Das wollen wir doch mal sehen, höhnt Lisa. Sie kennt

ihren Sohn. Er ist bloß einsam und wahrscheinlich mehr als ein bisschen geil. Er vermisst Heidi weniger in seinem Leben als vor allem in seinem Bett. Morgen früh wird er wieder zur Besinnung kommen. Er wird erkennen, dass es Frauen wie Heidi im Dutzend billiger gibt und er etwas Besseres verdient hat. Er wird sich dafür entschuldigen, dass er sie aufgefordert hat, das Haus zu verlassen, das Haus, das sie bezahlt hat, und ihr erklären, dass er versteht, dass sie ihn mit ihren Drohungen, ihm den Geldhahn zuzudrehen, nur zwingen wollte, sich seiner Realität zu stellen.

Und dann werden sie weiterziehen.

Ohne Heidi.

Es hat länger gedauert, die dumme Pute loszuwerden, als Lisa gedacht hat. Sie hat sich als erstaunlich hartnäckig erwiesen, aber nachdem das nun ein für alle Mal geklärt ist, können sie ihr Leben weiterleben. Sie wird für Aiden einen Termin bei einem guten Scheidungsanwalt vereinbaren, Heidi vielleicht sogar eine kleine Abfindung zahlen, damit sie möglichst schnell und schmerzlos von der Bildfläche verschwindet. Wenn Heidi erkennt, dass Aiden es mit dem Beenden dieser Ehe ernst ist, wird sie sich zweifelsohne auch von der Option der Mutterschaft verabschieden. Eine hübsche Frau wie sie wird ungleich weniger Probleme haben, einen anderen Trottel zum Heiraten zu finden, wenn sie keinen kreischenden Säugling im Gepäck hat.

Nach weiteren zehn Minuten beschließt Lisa, dass sie ebenso gut nach unten gehen und fernsehen kann. Dabei kann sie anscheinend immer einschlafen. Sie steigt aus dem Bett, streift einen Morgenmantel über ihr Nachthemd und geht zur Treppe. In Aidens Schlafzimmer brennt Licht.

Er kann also auch nicht einschlafen, denkt sie, weil er sie vorhin schäbig behandelt hat und aufgewühlt deswegen ist. Sie könnte hineingehen und ihn trösten, ihm versichern, dass alles vergeben ist. »Aiden«, sagt sie und bleibt in der Tür stehen.

Aber er ist nicht da.

»Aiden?«

Sie weiß, dass er weg ist, noch bevor sie den Kleiderschrank öffnet und sieht, dass er leergeräumt ist. Sie zieht die Schubladen der Kommode auf, findet jedoch nur die Waffen, die er zurückgelassen hat.

Craig öffnet die Augen und sieht Maggie barfuß im Schlafanzug in der Tür stehen. »Was ist?«, fragt er und schwingt mit angehaltenem Atem die Beine von dem Sofa im Wohnzimmer. »Ist irgendwas passiert? Irgendwas nicht in Ordnung?«

»Ich kann nicht schlafen«, sagt Maggie.

Craig atmet erleichtert aus und klopft neben sich auf das Polster. »Komm, setz dich.«

Maggie geht langsam zum Sofa und lässt sich neben ihrem Mann nieder. »Habe ich dich geweckt?«

Er schüttelt den Kopf. »Eigentlich nicht. Ich bin auch immer nur kurz eingedöst. Was ist los?«

»Nichts.«

»Möchtest du reden?«

»Eigentlich nicht.«

»Möchtest du fernsehen?«

»Nein.«

»Möchtest du einfach eine Weile hier sitzen?«

»Das klingt nett.«

Craig lächelt. »Das finde ich auch.«

Dani spürt seine Anwesenheit neben sich, noch bevor sie die Augen öffnet.

»Was zum Teufel ist hier los?«, fragt Nick, der neben Tylers Bett steht.

Dani blickt nervös von ihrem Mann zu ihrem schlafenden Sohn. »Psst. Sonst weckst du ihn auf.«

»Sag mir nicht, dass ich still sein soll!« Nick packt eine Strähne von Danis Haar und zerrt sie aus dem Bett und zurück in ihr Schlafzimmer, während sie sich müht, auf den Beinen zu bleiben. »Was hast du vor? Unseren Sohn zu einer Memme zu machen, zu einem gottverdammten Muttersöhnchen?«

»Nein, Nick. Ich hab' bloß versucht, ihn zu trösten.«

»Er braucht nicht getröstet zu werden. Er braucht einen guten Tritt in den Arsch. Genau wie seine Mutter«, sagt Nick, während seine nackten Zehen sich durch ihr dünnes Baumwollnachthemd bohren und seine Fäuste auf ihren Kopf einschlagen. Er hört nicht auf, bis sie zu Boden sinkt. Blut tropft von ihrer aufgeplatzten Lippe, vor ihren Augen dreht sich alles.

»Aufhören!«, hört sie eine dünne Stimme rufen, während sie sich bemüht, bei Bewusstsein zu bleiben. »Lass sie los!«

Durch ihre Tränen sieht Dani Tyler in der Tür stehen, sein Gesicht aschfahl, die Arme ausgestreckt, in seinen zitternden Händen die Pistole, die er auf die Brust seines Vaters richtet.

»Na, schau dir Goldlöckchen an! Gib mir das Ding!« Nick macht einen Schritt auf Tyler zu.

Im selben Moment schließt Tyler die Augen und drückt ab.

Maggie und Craig sitzen immer noch stumm nebeneinander, als sie ein Geräusch hören, das sich anhört wie die Fehlzündung eines Wagens auf der Hauptstraße.

»O Gott«, ruft Maggie sofort und springt auf. »Er hat es getan! Das Schwein hat sie erschossen!«

Craig zögert nur den Bruchteil einer Sekunde. »Ich ruf die Polizei«, sagt er.

Dani schreit auf, als die Waffe abgefeuert wird. Die Kugel verfehlt Nick um knapp einen halben Meter und reißt ein Loch in den weißen Schirm der Nachttischlampe.

»Du dummer Junge!«, sagt Nick und geht bedrohlich auf seinen Sohn zu. »Wenn du auf jemanden schießt, solltest du verdammt sichergehen, nicht danebenzuschießen.«

Tyler lässt die Waffe fallen, als sein Vater ihn am Kragen seines Pyjamas packt und die freie Hand hebt, um zuzuschlagen.

Dani stürzt sich auf die Waffe, hebt sie auf und zielt auf den Kopf ihres Mannes.

»Du blödes Miststück«, setzt Nick an, die letzten Worte, die über seine Lippen kommen, bevor Dani abdrückt.

Sie schießt nicht daneben.

EPILOG

Es ist ein Jahr später.

Für einen Außenstehenden sieht die Straße im Grunde genauso aus wie immer: eine von Bäumen gesäumte, hufeisenförmige Sackgasse mit fünf identischen zweistöckigen Häusern in unterschiedlichen Pastelltönen, jeweils mit einer Doppelgarage links neben der Haustür.

Aber natürlich ist nichts genauso.

Der Tod verändert alles.

Nur noch zwei der Häuser werden von denselben Familien bewohnt, die schon in jener heißen Julinacht hier gelebt haben. Die anderen Bewohner sind weggezogen, einige in Nachbargemeinden, einige auf die andere Seite des Landes.

Lisa hat als Erste verkauft. Während die meisten Anwohner sich draußen versammelten und versuchten zu begreifen, was geschehen war, telefonierte sie noch am selben Morgen mit einem Immobilienmakler und traf Vorkehrungen, die Drohung wahrzumachen, die sie gegenüber ihrem Sohn ausgesprochen hatte. Sie war wach, als die Polizeiautos und der Krankenwagen eintrafen, und beobachtete durchs Fenster, wie die Beamten und Notärzte ins Haus der Wilsons rannten. Sie hat gesehen, wie der Leichensack auf einer Trage herausgebracht wurde und Dani Wilson mit leerem Blick zusammen mit ihren Söhnen, von denen einer offenbar eine Art Schüssel bei sich trug, zu einem wartenden Streifenwagen geführt wurde.

Lisas Sohn Aiden hingegen war nicht einmal in der Nähe des sogenannten Tatorts, nachdem er Stunden zuvor aufgebrochen war, um mit Heidi zusammen zu sein. Anschließend half Shawna ihnen, eine winzige Wohnung ganz in ihrer Nähe zu finden, in der sie eine Zeitlang gewohnt haben, bevor sie nach San Francisco gezogen sind. Aiden arbeitet jetzt für seinen Vater und besucht weiter einmal die Woche einen Therapeuten. Heidi ist Hausfrau und Mutter eines wunderschönen kleinen Mädchens, das sie nach Heidis Mutter Annie genannt haben. Sie schickt Maggie regelmäßig Fotos ihrer Tochter und berichtet die Neuigkeiten.

Seit dem Abend, als er gegangen ist, hat Lisa nicht mehr mit ihrem Sohn gesprochen und auch ihre Enkeltochter noch nicht kennengelernt. Wenn man sie fragt, erzählt sie den Leuten, ihr Sohn sei wieder zur Armee gegangen und in Afghanistan getötet worden.

Das Haus hat sie schnell und für einen guten Preis verkauft. Im Oktober ist eine Familie eingezogen: ein Limousinen-Chauffeur und seine Frau, eine Künstlerin, zusammen mit ihren beiden Töchtern, elf und dreizehn Jahre alt.

Was eine gute Nachricht für das Paar ist, das im folgenden Monat Julia Fishers Haus gekauft hat, denn sie haben zwei Töchter in etwa dem gleichen Alter.

Julia Fisher selbst ist gesund und genießt ihr Leben in Manor Born sehr. Ihr Sohn besucht sie einmal die Woche, manchmal mit Poppy, öfter ohne. Poppys Bademodenentwürfe haben sich erstaunlicherweise als sehr populär erwiesen, und die Online-Firma, die sie mit Normans Hilfe gegründet hat, ist ein uneingeschränkter Erfolg. Deshalb ist sie sehr beschäftigt mit Designen und der Leitung ihres Unternehmens, was für den andauernden Erfolg ihrer Ehe mit Norman Gutes verheißen könnte oder auch nicht.

Mark ist ebenfalls ein häufiger Besucher in Julias neuem Domizil. Sooft es seine Zeit erlaubt, kommt er aus Miami. In einem Monat beginnt er mit dem zweiten Jahr seiner dreijährigen Ausbildung am Florida College of Culinary Arts und ist immer noch glücklich wie ein Schmetterling.

Für Sean und Olivia Grant, eine der beiden Familien, die immer noch in der kleinen Sackgasse wohnen, ist es nicht ganz so rosig gelaufen. Sie hatten im vergangenen Jahr ihre Hochs und Tiefs. Sean hat sein Versprechen gehalten, eine Therapie begonnen, sich einer AA-Gruppe angeschlossen und ist seitdem trocken. Und vor drei Monaten hat man ihm einen Job in der Marketingabteilung einer kleinen, aber angesehenen Agentur im nahegelegenen Stuart angeboten. Aber Olivias Vertrauen zurückzugewinnen hat sich als schwieriger erwiesen, als sie es beide erwartet hatten. Sie machen jetzt eine Paartherapie, und wie Seans Vater bestimmt sagen würde: »Nur die Zukunft wird es weisen.«

Ironischerweise für jemanden, der so viel Zeit damit verbracht hat, aus dem Fenster zu starren, hat Sean fest geschlafen, als Tyler Wilson davon aufwachte, wie sein Vater seine Mutter verprügelte, und auf Zehenspitzen ins Arbeitszimmer seines Vaters schlich. Nachdem er zuvor gesehen hatte, wie seine Mutter den Schlüssel in die Schublade gelegt hatte, öffnete er die Vitrine, nahm die geladene Pistole seines Vaters heraus und ging damit in das Schlafzimmer seiner Eltern, um sich seinem Vater entgegenzustellen. Olivia hörte ein Geräusch, von dem sie annahm, es sei entweder die Fehlzündung eines Wagens oder ein Feuerwerkskörper, den ein Jugendlicher abgefeuert hatte, aber als die Polizei eintraf, schlief auch sie fest.

Letztendlich wurde keine Anklage erhoben. Die Distriktstaatsanwaltschaft entschied, dass Dani in Notwehr für sich und ihren Sohn gehandelt hatte und von keinem Geschworenengericht der Welt für schuldig befunden werden würde. Es wurde vereinbart, dass Dani und ihre Söhne therapeutisch begleitet werden sollten. Die Familie sah sich außerstande, in das Haus zurückzukehren, und mietete einen kleinen Bungalow eine Meile die Hauptstraße hinunter.

Dani ließ das Haus in der Carlyle Terrace auf dem Markt anbieten und verkaufte es wegen der grässlichen Schießerei schließlich weit unter Wert an ein Paar mittleren Alters. Nicks Waffensammlung wurde hingegen auf ein kleines Vermögen geschätzt, und die Einnahmen aus dem Verkauf haben Dani geholfen, sich und ihre Söhne während ihres längeren unbezahlten Urlaubs von ihrer Praxis durchzubringen.

Wenn in einem Monat die Sommerferien vorbei sind, fängt sie wieder an zu arbeiten. Letztes Jahr hat sie die Jungen bei ihrer teuren Privatschule ab- und bei derselben staatlichen Schule angemeldet, auf die auch Leo McKay geht. Alle drei Jungen sind seitdem gute Freunde geworden, beinahe so eng wie ihre Mütter.

Erin ist so beliebt wie eh und je. Sie hat einen neuen altersgemäßen Freund und freut sich darauf, in einem Jahr aufs College zu gehen, obwohl sie noch keine Ahnung hat, wo oder was sie studieren will.

Tyler Wilson hingegen hat seinem Therapeuten ganz genau erklärt, was er werden möchte, wenn er groß ist: ein Meeresforscher. Er ist größer und stämmiger geworden und sein Haar dunkler.

Niemand nennt ihn mehr Goldlöckchen.

Maggie und Craig sind wieder zusammen. Er ist weiterhin der Top-Verkäufer seines Händlers. Sie wird zum Beginn des neuen Semesters wieder als Englischlehrerin an einer Highschool anfangen, nachdem sie Nadine mehr als ausreichend Zeit gelassen hat, einen Ersatz für sie zu finden. Ihre Familie wohnt immer noch in dem Haus an der Rundung der Sackgasse.

»Wie gefällt Ihnen unsere kleine Enklave?«, hat Maggie kürzlich das Paar gefragt, das Julia Fishers Haus gekauft hat.

»Wir lieben es hier«, hat der Mann erwidert.

»Schwer zu glauben, was hier passiert ist«, hat seine Frau hinzugefügt und sich mit einem langen zufriedenen Blick umgesehen. »Es ist eine so friedliche Nachbarschaft. Eine so ruhige Straße.«

DANKSAGUNG

Erstaunlicherweise ist *Home, Sweet Home* mein neunundzwanzigster Roman – ich musste nachzählen, um mich zu vergewissern –, und die Liste der Menschen, bei denen ich mich bedanken muss, ist schockierend konstant. Bestimmt werden regelmäßige Leserinnen und Leser meiner Romane viele der Namen mittlerweile erkennen. Denn auch wenn einige neue hinzugekommen sind, sind viele der Erwähnten schon seit vielen Jahren in meinem Leben.

Zuerst natürlich Warren, mein Ehemann seit siebenundvierzig Jahren! Ich kann nicht glauben, dass der Mann es so lange ausgehalten hat, da ich oft mürrisch und nicht immer der leichteste Mensch im Zusammenleben bin. Was ihn betrifft, habe ich wirklich großes Glück gehabt.

Die Nächsten in der Reihe sind meine beiden hinreißenden und talentierten Töchter Shannon und Annie, die mir ein steter Quell von Stolz und Freude sind und mich außerdem mit genug Stoff für weitere neunundzwanzig Bücher versorgt haben. Zusätzlichen Dank an Shannon dafür, dass sie meine Accounts bei Twitter (@joyfielding) und Instagram (@fieldingjoy) so großartig managt.

Regelmäßige Leserinnen und Leser werden die Namen Larry Mirkin und Beverly Slopen erkennen, zwei enge

Freunde und frühe Leser meiner Manuskripte. Euer Rat und eure Ermutigung waren wie immer gefragt und geschätzt, genau wie eure Freundschaft. Danke auch an ein neueres Mitglied meines Teams von Erstlesern und -kritikern, Robin Stone, selbst eine talentierte Autorin, die ich kennengelernt habe, als ich vor einigen Jahren an der University of Toronto einen Kurs in Creative Writing gegeben habe, und die seither eine enge Freundin und ein professionelles Sounding-Board geworden ist.

Ein weiterer vertrauter Name ist Tracy Fisher, meine fantastische Agentin bei WME, die sich unermüdlich für mich einsetzt. Wir arbeiten schon seit vielen Jahren zusammen, und ich hoffe, dass unsere Verbindung noch viele Jahre weitergeht. Dank auch an ihre ehemalige Assistentin Alyssa Eatherly für all ihre Hilfe und ihre gütigen Worte, genau wie an ihre neue Assistentin Oma Naraine.

Besonders bedanken möchte ich mich bei Anne Speyer, meiner wunderbaren Lektorin bei Ballantine. *Home, Sweet Home* ist unsere dritte Zusammenarbeit, und mein Schreiben ist durch ihren Input viel besser geworden.

Darüber hinaus geht mein Dank an das gesamte Team von Ballantine – Jennifer Hershey, Kim Hovey, Kara Welsh, Cindy Murray, Allison Shuster, Steve Messina und Scott Biel.

Mein Dank gilt auch allen bei Doubleday, einer Abteilung von Penguin Random House, Canada. Ich bin mehr denn je dankbar, Kanadierin zu sein, und freue mich, Teil dieses unglaublichen Teams zu sein. Besonders danken möchte ich Kristin Cochrane, Amy Black, Val Gow, Kaitlin Smith, Robin Thomas, Susan Burns, Emma Ingram sowie Martha Leonard, die ich in der Danksagung für meinen letzten Roman *Blind Date* unerklärlicherweise vergessen habe und die so liebenswürdig war, es nie zu erwähnen.

Danke an meine Verlegerinnen und Verleger, Übersetzerinnen und Übersetzer auf der ganzen Welt, deren Unterstützung mir sehr viel bedeutet. Auch wenn ich das fertige Ergebnis nur selten verstehe, machen Sie offensichtlich irgendetwas sehr richtig. Einen besonderen Gruß möchte ich meiner tschechischen Übersetzerin Milena Havlová senden, mit der ich einen regelmäßigen E-Mail-Austausch pflege. Wir haben im Laufe der Jahre eine besondere Freundschaft entwickelt, und ich liebe es, von ihren beiden Zwillingsenkelsöhnen zu hören und Fotos von ihnen zu sehen. Vielen Dank, dass du all die Jahre Kontakt gehalten hast. Hoffentlich sehen wir uns bald persönlich wieder.

Dank auch an Corinne Assayag, die für Design und Betreuung meiner Website – joyfielding.com – verantwortlich ist, für ihre harte Arbeit, ihre Ideen und die gelegentlichen Ermahnungen, meinen monatlichen Brief an meine Leserinnen zu schreiben.

Eine virtuelle Umarmung für meinen Schwiegersohn Courtney, meine Schwester Renee und meine Haushälterin Mary. Ich hoffe, wenn ihr dies lest, wird COVID nur noch eine ferne Erinnerung sein, und wir können uns wieder persönlich in die Arme nehmen.

Außerdem möchte ich mich bei meiner langjährigen Friseurin Veronika Sorek bedanken und entschuldigen, von der ich all die Informationen über Dating-Seiten habe, die ich in *Blind Date* benutzt habe, und die zu erwähnen ich in dem Buch versäumt habe. Also, vielen Dank, Veronika, dass du mir gezeigt hast, wie diese Seiten funktionieren, und für die wunderbaren Kopfmassagen und Frisuren. Alles wurde von Herzen gewürdigt.

Ein letztes Dankeschön geht an meinen Enkelsohn Hayden. Seine Geschichte »Hayden geht zum Schwimmbad«, die er mit sieben geschrieben hat, habe ich in *Home, Sweet Home* verwendet. Ich schulde dir etwas, mein süßer Junge.

Und ein weiteres Mal bedanke ich mich bei allen, die Sie meine Bücher lesen. Bleiben Sie gesund und wohlbehalten. Ich sende Ihnen allen meine Liebe.

Herzlich
Joy